PRAEMORTIS II

Descenso

MIGUEL ÁNGEL MORENO

GRUPO NELSON
Una división de Thomas Nelson Publishers
Desde 1798

NASHVILLE DALLAS MÉXICO DF. RÍO DE JANEIRO

Publicado en Nashville, Tennessee, Estados Unidos de América. Grupo Nelson, Inc. es una subsidiaria que pertenece completamente a Thomas Nelson, Inc. Grupo Nelson es una marca registrada de Thomas Nelson, Inc. www.gruponelson.com

Nota del editor: Esta novela es una obra de ficción. Los nombres, personajes, lugares o episodios son producto de la imaginación del autor y se usan ficticiamente. Todos los personajes son ficticios, cualquier parecido con personas vivas o muertas es pura coincidencia.

Editora general: *Graciela Lelli*
Adaptación del diseño al español: *Grupo Nivel Uno, Inc.*

ISBN: 978-1-60255-728-4

Impreso en Estados Unidos de América

12 13 14 15 16 QGF 9 8 7 6 5 4 3 2 1

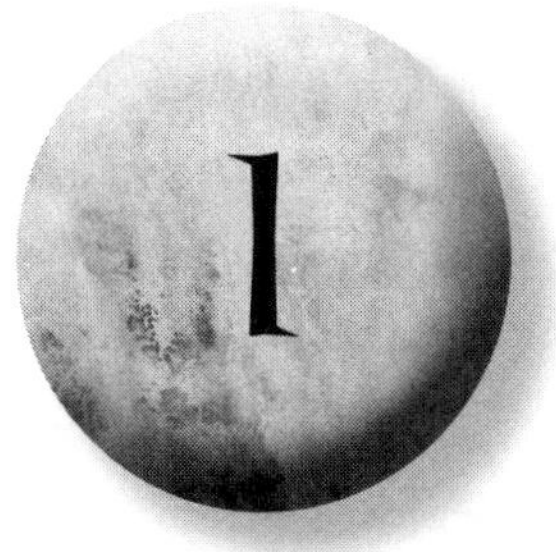

La Corporación Praemortis tiene un nuevo líder

Wilhelm Raquildis, consejero de la familia Veldecker, tomó el cargo en una ceremonia pública a la que asistieron todos los nobles de la ciudad

El que fuera durante años tutor de los hermanos Veldecker, Wilhelm Raquildis, tomó ayer de manera oficial el liderazgo de la Corporación en una ceremonia sin precedentes; la primera desde que se fundara Praemortis. Al acto asistieron representantes de todas las familias nobles, con la notable ausencia de Erik Gallagher, líder de la familia Gallagher, cuyo paradero sigue siendo desconocido.

En su discurso, Raquildis explicó las dramáticas circunstancias que le han llevado a asumir la presidencia. Al parecer, según palabras del nuevo líder, Robert Veldecker, poseído por un arranque de locura se arrojó, en compañía de su hijo Daniel, desde su despacho, ubicado en la planta ciento treinta y seis del Pináculo.

«El reciente fallecimiento de su esposa pudo con su débil estado mental», declaró Raquildis, quien añadió que Robert ya desvariaba a causa de sus «cada vez más frecuentes ataques de cefalea». En entrevistas posteriores, los nobles de las familias Dagman, Gallagher y Wallace han corroborado la delicada situación por la que pasaba el primogénito de los Veldecker. «Sabíamos que pronto necesitaríamos un nuevo líder» ha declarado esta mañana Baldomer Dagman, cabeza de la familia Dagman; «Robert Veldecker llevaba mucho tiempo sin ocuparse de la Corporación».

Ante las preguntas de los medios, Raquildis explicó que Leandra sufre la misma enfermedad que su hermano, la cual se ha agravado en los últimos días: «confiamos en que pronto pueda recuperarse. Si está en condiciones de liderar, la Corporación debería ser para ella. Por desgracia, albergamos muy pocas esperanzas. Parece que el estado de Leandra es irreversible», dijo, visiblemente emocionado.

Raquildis tampoco olvidó referirse a la repentina desaparición de Erik Gallagher. Sus palabras fueron de calma para los ciudadanos de Pináculo. «Sé lo mucho que Erik es querido en esta ciudad, lo mucho que ha hecho por todos nosotros. Encontraremos al confesor que se lo ha llevado y devolveremos al noble junto a su familia». Dijo que poco más se sabía acerca de este accidente. «Deuz Gallagher, primo de Erik, es quien ahora se hace cargo del liderazgo de su familia».

Ante la insistencia de los medios, Raquildis declaró su absoluto desconocimiento sobre las causas de la densa oscuridad repentina, pero procuró relajar a los ciudadanos explicando que ya se había reunido con los nobles para poner en marcha un paquete de medidas extraordinarias con las cuales combatir este curioso fenómeno atmosférico. Dichas medidas pasan por duplicar el rendimiento de las centrales hidroeléctricas sin costo adicional para los ciudadanos, pero no es el único plan que se va a poner en marcha: «A estas horas, un equipo de científicos trabaja para descubrir qué ha ocasionado la oscuridad», dijo, y añadió: «ya barajamos algunas hipótesis, y en cuanto estemos totalmente seguros de las causas pondremos en marcha las soluciones necesarias para solventar el problema». Sin embargo, Raquildis se ha negado, por el momento, a explicar qué hipótesis son esas.

Por otro lado, sí incidió en la necesidad de recuperar las comunicaciones con Vaïssac, única ciudad vecina de Pináculo, y de la que no se sabe nada desde hace meses. «Estamos convencidos de que no son sino las malas condiciones meteorológicas que sufrimos las que nos han privado del contacto con Vaïssac. Para recuperarlas hemos puesto en marcha un equipo de especialistas de la Guardia. Su misión consistirá en viajar a bordo del mejor de nuestros submarinos y restablecer las comunicaciones. En las próximas semanas recibiremos las primeras noticias».

El nuevo líder no quiso responder en detalle sobre preguntas referidas al Golem y el ataque de los Cuervos a la Estación Central de Monorraíl. «Ambos no son más que terroristas, y sus esfuerzos por desestabilizar el sistema jamás serán tolerados por el nuevo gobierno, como no lo fue por el antiguo», fue lo único que dijo.

Tras la ceremonia de nombramiento, el nuevo líder y los nobles se retiraron al edificio de Praemortis para celebrar una fiesta privada, cerrada a los medios y al público. En las calles, y pese a la fiesta organizada por la Corporación, el nombramiento fue recibido bajo un generalizado conformismo.

Nota periodística en edición extraordinaria
Cuatro horas después de la toma de poder
de Wilhelm Raquildis

1

El semáforo se puso en verde.

Cruzó, por el paso de peatones, junto a un enorme grupo de personas: ejecutivos de la Corporación, amas de casa, estudiantes, trabajadores de empresas afiliadas... un apretujado rebaño de viandantes, todos resguardados bajo sus paraguas, salvo ella. No necesitaba protegerse de la tormenta, en esta ocasión deseaba mojarse, notar el helado contacto del agua colándose por debajo de su camisa. Lo necesitaba.

Dejó que el tropel cruzara y se paró en mitad del paso. Allí, a unos doscientos metros, el edificio de Pináculo elevaba su descomunal estructura muy por encima de todos los demás rascacielos. Incluso las mismas nubes parecían querer esquivarlo, como si temieran engancharse en la afilada aguja de su cúspide. Observarlo hipnotizaba y asustaba a partes iguales.

—¡Eh, muévete de una vez! —le gritó un conductor, asomando medio cuerpo por la ventanilla.

Reaccionó. El semáforo estaba en rojo desde hacía rato. Antes de que algún despistado la arrollara corrió al otro lado y torció en la esquina.

Se encontraba en la avenida Frederick Veldecker. En ella, los vehículos apenas avanzaban pocos metros cada minuto por culpa del embotellamiento de la hora punta. En ambas aceras la gente se apretujaba, caminando hacia sus trabajos o a sus casas y, por encima, las gaviotas parecían intentar imitarles, pues volaban arriba y abajo por la avenida, o se paraban sobre las farolas, sobre las cornisas de los edificios, o sobre los coches que llevaban demasiado tiempo detenidos.

A ambos lados de la avenida se erigían los diferentes edificios de las familias nobles; los conocidos, como los Gallagher, los Dagman, los Wallace o los Ike, se mezclaban con las familias menores, cuyos apellidos casi nadie conocía, pero que se ocupaban de diferentes tareas dentro de la ciudad: banqueros, fabricantes de coches, dueños de algún periódico importante, arquitectos, diseñadores, propietarios de empresas pesqueras… Algunos poseían todo un edificio; otros lo compartían con dos o más familias. Pero unos escasos privilegiados habían conseguido, además, hacerse con un pequeño espacio en el Pináculo.

La avenida estaba salpicada de pequeños rascacielos que rodeaban al de la Corporación como si quisieran protegerlo. El edificio de Pináculo era su dueño, su madre.

Se escucharon varios gritos. En la acera, las personas se acurrucaron a un lado. Dos muchachos corrían por el centro. Uno de ellos llevaba un bolso de señora en la mano. Tras ellos, doblando la esquina, apareció un confesor. Era más rápido que los rateros. No tardó en darles alcance. Estrelló al primero contra la pared, dejándole inconsciente; al segundo, lo tumbó en el suelo y comenzó a golpearle. Los viandantes, que continuaban agachados a ambos lados de la acera, se incorporaron y continuaron su camino como si nada.

—Mala suerte —escuchó que decía un hombre, mientras se colocaba el sombrero—. Robas un bolso y te quedas sin cambio de torbellino. Es una pena para esos chicos que hubiera un confesor haciendo la ronda.

El hombre continuó su camino. Ella todavía permaneció unos instantes observando cómo el confesor aún golpeaba al muchacho, que se zarandeaba con cada nuevo impacto. Probablemente ya había muerto.

Continuó avenida arriba hacia el Pináculo. Cada vez estaba más cerca. Llegó hasta la Plaza de los Descubridores. Allí le llamó la atención una inusual aglomeración de gente; se apretaban cerca de la pared del rascacielos, a pocos metros de la puerta. Entre la masa vio que también había un porta tropas y media docena de soldados montando guardia. Intrigada, se aproximó.

Al abrirse paso entre la aglomeración de gente descubrió que no miraban más que un montón de cristales desperdigados por el suelo y una gran mancha parduzca. Las personas señalaban aquello y susurraban. Una valla de seguridad les impedía acercarse.

—¿Qué están mirando todos? —preguntó a una anciana, que lucía un estrambótico sombrero de plumas.

Esta la miró de arriba abajo, sorprendida.

—Muchacha —dijo, meneando la cabeza—. ¿Es que has estado dormida los últimos días?

Ella no respondió.

—¡Son los restos! —añadió la anciana, señalando en dirección a los cristales.

—¿Restos de qué?

—No me lo puedo creer… ¡del suicidio!

Apuntó su dedo al cielo. Sobre ella, las interminables plantas del Pináculo se extendían hasta donde alcanzaba la vista.

—Robert Veldecker y su hijo cayeron justo aquí. El nuevo líder, Raquildis, aún no ha ordenado que se limpie la mancha de sangre. Por eso, los soldados la vigilan. Esto se ha convertido en una atracción. Todo el mundo quiere ver dónde murió el antiguo líder de la Corporación antes de que lo limpien todo. ¿No te habías enterado?

Ella negó con la cabeza.

—¡Por las aguas de la Vorágine! —juró la anciana—. ¿Vienes de otra ciudad o qué? ¿Han restaurado ya las comunicaciones con Vaïssac?

Esperó, con los ojos muy abiertos, a que su interlocutora respondiera algo, pero ella dio media vuelta, como si nunca hubiera mantenido una conversación, y se alejó en dirección a las puertas del Pináculo.

—¡Eh! —llamó la anciana—. ¿Vienes de otra ciudad o no?

Pero ella continuó sin responder.

—¡Bah! —dijo la otra, haciendo un ademán con el brazo—. Estoy cansada de estos yonquis de Nitrodín. ¡Tanto reír os acaba carcomiendo el cerebro!

Ella hizo caso omiso de la anciana por tercera vez. Atravesó las grandes puertas del Pináculo y accedió al recibidor. Al frente pudo ver la descomunal escultura de los torbellinos. Al menos seis plantas habían dejado de existir para albergarla. El Bríaro apuntaba directamente hacia ella, hacia la puerta de salida, mientras que el otro torbellino se elevaba totalmente recto, rozando con su base el techo, donde había una pirámide invertida fabricada en cristal. A la izquierda se encontraba el largo mostrador de recepción. Se encaminó hacia allí.

—Voy a la planta ochenta y cuatro —dijo a la primera recepcionista que le prestó atención.

—Buena suerte —respondió esta con desgana, y le alargó un formulario—. Rellena esto y entrégaselo al practicante. Recuerda: tienes que dejar sin rellenar la última casilla, la que está dentro del recuadro azul. Esa se rellena después.

Ella asintió, tomó el formulario y se volvió, buscando un lugar cómodo para escribir. Descubrió que la escultura de los torbellinos estaba rodeada de bancos. Había al menos veinte personas allí. Apoyaban sus formularios sobre el bronce del que estaba hecho el torbellino que representaba el Bríaro, o en sus propias rodillas, con objeto de escribir sobre una superficie dura. Todos eran jóvenes, de veintiún años; la mayoría estaban acompañados, quizás por un familiar, un amigo o un pariente... ella estaba sola.

Caminó hacia los torbellinos sin apartar la vista del Bríaro; de su enorme orificio, abierto como una boca monstruosa que pretendiera engullirla. Justo debajo había un sitio libre.

—¿Tienes algo para escribir? —preguntó a un chico sentado a su derecha.

Estaba solo, como ella.

Él levantó la vista de su formulario. Su labio inferior temblaba, por mucho que se esforzara en ocultarlo. Se llevó la mano al interior de su chaqueta, sacó una pluma y se la pasó; después volvió a su formulario. Ella pudo ver que su letra apenas era legible a causa de los nervios. El muchacho debió sentirse observado, porque dejó de escribir y dijo:

—Dicen que duele muchísimo, ¿sabes? El dolor es tan insoportable que algunos han llegado a arrancarse su propia lengua —se señaló los labios—. Por eso te dan un mordedor. Algunos amigos míos lo han rechazado. Quieren hacerse los valientes. Yo lo voy a aceptar.

Negó con la cabeza. Luego, algo dubitativo, regresó a su formulario.

—Si ya sé dónde voy a caer, no debería rellenar esto —añadió, mientras escribía su edad—. No necesito ver nada. No quiero verlo. Ya sé dónde caeré... ya lo sé...

Las palabras de aquel muchacho la asustaron. Se obligó a ignorarlo. Intentó concentrarse en su propio formulario. Se aseguró de que la pluma escribiera y comenzó a contestar las preguntas. Cuando finalizó, devolvió la pluma y, sin mediar palabra, echó a andar en dirección a los ascensores.

Cuatro personas subieron con ella en la misma cabina, pero reflejados en los cristales de las paredes, a izquierda y derecha, parecían un ejército interminable de figuras, todas rígidas, todas silenciosas. Ella también observó su propio reflejo, reproducido una y otra vez hasta volverse un punto.

El ascensor se detuvo suavemente. Había llegado a su planta. Ante ella apareció un corredor pintado de verde claro con un pasamanos blanco. Había al menos doce puertas a cada lado. Al fondo pudo distinguir una habitación amplia. Las risas y los aplausos a todo volumen le indicaron que los allí presentes disfrutaban con un programa de televisión.

Apenas había caminado varios pasos cuando una de las puertas a su derecha se abrió. Un matrimonio emergió del otro lado. Caminaban abrazados a una muchacha que tendría más o menos la misma edad que ella. Temblaba de la cabeza a los pies, acurrucada entre sus padres. Cuando ambos se cruzaron, la muchacha levantó la cabeza, dejando ver su rostro, pálido, casi amarillento, surcado por unas profundas ojeras. Un rastro de baba reseca decoraba la comisura izquierda de sus labios.

—Tranquila, te pagarás el Néctar —dijo su madre—. Nosotros estamos a punto de hacerlo.

Pasaron de lado y volvió a quedarse sola. Metió la mano en el bolsillo de su chaqueta y extrajo un trozo de papel que tenía anotado un número de consulta y una hora. Comenzó a recorrer el pasillo observando el número que había en las puertas, hasta que encontró el suyo. Llamó dos veces y pasó.

—Hola —saludó tímidamente.

Era una habitación pequeña, pintada del mismo verde claro que el pasillo. En el centro había una camilla con correas y una mesa con ruedas. Justo a su derecha, al lado de la entrada, había una pequeña estantería. Al fondo, en la pared oriental, un practicante parecía estar buscando algo en un armario.

—Deja el formulario en la estantería y acuéstate en la camilla —dijo el practicante, aún de espaldas.

—He dicho «hola».

El practicante se dio media vuelta. Se ajustaba unos guantes de látex mientras fumaba un cigarrillo al que no le quedaba mucho para terminarse.

—Sí, hola —respondió.

El cigarrillo que colgaba de la comisura de sus labios se tambaleó dejando caer una porción de ceniza.

—Acuéstate aquí. ¿Vienes sola?

—Soy huérfana.

—Lo siento.

Volvió a señalar la camilla. Ella obedeció.

Tan pronto se acostó, lo primero que llamó su atención fue la jeringuilla que descansaba sobre la mesa. Estaba llena hasta la mitad con un líquido blanco.

—¿Es el praemortis? —preguntó.

—Pues, claro. ¿Qué va a ser si no? Sabes a lo que has venido, ¿verdad?

—Sí, pero nunca había visto el líquido.

El practicante estudió a la muchacha de arriba abajo. Dejó el cigarrillo en equilibrio sobre el borde de la mesa y procedió a colocar las correas a su paciente: una en cada muñeca, otra en cada tobillo y una quinta a la altura de la frente.

—Abre la boca —dijo, aproximando un mordedor a sus labios.

—¿Me va a doler?

—¡Pero bueno! ¿Es que no has leído el formulario que te han dado al entrar?

—Sí.

—Pues ahí lo pone claramente. El praemortis causa un ataque cardíaco.

—Ya, pero es que…

El practicante suspiró.

—¡Maldita sea, todos me preguntan lo mismo!

Miró de reojo a la joven, atada a la camilla. Tenía unos enormes ojos verdes que clareaban con el reflejo de la lámpara del techo. Su pelo, muy negro, se encontraba recogido en una larga trenza.

—A ver, ¿cómo te llamas?

—Vienna.

—Muy bien, Vienna. Sí, te va a doler. Experimentarás una sensación de ardor en la sangre, hasta que tu corazón reciba el paro. Tendrás unas cuatro o cinco convulsiones, provocadas por un intenso dolor en el pecho; luego morirás. Ahí pasará el dolor… durante unas dos horas. Cuando regreses tendrás algunas secuelas: brazo izquierdo entumecido, cansancio… se irán en unos diez días, ¿de acuerdo?

—De acuerdo, gracias.

—Nada de gracias. Es justo lo que dice el formulario. No lo has leído.

—No.

—Al menos dime que sabes a dónde irás cuando mueras.

—Sí, a la Vorágine.

El practicante soltó una risita sorda, se giró, tomó la jeringuilla con el praemortis y le dio unos golpecitos para quitarle el aire.

—Muy bien… esa lección se la conocen todos —añadió para sí, mientras dejaba salir unas cuantas gotas del líquido blanco.

—Pero solo me asusta el dolor —dijo Vienna, de repente—. No lo que suceda después.

El practicante miró sorprendido a la muchacha. Descubrió que su mano derecha temblaba por culpa de los nervios, pero en sus palabras había, sin duda, una inusual convicción.

—¿No estás asustada por ver en qué torbellino vas a caer?

—Sé lo que va a ocurrir.

El practicante guardó silencio un instante, pero luego reaccionó soltando una estrepitosa carcajada.

—¡Claro, ese es el espíritu!

Y, sin más, remangó la camisa de su paciente e inyectó el praemortis.

Tal y como había adelantado, la sensación de ardor en la sangre no se hizo esperar. Quemaba de una forma insoportable. Vienna intentó revolverse, pero las correas se lo impidieron.

—De acuerdo entonces —la voz del practicante le llegó amortiguada por los latidos de su propio corazón—. Si ya sabes lo que va a suceder, solo me queda desearte buen viaje.

Y, al momento, le sobrevino el primer golpe de dolor. Su pecho se agitó como si algo lo estuviera desgarrando desde dentro. Soltó un grito y apretó los dientes en torno al mordedor. El practicante, cruzado de brazos a un lado de la camilla, había vuelto a colocarse el cigarrillo entre los labios.

—Hasta dentro de un rato —se despidió, moviendo la mano.

Un segundo golpe, y luego un tercero, hicieron crujir las correas que aprisionaban a Vienna en la camilla. El cuarto fue el más fuerte e intenso. Se escuchó gritar, pero su grito no salió de sus pulmones, sino que se reprodujo en su mente; expresado no con la voz, sino con su conciencia. La habitación a su alrededor había desaparecido, dando paso a una oscuridad total. Su grito comenzó a distorsionarse rápidamente, transformándose en un eco profundo, grave y mucho más potente que cualquier sonido que pudiera salir de sus pulmones. Se transformó en un trueno ensordecedor, y entonces vio que nadaba en las aguas de la Vorágine. Un millar de conciencias gritaban a su alrededor, nadando para salvarse de la corriente que las empujaba al negro ojo del centro. Vienna, sin embargo, no gritó ni se puso a nadar. Extendió los brazos, procuró relajarse y se dejó guiar a merced de las corrientes.

El bramido creció y la Vorágine comenzó a desgajarse. En un instante, Vienna se vio zarandeada por los vientos del torbellino en el que se había transformado su mitad. Voló, llevada por aquellos vientos enfurecidos, arriba y abajo, rozando los bordes, pero sin ser expulsada del cono, hasta que, de repente, comprobó hacia dónde era conducida.

Ante sus ojos se abrió una extensión como jamás había visto; un mar, compuesto por aguas de un brillante lapislázuli. Eran aguas tranquilas, en las que solo cerca de la orilla caracoleaban las olas, desapareciendo en una nube de espuma bajo una arena dorada y suave. Más allá se abría un denso bosque de árboles altos y delgados, donde el rocío había dejado los restos de una neblina que llegaba hasta las rodillas. Y más lejos, mucho más lejos, unas montañas altas que se recortaban en la inmensidad como una gigantesca sierra.

El torbellino se dobló para soltar a cuantos conducía a ese lugar, pero entonces Vienna notó que volvía a ella un recuerdo. Parecía lejano, como si le hubiera sucedido muchos años atrás, pero rápidamente fue tomando forma, reuniéndose en el centro de su pecho, hasta provocarle un intenso dolor. Volvió a escuchar su voz, gritando, negando una y otra vez, hasta que abrió los ojos de nuevo.

Se encontraba atada a la camilla. Su cuerpo, sudoroso, se agitaba por un impulso inconsciente, como si aún la zarandearan los vientos del torbellino. Miró a su alrededor; la jeringuilla vacía descansaba en la mesa de ruedas, junto a la colilla apagada de un cigarrillo. El practicante apareció en la sala. Llevaba su formulario.

—Bienvenida —dijo, con un nuevo cigarrillo en los labios.

Alcanzó la camilla y desató las correas. Vienna se sentó.

—¿Lo recuerdas? —añadió el practicante, colocando las hojas frente a sus narices—. Es el formulario del que tanto hablamos antes de tu viaje. Ahora te toca rellenar lo que falta.

Alargó un bolígrafo a Vienna y señaló con el dedo la parte del cuestionario en el interior de un recuadro azul. Había una sencilla pregunta: «¿En qué torbellino ha caído?», y dos opciones. Abajo quedaba un espacio para la firma, y justo al lado de este, los términos del contrato que la ligaría a la corporación Praemortis hasta que pagara su Néctar. Quiso marcar la opción correcta, pero de reojo comprobó que el practicante esperaba sin perder detalle.

—¡Venga, no tengo todo el día! —apremió—. ¿Es que tampoco conoces esta parte del procedimiento?

—Sí, esta parte sí la conozco.

Su interlocutor soltó otra de sus ruidosas carcajadas.

—No me digas que todavía te dura el miedo. ¡Vamos! Me dijiste que ya sabías lo que te iba a suceder, ¿no es verdad?

—Exacto —respondió Vienna—. Sabía perfectamente lo que me iba a ocurrir.

Y, mintiendo, rellenó la casilla del Bríaro.

2

La cárcel de Wael era posiblemente el lugar más desagradable que un ser humano fuera capaz de imaginar; al menos, dentro de la existencia mortal. A ella se destinaban solo los delincuentes más peligrosos: rebeldes, asesinos, violadores, ladrones de alta categoría y dementes incurables inconscientes de haber consumido demasiado Nitrodín, o los pobres desgraciados cuya mente no había resistido la experiencia de su primer viaje al otro mundo.

Wael no era más que una torre ruinosa en la cumbre de una montaña, único resquicio de tierra real que había en los alrededores de Pináculo. Sus acantilados sobresalían del Apsus unos ochenta metros antes de convertirse en el sillar que daba forma a la cárcel. Junto a ella había otros dos picachos de roca viva. Asomaban cuarenta y veinte metros respectivamente. Estaban dispuestos en fila, cada uno más cerca de la ciudad–plataforma. La imagen que presentaba el conjunto de las tres cumbres había alimentado las fantasías de los marineros, que no tardaron en compararla con las ondulaciones de una gigantesca serpiente marina. De este modo, los escasos presidiarios que lograban cumplir condena sin perecer a causa de las deplorables condiciones de vida, salían con el tatuaje del monstruo en alguna parte visible del cuerpo, pues aquello les daba un status dentro del mundo del crimen. Sobrevivir a Wael se consideraba todo un logro.

El interior de la cárcel disponía de noventa y cinco celdas cuadradas de cinco metros por lado, donde se encerraba a los presos por parejas. Eran cubículos pequeños y húmedos, con un par de bombillas y una ventana enrejada. Dentro no había muchas actividades en las que ocuparse, de modo que aquellos que cumplían condena se pasaban el día intentando atraer a las gaviotas para comer algo más sustancioso que lo servido en el rancho. No obstante, las aves estaban ya sobradamente prevenidas de lo que les sucedería si osaban acercarse a la ventana de alguna celda, de modo que comer gaviota se consideraba todo un golpe de suerte.

Existía, además, otro tipo de celdas. Construidas en las profundidades de Wael, excavadas en la roca viva, eran poco más que agujeros donde apenas cabía un catre. Nadie se había preocupado en alisar paredes, techo o suelo, de forma que aún conservaban las hendiduras hechas por el pico. No había luz, ni ventanas que dieran al exterior. Los presos que eran arrojados allí no tardaban en enloquecer, si la humedad no carcomía primero sus huesos y los mataba de dolor.

Nadie sabía cuántas celdas de este tipo se habían construido, pero se rumoreaba que existían más de doscientas. Las paredes de las más profundas estaban localizadas bajo el nivel del Apsus, así que siempre estaban mortalmente frías.

En la base de la roca que sostenía a Wael, justo a la altura del Apsus, había una gruta ancha, dentro de la cual se había construido un embarcadero. Era el único acceso a la cárcel, a la que se llegaba en submarino desde la ciudad de Pináculo.

Allí esperaba el alguacil, Gregger Wallace, arrimado a un enorme fanal para recibir todo el calor posible. Se abrazaba y pisoteaba el suelo para desentumecerse los pies. Gregger era un hombre delgado, de rasgos perfilados, labios inexistentes, ojos pequeños e inquietos y nariz picuda en forma de triángulo escaleno.

A su lado, un carcelero fofo y contrahecho se sorbió los mocos.

—Me ha parecido ver un copo de nieve, jefe.

—No hace tanto frío, Silas. Yo ni siquiera puedo ver el primer picacho y tengo mucho mejor vista que tú. No ha caído ningún copo.

—Por el Apsus que lo he visto.

Gregger lanzó a Silas una mirada furibunda. Este se estremeció.

—¿Cuántas veces te he dicho que no jures por el Apsus? Tenemos sus olas a seis metros bajo nuestros pies.

Silas se puso a temblar de arriba abajo, pero no a causa del frío.

—Perdóneme, señor Wallace.

—Si vuelvo a escucharte jurar por estas aguas yo mismo te arrojaré a ellas.

—No volveré a jurar.

Gregger iba a soltar otra nueva amenaza, cuando divisó por el rabillo del ojo una sombra a la entrada de la gruta.

—Ahí vienen. Extiende la escalerilla.

El carcelero fofo saltó al borde del embarcadero y bajó una escalerilla metálica hasta las aguas. A la luz del fanal no tardó en hacerse visible la negra panza de un submarino. Entró por la gruta maniobrando con lentitud y se colocó bajo la escalera. Al punto se abrió la escotilla, de la que emergieron dos soldados armados. Luego, el fanal reflejó su luz sobre las placas de la armadura de un confesor. Este traía sujeta por el brazo a Leandra Veldecker. Al verla, Gregger se pasó una mano por el rostro.

—Entonces era cierto —dijo casi sin aliento—. Traen a Leandra Veldecker a la prisión de Wael.

—Sí, así es —contestó el sargento de la escuadra, el último en emerger.

Una vez en el embarcadero, el sargento se tocó la sien con la punta de los dedos y se cuadró.

—Soy el sargento Ranulf. Raquildis exige el máximo secreto respecto a este asunto. Nadie debe saber que Leandra está recluida aquí. De cara a los medios se encuentra enferma, en Pináculo.

—Y los nobles, ¿también lo saben?

—Solo algunos.

—¿Cuánto tiempo debe permanecer aquí?

—No se me ha informado. De momento, indefinidamente.

—¿Indefinidamente?

El confesor, de pie junto a Leandra, movía su cabeza como si estudiara con detenimiento a cada uno de los presentes. Cuando llegó hasta Silas, retrocedió un paso de forma instintiva. —¿Es cierto lo que dicen de ella? —dijo el grueso carcelero, intentando centrar su atención en la mujer—. ¿Es verdad que es el legendario Marcus Haggar?

El sargento asintió. Las aletas de la nariz de Gregger se abrieron como si hubiera olfateado un delicioso manjar.

—¡Imposible...!

Leandra permanecía en pie a duras penas. Cabizbaja, demacrada y sucia. Le habían curado la herida del balazo, pero nadie se había preocupado por limpiársela bien, de modo que aún conservaba restos de sangre cerca del hombro. Sus cabellos, grasientos, caían ocultándole el rostro. Se mantenía en pie ayudada por el confesor, sin que pareciera consciente de cuanto la rodeaba. Gregger se aproximó a ella y le apartó los cabellos. El rostro que halló al otro lado le produjo un escalofrío.

—Que el Bríaro me lleve… es preciosa…

Quiso acariciar su rostro, pero Ranulf detuvo sus intenciones con un carraspeo.

—Es un peligro. Raquildis ha ordenado que se la confine en la celda más profunda.

—La llevaré abajo —respondió Gregger, devolviendo su atención al soldado; luego, dirigiéndose a Silas, ordenó:

—En la última celda. Átala con grilletes.

El aludido asintió, extrajo un manojo de llaves e hizo una señal a los soldados para que lo siguieran. El confesor también se marchó con ellos, llevándose a Leandra consigo. Cuando quedaron solos, Gregger se aproximó al sargento, y como si fuera a confiarle un secreto, susurró a su oído:

—Jamás he visto una mirada como la suya.

—Ha enloquecido.

—No. Es mucho más que locura, sargento. Veo la demencia a diario, en los presos confinados abajo. Pero esa mirada… esa mirada es muy distinta. Esconde una determinación que me ha inquietado. A pesar de mantener a duras penas el sentido, parecía muy fuerte por dentro… mentalmente. No sé qué puede significar.

—¿Se ha asustado?

—Sí, tengo que admitirlo.

—Es un confesor, no lo olvide. El mejor confesor que ha existido. Por eso hay que extremar las precauciones.

Gregger desvió la mirada al Apsus. Las olas entrechocaban cerca del embarcadero. La oscuridad de sus profundidades le devolvió un escalofrío que erizó su piel.

—Por cierto —continuó el sargento—. Debe ponerle esto en la comida.

Introdujo la mano en uno de los bolsillos de su pantalón y extrajo un bote lleno de pastillas.

—¿Qué son? —preguntó Gregger, echándose algunas en la mano.

—Vasodilatadores. Que no sepa que se lo dan.

—¿Para qué los necesita?

—No lo sé. Solo me han informado de la frecuencia con la que debe tomarlas: una píldora mezclada en la comida, todos los días.

Gregger asintió.

—También se nos ha ordenado que permanezcamos aquí, montando guardia.

—¿Incluido el confesor?

—Sí. Él también se queda. Desde Praemortis quieren asegurarse de que Leandra no intentará escapar.

Gregger enarcó una ceja.

—Llevo doce años al mando de Wael y nadie ha conseguido fugarse —dijo, encrespado.

El sargento de la Guardia hizo una mueca de desaprobación.

—Escuche. Voy a estar de muy mal humor mientras permanezca en esta cueva apestosa. Le aconsejo, por tanto, que procure no distraerme de mis obligaciones, Gregger.

—Le recuerdo que mi nombre completo es Gregger Wallace. No olvide de qué familia procedo, sargento.

Ranulf miró de arriba abajo a su interlocutor. Conocía el historial del alguacil. Antiguo oficial de la guardia, igual que todos los de su apellido, fue degradado por su continuo abuso de poder con los soldados y una creciente lista de altercados públicos en estado de embriaguez. No obstante, y pese a encontrarse exiliado como alguacil de Wael, su apellido seguía otorgándole cierto poder con el que era mejor no lidiar.

—Como quiera.

3

El interior de Wael apestaba a moho. Bajo los muros de la torre se ocultaba un laberinto de cuevas húmedas y angostas por cuyos túneles viajaba el eco de un permanente goteo. El Apsus se filtraba por todas partes, favoreciendo el crecimiento de hongos y musgo, que como una plaga cubría las paredes. Silas, los guardias y el confesor que arrastraba a Leandra descendieron hasta los niveles más bajos. Allí, el silencio era absoluto. Las catacumbas de Wael aislaban al preso de la realidad misma, como si por medio de un extraño poder tuvieran la facultad de transportarlo a un universo en el que solo existiera su propia conciencia.

Las escaleras del último tramo era las más gastadas y resbaladizas. El grupo tuvo que descender con cuidado, ayudándose con las manos en las paredes. El último nivel de las mazmorras se encontraba encharcado. Consistía en un solo corredor, por el que transitaba una calma húmeda y fría que parecía nacer de las mismas paredes para extenderse, como zarcillos, buscando introducirse en los pulmones de los incautos que osaran inhalar. Ninguno de los soldados fue capaz de evitar un escalofrío. Silas, en cambio, parecía acostumbrado a aquella especie de repulsiva invasión.

El grupo se detuvo frente a una herrumbrosa puerta de acero. Era la última del corredor.

—Es aquí —indicó Silas a los demás.

Manoseó el llavero hasta que dio con la llave adecuada y abrió la puerta haciendo fuerza con todo su cuerpo. Mientras el confesor montaba guardia fuera, los soldados entraron a Leandra y la tumbaron encima de un catre húmedo.

—No —les detuvo Silas.

Señaló al fondo. Pegada a la pared había una banqueta. Sobre ella colgaban dos grilletes. Los soldados asintieron. Levantaron a Leandra y la sentaron en la banqueta. Le alzaron los brazos para colocarle los grilletes. Leandra emitió un quejido de dolor.

—Le dispararon en un brazo —aclaró uno de ellos a su compañero, que respondió encogiéndose de hombros y tratando a Leandra con algo más de cuidado.

Una vez terminado su trabajo, los soldados se retiraron hasta la puerta.

—Venga, marchémonos de aquí —dijo uno, reprimiendo un escalofrío—. La humedad me está calando los huesos.

—Carcelero —llamó el otro, volviéndose hacia Silas—, ¿cómo se sale de este lugar?

—Síganme.

Desanduvieron el camino por donde habían venido, acompañados por el confesor. Con ellos desapareció la luz. La celda quedó sumida en una oscuridad densa que lo llenó todo como si el mundo hubiera desaparecido. Leandra se agitó entonces, notando por primera vez el frío contacto de los hierros alrededor de sus muñecas, y como si despertara de una pesadilla abrió los ojos cuanto le fue posible, buscando captar algo a su alrededor. No halló nada más que negrura y un silencio roto ocasionalmente por el tintineo que los grilletes hacían al contacto con la piedra. La herida le pinchaba a causa de la posición en la que tenía los brazos. Se reclinó, y ayudándose en la pared logró ponerse de pie.

—Iván —musitó a la nada—, me prometiste que no me soltarías. ¿Por qué me has mentido?

4

Se llamaba Eva, y verla desnuda no le proporcionaba ni la mitad del placer que Leandra. Por esa razón, Raquildis había estrellado una lámpara contra su cabeza.

Buscando escapar, la muchacha se arrastraba semiinconsciente por el piso alfombrado. A su paso iba dejando un rastro de sangre que manaba desde una fea brecha en su ceja izquierda. El líder de Praemortis, sentado en un sofá de piel sintética, estaba concentrado en estudiar con cuidado sus arrugadas manos de anciano, y en el antebrazo, la grotesca brecha que el arpón de Aadil le había dejado. Avanzaba en forma de gruesa línea, desde la mitad del antebrazo hasta casi alcanzar la muñeca. Ahora, cada vez que cerraba el puño notaba una leve e incómoda descarga desde la punta de los dedos al hombro. Sin duda, el arpón había tocado el nervio y le había dejado una pequeña secuela. Nada de importancia, por fortuna.

Se puso en pie, recogió su camisa y se la abrochó. La muchacha, que aún caminaba a gatas buscando la puerta, se tambaleó. Estaba a punto de perder el sentido.

—Hay cosas por las que no se pregunta —dijo Raquildis, en voz alta—. Mi cicatriz es una de ellas. No tienes ningún derecho a dirigirme la palabra, y menos cuando estás haciendo un trabajo tan lamentable. Ni siquiera has llegado a excitarme.

Eva era una prostituta de lujo. Trabajaba en uno de los mejores locales de la ciudad, según había recomendado Baldomer Dagman al líder. Raquildis esperaba mitigar sus necesidades con ella, ahora que le faltaba Leandra. Sin embargo, y a pesar de intentarlo, se sintió incapaz de abstraerse. Recordaba con demasiada viveza el placer que sentía yaciendo junto a la hija de Frederick Veldecker. Someter su carácter ferino, moldeado durante décadas de severo adoctrinamiento entre los confesores, henchía cada uno de sus sentidos con un gozo que ninguna otra mujer era capaz de igualar.

—Estás manchando la alfombra de sangre —advirtió a la chica mientras se anudaba los cordones de los zapatos.

Se incorporó y tomó su chaqueta. Vestía traje gris, chaleco de fantasía, camisa azul claro y tirantes. Una indumentaria algo festiva para su gusto, pero necesaria, teniendo en cuenta el lugar en el que se encontraba.

De repente, la puerta de la habitación se abrió de golpe. Ed Wallace apareció empuñando una pistola. Llevaba puesto el uniforme de general; las estrellas sobre sus hombros produjeron un tenue reflejo al quedar bajo la lamparita de entrada. Ed no tardó en detectar a la prostituta que se arrastraba por el suelo. Raquildis, al fondo, ya se colocaba la chaqueta.

—¿Todo bien? He escuchado un ruido.

—Sí, Wallace. Nos marchamos. El servicio en este local no es tan bueno como Baldomer me había asegurado.

—Lo lamento. Llamaré al chófer.

Raquildis caminó hacia la salida. Justo cuando sorteaba a la mujer, se metió la mano en el bolsillo y dejó caer un puñado de billetes arrugados. Al cruzar la puerta lo sorprendió la música a todo volumen que resonaba en el local de alterne. Dos bailarinas se contoneaban sobre un escenario. Abajo, pegados al borde, babeaba una docena de clientes. Lejos de las luces había dispuesta una hilera de mesas, donde se reunían soldados de diversos rangos, hombres de negocios, miembros corporativos y nobles. Olvidaban sus preocupaciones con el espectáculo y el Nitrodín. Algunos saludaron a Raquildis cuando les pasó por el lado. Otros no le prestaron atención. Él no se molestó en devolver ningún saludo. Pasó entre ellos con la vista fija en la puerta. Era mejor no entretenerse.

El nuevo líder de Praemortis disponía de aliados y enemigos a partes iguales, y lo sabía. Con Erik desaparecido, la familia Gallagher había intentado utilizar todo su carisma en un desesperado intento por colocar a los nobles en contra del que fuera consejero de los Veldecker. Sin embargo, todos quedaron sorprendidos cuando los Dagman anunciaron que apoyaban al nuevo líder. No eran tan fuertes como los Gallagher, pero pesaban lo suficiente como para que las demás familias dudaran. Deuz presintió un cisma entre los suyos y tuvo miedo. Él no disponía de la perspicacia que tenía Erik y no deseaba arriesgarse. Justo en ese momento, Raquildis contraatacó. Un rumor, iniciado bien pronto en los círculos internos, aseguraba que Erik continuaba vivo y que solo Raquildis sabía de su paradero. Los Gallagher estaban arrinconados. Si deseaban conservar buena parte de su poder y recuperar a Erik no tendrían más remedio que agachar la cabeza ante el nuevo líder.

Así, la ceremonia de nombramiento no tardó ni una semana en celebrarse. Nunca antes se había hecho algo igual, pues Praemortis había surgido del mismo Robert. Entre risas, aplausos y vivas, Raquildis fue nombrado nuevo líder de la corporación que poseía la ventana al Bríaro.

No obstante, él sabía que la realidad era bien distinta. Los aplausos no eran más que el fruto de una esforzada apariencia, las risas, una colección de rictus y muchos vivas no se dijeron más que en susurros. Sí, Raquildis tenía muy claro las lealtades de los otros nobles. Percibía, desde su nombramiento, una preocupante determinación en la mirada de algunas personas, especialmente en miembros de los Gallagher. Y, además, tenía claro que si bien Deuz no disfrutaba del intelecto maquinador de su primo, sí era una persona paciente, capaz de esperar el tiempo necesario para un contraataque. Raquildis, a fin de cuentas, no era más que un anciano. Su mandato no duraría demasiado tiempo, y cuando dejara ver los primeros achaques, aquellos nobles que contaba entre sus enemigos secretos, con Deuz a la cabeza, se lanzarían sobre su espalda.

Wallace empujó la puerta de salida y dejó espacio para que el líder pasara. Una ráfaga de viento congelado estrelló varias gotas de agua sobre su rostro, sacándole de sus pensamientos. En el exterior, un toldo rojo cubría la entrada del temporal, pero nada podía hacerse contra la repentina baja de la temperatura. Había cuatro grados menos desde el último parte, lo que obligaba a vestir abundante ropa de abrigo. En el cielo, la oscuridad era absoluta; una negrura sobrenatural que se prolongaba ya varias semanas. Todavía nadie había determinado su causa.

La limusina corporativa se detuvo frente al toldo. El chófer salió corriendo desde su asiento, desplegó un paraguas y abrió la puerta de atrás. Raquildis entró seguido por el general de la Guardia, que se sacudió las gotas de agua antes de acomodarse en el interior.

—¡No soporto este frío! —dijo tiritando—. Ni la música de ese local, dicho sea de paso.

—Estás demasiado acostumbrado al foxtrot del Pináculo. Hay una enorme diferencia entre la música con la que se divierte el ciudadano de a pie y los gustos de la nobleza.

—Lo sé, y no se lo recrimino a los ciudadanos, señor. Sin embargo, no termino de acostumbrarme.

Raquildis afirmó con la cabeza, mientras esbozaba una sonrisa de medio lado. Luego, dirigiéndose al chófer, ordenó:

—Arranca de una vez.

El vehículo se puso en marcha. En el silencio del habitáculo, Raquildis regresó a las meditaciones sobre su estado actual.

—¿Sabes, Wallace? —dijo, al cabo de un rato, mientras contemplaba la ciudad a través de la ventanilla—. En los años en los que me ocupé de Robert tuve varias oportunidades para hacerme con el mando de Praemortis. Todo habría resultado más sencillo entonces, cuando los tres hermanos no eran más que unos pobres muchachos y yo era más joven. Frederick había fallecido y estaban indefensos, desorientados. El pobre Robert aún no sabía si desobedecer a su padre cuando vino para solicitar mi consejo. No era más que un adolescente, ignorante y enfermo.

—¿Por qué decidió ocuparse de ellos?

Raquildis sonrió. La oscuridad del exterior, en contraste con la luz en el interior de la limusina, proyectaba débilmente su reflejo contra la ventanilla. Sus recuerdos reconstruyeron la casa de los Veldecker:

Los murales de madera con remates biomorficos decoraban el salón. Frente a una chimenea de mármol ribeteado, sentado en un sillón orejero, se contempló a sí mismo mucho más joven, acunando a la pequeña Leandra en sus brazos para que dejara de llorar por la falta de su padre. Los rasgos infantiles de la hija de Frederick lo habían absorbido desde siempre. La graciosa cabellera negra, los labios suaves y pequeños, y aquella mirada encendida por el desamparo cautivaron sus sentidos con una atracción inmoral difícil de mantener a raya. Nada le importaban los otros dos hermanos, o incluso el padre. Frederick yacía muerto en la habitación contigua, y mientras familiares y amigos preparaban las exequias, él veía al fin la oportunidad, no solo de adoptar el apellido Veldecker y entrar así en la nobleza, sino de convivir junto a Leandra, cuidarla, verla crecer, y entretanto, continuar alimentando sus anhelos secretos, aquella lasciva intención de poseerla en algún momento del futuro.

En aquel momento, aún ignoraba que Robert tampoco lloraba a su difunto padre, sino que permanecía obsesionado por reproducir el praemortis, por conseguir algún rastro de la fórmula que Frederick le había ordenado destruir.

Terminó lográndolo, claro. El doctor Veldecker, en su afán por destruir las evidencias de su hallazgo, no se había deshecho de todas las pruebas.

Carraspeó.

—Debía cuidar de Leandra —dijo—. En realidad, debía cuidar de los tres hermanos. Creí que sería fácil dominarlos en lugar de destruirlos; sin embargo, me doy cuenta que, por desgracia, no resulta sencillo someter la voluntad de los demás para que hagan lo que uno quiere. Al final, la fuerza acaba haciéndose necesaria.

Wallace enarcó una ceja. Estaba a punto de responder cuando el chófer pisó a fondo el pedal del freno. El vehículo se bamboleó. Raquildis se golpeó la frente contra el asiento delantero y soltó una maldición.

—¡Se puede saber qué haces! —le gritó Wallace al conductor, pero este se encontraba petrificado.

El vehículo se había detenido a pocas manzanas del edificio de Pináculo. Atravesaba una calle estrecha, evitando la avenida para prevenir un hipotético ataque de los Cuervos contra el recién nombrado líder. El lugar se encontraba desierto a esas horas de la madrugada. Las paredes de los edificios de ambos lados se perdían en la oscuridad. Un millar de furiosas gotas de lluvia parecía surgir desde la nada, como si procedieran de otro mundo, para estrellarse con fuerza contra la chapa de la limusina. Frente al vehículo, a unos tres metros, había una figura imponente. Un ser de proporciones exageradas, parado en mitad de la calle.

Wallace echó mano a su pistola.

—¿Quién es? —quiso saber el general—. ¿Es un rebelde?

—¡Es el Golem! —afirmó el chófer, al parecer muy informado de la leyenda que corría entre los ciudadanos de Pináculo.

Un escalofrío recorrió la espalda de Raquildis. Pese a la oscuridad logró distinguir las formas de aquel monstruo. Era evidente que no vestía una armadura de confesor, ni siquiera de los modelos antiguos. Parecía desnudo, pero compuesto de una textura que no era piel.

—¡Sácanos de aquí! —ordenó Wallace al chófer.

Pero antes de que la limusina se pusiera en marcha, el Golem avanzó de una zancada la distancia que lo separaba del vehículo y hundió su brazo en el capó. Las ruedas chirriaron, pero el vehículo no se movió del sitio. El Golem extendió el otro brazo, atravesó sin problemas el cristal blindado de la ventanilla del conductor y sacó al chófer, a quien lanzó por encima de su cabeza como si no pesara nada.

—¡Salgamos! —gritó Wallace.

Abrió la puerta de su lado, empuñando la pistola. Una vez fuera, se cubrió tras la puerta y disparó dos veces al monstruo, pero no logró nada. El Golem, por su parte, estaba concentrado en Raquildis. Se aproximó por su lado y se agachó para mirarle cara a cara. El recién nombrado líder de Praemortis, que aún no se había movido de su asiento, contempló unos ojos más negros que la extraña noche que envolvía Pináculo. En ellos titilaban puntos de luz plateados, como estrellas que se hubieran apagado eones atrás, pero cuya luz viajara aún por el cosmos. Hechizado por ellos, Raquildis salió del vehículo. Respiraba agitadamente.

Al otro lado, Wallace había desistido en su empeño por vencer a la criatura. Él también pudo reconocer que estaba cubierto por algo muy distinto a la armadura de un confesor.

El Golem, una vez el líder hubo dejado la limusina, se irguió. Era mucho más esbelto que cualquier hombre.

—Raquildis —llamó con una voz profunda, como si hablara la misma Tormenta.

—¿Quién eres? —respondió con voz temblorosa.

—He venido para que elijas, como eligió Robert.

—¡¿Robert?!

—Robert eligió su camino. No quiso cambiar de torbellino. Prefirió morir con su secreto y condenar a la humanidad. Ha llegado el momento de tu elección.

Los dos hombres quedaron perplejos. Cuanto habían escuchado en leyendas y rumores se materializaba junto a ellos en una sobrecogedora realidad. Sus especulaciones sobre quién era el Golem habían fracasado. No era un rebelde; de hecho, con solo verle quedaba claro que se encontraba por encima de las necesidades y objetivos de los Cuervos. Wallace fue el primero en manifestar que se hallaba frente a una criatura sobrehumana.

—¡Así que es cierto! —intervino, boquiabierto—. Puedes cambiar a la gente de torbellino.

—Wallace, márchate —ordenó Raquildis, con un movimiento enérgico de cabeza. El temor inicial hacia el Golem parecía haberse mitigado.

—Pero, señor. No es pruden…

—He dicho que te marches. Espérame en la esquina.

Wallace, obediente, caminó hasta el lugar indicado, sin dar la espalda al Golem.

—Elige, Raquildis —insistió.

Ahora se encontraban solos. La intensa lluvia tardó pocos segundos en calar al líder de Praemortis quien elevó la cabeza hasta que sus ojos volvieron a encontrarse con los de la criatura. Ahora sabía con quién conversaba Robert. En algunas ocasiones años atrás, desde que este no era más que un muchacho, lo había descubierto hablando a solas; sin embargo, Raquildis siempre había pensado que no era sino un efecto secundario de la cefalea; no obstante, ahora comprendía que el Golem había visitado a Robert desde siempre.

—¿Qué debo elegir? —preguntó.

El Golem elevó el tono de voz. Sus palabras rebotaron entre las paredes de la estrecha calle.

—El praemortis es la verdad revelada a los hombres. Aquella verdad que decidiste olvidar en el pasado. Pero no hay ningún Néctar que pueda salvaros. Sácales del engaño en que viven. Derriba el edificio de Pináculo y recupera los antiguos cimientos de lo que un día fue. Solo así cambiaréis de torbellino.

Raquildis se estremeció. Tal y como decía el Golem, el edificio de Pináculo se había levantado sobre otra construcción, una especie de templo, dedicado a un olvidado culto religioso. Tras muchos años, y debido a que la sociedad ya no creía en ningún tipo de devoción a una entidad superior, el edificio se abandonó. Sobre sus ruinas fue levantado el moderno rascacielos que se conocía como Pináculo. Sin embargo, aún quedaban restos de la antigua edificación, de aquella estructura de piedra. Los confesores utilizaban sus pasadizos para acceder a determinados puntos del moderno edificio; también se valían de las celdas, ubicadas bajo el suelo, para descansar cuando no llevaban puesta la sagrada armadura.

—El antiguo edificio —dijo Raquildis—. ¿Qué esconde? ¿Qué hay en él?

—Yo.

—¿Encontraré allí la forma para escapar del Bríaro?

—Encontrarás una respuesta, un medio para recordar lo que os habéis esforzado por mantener en el olvido. La forma de cambiar de torbellino solo depende de lo que desees, de lo que anheles. Respóndete a ti mismo, Raquildis, ¿en qué torbellino deseas caer?

Las últimas palabras del Golem habían resonado como un trueno. Los cristales de la limusina vibraron como si estuvieran a punto de estallar. Raquildis guardó silencio, pero sus piernas se doblaron por el miedo y, vencido, cayó arrodillado frente a la criatura. Notó que los ojos le escocían; las lágrimas, mezcladas con la intensa lluvia, se perdieron en los pequeños riachuelos que corrían sobre el pavimento. El Golem dejó de prestarle atención por un instante y alzó la mirada. Desde la esquina asomaba la cabeza de Ed Wallace. Cuando el general se supo descubierto quiso esconderse, pero comprobó, para su horror, que la mirada de aquel monstruo lo había paralizado.

—Elige —declaró el Golem, una vez más.

Raquildis, arrodillado, con la vista en los riachuelos que calaban sus pantalones, afirmó con la cabeza; sin embargo, el Golem continuaba sin mirarlo a él. Al fondo, Ed Wallace sintió que lo asfixiaba una fuerte presión en el pecho. De repente, la criatura dio media vuelta y se alejó en dirección a un rincón oscuro, tras el que desapareció, como si la misma oscuridad lo hubiera transportado lejos de la estrecha calle.

Raquildis alzó la cabeza. No sabía cuánto había durado su encuentro con el Golem, pero en todo aquel tiempo no había aparecido ningún otro vehículo, ni transeúntes, por muy fuerte que hubiera sonado la voz de aquel ser. Wallace y él continuaban solos en la calle, como si se hallaran en una ciudad abandonada, o acaso en otra dimensión, exactamente igual al mundo que ellos conocían, pero desprovista de toda vida. La lluvia, como un manto denso y húmedo, caía en oleadas, empujadas por un viento feroz. Las paredes a ambos lados chorreaban como si se derritieran, y en el suelo corría ya un pequeño río que cubría hasta los tobillos.

—Señor —llamó Ed.

Se había acercado desde la esquina, y ahora intentaba llamar la atención del líder, posando una mano en su hombro.

—Ya se ha marchado. Nosotros también deberíamos irnos.

Raquildis, sin decir palabra ni realizar ningún gesto, se puso en pie y volvió a su sitio en la limusina. Ed se sentó en el asiento del conductor y arrancó. Solo cuando hubieron avanzado casi cien metros, con cuidado de que el vehículo no fuera empujado por la corriente de agua, detectaron el cuerpo del chófer. Había sido lanzado por los aires hasta aterrizar en la ventana de una segunda planta. La mitad de su cuerpo había atravesado el cristal, pero sus piernas colgaban del alféizar. Dentro, en la habitación donde había caído su cuerpo, las luces acababan de encenderse. Una mujer gritaba espantada.

5

A través de la ventana de su habitación particular, en la segunda planta de aquel parque de bomberos reutilizado como base rebelde, Stark observaba la Marca Oriental, o lo que podía adivinar de ella, pues aquel golpe de oscuridad repentina que lo había sorprendido en la Estación Central de Monorraíl no se había marchado todavía. Recordaba aquel instante: hasta la luz eléctrica había dejado de funcionar, algo que supo aprovechar para abrir fuego contra los soldados de la Guardia y meterse con Geri en el monorraíl. Al poco la corriente volvió, justo a tiempo para emprender la fuga, para retirarse del ataque que habían planeado junto a los Gallagher y los Dagman, de quienes, finalmente, no recibieron ninguna ayuda.

En el resto de la ciudad, la vuelta de la electricidad ayudó a combatir aquella negrura, pero en la Marca Oriental, donde se alojaban los Cuervos, hacía tiempo que no funcionaba el suministro. Ahora parecían vivir en el interior de un profundo agujero; Stark ni siquiera era capaz de ver los edificios de la acera de enfrente. Jamás había vivido nada parecido. Incluso durante las noches más prolongadas era posible diferenciar algo, aunque fuera a pocos metros de distancia, gracias a la luz que reflejaba la Luna, pero ahora resultaba imposible. Daba la impresión de que toda luminosidad hubiera sido absorbida…

Aquello ponía los pelos de punta.

Llamaron a su habitación. Era Reynald.

—Deberías guardar cama, jefe —dijo nada más entrar, al verle apoyado contra la ventana—. Tienes en el cuerpo dos agujeros de bala que no van a curarse solos.

Stark sonrió.

—No puedo estar metido en la cama todo el día. Me agobia.

El ballenero se cruzó de brazos.

—Cierto —dijo, guiñando un ojo—, yo no lo soportaría. Además, vengo para darte una buena noticia.

—¿Geri?

—Sí. Ya ha despertado.

Stark alargó el brazo y Reynald corrió a pasárselo por encima del hombro. Luego condujo al líder de los Cuervos hasta la habitación de Geri, ubicada al final del pasillo, en la misma planta. Nada más salir, Stark comprobó que varias personas aguardaban a la entrada de la habitación de la mujer; al parecer, la noticia de su recuperación se había propagado velozmente por toda la base. No obstante, Alfred Jabari, que montaba guardia frente a la puerta, no dejaba entrar a nadie.

—Te aguarda a ti —saludó el profesor, dirigiéndose a Stark, cuando llegó hasta su altura—. Eres el primero por quien ha preguntado.

—¿Preguntado? —inquirió Stark.

Alfred dejó escapar un suspiro y aclaró:

—Mediante señas.

—¿Ella lo sabe?

—¿Que no volverá a hablar? Sí. Lo ha asimilado con entereza.

—Necesito verla… Rey —dijo, volviéndose hacia el ballenero—. A partir de aquí continuaré yo solo.

Se deshizo del apoyo de su amigo y, cojeando, entró a la habitación de Geri. La mujer giró levemente la cabeza cuando lo vio aparecer y lo saludó con una sonrisa cargada de ternura. Uno de los bucles de su negro cabello le cayó sobre el rostro. Su piel morena brillaba con el reflejo de la lamparita sobre la mesilla del cabecero; era tersa, suave y libre de imperfecciones. En el cuello, sin embargo, Alfred había retirado las vendas, de modo que podía verse una grotesca brecha que cruzaba su yugular como una cremallera. Aún conservaba los puntos.

La mujer tragó saliva con extremo cuidado y extendió la mano al líder de los Cuervos. Stark se aproximó velozmente, se sentó en el suelo para que ambos rostros quedaran a la misma altura, tomó la mano y la besó.

—Ha faltado poco —dijo, mirando a Geri directamente a los ojos.

Ella asintió, sin dejar de sonreír.

—Pero lo hemos logrado… lo hemos logrado.

Geri apretó su mano. Stark, que no había perdido de vista los negros ojos de la mujer, notó que se enrojecían.

—Aguas de la Vorágine —juró él, apretando los labios—. Cuando te vi ahí tirada, abatida por los disparos de la Guardia, creí que te había perdido. Esos nobles nos han traicionado, pero te prometo por mi vida...

Hizo una pausa, y en un repentino impulso dio un puñetazo al colchón de la cama.

—Por mi vida, que voy a vengarme de ellos, de todo este sistema corrupto.

En el rostro de Geri había desaparecido la sonrisa. Asintió cuando Stark hubo terminado de hablar. Entonces él llevó su mano libre al bolsillo del pantalón. Extrajo un pequeño inyector. Era una dosis de Néctar. Geri frunció el ceño, lo que fue suficiente para que Stark supusiera que la mujer se encontraba confundida.

—Sí, es una dosis de Néctar. Ya, ya sé que te la inyectaste hace tiempo. Pero no sé, Geri, ¿y si falla? ¿Cómo sabemos que el Néctar es efectivo en un cien por cien de los casos?

Acercó el inyector y lo posó sobre la mano de la mujer.

—Quiero que te administres otra dosis, solo por si acaso. Sé que no nos sobran inyectores de Néctar, desde que volvimos a la base he estado reservando este para ti. Quería dártelo en persona. Por favor, Geri, hazlo por mí, solo para tranquilizarme. Hemos estado muy cerca de la muerte, y si te matan jamás me perdonaré vivir con la duda de si habrás caído o no en el Bríaro. Necesito asegurarme.

Ella suspiró, agarró el Néctar que Stark depositaba en su mano y, llevándoselo al cuello, apretó el inyector para administrarse la dosis.

—Gracias —dijo y luego se puso en pie, no sin gran esfuerzo, pues no podía utilizar la pierna herida—. Debes descansar. Diré a Alfred que no permita más visitas por hoy. Volveré mañana por la mañana.

Besó a Geri en los labios, acarició su rostro y le colocó detrás de la oreja el mechón de pelo que se había salido de su sitio. Luego, avanzó cojeando hasta la puerta, pero antes de abrirla, se volvió de nuevo hacia ella. En la pared, justo al otro lado de la cama, había una pequeña ventana. Señaló hacia allí y dijo:

—No me gusta esta prolongada noche, es... es como si estuviera a punto de suceder algo, algo importante... lo presiento y no me gusta, pero sé que no puedo hacer nada por evitar el avance de los acontecimientos. Eso me inquieta.

Guardó silencio un instante, meditando en sus propias palabras.

—No podemos cambiar algunas cosas y, sin embargo, te has inyectado una fórmula para evitar tu destino, ¿no es así?

Volvió a callar, pero de repente soltó un bufido. Sus labios se distendieron en una sonrisa.

—Creo que no debería volver a entablar una conversación con Alfred en mucho tiempo. Me está... contagiando.

Geri sonrió, mucho más ampliamente de lo que había sonreído hasta entonces. Dejó ver sus dientes, grandes y blancos, guiñó el ojo y sacó la lengua a Stark en un gesto pícaro.

—Sí, tienes razón —dijo él—. Definitivamente, no hablaré más con Alfred.

6

Erik Gallagher despertó de su viaje al otro mundo con un grito espantoso. Miró a su alrededor, jadeando, incrédulo de que se hallara de nuevo en su prisión de carne. Las lágrimas resbalaban por los tensos músculos de su cuello. Alcé la visera de mi armadura para hablarle sin impedimentos.

—Erik, bienvenido.

El noble pareció ignorarme. Observó las paredes vacías de mi casa, como si no recordara adónde lo había llevado tras salvarlo de su caída. Finalmente, se percató de que era incapaz de mover casi la totalidad de su cuerpo. Se contempló un rato, inútil, recostado sobre la cama donde tiempo atrás conduje a mi mujer al Bríaro. La caída desde Pináculo había deformado su cuerpo, a pesar de los esfuerzos del médico que le conseguí. Había sido necesario seccionarle las dos piernas a la altura de la rodilla. Su brazo derecho caía inerte y ligeramente descolgado de su sitio. Pecho, estómago y rostro estaban hinchados por efecto de las intervenciones quirúrgicas, cruzados por brechas grotescas en las que todavía quedaban restos de sangre coagulada. Los moretones, distribuidos por todo su cuerpo, habían dado a su piel un tinte cerúleo. Respiraba a duras penas, ayudado por una máquina que reproducía en sus pulmones un gorgoteo repulsivo y que, mediante un grueso tubo, se introducía en su pecho por debajo del diafragma. No era este el único aparato que tenía conectado. Había otro, que mediante un conducto estrecho y una aguja le introducía fluidos en el brazo sano, mientras que un tercero, colocado a los pies de la cama, extendía un conducto que se perdía por debajo de las sábanas.

Cuando Erik vio en el estado en que había quedado, suspiró con fuerza, como si deseara ahogar un grito horrorizado. Su labio inferior comenzaba a temblar y una lágrima resbalaba desde su mejilla derecha. De repente, se apoderó de él una hilaridad perturbadora. En ese momento pareció percatarse de mi presencia. Extendió el brazo que aún le obedecía y me sujetó por el cuello.

—Néstor, me has resucitado de entre los muertos —afirmó con absoluta rotundidad, llamándome por el nombre de su hijo, a pesar de que podía verme el rostro.

—Soy Ipser Zarrio, ¿no me recuerda?

Erik no respondió.

Sin duda, había enloquecido.

—Hice tal y como me ordenó —respondí—. Encontré alguna resistencia en Pináculo. Raquildis ha debido informar a todos los confesores que existe un apóstata entre sus filas; un confesor de capa gris. En cuanto me vieron, se lanzaron sobre mí sin contemplaciones. Eran demasiados, así es que tuve que escapar de ellos pero no sin antes hacerme con una jeringuilla de praemortis.

Erik me empujó con todas sus fuerzas y volvió a estudiar su estado. Sus cejas en V invertida, arqueadas exageradamente; el pelo alborotado y grasiento; los ojos incendiados por un brillo malsano… todo en él rebosaba maldad y caos, como si hubiera bebido de las aguas de la Vorágine hasta la embriaguez. Claramente era alguien radicalmente diferente al noble que había caído desde el despacho de Robert Veldecker.

—Le inyecté el praemortis y conseguí un médico que le tratara mientras estuvo muerto, tal y como me pidió que hiciera —añadí.

—¿Qué hiciste con el médico?

—Lo maté.

Se carcajeó hasta que le faltó el aliento.

—Bien. ¡Excelente! Néstor, ¡tú eres ahora la fuerza de mis designios! ¡El brazo ejecutor del verdugo! Lo he visto. En el tránsito de mi muerte he presenciado el futuro de nuestro mundo con una claridad deslumbradora; y al contemplar tal revelación, he despertado a una nueva verdad. Debemos darnos prisa. Hay tanto que hacer, pero disponemos de tan poco tiempo…

—Ordene lo que desee.

En mi casa se respira un ambiente distinto, una extraña sensación de frío. Es la ausencia de vida, propia de un hogar en el que no habita nadie desde hace tiempo. Por si fuera poco, los saqueadores se han llevado todo lo que tuviera un mínimo de valor. Aún desconozco por qué dejaron la cama de Hellen. Sobre ella, el muñeco en que se había transformado Erik Gallagher comenzó a dictarme un plan que había elucubrado mientras el Bríaro lo conducía al reino del Haiyim. Un objetivo depravado, cuyos detalles dependían de algo presente en la misma Vorágine, algo espantoso que nunca había estado allí antes, pero que ahora podía descubrir cualquiera que cayera en el reino de los muertos; algo cuya realidad me negué a creer inicialmente dado lo tremendamente inconcebible que parecía, pero que terminé aceptando, pues Erik no solo quería contarme su vivencia, sino aprovecharse de ella, con el objeto de convertir la ciudad de Pináculo en un horror tan palpable como las torturas del mar de vidas.

En aquel momento, supe de la ambición por el poder que destacaba en la naturaleza del noble. Era un ansia desbordante por derrotar a sus enemigos lo que sin duda había devorado su cordura. Erik necesitaba triunfar, pero su fracaso lo había vencido. Ahora estaba dispuesto a vengarse de una forma que me costó asimilar por lo inusual de los detalles, pero cuya ejecución parecía, dada la forma en la que Erik describía lo que había visto en la Vorágine, totalmente factible.

—¿Me ayudarás? —preguntó una vez hubo terminado.

En su rostro brillaba un anhelo de destrucción.

Asentí.

—¡Sí! —continuó Erik—. En ese caso, debemos comenzar cuanto antes. Y no te preocupes, tendrás a Haggar. Los tendrás a todos. Todos serán tuyos. Raquildis me ha arrebatado cuanto poseía: mi poder, mi fama, mi prestigio… hasta mi familia. Ahora el consejero los domina también a ellos. Ha logrado vencerme y hacerse con la Corporación, pero recuperaremos a los nobles. Serán de nuevo míos, objetos en pro de la causa, títeres en mis manos.

Apretó el puño.

—Títeres en mis manos —repitió, con una carcajada—. ¡Marcha! No te demores más.

Me puse en pie y corrí al balcón. Desde que Erik me regaló la armadura de Néstor, me había desprendido de ella en muy contadas ocasiones gracias a lo cual pude aprender a desenvolverme con particular soltura. Hallé sus puntos débiles y exploté al máximo sus beneficios. Ahora —lo sabía— era mejor que cualquier confesor. No había recibido su mismo entrenamiento y, tal y como me había advertido mi maestro, él solo pudo impartirme algunas doctrinas; nada que concerniera a los secretos que la Orden pudiera transmitir. Sin embargo, yo poseía algo muy superior a cualquiera que hubiera recibido el honor de vestir aquellas placas: un deseo palpitante por acabar con cada aliento de vida. Destruir a cada ser humano, verlo agonizar y lanzarlo directamente a los tentáculos del Haiyim, en el mar de vidas. Ahora, con el plan de Erik, al fin mis deseos se materializaban.

Mi cuerpo, ataviado con el traje de confesor no solo gozaba al ver potenciadas sus habilidades físicas; un sentimiento furibundo me poseía con cada paso, con cada nuevo enérgico movimiento de mis miembros. Aquella vestimenta, aquellas placas, por increíble que pudiera sonar, parecían forjadas con la mismísima esencia de la cólera.

Me gustaba.

El primer objetivo en el plan de Erik resultó sencillo. Debía hacerme con instrumentos de comunicación: pantallas de vídeo, ordenadores, intercomunicadores... el plan era instalar un puesto de mando en mi casa, desde el que el noble pudiera comunicarse con el exterior, pero que a la vez lo mantuviera en el anonimato, imposible de rastrear.

No resultó complicado conseguir a quien instalara todo el equipo en la habitación. Tomé a uno de los técnicos del lugar donde había robado todo el material. Pese a tener una pierna partida, no le llevó demasiado tiempo configurar el puesto de mando de Erik, ni proporcionarme a mí un monitor portátil para que pudiera comunicarme a distancia con él. Una vez hubo terminado, y por su trabajo bien hecho, me permití recompensarlo con un viaje al Bríaro rápido y sin dolor.

Cuando todo estuvo preparado, Erik me dio nuevas órdenes. Alrededor de su cama colgaban ahora seis monitores sensibles al tacto. Desde ellos salían hasta una docena de cables que se confundían con los tubos de la maquinaria que lo mantenía con vida. Todos ellos corrían por el suelo en una maraña, como si el mismo Erik hubiera desarrollado unas raíces abominables.

—Mi familia, los Gallagher, se ha entregado a Raquildis como una vulgar ramera —me dijo, con todos aquellos aparatos funcionando alrededor de su cuerpo—. Quiero ver a Deuz. Necesito comprobar su lealtad. Tráelo.

Espero el momento oportuno para aparecerme ante el primo de Erik Gallagher. Entrar en el Pináculo resulta extremadamente complicado, especialmente cuando sé que me persiguen todos los confesores. Por esa razón, debo deslizarme al interior del edificio con cuidado, estudiar al noble, averiguar cuándo sale y qué lugares frecuenta.

Me he apostado en una posición privilegiada sobre el edificio corporativo de los Dagman, que por su cercanía con el Pináculo me proporciona una muy buena visibilidad. No es ni mucho menos tan alto como el Pináculo, pero desde aquí puedo vigilar gran parte de sus plantas. La magnífica resistencia que me proporciona el traje de confesor hace innecesario satisfacer mis necesidades con la frecuencia acostumbrada. Llevo seis días sobre esta azotea, pendiente, en constante vigilancia, sin sucumbir al hambre o al sueño. Soy un centinela infatigable, un depredador perfecto, y Deuz Gallagher es mi presa.

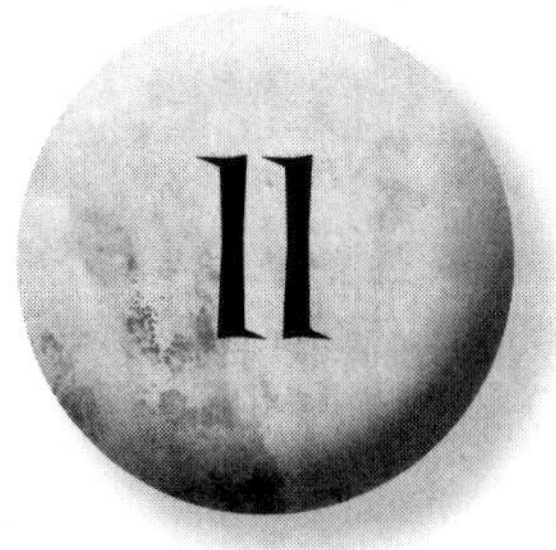

—¡Padre! ¡Padre, despierta! Estoy aquí, ¿no me ves? Agarra mi mano.

—¡Robert!

—Sí, padre. Soy yo. Has regresado.

—¡Robert, hijo mío! Por la Tormenta, ¿a qué espantoso lugar he ido a parar?

—¿Pero qué dices, padre? ¿Espantoso lugar? Estás... estás temblando.

—Ha sido horrible. Toda esa gente gritando desesperada; el torbellino y el mar. Ese mar espantoso al que he sido lanzado. ¿Qué abominación he descubierto?

—No lo comprendo, ¿De qué viaje hablas, padre? Recuerdo la espiral de aquel extraño líquido en la que nadaba, y el torbellino, pero nunca fui conducido a ningún mar. Fui a otro lugar, un sitio como jamás he presenciado, muy diferente de la ciudad Pináculo, de todo cuando hay en este mundo.

—Hijo, está claro que el torbellino en el que viajaste fue diferente al mío. Yo caí en el otro, porque había dos torbellinos, ¿recuerdas? Tú destino ha sido diferente al mío, muy diferente... Aún... aún me duele el pecho, no sé si a causa del paro cardíaco o por el miedo.

—El dolor se pasa en un rato. A mí me sucedió lo mismo tras el primer viaje.

—Robert, hazme un favor; acércame mi diario. Lo tengo en mi despacho. Yo no creo que tenga fuerzas para caminar, pero necesito describir mi experiencia mientras aún la conserve fresca. Describirla, sí, y borrar

el camino que conduce a ese lugar. He de destruir cualquier rastro del praemortis.

—¡No!

—Escucha, hijo, ¿no lo comprendes? ¿Acaso no eres capaz de ver lo que he descubierto en realidad?

—Padre, no lo hagas. No he vuelto a tener ataques de cefalea desde mi viaje. ¡Has encontrado la cura!

—Lo siento… lo siento mucho, Robert. No puedo conservar la fórmula.

—¡No! ¡No, me niego!

—¡Hay que destruirla!

—¡No, por favor!

—¡Robert! ¿Quieres entrar en razón? ¡Escúchame! Si el mundo viera a dónde conduce el praemortis, si presenciara el destino de su conciencia, atada a un horroroso mar de sufrimiento, enloquecería. Los hombres y mujeres de este mundo viven felices en su ignorancia, creyendo que no hay nada tras aquello que experimentan en esta vida. No puedo… no podemos descubrirles semejante maldad.

—¡Pero yo no caí en el mismo lugar que tú! Podemos enseñarles que hay esperanza.

—¿Y cuál es la diferencia entre tú y yo, Robert? ¿Qué nos ha hecho caer en torbellinos diferentes?

—Averigüémoslo. Inyectémonos otra dosis de praemortis. Estoy seguro de que si indagamos, descubriremos la causa… Padre, ¿no dices nada? ¿Por qué continúas palpándote el pecho? ¿Aún te duele?

—Temo que el viaje haya resultado demasiado violento para alguien de mi edad. No creo que pueda volver. Pero Robert, ¿crees que podemos manipular nuestro viaje en los torbellinos? Ese mundo es diferente al nuestro. ¿No recuerdas al resto de personas que nadaban a tu alrededor en aquella vorágine? Ninguno era capaz de controlar cuanto le sucedía. Creo que nuestro destino allí está totalmente alejado de cualquier control humano. Pertenece a una voluntad diferente, desconocida… o tal vez al mismo azar. Robert, no llores. Hijo, te sostiene una esperanza vacía y sé qué la alimenta. Te he fallado; no he podido encontrar una cura para tu cefalea.

—Sí la has encontrado.

—No. El praemortis es algo muy diferente. Es la locura y el caos. Es un mundo que jamás debimos ver. Quiero que termines de comprenderlo, ¿lo entiendes?

—Sí… supongo.

—Repítelo. Repítelo una vez más. ¿Entiendes sus consecuencias?

—Sí.

—Está bien. Deja de llorar. Vamos, ve por mi diario. Necesito escribir y borrar los compuestos de la fórmula para que no pueda reproducirse. Luego destruiremos todas las probetas con las muestras. ¿Estás de acuerdo?

—Sí, padre.

—Tú tampoco debes contarle a nadie los detalles de mi descubrimiento. A ninguna de tus amistades, ni a Raquildis; ni siquiera a uno de tus hermanos. Ellos lo sabrán cuando puedan comprender las consecuencias. Conserva mi diario hasta entonces. Cuando yo falte, quiero que sean mis palabras las que narren cómo intenté curarte por todos los medios, las que expliquen la razón de nuestra pobreza, las que les revelen el espantoso descubrimiento que hizo su padre. Guarda mi diario para ellos, y enséñaselos cuando llegue el momento. ¿Lo harás?

—Padre, ¿por qué dices eso? Dentro de unos años podrás decírselo tú.

—Me duele mucho el pecho, Robert.

—¡Padre…!

—No digas nada. Saca la fuerza de voluntad que llevas dentro. La tienes, aunque no lo creas. Todos la habéis heredado de vuestra madre. Ella era muy fuerte y vosotros conserváis parte de su carácter. Necesito que la utilices si no llego a recuperarme; debes valerte de ella para cuidar de tus hermanos y sacarlos adelante. Lo harás, ¿verdad?

—Sí... lo haré. Padre…

—Dime, Robert.

—¿En qué torbellino crees que cayó mamá?

—Ojalá lo supiera…

Recuerdos

1

La planta treinta y uno del Pináculo nunca se hallaba demasiado concurrida. No había allí despachos ni oficinas, pese a que se encontraba entre las destinadas al organismo ejecutivo de la Corporación. La entrada disponía de un amplio recibidor presidido por la enorme estatua en bronce de un confesor con la palma extendida, apuntando directamente a quienes emergieran desde el pasillo de ascensores. Sin embargo, aparte de aquella monumental estatua, el lugar permanecía desierto la mayor parte del tiempo. Ahora, sin embargo, tres soldados de la Guardia vigilaban una zona acordonada.

El lugar acotado no se hallaba demasiado lejos de una de las tres puertas del recibidor. Esta, al igual que las otras dos, estaba flanqueada por una columna a cada lado, pero a diferencia de las demás, dichas columnas se encontraban más envejecidas, más oscuras. No resultaba complicado adivinar que componían los restos de una construcción anterior a las paredes que las rodeaban.

Aadil miraba abstraído la estatua del confesor; ya no la recordaba, pese a que, en el pasado, había transitado muchas veces la planta treinta y uno. De algún modo le parecía distinta, aunque sabía que sus formas no habían cambiado un ápice desde que fueron esculpidas.

—Señor, no puede permanecer aquí —le indicó uno de los soldados de la zona acordonada.

Aadil le echó una rápida ojeada. El acceso a la planta estaba prohibido por alguna razón; un accidente, por lo que podía deducirse del pequeño espacio que vigilaban los soldados. Quizás por eso la planta se hallaba inusualmente vacía, más de lo que solía estar.

—Señor… —insistió el soldado.

Él se limitó a mostrar una identificación que le permitía el acceso a todo el edificio y continuó estudiando el bronce. Las formas de las placas del confesor estaban tan cuidadosamente modeladas que incluso daban ganas de mirar por debajo de sus pliegues por si el artista se había tomado la molestia de esculpir algo debajo. En la espalda, bajo una capa que ondeaba gracias a un viento inexistente, asomaba la punta de un arpón.

—Te pareces a tu madre —recordó Aadil que le había dicho Raquildis—. No eres como tus otros dos hermanos. Ellos han salido a Frederick. Pero tú no. Tienes sus ojos… los dos.

Allí, contemplando la enorme estatua del confesor, el Cormorán reprodujo la entrevista que acababa de mantener con el nuevo líder de Praemortis hacía apenas media hora. Raquildis contemplaba la ciudad a través de los ventanales, tal y como le gustaba hacer a Robert. Había elegido esperarlo, quizás por accidente, justo frente al lugar donde este había atravesado el cristal, para lanzarse al vacío junto a su hijo. El servicio de mantenimiento se había ocupado en colocar uno nuevo. Todo rastro del espantoso suicidio de Robert Veldecker había quedado relegado a la memoria.

—Tú eres diferente, Aadil —había dicho el líder, volviéndose hacia su interlocutor—. Siempre lo has sido. No pareces uno de los Veldecker.

—Ya no lo soy.

—Quizás por eso no deseas el cargo de líder, ¿verdad?

—Odio la Corporación, ya lo sabes.

—Lo sé. Prefieres reunirte con esos… refugiados. Estás más cómodo entre sus casuchas improvisadas y su insostenible defensa del praemortis como droga alucinógena. Te hace sentir bien, ¿no es cierto? Pensar que en realidad nadie ha visto lo que está reservado para la muerte.

No. Raquildis no había decidido su postura de forma arbitraria, resolvió Aadil. Quería demostrar, mediante una repugnante sutilidad, que había logrado hacerse con el poder salvando a todos los aspirantes. Ahora disfrutaba del imperio de su hermano mayor.

El líder se volvió. Aadil pudo ver que sostenía el arpón que le había salvado de caer al vacío. Sin embargo, ahora que lo tenía de frente, descubrió que había algo extraño en Raquildis. Tal vez fuera el inusual decaimiento de sus párpados, los labios retraídos o la forma en que se apoyaba primero en un pie y luego en el otro pero, a pesar de su apariencia tranquila y su intento por herir los sentimientos de Aadil, Raquildis daba la sensación de pensar en algo que lo preocupaba, y mucho. A pesar de que el líder quería mostrarse fuerte en su entrevista, existía alguna inquietud en sus pensamientos que traicionaba toda su fisonomía.

—¿Estás nervioso por algo? —recordó haberle preguntado Aadil, mientras, en el presente, hallaba el vago reflejo de su rostro sobre las placas del confesor de bronce.

El líder no había respondido, pero sus ojos se desviaron al bajorrelieve, tras la mesa de Robert. Las figuras retorcidas parecieron comunicarle algún mensaje que solo él pudo escuchar, porque la respiración se le aceleró durante unos instantes hasta que logró controlarla. Luego, cambiando de tema, apuntó al Cormorán con el arpón.

—Esto es tuyo.

Aadil se aproximó para tomarlo, pero, para su sorpresa, Raquildis no lo soltó.

—Nunca perteneciste a los Veldecker —dijo, volviendo a la conversación anterior—. Desde pequeño quedaste liberado de la lacra de la cefalea. No has sufrido la tortura de uno de sus ataques, y eso mismo fue lo que comenzó a diferenciarte de tus hermanos, a distanciarte de ellos. Tanto Robert como Leandra, por mucho que hubieran hallado diferencias en su modo de pensar, encontraban cierta relación de complicidad al confesarse su mutuo dolor.

—Entre Leandra y Robert jamás existió lo que describiríamos como una relación fraternal —había declarado él, apropiándose el arpón mediante un tirón—, ni siquiera de complicidad, tal y como aseguras. Leandra odiaba a Robert por haber desobedecido a nuestro padre y reproducir el praemortis. Mi hermana habría sido más feliz de haber ignorado hacia dónde la conducían los vientos del Bríaro.

—Tal vez. Pero es una pena que el praemortis os separara a los tres.

—El praemortis no lleva la culpa. Los hermanos Veldecker nunca nos hemos destacado por nuestra afectividad.

—Sabes que eso no es verdad.

Raquildis había caminado hacia el sillón tras el escritorio; se dejó caer pesadamente. Sus últimas palabras las acompañó uniendo las manos por las yemas de los dedos. Su mirada se clavó en Aadil, quien recordaba haber seguido sus pasos por el rabillo del ojo, pero sin moverse de su sitio en el centro de la habitación.

—Por cierto, me gusta cómo has venido a la entrevista —declaró el líder—. Tienes mucho mejor aspecto que la última vez que nos vimos.

Ahora, rememorando las palabras de Raquildis, Aadil estudió su cambio de imagen en el reflejo de la estatua. Vestía un traje de tweed gris y corbata negra con rayas grises en diagonal. Sostenía en su mano un sombrero negro de ala estrecha, que todavía no se había acostumbrado a llevar. Se había arreglado el pelo, y aunque este aún le crecía largo hasta los hombros, ahora lo peinaba con cierta decencia. También se había recortado la barba y el bigote.

—Creo que ya no necesito esconderme —recordó haber contestado al líder de Praemortis.

—Pero no es cierto que los hijos de Frederick Veldecker no os quisierais. Tú sí mantenías con Leandra lo que podría calificarse como una relación entre hermanos. Una pena que te marcharas.

—Ya sabes por qué me marché.

—¡Claro! La armadura de confesor te provocaba claustrofobia.

Ante ese comentario Aadil recordó haber girado rápidamente la cabeza para encarar al líder de Praemortis.

—No te burles de mí, Raquildis —amenazó, apuntando al líder con el arpón que acababa de recuperar.

—¡Vamos! Aadil, no te enfades. Quisiste alejarte de la ciudad, vivir tu vida. Respeto tu decisión. Siempre destacaste por ser un muchacho independiente, incluso cuando eras un niño. En fin, te diré por qué estás aquí: pensé que no querrías marcharte con tu recompensa sin saber cómo se encuentra tu hermana.

El tintineo del ascensor lo sacó de la escena que reproducía su memoria. Alguien alcanzaba la planta treinta y uno; un ejecutivo corporativo, quien al parecer no se había enterado de la prohibición de visitar dicha planta. Uno de los guardias reaccionó de inmediato, caminando en dirección al ascensor con un brazo extendido hacia el despistado ejecutivo.

—Señor, no puede estar en esta planta, está cerrada hasta nuevo aviso.

El aludido, que hasta el momento no había despegado la mirada de su periódico, alzó la cabeza asustado, y rápidamente volvió a introducirse en el ascensor. Las puertas no tardaron en cerrarse.

Aquel breve episodio había sacado al Cormorán de sus pensamientos. Sintió curiosidad por el presente.

—¿Qué ha sucedido aquí? —preguntó, dirigiéndose al soldado que había caminado hasta el ascensor, y que ya regresaba a su puesto.

—Abatimos a un ex miembro de la Guardia llamado Iván. Intentaba escapar aprovechando el tumulto originado tras la muerte de Robert Veldecker.

—¿Has dicho que se llamaba Iván?

—Sí. ¿No ha oído hablar de él? Ese era el soldado que decía haber viajado al otro torbellino gracias a la ayuda del Golem.

—Algo escuché sobre esa leyenda. ¿No dijo después que un rebelde con armadura de confesor le dio el Néctar?

—Eso dijo. ¡Menudo farsante! Todos sabíamos que estaba aliado con los Cuervos. Lügner, que fue su compañero durante muchos años, reconoció ante el general Ed Wallace que Iván estaba mintiendo y que había hecho un pacto con los rebeldes a cambio de que le perdonaran la vida. Era un cobarde, como Hiro, su sargento. Otro asqueroso desertor. Ahora él también ha decidido convertirse en un Cuervo ladrón de Néctar.

—Parece que algo realmente extraño debió ocurrirles en la base de la pata para que cambiaran tanto.

El soldado sacó un paquete de cigarrillos y ofreció uno al Cormorán, que hizo un gesto con la mano para declinar la oferta.

—Supongo —continuó, ajustándose la correa del fusil que llevaba al hombro— que el Golem tenía planeada una buena treta y logró convencerles. Pero fíjese en Lügner, él no se dejó engañar. Una pena que esté muerto.

Encendió su cigarrillo y dio una larga calada, luego observó al Cormorán de arriba abajo y continuó:

—¿Sabe? Fue Leandra, la mismísima hermana del difunto Robert Veldecker, quien disparó contra Lügner. Dicen que estuvo viéndose en secreto con Iván y que quedó convencida de su historia. Casi todos aseguran que es mentira, que está enferma, tal y como declaró Raquildis en su investidura, pero yo conozco la verdadera historia.

Señaló a la zona acordonada y dio otra calada al cigarrillo.

—Allí mismo nos enfrentamos a los dos cuando intentaban escapar del edificio.

—¿Leandra Veldecker? —quiso asegurarse Aadil.

Una centella brilló en sus ojos dispares.

—La misma —respondió, alzando las cejas.

Aadil no dijo nada más. Llevaba muchos años sin ver a Leandra, pero la última vez que pudo compartir algo con ella resultó ser una agitada discusión. La carrera como confesor de su hermana había despegado dos años atrás, pero la fama del sanguinario Marcus Haggar ya era bien conocida en toda la ciudad. Era el confesor más cruel e inmisericorde de cuantos habían sido entrenados para custodiar el Néctar. Solo Aadil y Raquildis conocían su verdadera identidad, después de que el segundo organizara una purga entre las filas de la Orden.

El consejero, lejos de preocuparse por la crueldad de Leandra, alentaba a la joven para que continuara descubriendo aquella personalidad violenta que anidaba en la Zarpa. Para él, la hija de Frederick Veldecker era la elegida del Haiyim.

—Leandra ya no es la misma —recordó haber sentenciado arriba, en el despacho que ahora pertenecía a Raquildis.

Su cabeza volvía a evocar la conversación con el líder.

—Se dejó llevar demasiado lejos por Haggar. La personalidad del confesor la consumió. No me interesa saber nada de ella.

Recordó cómo su interlocutor dejó escapar una risa sorda, pero no dijo nada. Resultaba evidente que continuaba nervioso por alguna secreta razón, ajena a su charla con el Cormorán. Sentado en el puesto de Robert, Aadil había visto cómo echaba la mirada atrás, observaba el bajorrelieve durante un instante y, azuzado por una repentina incomodidad, se levantaba del asiento y volvía a los ventanales.

—No puedes engañarme —dijo, aparentando tranquilidad, mientras caminaba hacia él—. Os cuidé desde la niñez. Sé lo unido que estás a tu hermana, aunque niegues reconocerlo. Te preocupa su estado. Está enferma, ¿sabes? Nos estamos ocupando de su bienestar. Le vendría bien la visita de un pariente, alguien capaz de reconducirla.

—¡Maldita sea, Raquildis! ¿Qué es lo que quieres de mí? Hice mi trabajo. Solo he venido a cobrar lo que te pedí.

—¡Ah! Por supuesto. Tu armadura de confesor. Supongo que eso demuestra que no sientes claustrofobia al ponértela… o miedo. Pero Aadil, he de admitir que te echo de menos. Fuiste bien entrenado, eres más efectivo que cualquiera de los soldados de la Guardia, y con Leandra en el estado en que se encuentra… en fin… actualmente eres el mejor confesor que existe.

—Ya no soy un confesor.

No, ya no lo era.

En la planta treinta y uno, haciendo memoria de lo que le acababa de suceder, Aadil elevó la mirada para encarar el rostro de bronce. Sus tres placas superpuestas parecían dirigidas hacia él, como si la estatua también dispusiera de ojos y no temiera devolverle la mirada. Allí, sobre el casco, el Cormorán evocó el modo en que había continuado su conversación con Raquildis: el rostro acartonado del líder se había ensombrecido, adoptando un color pardusco. Bajó el tono de voz, que se tornó áspero, y apretó los puños. Vestía una camisa a rayas, remangada hasta los codos, de forma que la fea brecha que el arpón había dejado en su antebrazo quedaba a la vista. A través de los ventanales, las luces ambarinas de los rascacielos colindantes iluminaron su perfil derecho.

—Sí eres un confesor, no te engañes más tiempo. Vuelve a nosotros, Aadil. Vístete de nuevo con las placas sagradas. Ahora nadie podrá superarte en maestría. Te necesito cerca, más que nunca. No puedo fiarme de nadie. Los nobles me acechan. Mi ascenso al poder no ha sido limpio, tú lo sabes mejor que nadie. Y además he tenido la visita de…

Calló repentinamente, en un acto que volvía a reflejar nuevamente lo nervioso que se encontraba. Se bajó las mangas de la camisa e intentó abrocharse los puños, pero su pulso era tan agitado que no acertó a meter el botón a través del ojal.

—Te necesito —declaró con cierta impaciencia.

—No soy un confesor.

Sin darse cuenta, Aadil lo había repetido ahora, en la planta treinta y uno.

—¿Qué? —dijo el soldado con quien había conversado hacía unos segundos.

Pero Aadil no le respondió. Su mente continuaba en su charla con Raquildis, en la planta ciento treinta y seis.

—Dices no ser un confesor —declaró el líder—, y sin embargo notas cómo arde en tus venas la tentación de aceptar mi oferta. He perdonado tu infidelidad. El mismo Haiyim tampoco te guarda rencor, por eso no te ataca mientras recorres el Apsus. Aún te recuerda. Aún aguarda impaciente que vuelvas a él. ¡Vuelve, Aadil!

—Solo quiero mi recompensa.

—Sí… ¡Sí! La armadura. Deseas volver a vestirla. Cubrir tu cuerpo con sus capas invulnerables a todo mal. Sentir el poder que proporciona a tus músculos.

Yo te daré una armadura, tu armadura, Aadil, la cual todavía descansa abajo, ya sabes dónde. Puedes tomarla cuando quieras, nadie te lo impedirá. Pero si te quedas conmigo te daré mucho más. ¿No quieres cuidar de tu hermana? Leandra se sentirá muy agradecida si la visitas. Ahora solo os tenéis el uno al otro. No puedes abandonarla. No quieres. Sabes que no quieres hacerlo. Ella no es como Robert. No ha sido consumida por el poder, por eso le tienes tanto cariño.

—Basta, Raquildis. No regresaré.

—Eres un defensor, guardián celoso del Néctar. Vuelve a poseer tu verdadera naturaleza. Obedece a tus instintos. Ellos te empujan hacia mí.

—¡Basta!

Raquildis guardó silencio. Observando con satisfacción que el Cormorán respiraba agitadamente, dio por concluida la entrevista.

—Está bien. Como quieras. Ya sabes dónde puedes encontrar tu recompensa. Toma este pase, lo necesitarás. El edificio está muy vigilado.

Pero cuando el Cormorán se disponía a cruzar la puerta, el líder añadió:

—Por cierto, no te vayas muy lejos. Me inquieta que no se hayan encontrado los cuerpos de Erik Gallagher y de su confesor de capa gris. Me gustaría contratarte para que remates tu trabajo.

—No pienso volver a trabajar para ti —escupió Aadil, y se marchó.

En esas condiciones había dejado el despacho del nuevo líder. Los remordimientos y los recuerdos del pasado se apretujaban en la boca de su estómago. Él ya no era un confesor. No quería serlo. Vestir la armadura de placas le provocaba una adictiva sensación de poder, pero al mismo tiempo descargaba sobre su conciencia el peso de la mentira. Cada ciudadano del mundo civilizado creía en el Néctar de los confesores, pero Aadil sabía, en su fuero interno, que no les estaba proporcionando la salvación que durante toda su vida se habían esforzado en conseguir. La culpa se volvió demasiado grande para soportarla. Por eso tuvo que abandonar y huir, pues la apostasía entre los confesores se castigaba con la muerte. Leandra tampoco fue capaz de concebir la verdad sobre el Néctar. Día y noche se esforzaba por creer lo contrario, inyectándose dosis de dos en dos y de tres en tres, marcando su cuello con decenas de pinchazos. Era la desesperada búsqueda de una salida, del medio para escapar de los vientos del Bríaro. Su hermana necesitaba creer en otra opción que la salvara de los postulados de la Orden, por eso, posiblemente, había decidido creer a Iván, el soldado insurrecto.

Aadil había vuelto a concentrarse en la estatua del confesor. Su brazo extendido parecía ofrecer el Néctar a cuantos se acercaran a él; sin embargo, en su palma abierta el escultor no había cincelado nada. Absolutamente nada.

—¡Psst! —llamó el guardia de repente.

—¿Sí?

El otro se llevó la mano a uno de los bolsillos de su pantalón y extrajo un par de dosis de Nitrodín.

—Potenciadas. No contaminadas.

—No me interesa.

—¡No están contaminadas, de verdad! Las vendo muy baratas.

Aadil ignoró las insistencias del soldado, pasó por delante de sus narices y se encaminó a la puerta de las columnas envejecidas. Cuando accionó la manija, la puerta chirrió por el desuso. Gracias a la luz que llegaba desde el exterior logró distinguir las paredes de sillería, pertenecientes a una construcción muy antigua. Al fondo, el pálido resplandor de tres velas marcaba el camino a seguir.

—¡Eh! —llamó el soldado cuando vio su rumbo—. Le recomiendo que no entre ahí. Tiene pase para ir por la parte del edificio que quiera, pero esa zona solo la transitan los confesores. Si se mete ahí no me hago responsable.

Sin responder nada, Aadil cerró la puerta a su espalda y quedó solo, arropado por la oscuridad que lo llenaba todo.

—Solo he venido por mi recompensa —dijo para sí cuando descubrió que aquellos pasadizos le habían provocado un repentino sudor frío—. Mi recompensa, nada más.

Caminó hasta las velas, con sus pasos resonando sobre la piedra. Cuando llegó a ellas vio que había alcanzado una habitación cuadrangular. Las paredes de la misma estaban decoradas con ventanas de arco ojival. Aún quedaban restos de las vidrieras que en un pasado remoto filtraron la luz de un sol generoso. Ahora, el muro del moderno edificio de Pináculo era lo único que podía verse al mirar tras ellas. En mitad de la sala, sobre un pedestal de piedra de dos metros de lado, descansaba una enorme campana de oro. Los grabados de su superficie habían sido cubiertos por el polvo. Contaban una historia, escrita en un lenguaje que los años habían vuelto incomprensible.

Al fondo, e iluminado por las velas de un candelabro de pie, podía distinguirse un tramo de escaleras de caracol que descendía. Aadil, conocedor del camino, puso rumbo hacia aquel lugar. Eran los túneles secretos de una construcción antigua utilizada por los confesores. La mayoría de los residentes del edificio conocían la entrada pues habían observado cómo la frecuentaban los guardianes del Néctar, pero ninguno era tan estúpido como para adentrarse en ellos, de modo que nadie sabía qué tipo de edificio dormía en el interior de la gigantesca estructura de acero y cristal que era el Pináculo.

Las escaleras lo condujeron hasta una pequeña habitación decorada con varios tapices roídos y oscurecidos por el tiempo. Había también cuatro puertas de madera, una en cada pared. Tras abrir la del lado oeste, Aadil entró a una nave central. A su derecha, siete escalones daban paso a un ábside abovedado. A su izquierda, la nave, dividida en tres galerías por un sistema de arcos apuntados, terminaba en una fachada decorada por un enorme rosetón que aún conservaba una roja vidriera. A lo largo de toda la nave, justo bajo los arcos, había dispuesta una hilera de armaduras de confesor, completamente extendidas sobre sus percheros. Nuevas, inmaculadas, aguardaban en el silencio de aquel edificio arcano a que un neófito las vistiera.

Aadil suspiró. Hallarse en aquel lugar entumecía sus músculos con una extraña mezcla de fascinación e inquietud. Había algo en aquellos muros que parecía alimentar su curiosidad, pero a la vez, el silencio lo obligaba, de alguna forma, a caminar apresuradamente. El suelo ya no era de sillería, sino que lo formaban grandes losas de piedra. Tumbas antiguas; el recuerdo de unos hombres que nunca conocieron el Bríaro antes de morir y, curiosamente, el único lugar donde aún quedaban restos humanos enterrados.

Caminó a lo largo de la galería central, observando las armaduras de su lado izquierdo, buscando un recuerdo encerrado en un amargo pasado. Era su recompensa, se dijo, era lo que había pedido a cambio de terminar con Erik Gallagher: volver a vestirse de confesor; no obstante, sabía que no podría ocupar cualquier armadura. Allí, desplegada y majestuosa, el Cormorán anhelaba encontrarse con la suya, la que había vestido años atrás.

Sin embargo, mientras buscaba, algo llamó su atención. Había allí un traje de confesor más, cuya presencia le había pasado desapercibida cuando entró a la nave. Descansaba al fondo, pegado a la fachada decorada por el rosetón, entre las tres puertas que en el pasado dieron entrada a aquel edificio. Intrigado, se aproximó a la armadura con suspicacia. Al principio creyó que se trataba de una más, hasta que de repente quedó paralizado al descubrir las cuchillas de su guantelete.

La armadura de Marcus Haggar lo observaba, imponente, quieta y extendida sobre su perchero. Aadil admiró sus formas desde cierta distancia. Al contrario que las demás, parecía estar envuelta por un escalofriante halo de vida. Daba la impresión de que, de un momento a otro, saltaría sobre quien encontrara a su paso. Sin duda, el poder de aquella armadura se alimentaba con cada vida que la Zarpa había segado.

«Haggar y mi hermana son personas distintas», se dijo.

Sus palabras, dichas espontáneamente, sin meditación, rebotaron entre los muros de aquella construcción con un eco macabro.

Creyó escuchar un murmullo, vago y sibilante, que parecía haberse iniciado tras las placas del casco de Haggar; y no solo de él, sino que ahora también parecía ser repetido por todas las armaduras de la estancia. Era como si una brisa, tan suave que resultaba imperceptible, hubiera logrado introducirse por entre los pliegues de aquellas armaduras, permitiéndoles hablar.

Sin embargo, Aadil no sentía ninguna ráfaga de viento.

Se estremeció, dio media vuelta y buscó la salida, poseído por la apremiante sensación de hallarse cada vez más encerrado entre los muros de una cárcel invisible, de una celda para su conciencia, cuyos barrotes se formaban con la tentación de recuperar su oscuro pasado.

«Leandra, ahora comprendo lo que has intentado hacer».

Nuevamente, sus palabras rebotaron bajo los arcos; escucharse a sí mismo lo reconfortó.

«Pero, ¿qué ha podido calar tan fuerte en tu interior para ayudarte a tomar una decisión tan compleja?», preguntó, sin esperar respuesta.

Porque nadie se deshacía así como así de una armadura de confesor. El entrenamiento y la educación de los acólitos eran demasiado intensos como para que dudaran de su cometido; y nadie dudaba, sobre todo después de haber nadado entre los tentáculos del Haiyim. Hacía falta una razón poderosa para retractarse. Que Aadil supiera, solo él había tenido la entereza necesaria para abandonar; así y todo, aún soñaba con cubrir su cuerpo con las placas aunque fuera por una última vez.

En aquel instante, mientras escapaba de aquellos muros, reconoció que sus anhelos por cobrar su recompensa habían quedado suplantados por una inquietud mayor: su hermana. Y no porque Raquildis lo hubiera convencido, intentando utilizar el cariño que sentía hacia ella para mantenerlo cerca, sino porque acababa de ver que Leandra, como él mismo quiso en el pasado, deseaba escapar del embrujo que atrapaba a los confesores.

Ensamblando los trozos de información que recientemente había averiguado sobre ella, comprendió que, de alguna forma, la historia de aquel soldado, de Iván, había conseguido liberarla. ¿Por qué?

Necesitaba hallarla, pero no recurriendo a la ayuda de Raquildis. Buscaría una forma de encontrarse con ella en secreto y ver en qué estado se encontraba. De este modo podría pedirle que le contara cuánto había sufrido para quedar libre de Haggar.

Ahora, Leandra era su prioridad.

2

Calcular el tiempo en la prisión de Wael era una tarea complicada para los presos que habían tenido la desgracia de ser encarcelados en las celdas inferiores, hasta donde no llegaba ninguna luz. Allí, las cavernas excavadas en la roca no tenían aberturas al exterior. Algunas, de hecho, se encontraban por debajo del nivel del Apsus, de forma que al otro lado de los muros no había sino agua. La celda de Leandra era como estas últimas; tras la piedra se extendían las profundidades del inmenso océano. Había sido destinada, por orden directa de Raquildis, a la zona más dura e inhabitable de Wael, a los últimos túneles. Allí ningún preso duraba más de unas pocas semanas; la humedad, el frío, la oscuridad y la soledad consumían la salud y la razón al mismo tiempo. Las celdas del último nivel eran un destino mucho peor que cualquier tortura; una condena a muerte, lenta y descarnada.

Sin embargo, para Leandra todas estas cuestiones habían pasado desapercibidas. Llevaba días de confinamiento en aquel agujero, pero ni siquiera sentía cómo los grilletes le pelaban las muñecas, o cómo la limpiaba y alimentaba Gregger Wallace, el jefe de Wael. Este había decidido cuidarla personalmente, pues Raquildis le había transmitido órdenes muy directas: soltarla de los grilletes únicamente dos veces al día para asearla y alimentarla, e introducir los vasodilatadores en su comida. Silas podría haberse encargado de esta tarea a la perfección; y desde luego el trato cercano con los presos no se encontraba entre las labores del alguacil. Sin embargo, Gregger había dejado muy claro que Leandra era cuestión suya, y estaba dispuesto a dejar a un lado su tarea diaria para descender hasta los últimos niveles.

Leandra ignoraba quien la cuidaba. La esponja con la que Gregger la limpiaba, o las cucharadas de comida que introducía en su boca le llegaban como en un sueño, como un eco difuso. En realidad ella no estaba en Wael, no tenía las muñecas atrapadas en los grilletes, ni la espalda contra una húmeda pared de roca. Su conciencia, su mente y su recuerdo se hallaban aún presos de la Vorágine.

En su intento de huida con Iván, Raquildis le había inyectado el praemortis. No pasaron más que un par de minutos antes de que le sobreviniera el ataque cardíaco. Fue en mitad del combate, mientras los soldados de la Guardia les cerraban el paso.

Con horror, Leandra había presenciado cómo abatían a Iván; poco después, le llegó el turno a ella. Cayó al suelo sin fuerza en sus miembros; el praemortis agitaba su cuerpo con cada nuevo golpe a su corazón. La última embestida de aquel líquido envió su conciencia directa al otro mundo. Cuando sus ojos se abrieron a la nueva realidad, Leandra ya se encontraba entre todos los desdichados que nadaban en la Vorágine. Quiso imitarlos, pero algo se lo impidió. Una persona llamaba su atención, tomándola por el hombro. Se dio la vuelta, dispuesta a quitársela de encima, pero quedó sorprendida.

—¡Iván! —dijo, alzando la voz por encima del estruendo.

Los dos se fundieron en un abrazo, permitiendo que, por un instante, las aguas de la Vorágine los arrastraran.

Habían fallecido a la vez, y vuelto a encontrarse al otro lado.

—¡No me sueltes! —le gritó.

—¡No lo haré! —respondió él, y la apretó contra su cuerpo.

—¡No me dejes, Iván!

El estruendo creció en intensidad, muy por encima de los gritos desesperados.

—¡Iván, no me sueltes, va a resquebrajarse!

Se abrazaron con todas sus fuerzas. El bramido de la Vorágine era ensordecedor. A su derecha, Leandra pudo ver la descomunal grieta que ya se abría paso, dividiendo aquella caótica espiral. Serpenteaba, como si se encontrara bajo la guía de una voluntad desconocida, separando a unos y otros. Cada vez estaba más cerca.

—¡Ya viene! —dijo al soldado.

—¡No voy a soltarte, Leandra!

La grieta pasó entre ellos. Fueron separados en un instante, zarandeados por una fuerza incontestable y lanzados a gran distancia el uno del otro, ya viajando sobre los torbellinos.

—¡Iván! ¡Iván, no me dejes! —gritó ella.

Pero el soldado estaba fuera del alcance de sus peticiones. Leandra fue transportada por los vientos del Bríaro lejos, muy lejos, directo al mar de almas atormentadas. El Bríaro la vomitó allí, donde una multitud de desdichados gritó su nombre, reconociéndola. Luego regresó. Había resucitado. Se hallaba de nuevo en la ciudad de Pináculo.

¿Qué importaba ya dónde la dejaran o qué hicieran con ella? Ya todo le daba igual. Ni siquiera la cefalea, a pesar de que cada vez la atacaba con más violencia. Iván le había fallado, y el Golem, incluso tras aparecerse en sus sueños, no era capaz de cambiarla de torbellino. Las promesas de uno y otro daban lo mismo, porque Leandra, una vez más, había quedado atrapada en el Bríaro.

Así pasó días enteros, ignorando la realidad, rememorando una y otra vez su viaje al mundo de los muertos, perdiendo el abrazo del soldado y viendo cómo se alejaba una y otra vez, junto a todas sus promesas de salvación. El cuello le picaba cada vez que su cabeza repetía las mismas imágenes. Los pinchazos de Néctar parecían reírse de ella, burlándose por su incredulidad. Nada podía salvarla de su destino, de aquel que había sido fijado por Raquildis. Ella era la elegida por el Haiyim. El monstruo había danzado a su lado sobre las aguas del Apsus, y no la dejaría escapar… nunca.

Leandra deliraba constantemente, embebida en las mismas pesadillas, en las mismas imágenes, las cuales se reproducían centenares, y hasta miles de veces en su cabeza. Así hasta que, en un momento indeterminado de sus prisiones, algo la llamó, haciéndole ver, por primera vez, en qué lugar se encontraba.

En su celda no existían muchos sonidos. De vez en cuando, en algún lugar, una gota de agua caía desde el techo hasta un charquito en el suelo. Otras veces, el Apsus golpeaba con especial ímpetu contra los muros. Sin embargo, en esta ocasión el sonido distaba mucho de lo acostumbrado. A Leandra la despertó un gruñido, áspero y grave. Arañaba los muros de Wael desde fuera, pero también estaba en el interior de su celda, y no solo ahí, sino que parecía acariciar su rostro como el aliento de alguna bestia que acechara en la oscuridad. Hizo que Leandra percibiera la realidad y abriera los ojos; aunque de nada le sirvió, pues se hallaba completamente a oscuras.

El gruñido avanzaba, rebotaba contra las paredes y se extendía rozando su piel. De alguna manera la llamaba. Leandra se estremeció al identificarlo: era el dios de los dos mares, el gigantesco Haiyim, que reclamaba su conciencia.

El monstruoso ser que habitaba el Apsus aguardaba pacientemente su muerte definitiva para conducirla a su otro reino. Leandra se zarandeó a uno y otro lado, buscando desprenderse de aquellos tentáculos invisibles que la acariciaban, pero no lo logró. Hizo fuerza, intentando soltarse de los grilletes, pero resultó inútil. Entonces gritó, de rabia y de miedo. El Haiyim contestó con un nuevo gruñido.

Pero había algo más allí, aparte del Haiyim. Se encontraba justo frente a ella, arropado por los tentáculos insustanciales, tan cerca que casi podía notar el calor que desprendía. La cefalea volvió con un fuerte aguijonazo. Leandra se agitó a causa del dolor. Cerró fuertemente los ojos y procuró concentrarse en otra cosa, pero no pudo. No había nada más que el Haiyim, murmurándole con aquel gruñido demencial, y aquella presencia imposible frente a ella. Alzó la cabeza y abrió los ojos desmesuradamente, intentando captar algo de luz que le permitiera descubrir quien la acompañaba; y de repente fue sorprendida por algo que rozó su mejilla. Era un tacto suave y tenue; el tacto de una prenda de ropa.

—Haggar —dijo con serenidad, dirigiéndose hacia aquella presencia—. ¿Vienes a buscarme? ¿Eres tú quien me llevará al Bríaro en mi último viaje?

Por un momento creyó percibir algo, allí donde debía encontrarse su interlocutor; la reflexión de su propio rostro en unas placas, más negras que la oscuridad de su celda, pero visibles por alguna sobrenatural circunstancia. La voz del Haiyim llamó con más fuerza, y todo su cuerpo se estremeció con un escalofrío. La cefalea continuaba su crecimiento. Leandra se llevó las manos a la cabeza y se tiró del pelo.

—Marcus Haggar soy yo —se dijo, consciente de que alucinaba—. Soy yo. Soy yo. Soy yo. Soy yo...

Lanzó un nuevo grito a la oscuridad e intentó dominar la situación. Poco a poco se esforzó por alejar el miedo, aunque no logró que Haggar se diluyera; al contrario, la armadura parecía más y más real.

Ahora —lo sabía— el confesor estaría con ella, vigilando cómo expulsaba lentamente su vida. Haggar era el adalid del Haiyim, dispuesto para clavar las cuchillas en sus pulmones cuando Leandra luchase por el último aliento. Al comprender que sus pesadillas no la abandonarían, Leandra lloró entre gritos. Iván y el Golem se burlaban de ella. Ambos se habían aprovechado de su necesidad por cambiar de torbellino para engañarla y utilizar sus esperanzas. Ahora recibía el tormento, mientras ellos observaban desde una eternidad que ella jamás tendría derecho a alcanzar.

3

La conversación con Aadil se había disipado de la memoria de Raquildis apenas este hubo dejado su despacho. Había sido importante, desde luego, pero ahora el líder se hallaba totalmente concentrado en la Tormenta. Resultaba hipnótico observar las gotas de lluvia resbalando por los cristales. Se fundían unas con otras, desaparecían y aparecían otras nuevas. Era como un juego; pues se hacía divertido adivinar qué gota alcanzaría de nuevo la cornisa, dispuesta a reanudar su descenso hasta la calle, y cuál quedaría atrapada en el cristal hasta evaporarse con el tiempo o ser arrastrada por una ráfaga de viento.

Un rayo cruzó las nubes y descendió en una fracción de segundo, iluminando la ciudad abandonada más allá de la Marca. Al otro lado, los edificios parecían los huesos sobresalientes de un gigantesco esqueleto. Sonó el trueno, tan cerca que Raquildis se sobresaltó no porque le hubiera sorprendido, sino por lo mucho que aquel estruendo le había recordado la voz del Golem.

Se miró las manos. Desde su encuentro con aquel ser le había resultado imposible tranquilizarse. Se había despellejado las puntas de los dedos a causa de la tensión. La carne viva asomaba junto a las uñas, alrededor de toda la primera falange; en algunos puntos había restos de sangre coagulada, allí donde no había calculado bien el pedazo de carne que quería arrancar. Era el precio que debía pagar por tanta tensión acumulada; pero estaba claro que los demás ya habían notado que estaba distinto: inquieto, algo desubicado, pensativo... incluso durante su conversación con el Cormorán, Raquildis había tenido momentos en los que su memoria había escapado para lanzar fugazmente algún recuerdo de su encuentro con la criatura, y por mucho que se había esforzado en guardar la compostura, estaba convencido de haber delatado a su interlocutor que algo lo inquietaba.

Sí, no había duda. Aadil Veldecker era muy listo. Resultaba imposible que se le pasaran por alto los detalles que evidenciaban lo absolutamente aterrado que se hallaba Raquildis.

«No es un rebelde», se dijo. «No lleva una armadura de confesor».

La Tormenta dejó caer otro rayo sobre la ciudad de Pináculo.

Ya lo sospechaba. Desde que surgieron las primeras alarmas sobre el Golem, este no daba muestras de ser un rebelde, pero, ¿cómo imaginar qué tipo de criatura era realmente? Resultaba imposible.

Imposible.

«Yo mismo creí mi historia», musitó viendo su rostro en el reflejo del cristal.

Recordaba que fue él quien difundió la noticia de que el Golem era un rebelde vestido con una armadura de confesor robada, incluso sabiendo que los confesores no habían sufrido bajas ni robos en los últimos días. Sin embargo, se trataba de la opción más coherente. ¿Qué otra cosa podía ser si no? ¿Cómo justificar aquella fuerza y agilidad sobrehumanas? ¿Cómo explicar que resultara invulnerable a las armas corrientes, o su forma de aparecer y desaparecer en público sin que fuera posible darle caza? Todas estas acciones eran razonables si vestía una armadura de confesor. Pero no la vestía. Raquildis lo sabía ahora. Había tenido al Golem tan cerca que no había lugar a dudas; su piel... ¡su piel! Ni siquiera podía llamarse así. Era piedra. Un ser compuesto de pura roca, material que, de hecho, ni siquiera existía en Pináculo. Debía traerse desde las ciudades asentadas en tierra.

«Es real... ¡Es tan real!»

Se mordió los nudillos, pero la emoción pudo con él. Comenzó a sollozar. Respiró profundamente para intentar calmarse, pero no fue capaz. ¡El Golem era real! ¡Él había prometido cambiar de torbellino a ese soldado! ¡Iván había cambiado de torbellino!

«¿Qué hago? Por la Tormenta ¡¿Qué debo hacer?!»

Recordaba todo lo que le había dictado el Golem: quería que Raquildis confiara, que contara al mundo la mentira del Néctar... Tenía que demoler el edificio de Pináculo y descubrir la antigua estructura sobre la que este se había construido.

Otro rayo iluminó gran parte de la ciudad de Pináculo; el imperio de la corporación Praemortis. Raquildis era su líder ahora. Era el dueño de cuantas vidas poblaban el mundo. Raquildis, el hombre más poderoso que existía, que había existido jamás. ¿Cómo deshacerse de semejante control? No quería desprenderse de su posición, no ahora, no en este momento, después de todo lo que había combatido…

Pero el Golem… ¡el Golem era real!

Enfurecido, llorando profusamente, golpeó varias veces el cristal que lo separaba del vacío, luego se cubrió el rostro con las manos, se secó las lágrimas y se volvió. El despacho estaba iluminado únicamente por la lamparita sobre el escritorio, tal y como le gustaba dejarlo a Robert. Al fondo, el bajorrelieve parecía cobrar vida gracias a las sombras que se proyectaban sobre él.

—¿De dónde procedes? —preguntó a la obra de arte, como si esta fuera un canal de mediación entre él y el Golem—. Dime, ¿quién eres? ¿Qué dominio tienes sobre los torbellinos para afirmar que solo tú puedes cambiarnos?

Silencio. Un trueno se dejó escuchar, ya muy lejos.

—¡Habla! ¡Sé que me escuchas! ¿Quieres que te obedezca? ¿Es eso lo que quieres? Si te escucho, si hago todo lo que me has ordenado, ¿me cambiarás de torbellino a mí también?

Nada.

Raquildis dejó escapar un aullido de cólera. Corrió hacia el bajorrelieve y estrelló su cuerpo contra él.

—¡Habla, Golem! ¿Por qué arrebatas mi imperio? ¡Es mío! ¡Mío! Lo he logrado al fin, después de tantos años ambicionándolo; después de sopesar las alianzas, de traicionar, mentir y asesinar… ¡¡¿Por qué?!!

Dejó que lo poseyera la rabia. Comenzó a llorar sin reparos, desesperadamente, con el rostro pegado al cobre y las manos crispadas alrededor de los cuerpos cincelados, igual que si él mismo también formara parte, como si nadara en la Vorágine, aguardando el juicio de los torbellinos. De pronto, comenzó a escuchar un sonido, primero muy lejano, generado quizás por su propia imaginación; luego más fuerte. Procedía de la sala, de algún punto inconcreto, de las sombras. Raquildis se concentró en él. Sabía lo que era, ya lo había escuchando en otras ocasiones. Era un gruñido bajo, estremecedor y áspero.

Era la voz del Haiyim.

El sonido reptó por la habitación como un viento apenas perceptible, salvó el escritorio y alcanzó a Raquildis, al otro lado. Avanzó sinuosamente por debajo de sus ropas, se filtró por su piel y se deslizó desde sus entrañas hasta su cerebro, como unos tentáculos que se abrieran paso a través de la carne. Le produjeron un deleite agradable, suave, balsámico, voluptuoso. Raquildis sonrió.

—Te echaba de menos —balbuceó, tiritando; las lágrimas inundaban sus mejillas.

El gruñido respondió a su saludo, provocando en Raquildis un nefando estremecimiento. El líder de Praemortis se dejó caer al suelo y se acurrucó, permitiendo que lo arroparan aquellos tentáculos invisibles.

—Has tardado en venir —dijo—. Creí que me habías olvidado, pero continúo siendo tuyo. Tú eres el único dueño. Me has cuidado desde el principio. Viniste a mí y me salvaste la vida cuando esta dejaba mi cuerpo. Tú me has dado cuanto poseo; tú me has proporcionado la victoria, la situación en la que me encuentro. Soy fiel a ti. Sí, solo a ti.

Lo sorprendió su propia risa, que surgió tímidamente. Era privada, solo para que la escucharan él y el Haiyim. Comprobó que ya no temblaba. Volvía a sentirse nuevamente fortalecido. Su pulso se relajó. Había perdido el miedo.

¿Quién era el Golem comparado con el señor de los dos mundos? El ser de piedra era real, sí, pero inferior a su dios, al todopoderoso Haiyim, cuyos tentáculos alcanzaban cuanto deseaban. No le debía obedecer a otro más que a él, porque era quien le había proporcionado todo lo que ahora poseía, lo que envidiaba el Golem. Y en el otro mundo, cuando cayera al fin sobre el mar de almas atormentadas, recibiría de su señor la posibilidad de convertirse en un torturador, y no en el torturado. Era la promesa que se le había hecho desde el principio. Raquildis era el profeta del dios del Apsus. Toda la ciudad, todo el mundo se hallaba bajo el control de sus tentáculos, pues él consentía que cada conciencia disfrutara de una breve estancia en el mundo carnal, antes de ser sometida a una tortura sin descanso. ¿El Golem? No era más que una criatura desesperada. Su batalla estaba perdida.

—No, de ninguna manera —susurró, irguiéndose—. No voy a dejar que te quedes con mis posesiones, Golem. El mundo está bajo mi control. Yo dispondré a mi antojo qué hacer con él. Jamás, ¿me escuchas? Jamás te obedeceré. ¡Yo ya tengo un señor!

Caminó con decisión hasta el centro del despacho. Sentía que los tentáculos continuaban a su lado, rodeándolo, protegiéndolo.

—¡No te debo nada! ¡No eres nadie para mí! ¡No quiero cambiar de torbellino! Yo, y cada vida que lucha en este mundo por su salvación, pertenecemos al Haiyim, ¿me oyes? ¡Voy a llevármelos a todos conmigo!

Se carcajeó con todas sus fuerzas.

—¡¿Me oyes, Golem?! ¡¿Estás escuchándome, monstruo de piedra?!

Llamaron a la puerta. Los tentáculos se alejaron suavemente de su alrededor, acompañados por un siseo parecido a una risa macabra. En un instante recobró la compostura, se pasó un pañuelo por los ojos para asegurarse que no quedara ningún resto de lágrimas, y dijo:

—Adelante.

—Disculpe, señor —era Rowan Ike, aquel muchacho con la nuez tan repulsiva que se había puesto a sus órdenes justo tras la muerte de Robert.

Rowan, hijo de familia noble, era ejecutivo desde que los Ike se quedaron sin fondos debido al corte en las comunicaciones, que resultó letal para su negocio de locales de fiesta.

—¿Qué quieres? —dijo Raquildis.

—He escuchado ruidos. ¿Se encuentra bien?

Su prominente nuez se agitó arriba y abajo.

—Estoy bien, Rowan.

Hizo un gesto con la mano para que el muchacho se retirara, pero de pronto se le ocurrió una idea. Sí, volvía a sentirse bien, entero. Sus dudas y miedos habían desaparecido. Quería celebrarlo.

—Escucha —dijo, llamando su atención—. Voy a organizar una fiesta.

—¿Aviso a los nobles?

—Sí… no, todavía no. Haré una fiesta para los nobles después; pero antes quiero otra… solo para mí.

—¿Solo para usted?

Raquildis dejó que sus labios se distendieran en una sonrisa.

—Sí… tengo mucho que celebrar.

4

Sentado a la mesa de su despacho en la planta ciento uno del Pináculo, Ed Wallace se frotaba las manos. Los Wallace disponían de parte de esa planta para el alojamiento de su casa noble, pero, en cierto modo, también estaban presentes entre los pisos noventa y cuatro a cien, ya que estaban dedicados al centro de mando de la Guardia: puesto de control general, barracones de la vigilancia del edificio, armería, vestuario, comedores, control de zonas conflictivas. Por toda la ciudad existían otros centros locales, pero el del Pináculo era el más grande, el que supervisaba todos los demás y Ed Wallace se encontraba a la cabeza.

El general había sido un líder competente durante años. Era efectivo cuando la situación lo requería, solidario en el trato con sus subordinados, abierto hacia quienes no pertenecían a los Wallace pero que soñaban con un rango de oficial y puntual en la administración del papeleo. Ahora, sin embargo, una pila de documentos, actas y permisos en los que era necesaria su firma se amontonaban sobre su escritorio. El general no les prestaba atención. Llevaba dos horas sentado, con las manos apoyadas sobre la frente y los dedos entrelazados, completamente a oscuras. Había ordenado que no le pasaran llamadas y cancelado todas sus visitas; no estaba como para atender a nadie.

Su cuerpo se estremecía como si aún se hallara bajo la lluvia, oteando desde la esquina la imponente figura del Golem, mientras este hablaba a Raquildis…

¿Solo a Raquildis?

No, también le había hablado a él. De alguna forma, el pétreo ser había comunicado algo a su interior; no con palabras, pero sí en forma de una inquietud que no le había concedido tregua. Ed llevaba días sin pegar ojo, sin descansar. Constantemente reproducía el encuentro con todos sus detalles, buscando encontrar una causa para el nudo que se le había formado en la boca del estómago. El Golem era un ser aterrador, sobrenatural, daba miedo verle, sí, pero había algo más que miedo en lo que sentía el general de la Guardia. Debía averiguarlo.

Al fin se levantó del escritorio, tomó su chaqueta y salió del despacho. Necesitaba hablar con el líder. No habían conversado desde el accidente y quería saber qué opinaba, comprobar si se revolvía con las mismas inquietudes.

Atravesó la planta, pasando al lado de las diferentes dependencias de los altos mandos de la Guardia, todos pertenecientes a la familia Wallace, y alcanzó uno de los ascensores. Apretó el botón que lo llevaría hasta el despacho de Raquildis, donde esperaba encontrarlo.

El ascensor se cerró con un tintineo y se puso en marcha con suavidad. Cuando volvió a abrirse, Wallace se encontró con que Rowan Ike esperaba en el pasillo, junto a dos soldados. Estos se cuadraron nada más ver a su general.

—Rowan —preguntó Ed, aproximándose—. ¿Qué significa esta guardia? Nadie me ha informado de que era necesario vigilar esta sección. ¿Sucede algo?

El mancebo de los Ike tragó saliva. Su nuez se hizo notar. Ed calculó que no tendría más de veintitrés años. Era muy alto y delgado, rasgo que caracterizaba a los miembros de su familia. Tenía el pelo corto, ligeramente alborotado y rubio. Los ojos parcialmente saltones, de color verde bajo unas cejas claras.

—El señor Raquildis se encuentra ocupado —respondió, tartamudeando—. Ha ordenado que nadie, bajo ningún concepto, le moleste.

—¿Por qué razón?

Rowan tragó saliva y desvió los ojos a un lado, a los soldados que lo acompañaban, como si, de este modo, pudiera esquivar la pregunta.

—Está ocupado en… en…

—¿Qué? ¿En qué está ocupado?

Rowan guardó silencio; un silencio absoluto, total. Ed le clavó la mirada, aguardando, cada vez más impaciente a que este contestara, pero el otro no lo hizo. De repente, cuando el general ya estaba a punto de perder la paciencia, le llegó un ruido inesperado. Procedía del despacho, amortiguado por las paredes y la puerta, que permanecía cerrada, pero gracias al silencio era claramente perceptible. No eran otra cosa que gemidos, procedentes de varias voces femeninas; y risas, agudas y nerviosas, de entre las cuales identificó la de Raquildis.

—¿Qué está haciendo ahí?

El secretario lanzó una rápida mirada a su espalda, como si temiera que el líder de Praemortis se hallara justo detrás de él. Los soldados también parecieron inquietarse.

—¡Contesta! —ordenó el general.

—El... el señor Raquildis está celebrando una... una fiesta privada, general Wallace.

Desde el despacho llegó un estruendo; algún objeto de cristal se acababa de hacer añicos contra el suelo. Las risitas crecieron; luego no volvió a escucharse nada más. Ed dio media vuelta y se encaminó velozmente de regreso al ascensor. La situación le estaba provocando náuseas. Apretó el botón de su planta varias veces, hasta que las puertas se cerraron. Durante el descenso se inclinó, apoyando las manos sobre las rodillas, y tomó aliento. Estaba claro que Raquildis no pensaba lo mismo que él. ¿Le habrían causado efecto las palabras del Golem? Pero, ¿cómo no iban a hacerlo? La misma visión de aquel ser era capaz de estremecer a cualquiera, incluido al frío Raquildis. ¿Qué había sucedido para que el líder no pensara en aquel encuentro a todas horas, tal y como a él le sucedía?

El tintineo del ascensor disipó sus pensamientos. Ed se incorporó antes de que las puertas se abrieran. Caminó de vuelta a su despacho, donde pensaba encerrarse de nuevo, a oscuras, y continuar meditando. Sin embargo, le sorprendió encontrar que un soldado lo esperaba frente a la puerta.

—General, hay una carta para usted —dijo, tras saludar enérgicamente.

Extendió un papel sellado a Ed.

—Viene directamente desde comunicaciones.

—¡El submarino! —adivinó Ed.

Era el primer comunicado que recibían desde la partida del grupo de soldados élite. La misión de estos consistía en viajar en uno de los mejores submarinos de la Guardia para restablecer las comunicaciones con Vaïssac, ciudad vecina de la que no sabían nada desde hacía meses. Habían partido días atrás, y desde entonces no se había recibido noticia de ellos.

—¿Ordena algo más? —preguntó el soldado, que permanecía firme junto a él.

—Sí, quédate. ¿Tenéis comunicación directa con ellos?

—No. La perdimos justo después de que nos transmitieran este mensaje.

Ed suspiró; al menos, el equipo élite había tenido tiempo de informar.

—En fin. Tal vez necesite dictarte alguna respuesta, para que la transmitáis cuando vuelva a establecerse el contacto.

Encendió las luces de su despacho y se sentó tras el escritorio, sacó un abrecartas de un cajón y rompió la parte superior del sobre. El mensaje en el interior estaba cuidadosamente doblado; lo desdobló y comenzó a leer. El soldado aguardaba justo frente a él, rígido como una estatua. Hubo un silencio en todo el despacho mientras Ed leía, hasta que, de repente, el general dejó escapar todo el aire de sus pulmones, como si lo hubieran golpeado en la base del estómago. No dijo ni una sola palabra, pero el soldado pudo comprobar que la carta temblaba en sus manos. Pasaron los segundos. Ed continuaba sin reaccionar; la carta se agitaba cada vez más.

—¿Ordena alguna respuesta? —se atrevió a preguntar el soldado.

Ed no respondió, ni siquiera apartó los ojos del papel.

—¿General?...

El aludido dio un brinco, como si acabaran de administrarle una descarga eléctrica. Manoseó la carta, miró al soldado, dobló el papel, volvió a mirar al soldado, guardó el papel en el sobre y este en un bolsillo interior de su chaqueta.

—No. Puedes retirarte —dijo, mirando a su interlocutor por tercera vez.

—¿No ordena ninguna respuesta? —preguntó el soldado, visiblemente confuso.

—Ninguna. Retírate.

El otro obedeció. Se llevó la mano a la sien a modo de saludo, taconeó y dio media vuelta.

—Espera —interrumpió Ed.

El soldado se volvió. El general miraba a un punto indefinido. Parecía meditar lo que estaba a punto de decir. Puso los codos sobre la mesa, entrelazó los dedos, y dando un largo suspiro, dijo:

—Ni una palabra de este mensaje. A nadie. Díselo a los de comunicaciones. No quiero que de sus labios salga nada relacionado con lo que han transcrito. Si me entero que corre algún rumor, por pequeño que sea, sobre el comunicado recibido desde el submarino, me encargaré personalmente de encerraros en las peores celdas de Wael. ¿Ha quedado claro?

—Sí, mi general. Totalmente claro.

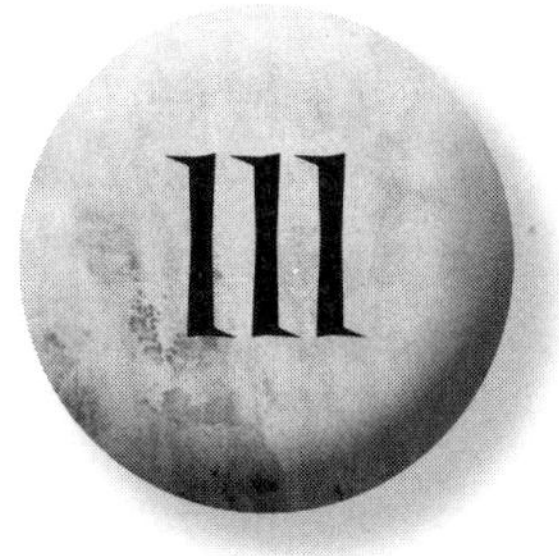

—Robert, ¿dónde estás?

—Aquí, en mi habitación.

—¿Por qué no bajas? Todo el mundo se encuentra en el salón. Te echan de menos. Déjate ver, da el último adiós a tu padre, antes de que se lo lleven al Cómburus… ¿Qué te ocurre? ¿Tienes otro nuevo ataque de cefalea?

—Por favor, Raquildis, cierra la puerta. Necesito hablarte sobre algo importante.

—No puedo entretenerme, Robert. Solo he subido a buscarte. Los amigos de tu padre preguntan por ti, eres el único que no se encuentra velando su cadáver. Si no estás enfermo, tendrías que bajar. Además, he dejado a Leandra desatendida y…

—¡Raquildis, te lo suplico, cierra la puerta!

—Está bien… ¿qué te sucede?

—Yo…

—Te veo muy pálido, ¡y tiemblas! ¿Qué pasa, Robert?

—¿Recuerdas los experimentos que mi padre realizó en vida, sus esfuerzos por curar mi cefalea?

—Sí que los recuerdo, pero ¿a qué viene esa pregunta? ¿Y qué ocultas en esa mano? ¿Por qué la mantienes tras la espalda?

—Mi padre logró encontrar un remedio para la cefalea en racimos, pero su fórmula no solo tenía un efecto abortivo contra mis ataques. Se trataba de un medio… un medio para transitar entre el mundo de los vivos y el mundo de los muertos.

—¿De qué estás hablando?

—¿No lo entiendes? Mi padre descubrió que existe otro mundo más allá de nuestra existencia. ¡Toda la filosofía que hemos defendido durante años estaba equivocada! Cuando mi padre me inyectó su fórmula, esta me produjo un paro cardíaco. Estuve muerto durante dos horas. ¡Dos horas! Muerto y, sin embargo, vivo; vivo más allá de este mundo, ¡más allá de todo lo que conocemos! Caí en un universo dominado por una gigantesca Vorágine, y trasladado a un lugar indescriptible. Un torbellino me llevó allí.

—¡No es posible!

—¡Lo es! Conservo el recuerdo tan vívido que casi puedo palpar los cuerpos que se encontraban junto a mí. ¡Los cuerpos de los muertos! Cada persona fallecida en este mundo se hallaba en aquel lugar, en la Vorágine. A mi padre también le costó creerme; sin embargo, le fue imposible obviar que yo había permanecido sin aliento ante sus ojos, hasta mi regreso. Él mismo deseó hacer el viaje; sin embargo, regresó cansado y débil. Su corazón nunca se sobrepuso del paro cardíaco. Ahora veláis su cadáver.

—Robert…

—Créeme. Mi padre llamó praemortis a su fórmula; el nombre guarda mucho sentido con sus efectos.

—¿Y dónde está?

—Tras regresar de la muerte me ordenó que la destruyera. Su viaje, por alguna razón que todavía desconozco, resultó muy diferente al mío. Fue arrastrado por los vientos de otro torbellino, arrojado a un lugar espantoso: un mar compuesto por los cuerpos de miles, tal vez millones de atormentados. La experiencia lo aterrorizó de tal manera que no quiso volver a saber nada más sobre el praemortis.

—En ese caso, la fórmula se ha perdido.

—¡No, Raquildis! ¡Por eso te he llamado! Quise obedecer a mi padre por lo delicada que se encontraba su salud tras el viaje. Me deshice de todas las probetas que contenían el praemortis. Él, por su parte, borró la lista de compuestos de su diario. La noticia de que el praemortis había desaparecido relajó su conciencia. Como te he dicho, quise hacerlo así, a pesar de que aquello significaba un fracaso para la cura de mi cefalea, porque deseaba verle morir con la conciencia tranquila. Sin embargo no reparé

en que me había dejado una última dosis. Hoy mismo, tras su muerte, la he descubierto, ¡mira!

—¿Es lo que escondes tras la espalda?

—Sí, observa.

—Es muy poca.

—¡Suficiente!

—¿Cómo la conseguiste?

—Del suelo de mi habitación, el que ahora pisas. Cuando volví de mi primer viaje, agité los brazos descontroladamente, como quien despierta de una pesadilla. Golpeé accidentalmente una probeta con el praemortis que mi padre había dejado sobre una mesa junto a mi cama. La probeta se estrelló contra el suelo y derramó el líquido. Ninguno de los dos nos preocupamos por aquel accidente, ya que primaba la sobrecogedora realidad de mi regreso desde otro mundo. Más tarde, atendí a mi padre en su viaje, y cuando él también volvió, lo estuve cuidando hasta su fallecimiento. No volví a recordar que en mi habitación había derramada una dosis de praemortis, hasta hoy. ¡Me he ocupado de recogerla! No necesitamos más para reproducirla, solo tenemos que separar sus compuestos y averiguar el modo de mezcla.

—No es tan sencillo.

—¡Pero tú puedes hacerlo! Fuiste compañero de mi padre antes de trabajar para él. Tienes algunos conocimientos químicos.

—Sí, los tengo, pero...

—¡Pues, inténtalo! Luego podrás hacer el viaje. ¿No te atreves?

—Quizás no sea recomendable que lo haga. Podría dañar mi corazón como le sucedió a Frederick.

—¡Pues utiliza el praemortis para curar mi cefalea! Y no solo la mía. Mis hermanos aún no han sufrido ningún ataque porque son jóvenes, pero podrían empezar en cualquier momento. Leandra ya ha tenido sombras; pequeños ataques, breves y poco intensos, pero que anuncian que pronto me seguirá. Lo sabes.

—Sí.

—Raquildis, tú siempre te has preocupado por nosotros. Cuando todos los ayudantes de mi padre se marcharon, cuando todo el servicio se fue, solo quedaste tú para atendernos. Sé lo mucho que nos amas, ¿no quieres ayudarnos?

—Sí…

—Entonces, reproduce el praemortis.

—Por vosotros.

—Por nosotros, Raquildis. Por los tres hermanos Veldecker.

—Por… por los tres…

—Eso es.

—De acuerdo. Lo haré.

Recuerdos

1

El edificio de Pináculo bullía con el alboroto de la fiesta, la primera desde que Raquildis dirigía la Corporación. Bajo los globos de luz y una densa humareda de tabaco, toda la nobleza se apretujaba en la sala de la planta noventa y tres. El cuarteto de músicos, uniformado con traje azul celeste, tocaba una tras otra diversas melodías de foxtrot, sin concederse tiempo ni para limpiarse el sudor. En la sala de baile, las parejas danzaban procurando no estorbarse. En el centro, Caeley Dagman bailaba sola girando sobre sí misma. Su vestido de falda acampanada se levantaba como un enorme paraguas amarillo. Desde un extremo, su padre la observaba con una copa de ponche en la mano. Por el rabillo del ojo detectó a Laesan. La matriarca de los Ike se acercaba furtivamente por su flanco derecho. La mujer se sirvió algo de ponche, lo bebió de un trago y llegó hasta su altura.

—Una fiesta con grandes ausencias, ¿no le parece, Dagman?

Baldomer, con su poblado entrecejo apuntando hacia la pista de baile, arrugó la boca como si hubiera tragado un pedazo de limón.

—A mí me parece muy concurrida.

Desde la zona de las mesas llegó el estrépito de una montaña de platos que acababa de estrellarse contra el suelo. El matrimonio Durriken, padres del fallecido Peter, se desternillaba después de que Omar hubiera puesto la zancadilla a uno de los camareros, que caminaba en dirección a la cocina con su bandeja llena de platos sucios. Baldomer les lanzó una mirada condenatoria. Al parecer, la opulencia de la nobleza les había hecho olvidar bien pronto que su hijo había muerto. Sintió deseos de acercarse a ellos y detallarles el momento en el que Peter fue devorado por el Haiyim, pero se contuvo.

—Sí, está demasiado concurrida —añadió, mirando a Laesan de soslayo.

—Supongo que resulta extraño asistir a una fiesta sin un miembro de los Veldecker.

Por primera vez, y para concentrarse en otra cosa que no fueran los labios belfos de Zerapa Durriken, que temblaban como una lamprea recién sacada del agua, Baldomer encaró a la matriarca de los Ike. Todavía se preguntaba qué razón habría movido a la mujer a iniciar una conversación con él. Por culpa de una mala relación amorosa hacía varios años que no se dirigían la palabra.

Desde un remoto pasado, los Dagman y los Ike se habían unido en multitud de emparejamientos. Había algo que los atraía mutuamente y de forma irresistible. Tal vez fuera su apariencia física, tan diferente entre sí. Los Ike eran altos y delgados, muy delgados. Por el contrario, los miembros de la familia Dagman disfrutaban de una complexión robusta. Laesan y Dagman eran los perfectos exponentes de dichas características. Su acercamiento amoroso se había producido en la adolescencia. Por desgracia, si ambas familias eran diferentes físicamente, también lo eran en el carácter. Mientras que los Dagman eran enérgicos; a veces incluso rudos, los Ike tenían un carácter mucho más relajado. Este detalle, en el caso de Baldomer y Laesan, les había conducido a una más que accidentada ruptura. Desde entonces no se hablaban, salvo que fuera obligatorio. El acercamiento de la matriarca de los Ike hacia Baldomer era el primero que se producía bajo circunstancias no oficiales desde el cese de su relación.

—A propósito de los Veldecker —añadió la mujer, en vista de lo difícil que resultaba arrancar unas palabras a su interlocutor—. Imagino que estarás al corriente sobre el rumor acerca de la verdadera identidad de Leandra.

—Sí, y no me lo creo. ¿Una mujer confesor? Imposible.

Laesan torció el gesto y entrecerró los ojos, pero rápidamente se recompuso y dijo:

—El mismo Marcus Haggar, para ser precisos. La información es fiable. Solo Raquildis conocía su identidad, aunque esta se filtró en el momento de su detención.

—¿Cómo es posible que solo Raquildis supiera que Leandra era la Zarpa? —respondió Baldomer, pero se arrepintió inmediatamente de sus palabras, no quería conducir la charla por ese rumbo.

Él conocía bien las ceremonias para nombrar confesores, contrariamente a lo que le sucedía a Laesan. La Orden continuaba adiestrando neófitos en secreto, pero era una información que no se transmitía a quienes no pertenecían a aquel selecto grupo. Para los ciudadanos, e incluso para muchos nobles, los confesores eran entrenados por un cuerpo especial compuesto de miembros retirados. Nada de eso existía, claro, pero ni siquiera una familia tan importante como los Ike se había preocupado en averiguar la verdad; a nadie le importaba, siempre y cuando no saliera a la luz ninguna revelación escandalosa... como la que ahora circulaba.

Era peligroso que la gente comenzara a especular sobre las identidades y la naturaleza de los confesores, pero más peligroso aún era construir una patraña a su alrededor, como identificar a Leandra Veldecker con Marcus Haggar. De ser así, ¿cómo no lo sabía nadie más que Raquildis? Tal idea era del todo imposible, ya que los neófitos se entrenaban desde niños, y su identidad, aunque secreta para el resto de la población, era bien conocida por los miembros de la Orden. Solo en contadas ocasiones aquel secreto perdía algo de su importancia, como en el caso del fallecido hijo de Erik Gallagher. Dada la fama de la familia, el hecho de que su hijo ingresara como confesor fue revelado a gran parte de la nobleza en lugar de guardarlo con el celo acostumbrado. Los Gallagher habían jugado bien su baza, dado que el anuncio hizo crecer su prestigio.

Por otra parte, era cierto que nadie sabía quién era Haggar, ni siquiera él. De ser ciertos los rumores, Leandra tendría que haber sido uno de los primeros neófitos a quienes se tomó a muy temprana edad. Por aquel entonces, él no estaba entre las filas de la Orden; a decir verdad, no quedaba nadie de una época tan tardía, que él recordara, a excepción, quizás, de Luther Gallagher. Pero no. La Zarpa y Leandra Veldecker no podían ser la misma persona, era inconcebible. Una mujer como ella jamás habría superado el proceso para convertirse en un centinela del Néctar.

Deuz Gallagher, tan borracho como acostumbraba a estar en cada fiesta, se abrió paso a empellones entre las parejas de baile; llegó hasta donde se encontraba Caeley, y antes de que esta tuviera tiempo de negarse la agarró por la cintura y comenzó a bailar. La muchacha intentó soltarse un par de veces, pero pronto comprendió que resultaría más sencillo complacer al noble hasta que su orondo cuerpo se cansara de dar vueltas por la pista. Desde la desaparición de su primo, Deuz había disfrutado de pocos momentos de sobriedad. Aún estaba encajando la desaparición de Erik y, más aún, el hecho de que le tocara a él asumir el mando de la familia.

—El caso es que… —continuó Laesan, pero Baldomer la interrumpió con brusquedad.

—¿Qué es lo que quieres?

Ella dejó escapar un suspiro, miró a su alrededor, y al ver que no había nadie cerca, dijo:

—Vivimos momentos difíciles, Baldomer. No todos los nobles están contentos con el nombramiento de Raquildis. Algunos esperan que los Gallagher respondan con un alzamiento, y aunque es poco probable dada la inutilidad que demuestra Deuz para el liderazgo, no resulta imposible del todo. Personalmente, cuando me he detenido a pensar en la posibilidad de que las cosas se tuerzan, nuestras desavenencias sentimentales han perdido valor.

Resultaba irónico, pero Baldomer comprendió al momento que era verdad. Apenas conocía a la mayoría de las familias de nobles que vivían en Pináculo. Los Durriken eran un chiste, una ofensa a la tradición de nobleza existente; los Wallace, por el momento, parecían fieles a Raquildis, ignorantes, posiblemente, de las artimañas perpetradas por el nuevo líder para hacerse con el poder, mintiendo, asesinando y traicionando a quien le conviniera. Por otro lado, tampoco era recomendable acercarse a los Gallagher. Sin Erik, la familia era tan inestable como la habilidad de Deuz para mantenerse de pie durante las fiestas.

Bien mirado, conocía a Laesan de forma personal, y aunque la mujer fuera más astuta que él, los Dagman eran más poderosos que la familia Ike, especialmente ahora que su principal fuente de ingresos se había paralizado por culpa del fallo en las comunicaciones. A todas luces parecía conveniente olvidar las antiguas rencillas.

Con un suspiro, sonrió a su acompañante.

—Tienes razón.

—Buena elección —respondió ella, acompañando sus palabras con otra sonrisa y alzando su copa.

Sus ojos verdes se clavaron en el fornido líder de los Dagman.

—Además, nuestros jóvenes se llevan bastante bien entre ellos. Rowan me ha preguntado varias veces por Caeley.

—Desde que lo pusiste a trabajar como el servidor personal de Raquildis está muy ocupado.

Laesan rió. Como de costumbre, Baldomer era tan poco delicado, pero aquel no era el mejor momento para sacar a relucir sus defectos.

—No viene mal tenerlo cerca del líder; puede que, en algún momento, su posición nos sea provechosa… a los dos.

Guiñó un ojo a Baldomer. Este enarcó las cejas, sorprendido de que Laesan lo tratara con tanta amabilidad. La estudió de pies a cabeza. Vestía un traje elegante y seductor: túnica de lentejuelas doradas con la espalda descubierta. Se había dejado el pelo suelto, que le caía por los hombros como una cascada ondulante. Laesan pasaba de los cincuenta, pero conservaba un perenne atractivo gracias a su altura, su esbelta figura herencia de los Ike y la forma única que lograba dar a su sonrisa.

En su cabeza, Baldomer desenterró un viejo recuerdo: la memoria de tiempos mejores, aquellos que pertenecían a su adolescencia, cuando no existía el praemortis, ni, evidentemente, las ávidas peleas por el dominio de la Corporación. Eran los tiempos en los que conoció a Laesan, cuando los días de luz eran más frecuentes y las Tormentas menos frías. Al menos, así recordaba él su pasado, siempre mejor de lo que vivía en aquellos días de permanente oscuridad.

Miró de nuevo a Laesan y se descubrió admitiendo en su fuero interno que la matriarca de los Ike estaba más atractiva que nunca. Comenzó a buscar la forma de lanzar un cumplido a su interlocutora, pero de repente las puertas del salón se abrieron de par en par. El cuarteto musical tocó una melodía de bienvenida que atrajo la atención de los invitados. En la entrada, Raquildis, acompañado por el joven Rowan Ike, aguardó el momento oportuno para dar el primer paso hacia el interior del salón. Rompieron los aplausos y comenzaron los saludos. Raquildis respondió a los asistentes con leves gestos de cabeza y algún que otro apretón de manos y, como acostumbrara hacer Robert en el pasado, se detuvo en el centro.

—Es para mí un placer ver a tantos amigos en esta fiesta. Gracias. Gracias a todos por asistir. Me agrada disfrutar de vuestra presencia.

Rowan le acercó una copa de ponche.

—Quisiera brindar con todos vosotros. Hemos vivido unas semanas difíciles. A todos nos ha sorprendido la muerte de Robert y las circunstancias tan violentas en que esta se produjo. Además, perder también a Daniel y Angélica ha resultado traumático para quienes hemos convivido con los Veldecker, pero debemos sobreponernos a la adversidad y continuar firmes para transmitir a los ciudadanos un mensaje de estabilidad.

Sus últimas palabras fueron dirigidas directamente hacia Deuz, a quien saludó con su copa. El noble había dejado de bailar con Caeley Dagman y escuchaba a Raquildis, rodeado por miembros de su propia familia.

—No quiero olvidarme de Erik Gallagher —dijo el líder.

Deuz, pese a su borrachera, consiguió recuperarse lo suficiente para devolver el saludo del nuevo líder con un respetuoso asentimiento.

—Su desaparición —continuó Raquildis— nos ha dejado consternados. Todos conocíamos el carisma del líder de la familia Gallagher, sus logros y el amor que los ciudadanos sentían por él. No concibo que el noble haya desaparecido por voluntad propia, por ello tengo a los soldados trabajando en su búsqueda. Espero y deseo que pronto demos con su paradero y…

—¡Bobadas!

El grito sorprendió a los asistentes. No procedía del círculo que rodeaba a Raquildis, sino de fuera, de la entrada al salón.

—¡No son más que mentiras! ¡Una sarta de mentiras!

Los asistentes se volvieron hacia las puertas. Allí esperaba un hombre muy anciano, encorvado por culpa de los años. Se apoyaba sobre un bastón en cuya empuñadura de marfil había tallada una orca saltando del agua. Lucía bigote, y aún era capaz de peinarse su escaso pelo canoso con la raya a un lado. En su rostro de facciones endurecidas destacaba una larga mancha pálida, que nacía en su mejilla izquierda y descendía hasta desaparecer bajo el cuello de la camisa. Sus ojos, de intenso azul, se clavaron en Raquildis como dos cuchillas de hielo. Iba acompañado de dos asistentes, aunque parecía no necesitarlos. Avanzó varios pasos con dificultad, en dirección a un público cada vez más incrédulo.

—¡Raquildis, viejo maquinador de embustes! —gritó el anciano, señalando al líder con la punta de su bastón—. No te consiento que digas ni una sola palabra más sobre mi sobrino, Erik.

—¡Luther Gallagher! —susurró Baldomer Dagman, lo suficientemente fuerte para que Laesan fuera capaz de escuchar el nombre—. La Orca Azul. El venerable patriarca de los Gallagher se resiste a bañarse en las aguas de la Vorágine.

—No sabía que continuara vivo —respondió Laesan con otro susurro.

—Ya apenas sale del edificio Gallagher. No eres la única que lo creía muerto.

Una docena de miembros de la familia Gallagher corrió para ayudar al anciano. Deuz fue el primero en llegar.

—Padre —dijo, tomándole del brazo—. ¿Por qué ha salido de su edificio? No debe someterse a estos esfuerzos. Su salud se encuentra muy delicada…

—¡Apártate de mí, gordo seboso! —respondió Luther Gallagher.

Se soltó del brazo y propinó una sonora bofetada a Deuz que a punto estuvo de hacerle perder el equilibrio. El público se sobresaltó.

—¡Eres un inútil! —alzó el bastón y lo dirigió a sus congéneres—. Tú y todos vosotros. ¡Cobardes! ¿Pensáis que Erik habría consentido ver a ese gobernando Praemortis?

Los asistentes estaban escandalizados. Raquildis no movía ni un solo músculo. Observaba al anciano y cada uno de sus movimientos. Estaba en guardia, como si, de un momento a otro, y por inconcebible que resultara, Luther reuniera la fuerza necesaria para lanzarse a su cuello. Baldomer dejó escapar una carcajada a escondidas, pero cuando vio que los Durriken también sonreían, la reprimió.

—Erik jamás habría permitido ver a Raquildis por encima de él, ¡de ninguno de los Gallagher! Ni siquiera es de familia noble. ¡No es más que un sirviente, un mayordomo! Me he tenido que levantar de la cama para que dejéis de lamerle los zapatos a un mayordomo. ¡Panda de ineptos!

El anciano mantenía a raya con su bastón a cuantos miembros de la familia Gallagher intentaban acercársele; finalmente, algunos lograron sorprenderlo por detrás, lo sujetaron por los brazos y lo arrastraron hacia la salida. Por el camino, Luther continuó profiriendo toda una colección de injurias, hasta que las puertas se cerraron y se hizo el silencio. Las miradas repararon en Deuz. Permanecía de pie en el mismo sitio. Su mano reposaba sobre su dolorida mejilla. Observó en silencio cómo se llevaban a su padre, y cuando este desapareció, pareció volver a la realidad. Se giró hacia los asistentes. Al contemplar sus miradas fijas en él, dio media vuelta y dejó la sala de fiestas dando un sonoro portazo.

Raquildis respiraba agitadamente. Continuaba totalmente erguido, tenso, sin perder de vista las puertas. Su conciencia despertó; tenía que reaccionar. Se mojó los labios, inhaló hasta llenar sus pulmones, se giró hacia los asistentes, y con una amplia sonrisa, dijo:

—¡Caramba, menuda energía tiene el anciano!

Todos rieron la broma; el ambiente volvió a distenderse.

—¡Y eso que es al menos una década mayor que yo! Ojalá disfrutara de su salud. Pero no dejemos que esta sorpresa enfríe la fiesta.

Una mirada a los músicos fue suficiente para que estos volvieran a sus instrumentos. Raquildis tomó pareja de entre una de las mujeres de los Gallagher y todos se dejaron llevar por el ritmo.

Baldomer regresó su atención a Laesan. Quizás Luther fuera capaz de tomar las riendas de los Gallagher, aunque la tradición mandaba que tal privilegio debiera corresponderle a Deuz. De cualquier manera, los huesos de aquel viejo decrépito darían pronto en el Cómburus, y los Gallagher se quedarían de nuevo sin una cabeza fuerte. Definitivamente, los Ike continuaban resultando la opción más segura para una alianza.

2

Deuz Gallagher detuvo su carrera al escuchar que en la sala de fiestas se reanudaba la música. Tomó un par de largas bocanadas de aire y se concedió algo de tiempo para meditar sobre lo que acababa de suceder.

Su padre lo había puesto en ridículo. La autoridad que le pertenecía por derecho entre los Gallagher acababa de evaporarse con la fuerza de una bofetada. Era vergonzoso. Con la desaparición de su primo, Erik, el liderazgo le pertenecía a él. ¡A él! ¿Qué derecho tenía el viejo Luther a desafiar su autoridad? No podía consentir que una falta de respeto como la que le había demostrado quedara sin represalia, aunque Luther fuera su padre. Debía hacerse valer entre los miembros de su familia, demostrar que llevaba con honor el apellido Gallagher, dar una lección a quienes lo desafiaran.

La bofetada que Luther le había propinado aún le picaba en la mejilla. Comenzó a respirar con fuerza, y cuando ya no pudo retener su indignación por más tiempo, reanudó su carrera por el pasillo, arrojando al suelo cuadros, floreros, muebles y cuanto elemento decorativo hubiera a su paso. Alcanzó el ascensor, dio un puñetazo al botón de la planta ciento treinta y ascendió dando patadas a las paredes.

Las puertas se abrieron en las dependencias de los Gallagher. Ahora se encontraban vacías. Todos estaban en la fiesta o devolviendo a Luther al edificio privado de la familia, donde había guardado cama los últimos años.

«Viejo perturbado», refunfuñó Deuz de camino a su habitación, con la voz todavía afectada por el alcohol. «¿Cuándo te vas a morir?»

Alcanzó la puerta y buscó las llaves en el bolsillo de su pantalón.

«Ni el Bríaro te quiere. Por eso nunca terminarás de morirte. Te quedarás aquí, fastidiándonos eternamente».

Las llaves no estaban en su pantalón. Se abrió la chaqueta para buscar en el bolsillo interior.

«Eres como una maldición. La maldición de los Gallagher».

A su espalda escuchó el tintineo del ascensor y, acto seguido, pasos que se le acercaban.

—¿Ya lo habéis devuelto a su cama? —dijo, suponiendo que debía tratarse de cualquier miembro de su familia.

Se volvió, pero antes de que fuera capaz de asimilar a quien tenía enfrente, una poderosa mano lo aferró del cuello. Deuz dejó escapar un grito sordo. La figura lo lanzó por los aires. El gordo cuerpo del noble voló por encima de dos mesas de oficina y fue a caer contra una tercera. El mueble se hizo añicos y Deuz rodó por el suelo entre las astillas. A pesar del golpe, el terror le proporcionó las fuerzas necesarias para incorporarse. Se puso de rodillas y gateó a toda velocidad en dirección al ascensor. Lo alcanzó, entró, se puso en pie y apretó el botón de bajada.

Las puertas comenzaron a cerrarse, pero cuando faltaban unos pocos centímetros, una mano se introdujo entre ambas y las abrió con facilidad. Entonces Deuz vio a su atacante: era un confesor. La capa gris que ondeaba a su espalda le pareció turbadoramente familiar.

—¡Néstor! No. No puede ser. ¡Los rebeldes te mataron!

El confesor entró en el ascensor con el noble y dejó que las puertas se cerraran. Entonces comenzó el descenso. En el pequeño habitáculo, Deuz se apretujó contra una de las esquinas.

—¿Qué… quieres de mí? —preguntó, viendo cómo su rostro se reflejaba vagamente sobre las placas de aquella armadura.

El confesor no dijo nada. Se volvió hacia el noble, y con un movimiento rápido y enérgico le golpeó en un lado de la cabeza, dejándolo inconsciente. Luego pulsó el botón de parada de emergencia y el ascensor se detuvo de golpe. Entonces abrió las puertas haciendo palanca con los brazos. Se encontraban entre dos plantas dedicadas a las oficinas de los ejecutivos de la Corporación. Durante la noche no funcionaban a pleno rendimiento, de modo que solo se quedaba quien quisiera trabajar horas extra. Aquel día, las dos plantas se hallaban a oscuras y deshabitadas.

Con un movimiento ágil, el confesor introdujo el cuerpo de Deuz por el hueco y luego se coló él. Caminó hasta la pared opuesta de la oficina y miró por la ventana. Ocho plantas los separaban del suelo. Golpeó el cristal con el codo y una sección de los enormes ventanales se hizo añicos. Después, tomó a Deuz rodeándolo con sus brazos y se lanzó al vacío. El golpe contra el suelo hizo que el noble perdiera toda sensación de embriaguez. Ahora sentía un fuerte dolor en el pecho, nauseas y la sensación de que sus tripas habían cambiado de lugar. Dejó escapar un quejido lastimero, pero su acompañante no le prestó la más mínima atención. Lo tomó del brazo, y arrastrándolo a una velocidad mayor de la que sus piernas eran capaces de soportar, lo condujo cruzando la Plaza de los Descubridores hasta una de las calles que desembocaban en la avenida. Una vez allí, uno de los vehículos estacionados les hizo señas con los faros. El confesor llegó hasta él, abrió la puerta e introdujo a Deuz en el habitáculo trasero como si se tratara de un fardo. Él se sentó en el asiento del copiloto.

—¿A… dónde me… llevas? —preguntó el noble al conductor, haciendo un esfuerzo enorme por recuperarse de la caída.

En lugar de contestar, el aludido se limitó a girar la cabeza y sonreírle. Era un anciano desarrapado y carente de dentadura. Junto a la sonrisa, el noble sintió que un olor pestilente invadía sus fosas nasales.

El trayecto duró veinte minutos en dirección oeste, hasta que el vehículo se detuvo. Deuz Gallagher, algo más recuperado, echó un vistazo a través de la ventanilla. No conocía el barrio, ni el edificio frente al que se habían detenido. Era una zona tranquila, aunque de aspecto algo pobre. En la calle, hasta cuatro farolas permanecían fundidas, de forma que la fría noche devoraba cada rincón y callejón oscuro. El confesor se apeó del vehículo y abrió la puerta del pasajero para que el noble lo siguiera. Deuz se subió a la acera y metió las manos en los bolsillos de su chaqueta. No vestía abrigo, así que no tardó en notar la primera ráfaga de viento helado por toda su piel. Aquello lo despertó del todo.

Habían estacionado frente a un edificio cuya fachada era de color gris, con una franja blanca en horizontal que cruzaba a la altura de las ventanas, en cada una de las cuatro plantas. Arriba, sobre las cornisas, destacaba un elemento decorativo que pretendía imitar una concha marina. Todo el conjunto se encontraba sucísimo, fruto de la polución que durante años se había adherido a sus paredes. Junto a la puerta de entrada, de color granate y con pomo marrón, esperaban dos vagabundos tirados en el suelo. Cuando vieron a Deuz se echaron a reír burlonamente.

El confesor puso una mano sobre el hombro del noble y lo empujó para que entrara. Dentro, el lugar apestaba a orina, estaba oscuro y hacía más frío que en el exterior. Cada descansillo estaba iluminado por una pequeña bombilla, pero los tramos de escalera quedaban sumidos en la penumbra. Todo el lugar parecía deshabitado y se respiraba en él una atmósfera inquietante y densa. Deuz ascendía a trompicones; sus piernas eran demasiado cortas como para subir los escalones de dos en dos, y el ascenso lo agotó tras alcanzar el primer piso. No obstante, tuvo que forzar su cuerpo para subir dos más. En el tercero, el confesor lo detuvo. La puerta que había allí estaba recubierta por una plancha de chapa tachonada, pintada descuidadamente de negro. El confesor la abrió con cuidado, como si temiera despertar a alguien, y asomó la cabeza al interior. Luego la empujó del todo. Deuz observó que el piso se encontraba prácticamente vacío. Era una vivienda pequeña, útil para una familia de clase media con no más de cuatro miembros. Había otro vagabundo en el interior, estaba sentado con la espalda apoyada sobre la pared de la derecha. Reía con una carcajada suave y débil mientras se contemplaba la mano. A su alrededor había desperdigadas al menos cuatro dosis de Nitrodín.

El confesor entró y cerró la puerta a su espalda.

—¡Deuz! —se escuchó de pronto.

La voz procedía del otro lado de una puerta ochavada que el noble tenía a su izquierda.

—¿Erik? —llamó, reconociendo la voz, y se encaminó hacia allí.

Abrió la puerta con cuidado. El interior estaba débilmente iluminado por una lámpara sobre una mesita de noche. Le faltaba la tulipa. Frente a él había una cama de matrimonio. En ella descansaba el cuerpo de Erik Gallagher. Vestía unos sucios y raídos pantalones de pinza negros, pero iba con el torso descubierto. Sobre los muñones de sus piernas, por debajo de la cama y por toda la habitación, circulaba una maraña de cables de diversos grosores. Conectaban monitores, teclados, torres de ordenador y un montón de aparatos electrónicos que Deuz no supo identificar, aunque sí fue capaz de ver que entre esas máquinas se confundían otras, cuyos cables y tubos se conectaban directamente al cuerpo de Erik, posiblemente para mantenerlo con vida. Su primo lucía una imagen espantosa. Estaba deformado, delgado y macilento. La primera reacción que tuvo Deuz fue la de realizar una mueca de asco; se contuvo, no obstante, pues había detectado que Erik no lo observaba con la acostumbrada naturalidad. En sus ojos, en toda la habitación, flotaba una extraña sensación inquietante. Quiso mostrarse amable.

—¡Erik! —llamó con un hilo de voz.

—Hola, Deuz.

—¡Estás vivo! Pensamos que habías muerto, o que Raquildis te mantenía preso para sobornarnos.

—Has cometido muchos errores.

—¿Cómo te encuentras? Has... adelgazado.

Hizo el amago de caminar hasta él, pero la mano del confesor en su hombro lo retuvo en la entrada. Erik permanecía con la cabeza gacha. Miraba a Deuz por debajo de sus características cejas en V invertida.

—Toda la familia está muy preocupada por ti —continuó el otro—. ¿Por qué te marchaste? Vuelve con nosotros, te necesitamos. No sabemos qué postura tomar, ahora que Raquildis maneja el poder.

—¿El poder?

De repente, Erik alzó la cabeza. El rostro que Deuz observó, ojeroso y febril, le produjo un escalofrío. En efecto, Erik no miraba —ni hablaba— de la misma forma. Incluso sus facciones, a pesar de ser reconocibles, no resultaban ser las de siempre. Parecía que sobre la cama hubiera una marioneta de carne, una grotesca imitación que reprodujera vagamente al antiguo líder de los Gallagher.

—Raquildis no tiene el poder —dijo este—. No maneja sino una ínfima ilusión de lo que yo he conseguido.

—Por la Tormenta, Erik, ¿qué te ha sucedido?

Deuz comenzaba a asustarse.

Como respuesta, el otro realizó un leve movimiento de cabeza. Al instante, el confesor tomó el brazo derecho de Deuz y se lo retorció.

—¡Erik! —gritó el noble—. ¡Qué... qué haces!

Erik sonrió. El confesor apretó la llave aún más. Deuz dejó escapar un grito de dolor.

—¡Dile...que pare! ¡Me partirá el brazo!

—Esto es poder. ¿Te das cuenta? —respondió Erik con toda tranquilidad.

Una sonrisa burlona danzaba en sus labios.

—Un leve movimiento de mi cabeza es suficiente para que cuantos se hallan en este edificio obedezcan mis órdenes. Soy su amo. ¿Los has visto? Son los vagabundos. Ahora me veneran.

—¡Vuelve con tu familia! Deshazte de esta gente y regresa con los tuyos. Los Gallagher celebrarán tu regreso.

—Cuán equivocado estás. Quienes ahora me rodean han jurado una fidelidad mucho mayor que la que me pueda dar cualquiera de los nobles. Tu problema es que solo los ves por fuera: desposeídos, hambrientos, perdidos... pero yo los veo por dentro; brillantes y esplendorosos. Han conseguido despojarse de los anhelos y ambiciones que enturbian las mentes de los ciudadanos corrientes. El deseo de poder de los nobles no contamina su ser. Por una única meta, sencilla, primigenia, serían capaces de ofrecer toda su lealtad, ¡cuánto más harán si les ofrezco algo de mayor importancia! Míralos, una recompensa tan básica como un plato de comida o una dosis de droga puede inculcarles una devoción absoluta. Sí, míralos. Se arrojarían a la muerte por mí, porque soy capaz de concederles sus primitivos deseos, de renovar todas sus esperanzas. Puedo hacerlo, y por ello me he convertido en su amo.

—¡Aguas de la Vorágine! ¡Erik, has enloquecido!

Con otro leve gesto de cabeza del noble, el confesor hizo un movimiento enérgico del brazo que realizaba la presa. Se escuchó un fuerte chasquido. El brazo de Deuz Gallagher quedó torcido en una posición grotesca. El hueso del cúbito le había desgarrado la piel y sobresalía por el antebrazo. El noble emitió un quejido estremecedor y cayó de rodillas.

—No he enloquecido. ¡He renacido! —gritó Erik, por encima de los alaridos de su primo—. He visto el futuro que debo mostrar a la humanidad. Las enseñanzas de la Orden, todo lo que nos inculcó Raquildis no es sino una pequeña porción de la realidad. Como el que durante toda su vida no ha visto el mundo que le rodea más que desde las profundidades del Apsus, así se halla esta civilización. Pero yo, yo he salido a la superficie. He contemplado la diáfana claridad de una revelación, de un objetivo, de una misión.

El intenso dolor que Deuz sentía comenzaba a arrebatarle las fuerzas. Su cuerpo se tambaleó.

—¡¿Qué quieres de mí?! —dijo entre lágrimas, a punto de perder el sentido.

—Todos aquellos que no me escuchen, que no me obedezcan, se convertirán en mis enemigos. Elige ahora tu camino, Deuz Gallagher. Responde por la posición que tomará tu familia.

—¿Qué pretendes?

—Consumir el mundo y todo lo que hay en él.

La magnitud de aquel plan dejó a Deuz boquiabierto, pero al observar la perturbadora determinación que brillaba en los ojos de su primo, lo poseyó un horror mucho mayor del que había sentido hasta el momento.

—No… ¡No! ¡Quiero salir! ¡Quiero salir de aquí! ¡Déjame salir, Erik!

El confesor le soltó. Deuz cayó al suelo. De rodillas intentó arrastrarse hacia la puerta, pero su espalda chocó contra las placas de la armadura. Dio media vuelta y se aferró a las piernas de su agresor en actitud clemente.

—Néstor, déjame salir, te lo suplico —dijo entre hipos, y luego, dirigiéndose de nuevo a Erik, añadió—. No diré dónde os escondéis. No diré nada de ti. Les… les contaré a todos que estás muerto si quieres. ¿Es eso lo que quieres? Haré lo que me digas, pero deja que me marche.

El brazo que el confesor le había partido colgaba del hombro, inerte y ensangrentado. El rostro de Deuz, redondo y gordo, parecía derretirse entre lágrimas y gotas de sudor.

—¡Erik! Déjame abandonar este lugar. Yo… yo no tengo fuerzas para acompañarte en lo que pretendes realizar. No tengo valor, ya lo sabes. Por favor. ¡Por favor! Déjame salir.

Y de repente, las facciones de Erik Gallagher cambiaron por completo. Se contrajeron en una mueca que en vano se esforzó por ocultar la pena. Deuz, al darse cuenta, caminó de rodillas hacia él.

—No sé qué te ha sucedido, Erik. Tú siempre me has protegido. Siempre te has preocupado por mi bienestar. Regresa con nosotros, vuelve a tu hogar. Con tu ayuda lograremos derrocar a Raquildis. ¿No quieres derrotarle?

—Sí.

—Pues hagámoslo, pero no de esta manera, no con los medios que propones. Elaboremos un plan, consigamos aliados entre los otros nobles. Contrataremos un asesino, o idearemos la forma de acabar con su vida. Cuando Raquildis falte, los Gallagher dominaremos con toda seguridad. Somos la familia noble más querida por los ciudadanos. ¿Qué es eso de acabar con el mundo, primo? Por favor, recupera la cordura. ¿Por qué acabar con todos cuando podemos colocarlos bajo nuestro poder? Si nos esforzamos, la Corporación podría ser al fin nuestra. Cuando poseas Praemortis, te alegrarás de no haber tomado una decisión nacida de tu odio.

—No… no puedo, primo. Es imposible.

—Sí puedes. Acompáñame. Vuelve al edificio de los Gallagher. Allí te recuperarás mejor que en este lugar, frío y abandonado. Luego nos ocuparemos de hacernos con la Corporación. Tú eres muy inteligente, si te esfuerzas hallarás el medio de acabar con Raquildis. Pero, te lo ruego… ¡te lo ruego, primo! Abandona tus actuales ambiciones.

—¿Es que no lo comprendes? —dijo Erik con voz afectada—. Ya no ansío el poder de Praemortis. Sus dulces deleites nada pueden decirme. La Corporación, y todo lo que contiene, permanece olvidada en mi pasado de ignorancia y necedad.

Lo había dicho con determinación, pero le temblaba la voz. Deuz estaba ya muy cerca de su cama. Erik le extendió su brazo sano, de tal forma que sus dedos rozaron la mano regordeta de su primo.

—¿Qué harías por mí? —le preguntó Erik, haciendo un último esfuerzo por asir su mano—. El terror te impide ver cuán gloriosa es la causa que persigo. Si no quieres luchar a mi lado, ¿para qué me sirves? ¿Para qué puedo utilizarte?

Durante unos momentos, ambos se observaron directamente a los ojos. Deuz apretaba la mano de su primo con todas sus fuerzas. Había alcanzado la cama, y ahora permanecía de rodillas, a un lado, lo más cerca de Erik que pudo. El brazo le dolía de una forma insoportable, pero el miedo le permitía concentrarse en algo más que el hueso descoyuntado y partido. El hombre que había sobre la cama no era su primo, pero quizás, si continuaba apelando a su parentesco, a los lazos familiares de los Gallagher, Erik dejaría que se marchara, como si aquel encuentro no hubiera sucedido. Deuz escudriñó en los ojos de aquel enfermo perturbado; se encontraban vidriosos. De repente, Erik habló:

—¿Serás mi heraldo? ¿Llevarás mi mensaje a los Gallagher?

Era justo lo que Deuz esperaba, una oportunidad para escapar. Erik pretendía utilizarlo como correo. Tenía que aparentar interés por su plan, aunque fuera mínimamente, para que lo dejara marchar sin arrepentirse, y, sobre todo, sin más lesiones.

Tragó saliva e intentó que sus palabras parecieran creíbles.

—Sí, lo haré. Dile a tu chófer que me lleve al Pináculo y diré a la familia lo que me ordenes. Eso… eso sí puedo hacerlo. No me importa.

Erik suspiró hondo. El labio inferior le temblaba por la emoción.

—¿De verdad que lo harás?

—¡Sí! ¡Claro que sí! Pero por favor, te lo suplico, deja que me marche. ¡Voy a desmayarme! El brazo me duele muchísimo.

—Ve. Marcha con el testimonio de lo que has visto, comunica a mi familia lo que te he transmitido. Disfruta de tu felicidad. Vuelve a las fiestas, bajo el ala protectora de Praemortis.

El confesor se hizo a un lado. Deuz, sujetándose el brazo roto, logró sacar fuerzas de la desesperación y consiguió ponerse de pie y echar a correr. Cruzó la sala contigua, alcanzó la puerta de la chapa metálica, y se lanzó escaleras abajo, dejando a su paso un sendero de gotas de sangre. Cuando alcanzó la calle, a punto estuvo de resbalar. El frío había congelado la lluvia en la acera. La brisa gélida se introdujo por entre los huecos de su camisa, pero lejos de incomodarle, logró reavivar su ánimo. Los vagabundos de la entrada se habían marchado, sin embargo, el chofer continuaba en su puesto. Deuz abrió la puerta trasera del coche y se lanzó contra los asientos.

—Al edificio de la familia Gallagher, ¡rápido! —indicó jadeando.

Arriba, Erik, con la mirada perdida en los monitores y los cables que serpenteaban por toda la habitación, había quedado en silencio, escuchando la bajada atropellada de su primo por las escaleras. Zarrio esperaba órdenes junto a la puerta. Las facciones del noble, alteradas por la emoción, fueron poco a poco recuperándose con un temblor apenas perceptible. Se curvaron, lentamente, en la mueca burlona que las dominaba desde que había regresado del otro mundo. Miró su cuerpo, tendido en la cama, y paseó los dedos de su mano sana por sus muslos; luego por el brazo muerto y finalmente por la cara. En sus ojos, el brillo de las lágrimas contenidas dio paso a un resplandor distinto: el de una resolución turbadora, implacable y furiosa. Volvió de nuevo a una postura de aparente meditación, entrelazó los dedos de su mano sana con la inerte, y tras un hondo suspiro, se dirigió a su centinela con una voz surgida desde el abismo de su demencia.

—Mátalo.

3

La fiesta de Raquildis guardaba una sorpresa final. Tras el baile, los nobles representantes de las familias Ike, Wallace y Dagman fueron conducidos al exterior, al helipuerto abandonado tras el edificio. Allí esperaban cinco limusinas corporativas. Únicamente faltaba Deuz Gallagher, a quien nadie consiguió encontrar. En su fuero interno, Raquildis pensó por unos instantes hacer una broma con las cada vez más frecuentes desapariciones de los Gallagher, pero optó por no publicar sus ocurrencias; no se lo tomarían a bien, por muy divertido que a él le pareciera, especialmente cuando se rumoreaba que él conocía el paradero de Erik... nada más alejado de la realidad.

Una a una, las limusinas fueron saliendo repletas de nobles: Baldomer Dagman, con su hija Caeley; Laesan Ike junto a Rowan, a quien el general Wallace había colocado en la limusina de su familia; Omar y Zerapa Durriken, y Ed Wallace, que hacía de chófer del líder desde la ausencia —por no decir la muerte repentina a manos del Golem— de su antiguo conductor. Su limusina, de hecho, había sido la primera en partir. Raquildis viajaba solo con el general.

—Dirección este —señaló el líder.

Ed obedeció sin decir nada. Si Rowan Ike se había convertido en el secretario personal de Raquildis, estaba claro que él era su guardaespaldas. Algo que jamás necesitó Robert. Por otro lado, a Ed no le molestaba; a decir verdad, los Wallace siempre habían tenido buen trato con la familia Veldecker, incluido el anciano consejero. Además, el general llevaba días esperando una oportunidad para entrevistarse personalmente con Raquildis. Desde que el monstruo de piedra se encontrara con ellos, necesitaba saber su opinión sobre el encuentro y si, como le sucedía a él, tenía problemas para concentrarse en otra cosa.

La limusina enfiló por una ancha avenida. Otras tres la seguían, sin escolta de la Guardia. Raquildis no quería soldados para la sorpresa que tenía preparada, a pesar del riesgo que entrañaba el paseo de los nobles por la ciudad. Solo Ed ejercía como único representante armado del convoy.

Si los Cuervos llegaban a interceptarlos no tendría ninguna oportunidad de defender a los nobles; pese a todo, el general no se había quejado. Estaba más concentrado en la oportunidad que se le presentaba.

—¿Continúo hacia el este? —preguntó Ed carraspeando. Era la primera frase que cruzaba con Raquildis.

—Sí. No te preocupes, yo te indicaré la dirección.

Ed aminoró la marcha. No quería perder la oportunidad de conversar por culpa de haber llegado antes de tiempo al destino, cualquiera que este fuera. Miró a través del parabrisas. El cielo continuaba encapotado, y la noche perpetua que sufrían desde hacía semanas continuaba presente. Ni siquiera había rastros de que fuera a clarear.

—¿A qué piensa que puede deberse esta prolongada oscuridad? —preguntó el general a su pasajero.

—¿Qué importa? No es tan extraño. Desde el Cataclismo sufrimos noches que se alargan durante semanas.

Pero sí era extraño. Aquella noche no era normal, Ed no sabía por qué. Quizás fuera la misma oscuridad, que parecía más densa, más apretada que la de cualquiera otra noche, pero estaba seguro de que era distinta a las demás.

—No sé... llegó tan repentinamente. ¿No le parece raro que todo se oscureciera sin más?

—Sigue conduciendo, Wallace.

Raquildis no quería hablar. Ed apretó los labios. ¿Sería adecuado insistir? Se concentró en las luces de las farolas, que pasaba de largo a izquierda y derecha. En la acera, los viandantes caminaban con las manos metidas en los bolsillos de sus abrigos. No solo había anochecido repentinamente; las temperaturas habían bajado de forma considerable. Por encima de su cabeza descubrió una gaviota, que en su vuelo compartía el mismo rumbo de la limusina. Aquellas aves detestables parecían inmunes al frío y la noche. Continuaban su caza de desperdicios sin que nada les afectara. Ed llevó instintivamente su mano derecha a la palanca que accionaba el limpiaparabrisas, por un momento temió que, a modo de burla, el animal defecara sobre el vehículo. Al poco, sin embargo, la gaviota cambió de rumbo. Ed volvió a concentrarse en su objetivo. Miró a Raquildis a través del espejo retrovisor. El líder no aparentaba sentirse conmovido con ningún recuerdo tortuoso. Era como si el Golem no se hubiera aparecido ante él. Ed resolvió iniciar nuevamente la conversación. No estaba dispuesto a rendirse ante la primera negativa de su pasajero.

—Señor… —dijo pausadamente.

—¿Qué pasa ahora, general?

—No quiero ignorar por más tiempo nuestro encuentro con el Go…

—¡Calla!

—¡Pero, señor!

—Ni menciones su nombre, ¡te lo prohíbo!, ¿entiendes? Está completamente prohibido.

—Está bien.

Ed se revolvió en su asiento. Sus manos sudaban.

—Pero no podemos ignorar que existe, que nos habló. ¿Ha pensado acerca de ello?

—Creo que tú sí lo has hecho —contestó Raquildis.

Su voz emergió anormalmente profunda.

—Sí, y mucho.

—Entiendo… hablemos entonces. Verás, Ed, yo también he pensado en el Golem y en lo que me dijo.

—Si fuera posible que me explicara de qué hablaron…

—No. Descuida, general. Las palabras del Golem carecen de importancia.

Raquildis esbozó una sonrisa de medio lado.

—¿Cómo puede decir que carecen de importancia? Escuche, señor, no sé qué le dijo, pero estoy convencido de que debió ser algo de enorme trascendencia.

—Sí, lo fue… en su momento.

—No entiendo.

—Sé que no lo entiendes. Ya lo entenderás. Continúa recto y en silencio.

La conversación había terminado. Ed, frustrado, estiró los labios y se concentró en la carretera. Apretó las manos en torno al volante y dejó escapar un suspiro que Raquildis pareció ignorar. ¿Cómo podía el líder demostrar semejante actitud? ¡El Golem era real! ¡Real!

De repente, la Marca apareció ante su vista. La calle por la que transitaban quedaba repentinamente cortada por el enorme muro.

—Continúa hasta el borde —indicó Raquildis—. Luego busca una grieta.

—¿Vamos a pasar al otro lado?

—Exacto.

Se encontraba cada vez más sorprendido, pero obedeció las indicaciones del líder. Tras rodar paralelo al muro durante cien metros, lo atravesó por una ancha grieta. Las otras limusinas lo siguieron. Al otro lado no se veía absolutamente nada. Fue necesario encender las luces de larga distancia, lo cual era todavía peor que simplemente transitar por el territorio de los rebeldes. Con aquella oscuridad, una comitiva de faros como la que ahora circulaba por la Marca era todo un reclamo para los curiosos.

—¿Qué venimos a hacer aquí? —preguntó a Raquildis.

El líder, pese a que apenas podía distinguirse nada del exterior, parecía como abstraído, mientras observaba a través de los cristales.

—Sigue hasta el puerto.

Al poco, los muelles aparecieron ante los faros del vehículo de cabeza. Raquildis indicó a Ed que aparcara la limusina en una zona abierta, cerca de un almacén de gigantescos contenedores. Los otros coches lo imitaron.

—Deja las luces puestas o no sabremos volver —dijo Raquildis una vez Ed hubo detenido su vehículo.

Ambos ocupantes se apearon. Fuera ya esperaban más personas: seis en total, que resultaban desconocidos para Ed. Los otros nobles tampoco los conocían, porque Caeley, que observaba curiosa a su alrededor, preguntó.

—¿Quiénes son estos? No me parecen conocidos. ¿De qué familia son?

—De ninguna, hija —respondió Baldomer con una sonrisa.

—No son nobles —dijo Raquildis, una vez que el general y él se unieron a los demás—. Al menos, ya no. Son confesores.

A juzgar por los rostros, Ed dedujo que solo Baldomer conocía ese secreto. Los aludidos no dijeron ni una palabra; sus facciones no cambiaron ni un ápice, a pesar de que, en aquel momento, eran el centro de todas las miradas. Omar y Zerapa se encontraban claramente atemorizados con la noticia. Ed dedujo que era debido a su pasado alejado de la nobleza, más acostumbrado a temer la figura de un centinela del Néctar. Caeley, en cambio, observaba curiosa. Se acercó hasta Rowan Ike, lo tomó del brazo y le dijo algo al oído que hizo reír al joven.

—Baldomer —indicó Raquildis—. Me adelantaré. Dales sus ropas y llévatelos.

Caminó con dos de aquellos confesores hasta el maletero de su limusina, lo abrió, y extrajo tres prendas oscuras. A continuación, se adentró entre los contenedores y se perdió de vista.

—¿De qué trata todo esto? —dijo Laesan a modo de pregunta—.¿Para qué nos habéis traído aquí?

—Podríais habernos avisado —dijo Zerapa Durriken, quien se frotaba los brazos arriba y abajo—. Hace muchísimo frío.

—Abrid los maleteros de vuestras limusinas —indicó Baldomer—, dentro encontraréis unas túnicas. Ponéoslas, eso os abrigará un poco.

—¡Son horribles! —terció Caeley, que ya comenzaba a vestirse la túnica negra.

Ed, en cambio, había descubierto el símbolo que había en el pecho de aquellas vestiduras: dos líneas rectas horizontales, cruzadas por otras dos, ondulantes. Caminó hasta Baldomer, quien ya vestía su túnica.

—¿Qué es lo que vamos a hacer?

El rudo líder de los Dagman lo ignoró, igual que había ignorado las preguntas de Laesan. Únicamente alzó la cabeza y aspiró. Las aletas de su nariz se abrieron exageradamente. Al observarle, Ed percibió un olor que hasta el momento no había notado. El viento traía un intenso aroma marino, como si el Apsus estuviera justo bajo sus pies, y no a más de sesenta metros bajo la plataforma.

—Vamos —ordenó mientras caminaba a paso vivo hacia los contenedores.

Los demás lo siguieron, continuando con sus preguntas. Solo aquellos a quienes Raquildis había presentado como confesores permanecieron en silencio. Pese a que caminaban detrás de Baldomer, Ed comprobó que parecían conocer bien el camino.

Tras varios cruces y cambios de dirección, transitando por los estrechos pasillos que quedaban entre los contenedores apilados, la comitiva halló la salida del laberinto. El otro lado consistía en una zona despejada. El suelo metálico reproducía el sonido de los tacones de las mujeres. Seis grandes focos iluminaban el espacio; tres de ellos estaban orientados hacia el interior, gracias a los cuales pudo Ed distinguir a Raquildis y sus dos acompañantes, pegados a una barandilla en el límite de la plataforma; los otros tres miraban hacia el fondo. Su potente luz llegaba hasta las olas del Apsus, muy a lo lejos.

—¡Parad ahí! —ordenó Raquildis.

Los invitados obedecieron, salvo Baldomer y los confesores. Avanzaron hasta Raquildis y se dieron media vuelta, encarando a los nobles. Luego, todos a una, alzaron los brazos. Ed gritó al líder de Praemortis. Quería que le explicara qué era lo que estaba sucediendo, pero sus palabras quedaron ahogadas por un repentino estruendo. El suelo bajo sus pies había crujido como si la ciudad— plataforma al completo estuviera a punto de desmoronarse. El general abrió las piernas, buscando mantener el equilibrio, pero aun así no pudo evitar que una nueva sacudida le hiciera moverse a un lado y a otro. Al fondo, las figuras pegadas a la barandilla no parecían haberse inmutado.

De repente, los focos alumbraron una enorme columna de agua que se estrelló justo bajo el borde de la plataforma. El golpe la transformó en una lluvia torrencial que cayó sobre todo el espacio. Fue necesario que Ed se cubriera el rostro con el brazo para que la fuerza de aquel torrente no le afectara los ojos. De su izquierda le llegaron los gritos de Caeley. La muchacha estaba completamente aterrada. Se protegía cubriéndose bajo el pecho de Rowan. El secretario de Raquildis no parecía menos asustado. Sus ojos habían quedado fijos en el horizonte. Cuando Ed miró en aquella dirección, comprendió la razón de sus miedos.

A unos doscientos metros, un descomunal tentáculo serpenteaba frente a ellos. Las ventosas de su cara interior eran mucho más grandes que las ruedas de un portatropas. Al verlo, lo primero que Ed Wallace hizo, guiado por el pánico, fue intentar la huida. El matrimonio Durriken también le había imitado. Corrieron hacia la entrada del laberinto, pero allí encontraron a tres de los confesores. Estaba claro que no les dejarían pasar, y aunque no vestían sus armaduras, iniciar un forcejeo con ellos habría resultado una causa perdida.

—¡Daos media vuelta! —gritó Raquildis—. Observad al dios de los dos mares.

Todos obedecieron. El tentáculo se erguía poderoso frente a sus ojos.

—El Haiyim ha sido convocado para vosotros, para que veáis su poder —continuó el líder—. Él es el señor de todo cuanto existe en este mundo y en el otro, bajo los dominios de la Vorágine. El Néctar es una ilusión; nada puede salvaros de sus designios.

De repente, Ed vio que Raquildis fijaba su mirada en él. Los ojos de aquel anciano centelleaban con un azogue vesánico.

—¡Ni siquiera el Golem!

El tentáculo se zarandeó a un lado y al otro, como si las palabras de Raquildis fueran capaces de estimularlo de algún modo. Luego se arqueó hacia los presentes, hasta quedar a menos de cincuenta metros de sus cabezas.

—¡No hay Néctar! —continuó Raquildis—. ¡No hay salvación! El mar de almas nos espera a todos. Este es el gran secreto que guardamos los miembros de la Orden.

El nombre de aquella secta produjo un temblor en todos los iniciados. Ed apenas era capaz de soportar el pánico. Aquel monstruo gigantesco hizo que se disipara su obsesión con el Golem. La visión del Haiyim, con aquel tentáculo oscilando a pocos metros sobre su cabeza, resultaba mucho más estremecedora que el ser de piedra.

—Pero podéis salvaros —el líder miraba a todos con los ojos muy abiertos—. El Haiyim es misericordioso, benevolente. Allá, en el mar de vidas atormentadas, no todos serán castigados. Algunos seremos los torturadores. El sufrimiento y el dolor de los demás será nuestro deleite. Es su promesa.

Señaló al tentáculo. Un rugido ensordecedor obligó a que Ed se tapara los oídos. Abrazada a Rowan, Caeley lloraba, dominada por el pánico. Igual cosa ocurría con Omar y Zerapa Durriken, quienes se habían arrojado al suelo, bocabajo. Ni siquiera tenían el valor de levantar la mirada. Todo lo contrario ocurría con Laesan, quien permanecía arrodillada, mirando la escena sin perder detalle. Sollozaba, pero apenas lo dejaba ver. Ed, por su parte, era incapaz de apartar su mirada de aquel tentáculo. La forma en que se retorcía lo hipnotizaba.

—La Orden ha existido desde que se descubrió el praemortis —dijo Raquildis—. Sus miembros han ordenado a los confesores y dominado cada mínimo detalle sobre el gobierno del mundo civilizado. Robert también la conoció, pero cuando decidió rechazarnos, el Haiyim también le dio la espalda. Ahora ha llegado el momento de introducir nuevos miembros. Vosotros podéis formar parte de los elegidos. Se os ha convocado aquí para que toméis una decisión. ¡Postraos ante vuestro dios y seréis salvados!

Laesan obedeció de inmediato, miró de reojo a Rowan, quien pareció captar las intenciones de su matriarca. Ambos se tumbaron boca abajo y extendieron los brazos; era la actitud más sumisa que se les había ocurrido. Caeley, por su parte, buscó la figura de su padre entre los encapuchados. Encontró que este asentía, animándola a obedecer, de modo que también se colocó en la misma posición.

—¡Ed! —gritó Raquildis—. ¡Póstrate!

El general vaciló. Miró a su espalda, donde los confesores guardaban la salida, pero de repente algo más captó, no solo su atención, sino la de todos los presentes. Omar Durriken, quien había permanecido junto a su mujer, tumbado boca abajo en el suelo, se levantó y echó a correr en dirección a los contenedores. Alcanzó a los confesores que vigilaban la entrada al laberinto y se lanzó hacia ellos profiriendo un perturbador alarido. Estos no tardaron en rodearlo. Omar intentó quitárselos de encima, dando manotazos al aire sin ningún control, pero los tres confesores lograron agarrarlo de brazos y piernas. El noble se retorció, intentando desasirse por cualquier medio, pero no consiguió nada. Los confesores lo aproximaron al borde y, sin ningún miramiento, lo arrojaron al Apsus. El tentáculo del Haiyim cambió de color, volviéndose tan blanco como el praemortis. Todos los aspirantes dejaron escapar un grito ahogado, salvo Ed Wallace. Él contuvo la respiración.

Ahora nadie vigilaba la entrada al laberinto.

—¡General! —llamó Raquildis.

Pero su grito estuvo muy lejos de llamar su atención; en lugar de eso, actuó como un resorte. Ed se puso en pie de un salto y corrió hacia los contenedores.

—¡Atrapadle! —escuchó que ordenaba Raquildis.

Se adentró en el primer corredor. Sabía que los confesores le perseguían, y que debían conocer el lugar muy bien. Estaba en desventaja, pero, al menos, no vestían la armadura de placas, de modo que podría enfrentarse a uno de ellos si se lo encontraba. Corrió por las intersecciones, intentando recordar por dónde había venido. Baldomer parecía haberlos querido perder adrede, como si hubiera planteado con antelación la posibilidad de una huida. La calma, la calma era la clave. Si dejaba que el miedo lo dominara estaría perdido. Escuchó pasos a su espalda; eran tres, quizás cuatro los confesores que lo perseguían. Alcanzó una intersección que resultó vagamente familiar, miró por cada uno de los tres pasillos hasta decidirse por uno. Corrió, dobló una esquina y de repente se vio en el espacio abierto donde habían dejado las limusinas. Estaba fuera.

Alcanzó su vehículo, abrió la puerta del conductor, se sentó en el asiento, sacó las llaves de su pantalón y las introdujo en el contacto. Justo en ese momento, dos hombres se le echaron encima. El primero saltó al capó, estrellándose contra el parabrisas; el segundo alcanzó la puerta del copiloto e intentó abrirla. Ed no había tenido tiempo de echar el seguro. El confesor abrió y se introdujo en el habitáculo, pero el general logró quitárselo de encima de una patada. Arrancó, dio marcha atrás y giró en un medio trompo. Creyó que así se quitaría al confesor que se agarraba al capó, pero no lo logró. Movió la palanca de cambios y puso la primera marcha. La puerta del copiloto había quedado abierta, por ese lado vio acercarse dos confesores más, dispuestos a meterse en la limusina de un salto. Pisó el acelerador; las ruedas chirriaron. Aceleró todo lo que pudo, sin ver lo que tenía delante, hasta que se estrelló de frente contra el muro bajo del paseo marítimo que discurría paralelo al borde de la plataforma, justo antes de llegar a los contenedores. El confesor agarrado a su capó salió propulsado varios metros y se estrelló sobre el pavimento con un ruido sordo. Ed dio marcha atrás. El golpe contra el muro había destrozado sus faros, de modo que ahora no veía absolutamente nada. Notó cómo el maletero se estrellaba con algo, quizás una farola de las que tiempo atrás alumbraban el paseo, quizás otro de sus perseguidores. Viró a su izquierda y apretó el acelerador de nuevo. En completa oscuridad fue capaz de reconocer que se alejaba de la zona. Sin importarle que no pudiera ver lo que tenía delante, continuó acelerando. Necesitaba alejarse de allí. Intentó comprobar si distinguía las luces de la ciudad, para usarlas como referencia. Vio una a lo lejos. No parecía proceder de la parte habitada de Pináculo, sino de otro lado. Se encontraba aislada, como un faro en mitad de la nada. Tal vez fueran…

Con un estrépito, la limusina dio un salto y entró por la fachada de un edificio. Ed perdió el control. Notó que su vehículo se abría paso atravesando los muros interiores de alguna vivienda o comercio, hasta que lo detuvo una columna. El golpe lo lanzó contra el parabrisas. Lo atravesó limpiamente y cayó varios metros por delante. Perdió el conocimiento.

Silencio. Luego, un eco sordo, como un sonido que se escucha bajo el agua.

Volvió en sí gracias a aquel ruido peculiar. Tardó unos segundos en descubrir que se trataba del claxon de su limusina. Con el golpe había comenzado a sonar; no paraba.

Tenía que alejarse de allí.

Intentó ponerse de pie, pero su cuerpo no le respondía. El golpe había resultado demasiado fuerte. Se encontraba aturdido. Otro sonido captó su atención, le llegaba lejano. Era el motor de algún vehículo. Los confesores debían haber tomado las otras limusinas y ahora habían dado con él, guiándose, sin duda, por el ruido que hacía su bocina. El tiempo para huir se agotaba.

Tambaleándose, logró colocarse de rodillas. Abrió los ojos, pero la sangre que manaba desde su cabeza le obligó a cerrarlos de nuevo. Extendió los brazos, buscando una pared, una puerta… algo que le sirviera de referencia. Escuchó pasos. Ya se acercaban.

—¡No! ¡Perros! —gritó.

Al momento lo asieron de los brazos, de la cintura, de los pies y la cabeza.

—¡No! —gritó de nuevo.

Pero ya era demasiado tarde. Lo habían cazado.

4

La lámpara de Gregger trajo a Leandra hasta la realidad de su prisión. La cefalea constante y los delirios que le provocaba su estado: mal alimentada, herida y debilitada por la humedad, la habían mantenido en una semiinconsciencia entre el sueño y la vigilia. De hecho, ni siquiera era capaz de reconocer cuándo estaba inmersa en una de sus pesadillas y cuándo se notaba atada a los grilletes. Ahora, la luz le permitió reconocer que había despertado.

El alguacil traía un cubo y una esponja, dispuesto a asearla, como solía hacer regularmente.

—Hola, Leandra —le dijo, con tímida cordialidad.

Se aproximó a ella y dejó la lámpara a un lado. Durante unos instantes, la luz abrasó las córneas de la mujer, demasiado acostumbradas a la oscuridad.

—¿Te molesta la luz? —preguntó Gregger, pero su voz apenas fue percibida por Leandra, como si no estuviera allí en realidad.

La cefalea zumbaba en su cabeza, en todo su rostro. La hacía sudar a causa del terrible dolor. Gregger empapó la esponja en el cubo y la pasó por su frente. El contacto del agua helada le produjo cierto agrado. La cefalea retrocedió durante un breve instante.

—Se terminó, Leandra —dijo Gregger de repente—. Escucha... tengo órdenes estrictas sobre cómo debo mantenerte, por eso llevas días encadenada, y por eso te introducimos...

Se detuvo.

—Por eso te administramos una dieta especial.

Se permitió observarla con mayor detenimiento. El cuerpo de la mujer, ajado por el efecto de aquella insana humedad, había quedado a merced de una fiebre que lo agitaba con pequeños temblores.

—Escucha, no voy a poder quitarte los grilletes. No me fío de Silas, mi ayudante. No dudo de su fidelidad, pero si entra y descubre que no estás encadenada… es tan idiota que podría hacérselo saber al sargento de la Guardia, ¿sabes? Ellos vigilan Wael desde que te trajeron aquí. Ellos, y ese confesor. Me estremezco cuando lo recuerdo, paseándose arriba y abajo por los pasillos. Es… es como un ser inhumano de…

Se detuvo al recordar con quién estaba hablando. Miró a Leandra de arriba abajo y se pasó una mano por la boca, como si con aquel movimiento pudiera quitar las palabras imprudentes que había estado a punto de decir.

—En fin… no es que todos los confesores sean así —continuó, seleccionando con cuidado cada comentario—. Está claro que tú no lo eres. Siempre he tenido un gran afecto por la familia Veldecker; a decir verdad, todos los que llevamos el apellido Wallace lo tenemos. Hemos jurado protegeros, desde que os hicisteis con el poder, y eso… se trata de un juramento, ¿sabes? Aunque esté aquí, en Wael, no debo olvidarlo.

Un chasquido llamó su atención. Miró rápidamente a su espalda y guardó silencio. No había sido nada, una gota de agua, estrellándose contra el suelo desde una de las filtraciones en las paredes. Gregger emitió un profundo suspiro y continuó:

—No puedo ayudarte tanto como quisiera. Pero al menos intentaré variar tu… dieta. Ahora es normal, Leandra. ¿Sabes lo que quiero decir?

Pero Leandra no respondió. Volvía a estar muy lejos de allí, transportada por una de sus alucinaciones. Se hallaba en mitad del frío Apsus, rodeada por montañas de agua espumosa. Intentaba nadar, pero una y otra vez las olas hundían su cuerpo en las profundidades. Hasta que, de repente, sentía que la acariciaban los monstruosos tentáculos del Haiyim, y ella, paralizada por el terror, se dejaba manejar por la criatura. Bailaban, juntos, los dos, igual que había sucedido el día de su ceremonia, de su nombramiento como confesor. El monstruo marino la manejaba con suma delicadeza. Rozaba su piel como si anhelara poseerla.

La esponja de Gregger produjo un escozor en sus muñecas sanguinolentas, varios hilos de agua descendieron por sus brazos.

—¡Ya no tendrás más dolores! —dijo el alguacil, aproximándose al oído de la mujer—. Sé que las medicinas que introducimos en tu comida te los provocan. Desde la Corporación me ordenaron que lo hiciera así, pero no voy a permitir que sufras más ataques inducidos. Te retiraré los vasodilatadores. Nadie se enterará. El sargento Ranulf no me vigila tanto como para percatarse de ello, y Silas… bueno, ya te he dicho que Silas no es tan inteligente. Dudo que sepa el efecto que te provocan esos medicamentos.

Gotas de agua, frías como picaduras de hielo, despertaban la conciencia de Leandra a una nueva ensoñación. Abrió los ojos. Iván la abrazaba con fuerza, en el balcón de aquella desordenada habitación del edificio de Pináculo. Ante la mirada del soldado cruzaban docenas de pequeños haces argénteos. Ella también se abrazó a él. La lluvia —o tal vez el agua que resbalaba desde la esponja— mojaba sus brazos, su cuello y espalda. De lejos escuchó un rumor. Un bramido que se acercaba hacia ella. La Vorágine.

—Llévame contigo —se oyó decir.

—No puedo —dijo él, pero no, no era la voz de Iván—. Leandra, no puedo sacarte de aquí. Mis… mis influencias no llegan tan lejos. Estoy vigilado, ¿entiendes?

Iván acariciaba su rostro, resbaladizo por la lluvia y las lágrimas.

—Tal vez —continuó Gregger, mientras la esponja acariciaba el cuello de su cautiva—. Sí... creo que puedo conseguir que dentro de un año, tal vez dos, accedan a trasladarte. Te llevaré a una de las celdas de arriba. La más cálida que haya, con ventana; y estarás sola, Leandra. No te obligaré a compartirla con nadie. Nadie te molestará. Solo yo. Iré a visitarte, si me lo permites.

—No me sueltes —dijo Leandra al soldado.

Ella todavía se encontraba en aquel balcón.

—No pienso soltarte —respondió Iván.

El estruendo creció en fuerza. La habitación del soldado, como si estuviera hecha de barro, se transformó en otra cosa, en la Vorágine. Unidos en el abrazo, ambos eran arrastrados hacia el negro ojo central.

—¡Oh, Leandra! —llamó Gregger con voz afectada—, ¡si pudieras ser libre! Voy a procurarte una mejor alimentación, tu herida de bala se ha cerrado bien… pero… nadie sobrevive en estas celdas, Leandra. Nadie tiene tanta fuerza como para soportar la humedad, el frío, la oscuridad. ¡Y tú estás tan débil! Necesito que aguantes, que soportes la situación en la que te encuentras. No puedo quitarte los grilletes, ya lo sabes, de modo que tendrás que esforzarte por mantenerte alejada de la pared. Procura que la humedad no toque tu espalda, ni tus heridas. ¿Me oyes?

Pero Leandra no oía. Estaba en la cama de su celda, bajo el edificio de Pináculo, en el interior de aquel antiquísimo edificio de piedra donde vivían los confesores. A su espalda notó un hedor familiar, el aliento de Raquildis. El anciano la acompañaba, sus dedos hirsutos recorrían tímidamente la curva de su cintura. Frente a ella, iluminada por la bailarina luz de la vela, su reflejo en la armadura de Haggar la observaba con una mueca burlesca.

—Leandra —jadeó Raquildis.

Su aliento ponzoñoso apagó la vela. La lámpara de Gregger había dejado la celda. El alguacil se había marchado hacía poco, o tal vez horas atrás.

«Leandra», escuchó en el interior de su cabeza.

No sabía si se encontraba despierta o alucinando de nuevo.

«¡Leandra!» gritaron, tan fuerte que se sintió despertar.

Alguien la llamaba en la realidad, en Wael. Abrió los ojos, pero la oscuridad era total. No podía ver nada. La cefalea punzó contra su ojo, obligándola a apretar los dientes para soportar el dolor. Cerca de ella, a su izquierda, creyó atisbar varios puntos de luz, muy pequeños y brillantes. Desaparecieron cuando se fijó con detenimiento, pero de repente volvió a verlos por el rabillo del ojo, esta vez a su derecha.

—¿Quién es? —dijo.

El sonido de su voz la sorprendió. Llevaba mucho tiempo sin escucharse a sí misma, aunque había hablado muchas veces, en sueños.

De repente, la celda quedó iluminada por un arrebol en el que logró distinguir la figura cincelada del Golem. Se confundía con las paredes, como si estuviera fusionado con ellas. Leandra reaccionó, alejándose de la criatura cuanto le permitieron los grilletes.

—No temas.

—¿Cómo has entrado aquí?

—Esa no es la pregunta que deberías hacerme.

Leandra arrugó el ceño. Dedujo que, de haber querido, el Golem la habría aplastado sin dificultad. Pero, ¿continuaba soñando? ¿Alucinando? ¿Era verdad lo que presenciaba?

—¿Por qué estás aquí?

—Esa sí es la pregunta correcta.

El Golem avanzó hasta colocarse frente a la mujer.

—Debes olvidar tu rencor hacia mí, Leandra. Tienes que confiar en lo que te digo, y en lo que he hecho, aunque te duela. Solo así lograrás salir de Wael.

—Te llevaste a Iván. Me lo quitaste.

—Iván nunca fue de tu propiedad. Él tenía un objetivo. Lo cumplió y fue recompensado.

—¿Recompensado? ¡Fue abatido a tiros! La Guardia lo mató delante de mis ojos.

—Eso no importa.

—¿Cómo puedes decir algo así?

—Porque es la verdad. No importa. Iván está bien.

—En ese caso, ¿qué es lo que tiene importancia para ti?

—Que confíes en mí, como hizo el soldado. Que aceptes quién eres y decidas escucharme.

—¿Por qué yo? ¿No puedes hacer tú aquello que tengas planeado?

—No, no puedo. Mi influencia llega hasta cierto punto, pero no puedo pasar de ahí. Te necesito, Leandra, para que salves a la humanidad.

—¿De qué estás hablan...? —no pudo seguir, estaba sobrecogida.

—Si el hombre se empeña en no ser inmortal, su inmortalidad vendrá a buscarlo. No podéis olvidar lo que sois, aunque podéis rechazarlo, si os place.

—Pero el mundo de la Vorágine es cruel. Todos viajamos al Bríaro.

De repente, notó un cosquilleo allí donde en el pasado se había administrado tantas y tantas dosis de Néctar.

—Así lo decidisteis. Pero no todos viajan al Bríaro, y lo sabes.

Era cierto. Leandra lo recordaba de los dos viajes que había hecho. Desde el principio, cuando Robert la invitó a inyectarse el praemortis, pudo divisar desde el Bríaro a gente viajando en el otro torbellino. Robert también conocía aquella información, puesto que cuando se dispuso a ofrecer al mundo los beneficios del Néctar aseguró que aquellos afortunados no eran sino quienes habían logrado comprar el preciado suero de la salvación. En cuanto a la Orden, existía un incómodo silencio al respecto. Las decisiones del Haiyim eran, en ocasiones, imposibles de dilucidar.

—¿Cómo? Si el Néctar es una mentira, ¿cómo cambian de torbellino?

—Porque han comprendido que sus corazones laten con una esperanza más grande que cualquier promesa que pueda ofrecérseles en este mundo. Tú también lo sientes, ¿no es cierto, Leandra? Quieres creer. Por eso has sido elegida para salvarlos a todos. A todos, Leandra. No lo olvides.

De repente, la mujer notó que la figura del Golem iba mezclándose con la pared. Estaba desapareciendo.

—¡No te marches!

—Se te agota el tiempo.

—¿Qué debo hacer?

—Esperar y confiar. Espera y confía, Leandra. Solo espera y confía.

—¿Esperar? ¡Me acabas de decir que no hay tiempo!

El Golem no respondió. Se había marchado. Durante un brevísimo instante, Leandra notó que durante su conversación con la criatura había desaparecido la cefalea. Ahora volvía, primero como una sombra, ascendiendo desde su nuca. El dolor creció velozmente, tomó posesión de toda su cabeza y arrebató todas sus fuerzas. Leandra se dejó colgar por los grilletes que sujetaban sus muñecas y volvió a perderse, cada vez más debilitada, en la inmensidad de sus delirios. Pensó en Iván, en Raquildis, en la Vorágine, en la armadura de Haggar y en un sinfín de recuerdos entremezclados, borrosos, alterados por el dolor. Sin embargo, entre ellos consiguió brillar uno nuevo:

—Espera y confía. Solo espera y confía.

Y Leandra, en un esfuerzo por dominar sus visiones, procuró obedecer.

5

—¡Paraguas! ¡Paraguas baratos!

—Deme uno —pidió Vienna.

El vendedor le alargó uno de los paraguas que colgaban de su puesto ambulante; un pequeño tenderete iluminado por varias bombillas. Vienna lo abrió, dio media vuelta y observó la carretera frente a ella. Por un momento, se preguntó cuántos paraguas vendería aquel hombre. Era difícil que en una ciudad como Pináculo alguien saliera a la calle sin paraguas, teniendo en cuenta lo frecuentes que eran allí las tormentas. Aunque, por otro lado, ella misma había olvidado el suyo. Reprodujo al instante su paragüero: un cilindro metálico con un estampado de flores, ubicado en un rincón, cerca de la salida de su casa. Allí tenía varios paraguas, pero no se había preocupado de coger uno.

Sus ojos se movieron velozmente al detectar el tranvía. Se acercaba por su derecha. Se subió de un salto cuando pasó a un lado, cerró el paraguas y pagó su billete. El interior iba atestado de gente. Aquellos que optaban por este transporte solían hacerlo porque llegaba a más puntos que el monorraíl, a pesar de ser más lento e incómodo. En su caso, era por otra razón: era más barato y se adentraba más en el barrio sur, mientras que el monorraíl solo disponía de una parada a la entrada del mismo.

El vehículo transitó lentamente por entre el tráfico y los viandantes. El frío había empañado los cristales, pues dentro del habitáculo, y gracias a la aglomeración de viajeros, podía disfrutarse de una atmósfera cálida, casi acogedora. Vienna logró hacerse un hueco cerca del fondo, donde estaba la salida. Necesitaría colocarse allí para cambiar de tranvía cuando llegara al centro de la ciudad. También hizo un hueco para su maleta. Era de cuero, no demasiado grande. Se cerraba mediante una cremallera y unas correas. Dentro había guardado todo lo que creyó que le haría falta, justo aquello que juzgó esencial.

Lo demás, simplemente, había quedado abandonado en su piso. Nunca volvería allí.

El tranvía alcanzó el centro de la ciudad, donde confluía un poco de todos los barrios de Pináculo. Allí se encontraba la plaza de las Cuatro Avenidas; una gran explanada circular desde la que partían las cuatro calles más anchas que conducían a los diferentes barrios. Se apeó, abrió su paraguas y buscó el siguiente tranvía. Hacia oriente podía adivinarse la línea del muro de la Marca. Estaba muy lejos, pero era posible detectarla entre los edificios. Una avenida conducía al barrio occidental, de clase media. Las dos líneas paralelas de las farolas parecían ir estrechando su distancia, hasta que, muy a lo lejos, sus luces ambarinas se convertían en un único punto. Por las aceras de esta avenida transitaba mucha gente: hombres vestidos con gabardina y sombrero, mujeres con abrigo, boa y zapatos de tacón bajo; niños, a quienes la punta roja de la nariz les sobresalía por entre la bufanda y el gorro... las gaviotas observaban a los transeúntes desde lo alto de las farolas, como si ellas, en realidad, fueran las auténticas dueñas de la ciudad–plataforma.

Al sur, la avenida pronto quedaba cortada por una línea transversal de edificios bajos y antiguos. La ciudad allí se transformaba en un laberinto de casas pequeñas y calles estrechas. Los canalones sorprendían al incauto viandante en cualquier parte, arrojando chorritos de agua desde las alturas hasta la acera, como pequeñas cascadas que era necesario esquivar a menos que se deseara recibir una ducha rápida.

En el centro, la plaza la cruzaban una docena de raíles de tranvía; el transporte público se mezclaba con el privado, pues los vehículos también tenían permitido el paso allí, aunque el límite de velocidad para ellos era bajísimo, con el fin de evitar accidentes.

A su derecha, un hombre perdió su sombrero por culpa de una traviesa corriente de aire. Corrió en su busca, pero cada vez que se agachaba para tomarlo, la brisa lo alejaba de nuevo. Frente a ella, una mujer, vestida con falda y chaqueta, caminaba paseando un perrito pequeño y peludo. En sus ojos podía apreciarse una prepotencia característica de aquellos que vivían tranquilos por haber costeado su Néctar. La mujer cruzó frente a Vienna sin prestarle la menor atención, aunque el perro se acercó a la muchacha moviendo el rabo.

Su tranvía llegó. Vienna cerró de nuevo el paraguas y corrió a montarse. El vagón pronto se introdujo en el barrio sur. Había pocos coches allí, pero muchos más tranvías y gente que transitaba a pie. Los edificios bajos apenas sobresalían un par de metros por encima de las farolas. Aquí, la noche parecía intentar tragarse la ciudad, pues, al contrario de lo que sucedía en el barrio norte, donde los rascacielos iluminaban el espacio, los edificios del sur tenían menos altura y menos ventanas.

El tranvía llegó a su última parada. Vienna se apeó y miró a su alrededor. Más al sur destacaban los edificios de la zona industrial, no demasiado lejos del borde de la plataforma, de modo que tenía que ir hacia el oeste. Caminó en aquella dirección, resguardada bajo su paraguas y acarreando la maleta. No tardó mucho en comprobar que las calles se hacían más anchas y los edificios más bajos y descuidados. Algunos parecían abandonados. Llegó a una calle en la que era evidente que nadie salvo la lluvia la había aseado desde hacía tiempo. Al fondo, distinguió una serie de casuchas bajas, fabricadas con escombros o mediante una albañilería rudimentaria. Las farolas estaban apagadas, pero aquel pequeño poblado dentro de la ciudad quedaba iluminado por líneas de bombillas que colgaban precariamente entre las casuchas más altas. También había hogueras, diseminadas en puntos estratégicos, alrededor de las cuales se reunían varias personas. Una melodía procedía desde algún punto. Se oía el rasgueo de una guitarra y voces que cantaban. Desde donde se encontraba, no pudo identificar el tema. Vienna sonrió.

Arrastró su maleta hasta la primera hoguera. Un toldo impedía que la lluvia la apagara y que los que se calentaban a su alrededor quedaran empapados. Se hizo un hueco entre ellos y saludó:

—Vengo a quedarme.

Los presentes le sonrieron.

—Bienvenida —dijo un hombre de mediana edad.

Vestía un chaleco confeccionado a partir de retales.

—Y enhorabuena.

—¿Enhorabuena?

—Por darte cuenta. Ya sabes: el praemortis no es más que un potente alucinógeno.

Vienna respondió con una risa suave y melódica. En el Refugio defendían que el viaje al otro mundo no era más que una potentísima alucinación, provocada por el amanita muscaria y otros hongos de los que estaba compuesta la fórmula. Nada era real.

Pero, ¿y la muerte durante dos horas? A pesar de los informes médicos que la corroboraban, los refugiados sostenían que el paciente no moría en realidad, sino que quedaba en un estado catatónico, muy parecido a la muerte real, que confundía a los que lo observaban. ¿Y los informes médicos? Mentiras, todo mentiras para mantener en pie a la despiadada corporación Praemortis, cuyo objeto no era otro que el de dominar a los ciudadanos.

—¿Hay alguien al mando en este lugar?

—Sí —respondió el hombre del chaleco—. Ven, te acompañaré hasta la casa de Eugene.

Echó a caminar hacia el interior del poblado y Vienna lo siguió. Por el camino pudo ver las improvisadas casas de los habitantes de aquel lugar. El Refugio tenía fama de albergar a personas salvajes e incivilizadas, pero por lo que pudo comprobar, aquella leyenda estaba muy alejada de la realidad. Cada persona con la que se cruzaba la saludaba con una sonrisa o con cualquier otro gesto de afecto. Supuso que haberse librado de la presión por conseguir el Néctar probablemente había transformado el carácter de todos ellos. Se veían tranquilos y apacibles.

Al fin, alcanzaron una casa que destacaba sobre todas las demás. El hombre llamó a la puerta, al poco, un anciano abrió.

—Eugene, esta señorita es nueva en el Refugio.

El anciano sonrió.

—Bienvenida. ¿Qué necesitas?

A Vienna le pareció que Eugene debía tener al menos ochenta años de edad, aunque aparentaba menos. Era bajito y algo encorvado, delgado, de piel no demasiado arrugada. Se había quedado calvo, aunque aún le quedaba algo de pelo canoso en las sienes. Lucía un bigote gris bajo una permanente sonrisa. Sus ojos, pequeños y oscuros, también parecían sonreír gracias a las arrugas bajo los párpados.

—Necesitaré un lugar donde dormir —respondió ella—. Todo lo demás lo traigo en esta maleta.

—Eso es bueno, es justo como vivimos aquí, solo con lo que es absolutamente esencial.

—También necesito hablar con usted.

Eugene arqueó una ceja.

—En privado.

—Bien —dijo el anciano, tras estudiar rápidamente a la joven—. Pasa.

Vienna obedeció. El interior de la casa de Eugene le resultó muy acogedor. Descubrió un salón amplio. Al fondo, cerca de la esquina nororiental, unas escaleras ascendían a una segunda planta. En el centro había dos sillones orientados hacia una chimenea que calentaba el lugar. Todas las paredes, salvo la occidental, donde había dos ventanas, estaban decoradas con cuadros pintados a mano.

—Toma asiento —indicó el anciano.

Ambos se sentaron. Luego, Eugene, cruzándose de brazos, la observó con cierta curiosidad.

—Bien, ¿de qué deseas hablar?

—Hace unos días cumplí los veintiuno e hice el viaje.

—Como ordena la ley.

—Pero no me hacía falta. Yo ya sabía a dónde iba a ir.

—Bueno… eso tampoco es raro. Si sabes de alguien que haya caído en el otro torbellino, me gustaría que me lo presentaras. Las alucinaciones siguen siempre el mismo patrón.

—Yo he caído en el otro torbellino.

Eugene arqueó una ceja.

—¿Cómo dices?

—He caído en el otro torbellino, en el torbellino bueno.

Eugene se concedió unos segundos para estudiar a la visitante. La joven que tenía frente a él parecía muy tranquila, algo inusual en alguien que llegaba al Refugio. Normalmente, los nuevos habitantes estaban desquiciados. Esto era debido a que no podían pagarse el Néctar, o a que, simplemente, su viaje al Bríaro los había aterrorizado. Entonces buscaban otro argumento. El Refugio se los ofrecía, invitándoles a deshacerse de sus preocupaciones. No obstante, en muchas ocasiones era necesario darles a probar los hongos alucinógenos que los refugiados cultivaban en invernaderos particulares con el objeto de convencerlos definitivamente de que no habían experimentado más que una espantosa ilusión. Vienna, al contrario que todos ellos, parecía muy convencida de lo que defendía.

—Hija, tú sabes que aquí defendemos la falsedad del praemortis y del Néctar, ¿verdad?

—Sí, he venido aquí porque es el mejor sitio donde ocultarme, porque sé que vendrán a mi casa cuando descubran que no trabajo para la Corporación, pese a haber marcado la casilla del Bríaro. Pronto comprenderán que les he mentido.

—Aquí no estarás completamente segura. Robert nos toleraba, pero con el cambio de gobierno no sé qué va a suceder con el Refugio. El nuevo líder, Wilhelm Raquildis, no parece tan magnánimo como su predecesor.

—Mi presencia es algo que no tendrá más remedio que aceptar.

Aquella nueva afirmación descolocó al anciano. La joven, a todas luces, parecía haber dado a entender que conocía un secreto vital para la supervivencia del poblado.

—¿De qué hablas?

—Debe prepararse.

—¿Prepararme? ¿Para qué?

—El praemortis es real. El viaje que hacemos no tiene nada de ilusorio. Yo he viajado al otro torbellino.

Eugene suspiró hondo, se cruzó de piernas y miró hacia otro lado.

—No puede ser. No sabes lo que estás diciendo. Cultivamos aquí los mismos hongos que se emplean en la fórmula, los únicos compuestos que se conservan en el diario de Frederick Veldecker, aquellos que no borró. Podemos dártelos a probar, si quieres. Tú misma quedarás convencida.

La muchacha mostró una sonrisa que transmitió a Eugene una absoluta e inesperada relajación. Luego se llevó la mano a la espalda y trajo al frente su larga trenza, que comenzó a acariciar.

—El praemortis es mucho más que un compuesto a base de hongos. Frederick, en realidad, no descubrió la fórmula, sino que esta se dejó descubrir por sí misma.

—¿De qué hablas? Eso no tiene ningún sentido.

—Lo comprenderá si me escucha.

—No, yo…

Eugene había vuelto a mirar hacia otro lado, pero esta vez sus ojos se detuvieron en uno de sus cuadros, en los paisajes y la fauna que había dibujado, fruto de sus sueños, de un recuerdo que jamás había vivido.

—He conseguido viajar al otro torbellino —insistió Vienna.

—¿Cómo? Si los torbellinos son reales, tal y como defiendes, ¿cómo has logrado cambiar tu destino?

—Porque estaba convencida de que lo haría. Porque sabía que el Golem podía cambiarme.

El Golem, de modo que de eso se trataba.

Su imagen y su leyenda se hacían cada vez más notorias. Había aparecido en pocas ocasiones, pero lo suficiente como para que los ciudadanos de Pináculo creyeran en él. Eso, y las leyendas que circulaban, como el modo en que había hecho viajar al otro torbellino a un soldado de la Guardia, llamado Iván. Con el tiempo, ese soldado había admitido que no se trataba más que de un enorme engaño, una farsa. El Golem era un rebelde vestido con una armadura de confesor. Pero algunas personas continuaban aferrándose al mito, necesitaban creer en él. Incluso aquí, en su hogar, en el Refugio, había quienes se planteaban sus ideales para seguir al Golem.

Las historias sobre aquel ser y sus promesas habían alcanzado tal magnitud que ya circulaba una historia relacionada con la hermana del fundador de Praemortis, Leandra Veldecker, y de cómo ella había creído también al Golem tras escuchar la historia de Iván. Se decía que ambos habían intentado huir, pero que habían sido abatidos por la Guardia. Otra versión contaba que Leandra continuaba viva, pero que Raquildis la mantenía encerrada en Wael para impedir que difundiera la historia sobre aquella misteriosa criatura capaz de salvarles de su condena eterna.

Falacias y fantasías, todas ellas. Vienna era uno de los pobres desdichados que las creían. Eugene volvió a observar su cuadro. A él también le gustaría creerlas, a decir verdad. Pensar, por un instante, que sí existía otro mundo tras la muerte, y que se podía acceder a una eternidad apacible con solo creer. La realidad, no obstante, demostraba que no era posible obtener con tanta facilidad aquello que se deseaba.

Devolvió su mirada a la muchacha, y mostrándose todo lo condescendiente que pudo, dijo:

—Entiendo y respeto tu posición. En el Refugio no juzgamos, solo mostramos. Deja que te muestre los efectos alucinógenos de los hongos que te han dado en Pináculo y comprenderás que estás equivocada. Muchos hemos viajado a la Vorágine aquí, tomando parte de los ingredientes que componen el praemortis. No hemos muerto en el proceso, te lo garantizo. La Corporación maneja una enorme mentira para dominar a la gente. No hay nada al otro lado de esta existencia, hija. Y si lo hay, no se parece en absoluto a lo que hemos visto.

Vienna guardó silencio. Eugene extendió las manos hacia ella. Ambos se levantaron de sus asientos y se abrazaron.

—No te preocupes —dijo el anciano—, cada vez hay más gente que comprende la verdad.

—Es cierto, hay mucha gente que está comprendiendo.

Vienna se separó del abrazo. Sus ojos se clavaron en los de su interlocutor. Eugene arrugó el entrecejo, contrariado.

—Prepárese para ampliar las fronteras del Refugio —aclaró la muchacha—, porque soy la primera de muchos.

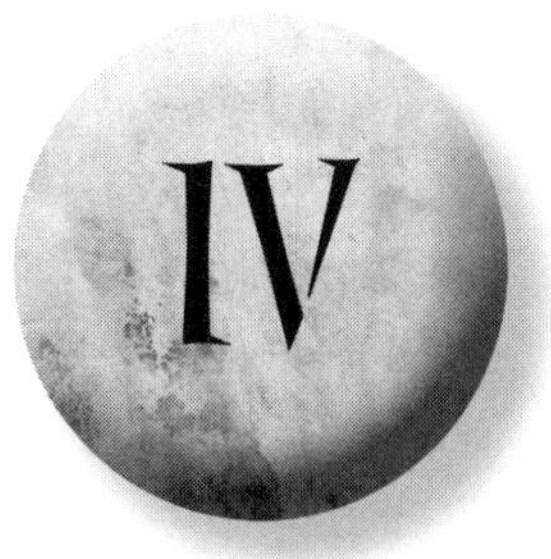

«¡Tengo setenta y dos años y aún puedo trabajar!»

«A mis veintisiete años he logrado un puesto como alto ejecutivo. ¿Qué puedo hacer por los míos cuando tenga pagado mi Néctar a los treinta y cinco?»

«Soy ama de casa, ¿no puede mi marido ocuparse de mi cambio de torbellino?»

«Mi enfermedad me impide trabajar. ¿Cómo ganaré mi salvación?»

Hay miles de personas que, como estas, se encuentran en una situación igual o parecida. Hola, soy Peter Durriken, ejecutivo de Praemortis, y he desarrollado el Servicio de Renovación de Trabajadores pensando en usted.

Con el Servicio de Renovación de Trabajadores, un ciudadano que haya pagado su Néctar tendrá la oportunidad de continuar trabajando para costear el de los suyos. El SRT es voluntario. Usted elige cuándo comenzarlo, cuántas horas a la semana trabajará y cuándo desea jubilarse definitivamente. ¡Sin ningún compromiso!

Contrate ahora el Servicio de Renovación de Trabajadores y asegure el futuro de sus allegados. ¡Dedique unas horas de su vida para garantizar la eternidad de familiares y amigos!

«Ahora podré asegurarme de que mi nieto se reunirá conmigo cuando muera».

«¡Pagar el Néctar de mi novia será el mejor regalo de bodas!»

«Desde que mi marido costea mi Néctar, he logrado conciliar el sueño sin recurrir a las pastillas».

«Ya no me preocupa mi enfermedad. ¡Mis padres se ocuparán de mí!»

No pierda más tiempo. ¡Contrate el Servicio de Renovación de Trabajadores y dele un nuevo sentido a su vida!

Reproducción de uno de los catorce anuncios
radiofónicos sobre el SRT
Protagonizado por el fallecido Peter Durriken

1

Me llamo Ipser Zarrio... o eso creo.

Dudo, porque siento que no soy la misma persona que era. Estoy transformándome en alguien distinto. Al principio, mi cambio apenas me resultó perceptible, pero ahora veo claramente su evidencia. Por un momento pensé que esto podía deberse a mi obcecación por lograr mi objetivo: derrotar a Haggar, pero Erik se encargó de aclararme la verdad, y cuando lo hizo, comprendí que el noble no estaba loco, tal y como yo creía desde que le vi regresar desde otro mundo, sino más lúcido que nunca. Ahora lo reverencio aún más. He comprendido que lo que pretende no es fruto de una repentina pérdida de la razón, sino de un plan escrupulosamente elaborado, concebido durante su viaje al mar de almas.

Pero antes de revelarme la sobrecogedora causa de mis sensaciones, Erik me había dado un encargo especial que debía cumplir con toda la celeridad posible. Así lo hice.

Corrí al edificio de los Gallagher y accedí saltando desde el rascacielos de los Ike, mucho menos vigilado. Una vez dentro busqué las dependencias médicas, donde sabía que encontraría a Deuz, intentando recomponerse el brazo que yo mismo le había partido. En efecto, sus gritos de dolor me facilitaron la búsqueda. Lo encontré en un quirófano, atendido por un médico y cuatro enfermeras. Todos se asustaron al verme entrar, pero no les di tiempo para nada más. Quería dedicar un cuidado especial a Deuz, de modo que me ocupé primero de los presentes, liquidándolos con rapidez y efectividad. Salté al centro de la sala y, agarrándolos, los estrellé contra las paredes de la habitación.

Durante los breves segundos que tardé en matar a las enfermeras y al médico, Deuz me estuvo observando. El pánico no le dejó mover ninguna de sus fofas articulaciones. Cuando terminé, me dirigí derecho hacia él.

—Néstor, ¿qué quieres?

Sentí el impulso de corregirle, de revelarle mi verdadero nombre, pero aquella idea quedó rápidamente cubierta por el necesario cumplimiento de mi misión. Ignoré su pregunta, alcé el brazo, y con un fuerte golpe lo introduje hasta el codo en su estómago. Deuz abrió la boca desmesuradamente, pero no fue capaz de gritar. Acto seguido, agarré con fuerza sus entrañas y tiré hacia fuera, desperdigándolas por toda la habitación. Esta vez, Deuz sí logró articular sonido: dejó escapar una serie de exhalaciones sordas, tres o cuatro, antes de morir.

Fue en ese momento, al comprobar cómo había destripado a mi víctima, cuando me di cuenta de que me había transformado. Observé la sala a mi alrededor; los cadáveres de las enfermeras y del médico yacían en el suelo o junto a la pared, retorcidos en posturas grotescas, cubiertos de sangre, salpicados de vísceras. Sobre la camilla, el cuerpo del noble todavía palpitaba con reflejos nerviosos. Me concentré luego en el brazo que había introducido en su estómago. La aleación de la que está compuesto el metal de la armadura se encontraba empapada; la sangre corría libremente por sus pliegues. Casi podía notarla, calándome la malla que vestía debajo. Escuché ruidos procedentes del exterior. Mi asalto al quirófano había armado el suficiente escándalo como para ser escuchado. Justo lo que quería. Eché mano al pequeño compartimento donde cualquier confesor guarda sus dosis de Néctar y extraje una pequeña pantalla. Se trataba de un aparato de video con un mensaje grabado de Erik para la familia Gallagher. Lo puse en la mano de Deuz y salí del edificio antes de que me descubrieran.

Mi viaje de vuelta a casa estuvo lleno de incertidumbre. ¿Qué me estaba sucediendo? Mi nueva ideología me había transformado en un asesino, cierto. Antes de vestir la armadura había acabado con la vida de algunas personas sin que ello me provocara la menor reacción; pero con el asesinato de Deuz Gallagher había ocurrido algo más. Me sentía bien por ello. El poder que había derrochado, la facilidad con la que había acabado con la vida de varias personas, la satisfacción por la misión cumplida sin problemas… todo me había reportado una agradable sensación. Ya había notado con anterioridad lo poderoso que me hacía sentir el traje de confesor. El hecho de que potenciara mi fuerza, mi agilidad y todos mis sentidos me gustaba, pero ahora también parecía estar cambiando mi mente, convirtiéndola en una voluntad distinta, separada de quien yo era, aunque unida por el vínculo que tenía con la armadura. Mientras saltaba de edificio en edificio me surgieron varias preguntas: ¿De qué estaba hecha la armadura de confesor? ¿Qué poderes escondía, aparte de hacerme invulnerable a casi todos los ataques?

Alcancé mi casa y entré en la habitación en la que descansaba Erik. El noble sonrió cuando le notifiqué que había cumplido su encargo.

—Ahora debemos esperar la reacción de los Gallagher. Luther recibe cuidados en la misma planta médica en la que mataste a Deuz, de modo que a estas horas ya habrá visto el mensaje. Mi tío siempre admiró mi liderazgo. Odiaba a su hijo y su incompetencia. Si es inteligente, me obedecerá; pronto volveré a ser el líder de la familia. Esta vez, sin embargo, seré más cuidadoso que con mi primo. Él no pudo asimilar mis objetivos, ha sido necesario terminar con su existencia para que no lo divulgue, para que no entorpezca mi plan revelando mi escondite a todo el mundo. Sin embargo, temo que nadie, salvo tú, mi centinela, tenga la entereza necesaria para acompañarme en la consumación de mis objetivos. No les culpo. Ninguno ha visto lo que yo vi mientras nadaba en la Vorágine; es por eso que todavía valoran su vida. Los utilizaremos, Néstor. Les propondremos un objetivo ambicioso, útil para saciar sus ansias, terrenal, y a la vez necesario para nuestro auténtico empeño. Nos ayudarán, ignorando el auténtico final que les aguarda. Así, cuando descubran de qué plan han formado parte, ya será demasiado tarde. Sal a la calle, vigila la entrada. Luther no tardará en hacerme una visita.

Hizo un gesto con su mano sana para que me retirara, pero cuando vio que no obedecía, arqueó una ceja y dijo:

—¿Hay algo más de lo que debas informarme?

—Me sucede algo —respondí, alzando las tres placas que me cubrían el rostro.

—¿Qué te sucede?

En sus palabras detecté un dejo malicioso, como si ya supiera lo que iba a explicarle.

—Siento que me estoy convirtiendo en otra persona. Comienzo a percibir todo lo que me rodea de forma distinta, no solo a causa de las habilidades que me otorga la armadura, sino desde el interior, desde mi propia conciencia. Es como… como si ya no fuera…

—Ipser Zarrio.

—Pero lo soy. Yo soy Ipser Zarrio. El nombre es lo único que me queda. Eso, y mi misión.

—Te equivocas —corrigió Erik, con una sonrisa que me erizó la piel—. Yo te he dado mucho más. No eres el mismo hombre, porque la armadura en sí posee una voluntad individual. ¿Crees que mi hijo se llamaba Néstor? No, su nombre era Tom Gallagher. Pero en el momento en que vistió las sagradas placas de confesor quedó vinculado a ella. ¿Acaso piensas que Marcus Haggar es el nombre de la persona que habita la armadura de capa blanca? La Zarpa, cuando no está cubierta con las sagradas placas, es alguien distinto. No, está claro que ya no eres Ipser Zarrio. Tú eres Néstor.

Quedé paralizado por la sorpresa. Contrario a lo que suponía, Erik jamás me había confundido con su hijo, nunca se había equivocado al llamarme Néstor, pues me llamaba por el nombre del confesor en quien me había transformado.

—¿Qué sucederá con quien soy… o quien era?

—¿Tienes miedo de desaparecer?

—No quiero convertirme en alguien diferente.

—No lo harás. Néstor y Zarrio son personalidades distintas, pero vinculadas por una comunión. Zarrio no desaparecerá, solo quedará beneficiado. Sus defectos serán pulidos por Néstor. Cuando construimos las armaduras, comprendimos que el hecho de llevar un traje como este no inmunizaba al confesor de todos los posibles ataques. La voluntad de algunos era débil, proporcionaban el Néctar a quienes no lo merecían, de modo que el suero perdía importancia. Sin el Néctar, la corporación Praemortis no tiene ningún poder sobre los ciudadanos. La armadura, por tanto, debía conceder fortaleza en todos los sentidos.

Las palabras de Erik eran ciertas. Helen, mi propia esposa, mantenía la esperanza de que el confesor se apiadara de Leam y le concediera el Néctar, a pesar de que nuestro hijo nunca pudo pagarlo. Comprendí que se apoyaba en viejas historias, y en excepciones contadas pero reales. Los confesores, en efecto, sí habían demostrado piedad en el pasado, sí habían regalado el Néctar. Erik continuó:

—Se confirió a las armaduras el poder para mejorar a los confesores que las vestían.

—¿De qué modo?

—Mediante un vínculo con el Haiyim. El dios de ambos mundos es capaz de extender sus tentáculos más allá del agua. Nosotros forjábamos las armaduras, pero él era quien las terminaba. Por eso, los confesores están tan unidos al Apsus, a la criatura marina. Al igual que existía una ceremonia para nombrar nuevos pupilos, había otra para terminar las armaduras. Ambas eran idénticas. La armadura, igual que el neófito, descendía hasta el Apsus, donde el Haiyim esperaba. Él era quien aceptaba o rechazaba. Las placas de Néstor que ahora vistes albergan el beneplácito del dios de ambos mundos.

Observé mi cuerpo, recubierto con el hábito de confesor. Levanté mi brazo derecho. La sangre de Deuz había desaparecido por completo. Las placas estaban limpias. Mi rostro quedó vagamente reflejado en ellas. Me resultó difícil identificarme.

—Zarrio —me llamó el noble—, déjate invadir por la voluntad del confesor, alberga su poder, admite su control junto al de tu propia conciencia, y serás invencible.

Un escalofrío me recorrió la columna para avanzar después por mis brazos en un cosquilleo agradable. De alguna forma, Néstor también escuchaba aquella conversación. Me invitaba a dejarle pasar, a mezclarse conmigo. Sonreí por aquel agradable cosquilleo, asentí y volví a cerrar las tres placas de mi casco.

—Ahora, Néstor, debes volver a tu cometido —me indicó Erik—. Nuestra misión necesita avanzar. Cuando los Gallagher reaccionen a mi mensaje, tendremos que estar preparados. Ve a tu puesto de vigilancia, como te he ordenado, y avísame cuando Luther llegue.

Salí de la habitación, dispuesto a cumplir las órdenes de Erik. Ahora me encuentro asomado a mi balcón, donde hay una buena visibilidad de la calle. La lluvia me moja las placas de la armadura, cientos de gotas resbalan por el metal y empapan mi capa gris. Noto cómo Néstor, la otra personalidad creada por la voluntad del Haiyim, penetra en mi conciencia. Me fortalece, me motiva. Sé que si le dejo pasar del todo, si permito que me invada completamente, perderé gran parte de lo que soy, pero también lograré mi objetivo. Fundirme con Néstor es, definitivamente, el último paso que me resta para enfrentarme a Haggar.

2

El parque de bomberos que ocupaban los Cuervos había sido construido casi en el centro de lo que ahora formaba parte de la Marca, de forma que se pudiera acceder rápidamente a una mayor extensión de edificios y así acudir lo antes posible en caso de una emergencia. Su torre de ocho plantas ofrecía una magnífica visión que alcanzaba prácticamente la totalidad del barrio. Ahora que el parque no servía para aquello para lo que fue construido, la torre se había transformado en el punto de observación de los rebeldes, quienes tenían instalado allí un potente foco para vigilar los alrededores. Desde que aquella misteriosa oscuridad envolviera la ciudad de Pináculo, otear los aledaños al parque se hacía una tarea complicada. Había que andar moviendo el foco continuamente. Al menos, su luz llegaba a bastante distancia. Sin embargo, para quienes tuvieran la mala fortuna de montar guardia sobre la torre, no solo les aguardaban veinticuatro horas de esforzarse por aguzar la vista a causa de la ausencia de luz sino temperaturas que habían descendido vertiginosamente en los últimos días. Un frío atroz, acompañado por la humedad que venía desde el Apsus, entumecía las articulaciones, congelaba la punta de la nariz y hacía castañear los dientes de los vigilantes de turno. De poco servían mantas y ropa de abrigo contra unas temperaturas que, contrario a lo que vaticinaban los informes meteorológicos, no paraban de descender.

—¿Por qué nunca me tocará hacer guardia con una mujer? —refunfuñó Reynald—. Nos arrimaríamos uno junto al otro y no pasaríamos frío.

El veterano cazador de ballenas se había arropado con su manta y acurrucado en uno de los rincones de la torre. Odiaba hacer guardias. Era lo que peor llevaba de su nuevo «trabajo»; pero este turno en concreto lo estaba llevando muy mal a causa del frío, y todavía le quedaban siete horas para que terminara. Para colmo, había tenido que dar la señal de alarma. Normalmente, las guardias en la torre transcurrían sin incidencias, pero en aquella ocasión, el ballenero había detectado ruidos procedentes del este, no muy lejos del borde de la plataforma. Una partida de exploración, liderada por Stark, había ido a investigar, dato que le fastidiaba especialmente. Siempre le sucedía lo mismo: cada vez que había algo de diversión, a él le tocaba quedarse en casa.

Desde su posición observó la pelusilla rubia que crecía en el mentón de Eklard, su compañero de guardia. El muchacho intentaba dejarse barba, pero sus mejillas sonrosadas de adolescente apenas permitían ver un tímido rapagón.

—Si hiciera guardia con una mujer, estaríamos aquí, juntos, los dos —añadió el ballenero, dejando volar su imaginación—. Disfrutando de un momento de intimidad en la torre…

—No todas las mujeres estarían dispuestas a arrimarse a ti —respondió Eklard, sin apartar la mirada de cuanto alumbraba el foco—. Ni siquiera con este frío.

Reynald soltó una sonora carcajada.

—Desde luego a ti no se te acercarán. Esa pelusa que te crece en la barbilla se irá volando con la primera racha de viento fuerte.

Y, como colofón a su frase, peinó con los dedos su poblado bigote, que unía con las patillas.

—Te equivocas —se defendió el muchacho—. Ahora es más atractivo un hombre que no esté cubierto de pelo. Hace tiempo que la escoba que luces en el labio superior dejó de estar de moda.

—Entérate, chico —Reynald sonreía de medio lado—. Hace una eternidad que nada pasa de moda. Vestimos igual que hace cientos de años, usamos la misma decoración y nos peinamos de la misma forma que…

Cortó de golpe su comentario cuando un diminuto copo de nieve cruzó ante sus ojos y aterrizó sobre su mejilla. A este le siguieron un par más, que descendieron remoloneando en el aire hasta aterrizar en el suelo donde se disolvieron.

—¡Que me tiren de cabeza al ojo de la Vorágine! —juró— ¡Nieve! Lo que nos faltaba.

Ante lo insólito del acontecimiento, Eklard se permitió desviar su atención del exterior para contemplar la incipiente nevada. Más puntitos blancos aparecieron desde el negro cielo sobre sus cabezas. Estos eran el doble de gruesos que el primero, y descendían con mayor rapidez.

—¿Pero qué le sucede al tiempo? —dijo Reynald, alzando la cabeza como si esperase que las nubes le respondieran—. Jamás he visto que nevara en Pináculo.

Se enrolló la manta alrededor del cuerpo y apretó las rodillas contra el pecho.

—Muchacho —llamó—. La nieve podría cuajar. Te recomiendo que te abrigues bien o pronto estarás calado hasta los huesos.

Eklard afirmó con la cabeza y se aseguró de que la manta protegiera bien todo su cuerpo.

La nieve comenzó a cubrir en silencio las abandonadas calles que rodeaban el parque de bomberos. Las temperaturas descendieron de golpe, de modo que, al cabo de un rato, el joven rebelde estaba tiritando de frío. Para aquel entonces, una fina capa de escarcha se había formado sobre su manta. En el rincón, Reynald decidió que era mejor entrar en calor caminando de un lado al otro de la torre, así que se puso a hacerlo.

La nevada apenas duró veinte minutos, pero dado que la Marca Oriental se encontraba libre del calor del tráfico y los transeúntes, la nieve no tuvo dificultades para cuajar, de forma que las calles quedaron cubiertas por una pequeña capa de un blanco inmaculado.

—Y todavía nos quedan más de seis horas de guardia —refunfuñó Eklard, que continuaba vigilando los alrededores, ahora bien enfundado en su manta.

—Tenemos que hablar con el jefe y proponer más guardias mixtas.

—¡Muy buena idea! Rectifico lo que te he dicho hace un rato. Con este frío, cualquier mujer se te acercaría, Rey.

Ambos comenzaron a reír.

—Una nevada en Pináculo —murmuró el ballenero, asomándose al exterior—. Tenía que suceder en mi turno. ¡Siempre suceden estas cosas en mi turno!

De repente, Eklard se giró hacia su compañero y extendió los brazos para atraer su atención.

—¡Rey, ven, rápido! Me ha parecido ver que algo se movía ahí fuera.

—¿Que algo se movía?

—¡Sí! ¡Vamos, acércate! Creo que ya vienen Stark y los demás.

Reynald, con evidente gesto de asombro, se arrimó a Eklard y echó un vistazo, asomándose por el muro. El foco alumbraba una porción de la calzada; la nieve sobre el asfalto devolvió una miríada de diminutos destellos.

—Ahí no hay nadie.

—Tiene que estar ahí. Lo he visto.

—Habrás visto una gaviota. A esos pájaros no les importa el frío si hay comida cerca. Si se tratara de Stark veríamos las luces del portatropas.

—He visto a alguien. Te lo juro, Reynald.

—Ningún vagabundo se atrevería a salir con el frío que hace. Debes haberlo imagin…

De pronto, el ballenero se puso tenso. Agarró el foco con ambas manos y lo movió un poco a su izquierda.

—¿Lo ves, Rey? ¿Lo estás viendo?

—Vientos del Bríaro… ¡Es Stark!

—¿Dónde están los demás? Has dicho que iban en el portatropas.

—Y así es. Pero, ¿a quién arrastra?

Al descubrir que lo apuntaban con el foco, el líder de los rebeldes alzó la cabeza, se llevó la mano al rostro y la agitó varias veces frente a él.

—¡Apaga el foco! —reaccionó el ballenero.

A Eklard no le dio tiempo a obedecer, Reynald se le adelantó y lo hizo él mismo.

—¿Qué pasa? ¿A quién arrastra Stark? No lo he visto —preguntó el joven.

El ballenero le devolvió una mirada desconcertada. Se mordió el labio superior y parte del bigote, y dijo:

—Juraría que es el general Ed Wallace.

—¿Wallace? ¿El general de la Guardia?

—El mismo.

Eklard se quedó rígido como un carámbano, pero Reynald actuó con velocidad. Volvió a ponerse en pie, se desprendió de la manta y tomó su fusil.

—Avisa a Alfred por radio. Que abran las puertas, pero que estén alerta.

—¿Adónde vas?

—Voy abajo.

—¡No puedes abandonar el puesto de guardia!

—Estoy cansado de permanecer aquí. ¡Esto no me lo pierdo ni muerto!

Abrió la trampilla y echó a correr escaleras abajo. Eklard, entretanto, se apresuró a dar la noticia por el intercomunicador.

Reynald descendió atropelladamente las ocho plantas de la torre y alcanzó el edificio central. Allí comprobó que Eklard había informado a la base, porque los rebeldes ya ocupaban posiciones frente al portón del garaje y esperaban una orden para abrir. Cerca de allí esperaba Geri. La mujer estaba lo suficientemente recuperada como para levantarse de la cama, aunque Stark había prohibido que realizara cualquier misión.

—Atentos a todo —ordenó Rey, haciendo una señal al rebelde que esperaba junto a los mandos que accionaban el portón.

Este fue elevándose lentamente; al otro lado, Stark no esperó a que quedara totalmente elevado. Pasó por debajo, arrastrando el cuerpo del general Ed Wallace.

—No cerréis del todo —fue lo primero que dijo—. Los demás no tardarán en venir.

Algunos se sorprendieron con el cuerpo que arrastraba.

—¡Estaba en lo cierto! Es Ed Wallace, ¿verdad? —preguntó Reynald.

—Sí —respondió Stark—. Llevadlo abajo, a la enfermería.

Mientras se llevaban al general, Stark se encargó de explicar lo sucedido.

—Rey, los sonidos que escuchaste procedían de su coche. Se estrelló contra un edificio, no demasiado lejos del borde oriental de la plataforma. El impacto lo lanzó a través del parabrisas. Apenas estaba consciente cuando lo encontramos.

—¿Y los demás? —preguntó Reynald.

—Tuvimos que dividirnos. Al parecer el general protagonizaba una persecución cuando se estrelló. Detectamos dos limusinas corporativas idénticas a la suya. Estaban demasiado cerca de nosotros, de modo que ordené a Hiro que se llevara el portatropas para llamar su atención. Como no estábamos demasiado lejos de la base, me encargué de arrastrar el cuerpo hasta aquí. Espero que no hayan visto la luz del foco, aunque es muy probable que me equivoque.

—¿Has dejado a Hiro a cargo del portatropas?

Reynald enarcó una ceja.

Stark se cruzó de brazos.

—Sí. No tenía más remedio si queríamos despistar a quienes perseguían al general, fueran quienes fuesen. No tengo ninguna intención de conducir a unos desconocidos hasta nuestra base; además, el general se encuentra grave. Tiene una brecha en la cabeza. Había que administrarle cuidados médicos lo antes posible, de modo que fue necesario dividirnos.

—¿Hiro Natayama Dagman al mando del portatropas?

Reynald puso especial énfasis en pronunciar el apellido que vinculaba al sargento de la Guardia con la familia noble que los había traicionado durante el asalto a la Estación Central de Monorraíl.

—Volverá. Su familia le ha dado la espalda como nos la dio a nosotros. Además, tengo la sensación de que hace tiempo que se plantea su fidelidad a la Corporación, incluso antes de que los Dagman nos abandonaran en aquel intento de golpe de estado. Ya conoces la historia del sargento, lo que presenció cuando mandaba el grupo de rescate.

—No me importa que fuera uno de los protagonistas del primer encuentro con el Golem. No me fío.

—Te preocupas demasiado, Rey. Además, es el mejor conductor que tenemos.

Repentinamente, Reynald pareció quedarse sin aliento. Stark comprendió que había cometido un error.

—Después de ti, claro —corrigió el líder—. Tú eres nuestro mejor conductor, pero estabas de guardia. No podía contar contigo.

—¡Siempre me toca hacer guardia cuando ocurre algo interesante!

—Es Alfred quien se ocupa de planificar el cuadrante. Pide que te cambie los turnos.

—Daría lo mismo. Es cuestión de mala suerte.

En ese momento se escuchó el ruido de un motor. El portatropas regresaba. Los rebeldes se apresuraron a levantar el portón del garaje. Stark miró a Reynald y asintió.

—Te dije que volvería.

En efecto, el sargento Hiro se apeó del portatropas una vez lo hubo estacionado.

—¿Los has perdido? —preguntó Stark.

—Sí —respondió Hiro—. Eran limusinas corporativas. ¿Qué harían aquí?

—No es la primera vez que las vemos —añadió Reynald—. Aunque hace bastante tiempo que no pasan por la zona. No sabemos por qué se adentran en el interior de la Marca, pero nunca hemos tenido tiempo de interceptar ninguna. Pasan demasiado lejos de nuestro cuartel.

—Esta vez eran ellos los que querían interceptarnos a nosotros —aclaró Hiro.

—Buscaban al general, pero parece que él se esforzaba porque no lo hallaran —dedujo Stark.

—Jefe —llamó uno de los rebeldes, asomado desde las escaleras que descendían a los pisos inferiores—. El general ha despertado.

Stark y Reynald corrieron hacia allí; sin embargo, el primero notó que lo tomaban del brazo. Era Hiro.

—Dejadme ir con vosotros. Quiero ver qué le ha sucedido.

De reojo, Stark notó que Reynald negaba levemente con la cabeza.

—Es… era mi general —añadió el sargento.

—Está bien —respondió Stark.

Las facciones de Reynald se contrajeron en una mueca, pero no dijo nada.

Los tres hombres descendieron hasta la enfermería. Allí, algunos rebeldes limpiaban la brecha en la cabeza de Ed Wallace. Geri esperaba en la puerta. Saludó a Stark con un beso.

—¿Ha dicho algo? —preguntó el líder.

La mujer asintió. Extendió el brazo y se tocó con el índice.

—¿Una inyección?

Geri negó con la cabeza e hizo el mismo gesto con más énfasis.

—...¡Praemortis! ¿Quiere una dosis de praemortis? ¿Para qué?

La lugarteniente se encogió de hombros. En el interior de la habitación, Ed gemía de dolor mientras le atendían las heridas.

—Veré si puedo sonsacarle algo.

Pasó, seguido por Hiro y Reynald, se colocó junto a la mesa y tocó a Ed en un hombro para llamar su atención.

—General, bienvenido. Vamos a curar sus heridas, pero tendrá que colaborar con nosotros.

—¡Ayudadme!

Parecía asustado.

—Estamos ayudándole, pero necesitamos que nos diga si estaba escapando de alguien.

—Sí… sí. Os contaré todo lo que queráis.

—¿De quién huía?

—De todos. De todos ellos. De los nobles y de Raquildis. Están corrompidos, ciegos.

—Estupendo, ha desertado —intervino Reynald, cruzándose de brazos—. ¡Adiós a la posibilidad de un intercambio!

—Necesito una dosis de praemortis —dijo Ed—. ¡Rápido!

—¿Por qué? Dígame, ¿por qué la necesita? —preguntó Stark.

—Debo comprobarlo con mis propios ojos. Si viajo a la Vorágine, lo sabré.

La atmósfera se cargó con una tensión siniestra. Los presentes se miraron unos a otros.

—¿Qué debe comprobar? —insistió Stark.

—Él se ha mostrado ante mí. Habló con Raquildis, pero el líder de Praemortis ha decidido no escucharle porque obedece a otro señor... a otro...

De pronto, Ed se incorporó de un salto, tomó a Stark por las solapas de su chaleco de pescador y lo atrajo hacia sí. Geri y Reynald desenfundaron sus pistolas y apuntaron al general, pero este los ignoró. Se acercó al oído del líder y dijo:

—¡Va a suceder algo importante! Demasiado grande para que lo podamos concebir; ¡algo que no esperábamos! Se acerca, lo presiento, pero necesito estar seguro de ello. ¡Id al Pináculo! ¡Traedme el praemortis!

—Está bien —Stark hizo un gesto a los suyos para que bajaran las armas; luego se dirigió al enfermo—. Tenemos dosis aquí, general, en la base.

Ed arqueó una ceja.

—Pensé que solo robabais el Néctar.

—A nosotros no puede engañarnos la Corporación, general —terció Reynald—. Sabemos que el praemortis siempre devuelve a la vida, aunque sea durante unos pocos segundos. Lo utilizamos en los casos de operaciones a heridos graves. El hecho de que el paciente permanezca muerto durante dos horas nos ha permitido salvar a más de un rebelde en estado crítico.

El comentario del ballenero consiguió que el general se relajara un poco. Soltó a Stark y volvió a tumbarse en la camilla; acto seguido, suspiró hondamente un par de veces, logró recuperar el aliento, y dijo:

—Cierto, muy cierto. El praemortis siempre resucita al paciente.

En esta ocasión, tomó a Stark del brazo de una forma mucho más educada.

—Es esencial que haga ese viaje. Concededme lo que os pido.

—El praemortis podría dañar su corazón. Es demasiado mayor —le recordó Stark.

—Ese detalle carece de importancia en un momento como este.

—¿Cómo puede decir algo así? —intervino Reynald, dirigiéndose en voz baja a Geri.

La mujer entrecerró los ojos y, como si la hubiera asaltado una súbita corriente de aire frío, se acurrucó contra una de las esquinas.

—Traedle una dosis —ordenó Stark, y luego añadió, dirigiéndose al general—. De acuerdo, Wallace, le concederemos su petición; pero cuando regrese, ¿responderá a todo lo que le preguntemos?

—Lo haré. Pero si estoy en lo cierto, si veo lo que temo que voy a ver, traeré muy malas noticias.

3

Aadil se alegró de alcanzar al fin el barrio sur. Llevaba mucho tiempo sin visitar a los habitantes del Refugio y tenía ganas de resguardarse durante algunos días tras las fronteras de aquel pequeño lugar, alejado del sistema corporativo. El tranvía no lo dejaba lejos de allí. Solo a unas manzanas de distancia de las primeras casuchas fabricadas con escombros, de las hogueras y de las gaviotas colgadas de las cuerdas en puestos ambulantes de comida.

Apenas había alcanzado la calle que conducía hasta aquel poblado cuando los refugiados lo reconocieron. «¡Garuda ha vuelto!», comenzaron a gritar, y caminaban a su lado, y señalaban al pájaro que lo acompañaba a todas partes, que sobrevolaba por encima de sus cabezas. Algunos lo miraban extrañados porque el Cormorán había cambiado su aspecto desde su regreso a Pináculo. Ya no se dejaba crecer la melena de forma descontrolada sino que estaba arreglada, peinada hacia atrás, al igual que su barba y bigote. Eso, de alguna forma, contradecía la moda que de una manera tácita se había asentado en el Refugio: la libertad de apariencia. Los habitantes allí se dejaban crecer el pelo y la barba como un símbolo de su libertad para elegir. Con ello demostraban que la moda que el mundo seguía desde hacía siglos tampoco los dominaba. Ver a Garuda con aquel cambio de imagen los confundió, aunque no mermó la confianza y el cariño que sentían hacia él.

El Cormorán alcanzó la casa de Eugene, seguido por un numeroso grupo de admiradores con los que intercambió saludos y algún que otro comentario. El anciano abrió antes de que llamara.

—¿Me esperabas? —preguntó Aadil sonriente.

—Se te nota llegar desde que pones un pie en el Refugio. Entra.

El hogar de Eugene destilaba la misma calidez de siempre. El Cormorán ocupó uno de los sillones. Su pájaro entró detrás de él. Caminó por la habitación, observándolo todo, hasta que encontró un hueco confortable en un rincón bajo las escaleras al piso superior.

—Hacía mucho que no sabíamos nada de ti —comentó Eugene —. ¿Té?

—Sí… he tenido mucho en lo que pensar.

—Podías haberlo hecho en mi casa.

Eugene hablaba desde la cocina.

—Los habitantes odian que te marches. No sé por qué nos dejas. Sinceramente, creo que no deberías marcharte del Refugio nunca más. Especialmente ahora que piensas quedarte en la ciudad por una temporada.

Aadil enarcó una ceja.

—¿Qué te hace pensar eso?

—Tu imagen.

Eugene regresó con una bandeja sobre la que descansaban dos humeantes tazas; a un lado, sobre un plato, había colocado dos pequeñas sardinas que lanzó al pájaro.

—Nunca te he visto tan arreglado. ¿Quieres pasar por un ciudadano responsable?

Aadil sonrió.

—Tengo que aprovechar para mejorar mi imagen cuando me encuentro en alguna ciudad. Resulta difícil cortarse uno mismo el pelo, ¿sabes?

—Especialmente si viajas en esa lata a la que llamas submarino.

El anciano dejó la bandeja en una mesa cercana y ofreció una taza al Cormorán.

—Pero no me equivoco, ¿verdad? —preguntó, antes de dar un tímido sorbo a su té.

—No, no te equivocas. Voy a quedarme en Pináculo.

—¿Cuánto tiempo?

—Depende. Por eso estoy aquí.

—¿Qué quieres saber?

Aadil dejó que transcurrieran unos instantes. Tomó su taza de té con ambas manos y permitió que su calor lo invadiera. Sopló, dio un sorbo corto y rememoró lo que le había sucedido desde su llegada a Pináculo.

Raquildis lo había contratado para acabar con la vida de Erik Gallagher. ¿Había logrado su misión? Lo ignoraba. Tras un primer intento fallido de atentar contra el noble, logró sorprenderlo en el mismísimo despacho de su hermano mayor, Robert Veldecker. Erik había caído por el ventanal, pero su cuerpo nunca apareció. Raquildis, sin embargo, había quedado más o menos satisfecho con el resultado, ya que Praemortis había quedado finalmente bajo su poder. ¿Había sido casual que Raquildis fuera el único candidato al liderazgo? Resultaba altamente sospechoso, igual que sucedía con la muerte de Robert. Aadil temía que el mismo Raquildis hubiera planeado la muerte de este, a pesar de que todas las pruebas apuntaban a un claro suicidio; además, estaba el asunto de la cefalea. Robert jamás había tenido la fuerza necesaria para combatirla, no resultaba extraño que, finalmente, su enfermedad lo hubiera trastornado.

Lo que sí resultaba extraño era la actitud en la que se hallaba Raquildis cuando se entrevistó con él. El nuevo líder parecía nervioso... no, no solo nervioso; asustado era la palabra exacta. ¿Por qué? Había ofrecido a Aadil, no solo su recompensa, sino formar parte de la corporación de nuevo, ser su mano derecha. ¿Acaso había olvidado la transgresión del Cormorán? Parecía que esta carecía de importancia, a la luz de nuevas inquietudes. Raquildis, tal vez a causa de aquel misterioso temor, deseaba tenerle cerca.

Sin embargo, él rechazó la oferta. No deseaba volver a enfrentarse a los fantasmas de su pasado. Al otro Aadil Veldecker, a aquel que despertaba cuando las placas cubrían su piel. Le había costado mucho separarse de aquella naturaleza, forjarse una nueva vida como un ermitaño, un miembro rechazado por la comunidad y perseguido por los confesores, quienes, al contrario que Raquildis, no perdonaban un abandono entre sus miembros.

Había querido marcharse, volver a huir para continuar con su vida de mercenario, pero fue incapaz. Algo lo detenía en Pináculo.

—¿Qué sabes sobre Leandra Veldecker? —preguntó a Eugene.

El anciano pareció sorprendido por aquella pregunta. Frunció el ceño y torció la cabeza. Luego desvió la mirada al fuego. Dado que las temperaturas no paraban de descender, ya solo apagaba la chimenea cuando se iba a dormir.

—Tal vez demasiadas cosas —respondió.

—Cuéntamelo todo.

—Se rumorea que Leandra y aquel soldado que salía en los medios, Iván, tuvieron una relación de algún tipo. Ella creyó la historia del Golem. Desde luego, no era la que luego se transmitió de forma oficial, sino la primera, la que circulaba entre los ciudadanos desde mucho antes. Supongo que la conoces.

—El Golem logró que Iván viajara al otro torbellino... sin necesidad de ningún Néctar.

—Exacto. Al parecer, Leandra quedó fascinada por aquella historia. Convenció al soldado para escapar de la ciudad, pero la Guardia los interceptó cuando intentaban salir del edificio de la Corporación.

—Esa parte la conozco —aclaró Aadil, recordando la conversación que había mantenido con el soldado que vigilaba la planta treinta y uno del Pináculo.

—Raquildis terminó con la vida del soldado, pero mandó que encerraran a Leandra.

—¿Dónde?

—¿Dónde crees tú? —dijo Eugene, desviando su mirada hacia la ventana.

Aadil miró también. Había comenzado a llover con cierta fuerza. Los cristales estaban perlados de pequeñas gotas. No fue capaz de distinguir nada al otro lado, salvo las luces de algunas casuchas cercanas.

—Wael…

—En efecto —Eugene se rellenó su taza—. Y no a cualquier sitio. Está confinada en las profundidades, donde las celdas son demasiado húmedas y oscuras para sobrevivir. Allí solo los cangrejos tienen su hogar.

—¿Es fiable esa información?

Eugene asintió. Garuda supo que el anciano no se equivocaba. El Refugio disfrutaba de varios contactos, gracias a los cuales podían continuar viviendo asentados en el barrio sur sin ser molestados: altos ejecutivos, soldados, banqueros… a cambio de la tranquilidad, Eugene y los suyos suministraban drogas y dosis de Nitrodín caseras, que eran más baratas e igual de efectivas. De vez en cuando, también conseguían información privilegiada. Por eso constituían una herramienta tan valiosa para un cazarrecompensas.

—Hay más —añadió el anciano—. Se dice que Leandra es el mismísimo Marcus Haggar. Algunos soldados escucharon tal afirmación de boca de Raquildis cuando vigilaban a la mujer antes de su traslado a prisión. Quién lo diría, ¿eh?

Aadil suspiró. La última aportación de Eugene no era información nueva para él. Había presenciado con sus propios ojos la ceremonia de su hermana. El momento en que la bajaron con el arnés hasta el Apsus y todos vieron cómo danzaba con el Haiyim. Fue el mismo día en que Raquildis, impresionado por lo sucedido, le comunicó un plan atroz: eliminar a todos los que habían asistido al bautismo de Leandra. Quería ser el único conocedor de la identidad de la mujer.

—Aadil —llamó Eugene—. ¿Te sucede algo?

El Cormorán no respondió. Removía su té con la cucharilla, pero era evidente que se encontraba abstraído. Sus ojos estaban fijos en el pequeño remolino que se había formado en el interior de la taza, pero su conciencia se encontraba lejos de allí, como si en lugar del té, fuera la Vorágine lo que presenciara.

«Acaba con todos, Marmánidas», le había ordenado Raquildis. Recordó cómo su respiración se había acelerado en aquel momento. Algo dentro de él quiso resistirse a la orden, pero la voluntad del confesor pudo más. Salió de su celda de Pináculo, enfundado en su armadura, y uno a uno fue acabando con los miembros de la Orden que habían visto descender a Leandra: nobles, confesores, acólitos... casi todos murieron bajos sus manos en una oleada de destrucción.

Casi todos... porque fue justo aquella última tarea la que le hizo cambiar, la que removió algo en su interior. No terminó su trabajo, pero tampoco importó. Raquildis lo hizo por él. Mantuvo encerrados en Wael a los pocos miembros que aún conocían la identidad de Leandra, y cuando el Haiyim atacó Pináculo, los entregó para la ejecución pública. Curiosamente, y a pesar de haber sido interrogados, ninguno de aquellos supervivientes reveló la verdadera identidad de Marcus Haggar.

Marcus Haggar, el nombre que habitaba la armadura de Leandra.

Marmánidas. Aadil Veldecker era conocido por muchos nombres, pero hacía tiempo que no recordaba aquel: el que usaba cuando vestía la armadura de confesor.

—¡Aadil! —llamó Eugene.

Pero Aadil continuaba perdido en sus ensoñaciones. A su espalda notó con cierta incomodidad un bulto que hasta ahora no le había molestado. Era el fusil lanza–arpones que él mismo había robado al confesor de la capa gris, al protector de Erik Gallagher. Lo tenía cargado con el último proyectil que le quedaba, aquel con el que había evitado que Raquildis cayera del Pináculo, y que el mismo líder le había devuelto. El arma latía en su espalda, como si lo llamara, como si le pidiera que...

—¡Aadil! —gritó el anciano.

El otro reaccionó. Devolvió la mirada a Eugene y dejó de dar vueltas a su té.

—Disculpa —dijo, carraspeando.

—¿Sabías que Leandra era Marcus Haggar?

—No...

Eugene entrecerró los ojos. Luego, con un suspiro, añadió:

—¿Por qué Leandra habría creído la historia del soldado?

De forma inconsciente, Aadil se llevó la mano al cuello, donde, ahora que tenía la barba recortada, era más evidente la marca de su quemadura.

—Necesitaba escapar —dijo, casi en un susurro.

—¿Escapar? ¿De qué? ¿De quién?

—De ella misma.

Eugene se mostró visiblemente contrariado.

—Garuda —dijo—. Me resultas más enigmático con cada una de tus visitas. Está claro que Leandra tuvo que darse cuenta de algo importante en la historia de Iván. No la imagino poniendo en peligro su vida, sus creencias... rechazando el imperio construido por su hermano y la gloria que compartía con él para escapar, para convertirse en una fugitiva. No me parece lógico, a menos que lo que el soldado le dijo fuera...

—¿Qué?

—Creíble, supongo. Iván debió convencerla con un argumento sólido. Demostrar, mediante alguna prueba, que había cambiado de torbellino.

—Sabes que los torbellinos no existen. No existe nada más allá de esta vida.

Eugene esbozó una mueca.

—Llevo un tiempo dudando, Cormorán. Dudando de todo.

—Dudando, ¿tú? Eugene, ¿qué te está sucediendo?

El otro se pasó una mano por el rostro.

—Últimamente están sucediendo demasiadas cosas extrañas. Hace unos días vino al Refugio una joven llamada Vienna. Cormorán, debes creer lo que te digo: esa chica estaba absolutamente convencida de haber viajado al otro torbellino. No hubo forma de hacerla entrar en razón, de explicarle que nada de lo que había presenciado existía en realidad. Aseguraba, una y otra vez, que había viajado a una tierra... un lugar como el de... mis... sueños.

Aadil observó que la taza en las manos de Eugene había comenzado a temblar.

—Garuda… yo…

—¿Le creíste?

—No al principio… pero ahora…

—Ahora, ¿qué?

—Desde que Vienna ingresó en el Refugio, hemos recibido a diez miembros más. Todos huyen del sistema, pero no porque busquen nuestra respuesta. Huyen porque temen ser perseguidos a causa de su destino. Son chicos y chicas de veintiún años que han viajado al otro torbellino.

—Imposible.

—¡Lo juro!

—Entonces la alucinación habrá cambiado.

—¿Cambia para unos y no para otros? ¿Tan aleatoriamente?

—Debe haber una explicación.

—Todos ellos me han dicho lo mismo. Sabían que iban a viajar lejos del mar de almas. Es… es muy parecido a la historia de Iván, de ese soldado que hizo caso a las palabras del Golem, ¿no te parece?

—No. No puede ser… me niego a creer que sea real.

—No digo que sea real, pero está claro que a la gente de esta ciudad le está sucediendo algo extraño. No solo a ellos, a decir verdad: la prolongada noche que lleva semanas dejando a Pináculo en tinieblas, la pérdida de contacto con Vaïssac… no sé. Tal vez todo esté relacionado. Quizás…

Aadil se levantó de golpe.

—Garuda, ¿adónde vas?

El otro ignoró al anciano. Dejó su taza de té en la bandeja y caminó velozmente hacia la puerta.

—¡Garuda, responde!

—Me marcho.

—¿Tan pronto?

—Sí, he escuchado de ti todo lo que necesitaba.

—Garuda, si te he ofendido, yo…

El otro suspiró hondo. El anciano lo observaba con una expresión profundamente melancólica.

—No… no es eso, Eugene. Hay realidades que han permanecido ocultas para todos; incluso tú, el líder del Refugio, ignoras ciertas cosas que yo sí he vivido. Cosas… aterradoras.

Eugene se puso en pie.

—Cuéntamelas.

—No debo. Te causarían mucho dolor. Aférrate a lo que siempre has creído.

—¿Y tú? ¿Continúas creyendo lo mismo?

—Yo… sí.

—Lo dudo, Cormorán. Algo te sucede a ti también. Dudas, al igual que yo. Te estás haciendo preguntas.

—Me marcho.

—¿Adónde?

—Al Pináculo.

—¿Al edificio de la Corporación? ¿Qué vas a hacer allí?

—Eugene, es verdad, están sucediendo cosas muy extrañas. Pero no voy a quedarme de brazos cruzados. Sí, tienes razón, me hago preguntas. Necesito respuestas y pienso encontrarlas.

4

En un lugar como la Marca Oriental, la ausencia de vida, del calor del tráfico y las personas, propiciaba que la nieve tardara en desaparecer. Lo que resultaba una nevada sin importancia en el resto de Pináculo, adquiría aquí mayores dimensiones. Había cuajado sobre las calles, congelándose a causa del frío.

Stark, que contemplaba el impoluto paisaje desde el portón de entrada al parque de bomberos, sabía que aquella estampa no desaparecería hasta pasada una semana, por lo menos. Complicaría el movimiento de sus hombres, especialmente si iban a pie. Por otro lado, la nieve virgen, aposentada blandamente sobre las aceras, sobre los coches, las cornisas y los alféizares de las ventanas, ofrecía una imagen agradable. Por eso, torció el gesto cuando sus ojos se toparon con las marcas de las ruedas que había dejado el portatropas.

—¡Aaaahg! —gruñó Reynald, mientras subía desde el sótano—. Estoy tan tieso como un inyectado de praemortis. ¡Menudo frío hace aquí!

Rodeó el portatropas, al que tres Cuervos estaban realizando reparaciones, se colocó junto a Stark en la entrada. El líder se puso un puro en los labios, se lo encendió y le pasó otro al ballenero.

—Toma. Te mantendrá entretenido.

—Gracias, jefe. Baja, a Ed le queda poco para regresar.

—¿Ya han pasado las dos horas?

—Casi. Por cierto, Alfred ha pedido estar presente. Tiene mucho interés en toda la historia del general.

Stark se cambió el puro de lado. Luego, sin decir nada más, caminó hacia el sótano junto a Reynald. Al general lo habían trasladado a una habitación cerca de la enfermería, que, en casos como este, también funcionaba como celda provisional. Por el momento, Stark desconocía si Ed Wallace era enemigo o aliado. Solo su regreso de la Vorágine podría aclarar tal circunstancia. A su vuelta, como había prometido, el general les aclararía las causas de su huida, y la razón por la que había solicitado una dosis de praemortis.

Cuando Stark accionó la manija de aquella nueva habitación, le llegó desde el interior la luz ambarina de dos lámparas sobre el techo. El primer rostro que encontró fue el de Alfred Jabari. El retirado profesor universitario le observó tras sus gafas redondas como si necesitara confiarle un secreto a través de la mirada. A su lado, sentada en una silla, descansaba Geri. Ya le habían retirado los puntos de la cicatriz; una marca que le quedaría de por vida, un símbolo de la traición de los nobles que Stark jamás perdonaría. Se le quedó mirando con una sonrisa. Ella le guiñó un ojo. En el lado oriental, Hiro apoyaba su espalda contra el rincón, algo más separado del grupo. Era evidente que todavía se sentía un extraño entre los Cuervos.

Frente a ellos, sobre una cama en la pared oriental, se encontraba el cuerpo de Ed Wallace. Stark había concedido que le quitaran su uniforme, empapado a causa de la nevada. Sin sus galones parecía alguien completamente distinto, de más edad, aunque quizás ahora aparentaba justo sus años. El líder de los Cuervos observó las arrugas bajo sus párpados y sobre una frente despejada. Ed tenía entradas, y aunque no eran demasiadas, sí presagiaban que quedaría calvo en unos pocos años. Su pelo, escaso y lacio, era de un apagado color grisáceo, salvo en el bigote que se dejaba crecer, donde ya era blanco. Sus ojos, pequeños y separados por un puente de la nariz recto y anguloso, permanecían cerrados, pero Stark recordaba muy bien el intenso azul de sus pupilas; la mirada con la que el general intentaba buscar una salida en mitad de la oscuridad, justo cuando Hiro y él lo hallaron. Stark estaba convencido de que, si se hubiera encontrado con Ed Wallace en otra situación, la forma en la que clavaba sus ojos y la firme convicción que expresaba con los mismos le habría provocado una fuerte sensación de respeto. Sin duda, aquel hombre tenía una mirada forjada gracias a décadas al mando de la Guardia; una que destilaba la autoridad de un general.

Ahora, Ed Wallace permanecía muerto, viajando al otro mundo bajo los efectos del praemortis.

—¿Estamos todos? —dijo el líder al entrar—. Rey, siéntate ahí.

El ballenero obedeció y ocupó la última silla libre, junto a la puerta.

Alfred se acercó a Stark.

—Cinco minutos para que regrese, según mis cálculos. Seis, como mucho.

El otro asintió, se cruzó de brazos y aguardó de pie.

Cinco minutos después, tal y como había previsto el doctor Jabari, Ed Wallace resucitó. El general volvió al mundo de los vivos con un grito repentino que hizo saltar a los presentes. Miró a todos lados, mientras Geri intentaba calmarle, hasta que, finalmente, se relajó.

—Bienvenido, general Wallace —saludó Stark.

—¡Lo sabía! —gritó el resucitado, palpándose el pecho, y añadió—: ¡Estaba seguro!

—¿De qué? —indagó Alfred, estudiando a Ed por encima de sus gafas.

—Están allí. Todos. ¡La Vorágine los ha engullido!

—¿De qué habla? —preguntó Reynald, mirando hacia donde estaba el líder de los Cuervos.

—General —dijo este, alzando la voz para llamar su atención—. Relájese. No comprendemos lo que quiere decirnos.

Geri tomó a Ed de las manos y las acarició, en un intento por calmar sus ánimos.

Dio resultado. Ed aspiró profundamente, tragó saliva y miró uno a uno a los presentes. Se detuvo en el sargento Hiro.

—Soy el general Ed Wallace —comenzó Ed, como si en realidad fuera necesario recordárselo a sí mismo.

Se sujetaba el brazo izquierdo, entumecido a causa de los efectos secundarios provocados por el ataque cardíaco.

—He servido a la Guardia de Pináculo durante treinta años. Mi meta, y la de toda mi familia durante generaciones, ha sido siempre la de proteger esta ciudad y sus habitantes. En ello me he esforzado y habría dado mi vida por su protección. Por desgracia, ahora veo que durante todo este tiempo he luchado en el bando equivocado.

—¿Por eso ha decidido unirse a nosotros? ¿Así, sin más? —preguntó Reynald.

—¿Unirme? Sí, supongo que ahora estoy de vuestro lado, pero no es sino el efecto secundario de una causa más importante. Hay algo más. Nunca habría alterado mi fidelidad sin un buen motivo. Disfrutar de un puesto en la nobleza como el mío reporta unos beneficios y unos placeres de los que resulta muy complicado desprenderse. No obstante, he vivido ciertas experiencias que me han hecho cambiar de opinión.

—¿Qué experiencias? —quiso saber Stark.

—He visto al Golem.

—Esta reunión se pone interesante —dijo Reynald, inclinándose hacia delante en su silla.

Alfred Jabari se acarició el mentón. Geri dirigió una mirada veloz en dirección a Stark, quien se apresuró a responder al general.

—Wallace, lamento comunicarle que, pese a la información que hayan podido darle, el Golem no es un miembro de los Cuervos. Nosotros tampoco sabemos de quién se trata.

—Lo sé. Ahora lo sé. Vi por primera vez a la criatura cuando viajaba con Raquildis en una limusina corporativa. Ocurrió poco después de que Robert muriera. La criatura habló con el nuevo líder de la Corporación. No pude escuchar la conversación en detalle, pero Raquildis no ha atendido sus palabras. De eso estoy seguro.

—Un momento —cortó Reynald—. Espera. ¿Cómo le has llamado?

—Criatura —terció Hiro.

Todos se volvieron hacia él.

—El Golem no es humano. Yo también lo he visto.

—¡Es cierto! —respondió Reynald, haciendo memoria—. Tu equipo fue atacado por el Golem en la base de una de las patas de la plataforma cuando realizabais una misión de rescate.

—Sí, y puedo aseguraros que no nos asaltó nadie que vistiera una armadura. Os garantizo que el Golem es mucho más grande que cualquier confesor. Tuve la oportunidad de ver su piel. No vestía ningún tipo de ropa, sino que parecía hecho de… piedra.

Hubo un silencio, pero Reynald se apresuró a intervenir.

—A ver si lo he comprendido. ¿Queréis hacernos creer que una criatura sobrehumana anda pululando por la ciudad? Esa es la versión que dio Iván, uno de tus soldados, Hiro. Tú también guardaste silencio cuando la historia vio la luz.

—Tuve que hacerlo —contestó Hiro—. Iván me contó la historia en el sanatorio de la Guardia. Le aconsejé guardarla en secreto. ¡Pobre iluso! ¿Pensaba que la Corporación iba a dejar que fuera contando su experiencia sobre cómo había viajado al otro torbellino sin necesidad de Néctar? Era una temeridad, pero no me hizo caso… lo cual no significa que no le creyera. Yo también vi al Golem. Si Iván hubiera guardado silencio… la historia no se habría difundido como lo hizo. Yo mismo le habría ayudado a investigar lo que sucedía, a encontrar al Golem, sin publicar ninguna de nuestras averiguaciones hasta que no fuera necesario. Ahora ya es demasiado tarde, pero vosotros todavía estáis a tiempo de creer al general. El Golem no es humano.

—Imposible… —declaró Stark, casi en un susurro.

—¿Qué es imposible? —intervino Alfred—. ¿Ver al Golem como una criatura sobrenatural? Lo imposible, o lo increíble, es aquello que trasciende el mundo que estamos acostumbrados a ver, a oír y a palpar. Cuando vemos algo que rompe con las reglas que nos son familiares lo llamamos sobrenatural. Pero no debería resultarnos extraño que la historia que acabamos de escuchar fuera real. Igualmente, hace treinta y tres años nadie creería en el mundo de la Vorágine, por salirse de lo corriente. Hace cinco años, cualquier persona que escuchara hablar del Haiyim lo consideraría un cuento de terror para niños. Sin embargo, ahora que los conocemos, que hemos visitado la Vorágine gracias al praemortis; ahora que aún podemos comprobar el surco que provocaron los tentáculos del Haiyim, no muy lejos de aquí, en su intento por hundir la ciudad, creemos todas esas historias. Han pasado de sobrenaturales a reales, o incluso familiares, cuando en el pasado las condenábamos por fantásticas.

—¿Tú les crees? —preguntó el líder de los Cuervos.

—Quiero creerles, Stark. Me resisto a admitir que la corporación que domina este mundo sea también dueña del otro.

—¿Qué pretendes decir?

—Que el Néctar no funciona —intervino Wallace.

—¡Lo que faltaba! —dijo Reynald, haciendo un aspaviento.

Geri se revolvió nerviosa en su asiento.

—No funciona —insistió el general—. Nunca lo ha hecho…

Agachó la cabeza, y aprovechando el silencio, tomó aire. Luego continuó:

—Como ya he dicho. La lealtad de mi familia a la Corporación comenzó cuando Robert nos descubrió el viaje al otro mundo. El Bríaro causó tanto pavor a los Wallace como a todos los demás nobles. Rendimos nuestra experiencia militar para formar parte de la cúpula protectora de Praemortis, y ganarnos así nuestra salvación. Ahora veo que fuimos engañados. De eso precisamente escapaba cuando me encontrasteis. Huía de la mentira del Néctar.

—Stark —dijo Reynald dirigiéndose al líder—, ¿significa eso que hemos estado luchando para nada?

—No, Reynald. Ed Wallace está mintiendo.

Y luego, volviéndose al general, declaró muy serio:

—Toda esta historia me suena a estratagema. Un intento para que los rebeldes dejen de prestar atención al Néctar. Sabe perfectamente, general Wallace, que nuestro principal objetivo son las dosis de lo que usted está calificando como un líquido inservible.

—Porque lo es —reafirmó Ed—. Yo también he sido engañado, Stark. Por eso necesitaba viajar al otro mundo. ¿Crees que pondría en peligro mi salud por un plan para atrapar a los rebeldes? Como tú mismo me dijiste antes de mi viaje, el praemortis causa serios daños al corazón si el paciente rebasa cierto umbral de edad. Umbral que, en mi caso, ha quedado ya muy lejano. No, Stark. Debía comprobar varias cosas. La primera, que mi Néctar no servía de nada.

Stark estudió velozmente a Ed Wallace. Aún se frotaba el brazo izquierdo, y probablemente no estaba fingiendo. A su edad, el praemortis bien podía haberle dejado una grave secuela en su corazón de la que no se recuperaría.

—¿En qué torbellino ha caído? —quiso saber el sargento Hiro.

—En el Bríaro, he caído en el Bríaro.

Su declaración produjo en la pequeña habitación una sensación de nerviosismo que hizo que los presentes se miraran unos a otros. Stark, Reynald, Geri y Alfred se habían inyectado hacía tiempo una de las dosis de Néctar que tanto esfuerzo les había costado robar a los confesores. Hiro, por su parte, también había logrado la suya, gracias a su acogimiento por la familia Dagman, tras salir con vida del primer ataque del Golem y convertirse en un héroe. Geri observó al líder bajo una clara expresión de preocupación. Stark había insistido hacía poco en que se administrara otra inyección de Néctar, por si la primera no funcionaba. Era la única forma de que quedara tranquilo, después de lo cerca que había estado de morir su lugarteniente. Supuestamente, y por lo que afirmaba el general, aquello no había servido para nada.

Ed Wallace volvió a llamar la atención de los presentes con sus palabras.

—No —reiteró—. El Néctar no funciona para nada. Es un invento de la Corporación para sacar partido al praemortis. Cada ciudadano afiliado trabaja por conseguir una fantasía. Raquildis en persona me lo ha declarado, en una reunión de la Orden.

—¿La Orden? —dijeron todos al unísono.

—Robert no acabó con ella —informó Wallace, sin dejar de frotar su brazo izquierdo.

Aún le dolía.

—Raquildis es quien la dirige, igual que dirige Praemortis. Los sectarios nunca han desaparecido. Entre sus filas, aparte del líder de la Corporación, se encuentran miembros de la familia Gallagher y los Dagman.

El último apellido lo había dicho mirando al sargento Hiro. Este agachó la cabeza.

—Ahora también los Ike forman parte de ellos —terminó Ed.

—¡Esos perros! —dijo Reynald—. ¡Ellos provocaron el ataque del Haiyim a Pináculo!

—Lo sabía —afirmó Alfred, y miró a Stark.

Ambos ya habían mantenido una conversación en términos parecidos cuando esperaban bajo el puente un trato con los Dagman y los Gallagher. El profesor había declarado al líder de los rebeldes que algunos de los miembros de la Orden que fueron detenidos pertenecían a casas nobles, sin embargo, nunca hubiera dicho que los personajes más influyentes de Praemortis formaran también parte de la secta.

—Esto es demasiado grande, jefe —reconoció Reynald—. Nos supera.

Geri se puso en pie y fue a acariciar la mano del líder. Cuando este la miró, vio que la mujer tenía el rostro invadido por un evidente gesto de preocupación.

—Tal vez no se nos escape, Rey —intervino Alfred—. Quizás haya llegado el momento de actuar de forma definitiva. Enfrentarnos al sistema y derrocarlo, tal y como siempre hemos deseado hacer.

—¿Y luego qué? —dijo Stark—. ¿De qué nos servirá si de todos modos vamos a caer en el Bríaro? ¿Qué objetivo nos mueve ahora? General, hay muchos interrogantes en lo que nos dice. Si el Golem tiene una misión, y como dicen las leyendas urbanas, es capaz de cambiar de torbellino a cualquiera, ¿por qué no se muestra a la sociedad? ¿Por qué no interviene, acaba con la Corporación y nos lanza a todos al torbellino bueno?

—No lo sé —confesó Ed—. Nunca ha hablado conmigo. No conozco sus planes.

—Es un engaño —susurró Reynald a su jefe—. Tienes razón. Intentan engatusarnos para que dejemos de perseguir el Néctar. No le escuchemos más.

—No… ¡no! Tenéis que creerme —insistió Ed—. Los miembros de la Orden me perseguían cuando me encontrasteis. Ahora soy un fugitivo. Ya no pertenezco al sistema.

—Stark —intervino Alfred—. Creo que dice la verdad.

—El Golem es real —terció Hiro—. Os lo juro por mi vida.

—¡De eso nada! —cortó Reynald—. Es una trampa, seguro. Ambos tienen un compinche. Stark, no creas lo que te cuentan.

Todos comenzaron a hablar al mismo tiempo, unos enfrentados a los otros. Stark miró a Geri. Ella hizo un gesto negativo con la cabeza. Tampoco se fiaba de la historia. Él mismo no sabía de qué bando posicionarse, pero de repente, el general se levantó de un salto. Antes de que nadie tuviera tiempo de reaccionar, alcanzó la chaqueta de su uniforme, que permanecía colgada en una de las borlas del cabecero de su cama. Encontró lo que andaba buscando e introdujo la mano en el interior. Sin embargo, justo antes de que lo extrajera, Reynald le saltó encima y lo inmovilizó, agarrándolo por la espalda.

—¡Era una trampa! —gritó el ballenero—. Lo sabía. ¿Qué buscaba ahí, general?

—¡No pienso atacarles! —se defendió Ed—. Hay… hay algo dentro de la chaqueta de mi uniforme.

Todos quedaron en silencio. Stark, muy serio, hizo un gesto a Geri. Ella alcanzó la chaqueta y palpó el interior. Extrajo un sobre en el que había un papel cuidadosamente doblado.

—Léelo —dijo Ed, dirigiéndose al líder.

—¿Qué es?

—Es un comunicado oficial. Procede del grupo de soldados élite que partió en submarino en busca de restablecer las comunicaciones con Vaïssac. Ese es el primer y último mensaje que recibimos de ellos. Nadie en Pináculo sabe lo que dice la carta, salvo los oficiales de comunicaciones que la transcribieron y yo mismo. Cuando la recibí, ordené un estricto secreto sobre lo que explicaban sus líneas. Debes leerla.

Stark tomó el papel y lo desdobló. Por unos instantes, la atención de los presentes quedó centrada en el modo en que sus ojos se paseaban por las líneas. Su lectura le llevó un minuto. En ese tiempo, su pulso se aceleró y sus ojos fueron abriéndose poco a poco. Al terminar, miró a sus compañeros, y, finalmente, al general.

—¿Qué es esto?

—Es lo que he visto en la Vorágine —dijo el aludido.

—No... no puede ser.

—Sí puede ser. El viaje me lo ha demostrado. Está sucediendo algo de una magnitud que nos resulta difícil de asimilar, Stark, pero real. Es el momento de que todos, prestando oídos a nuestra conciencia, nos posicionemos. Y no me refiero únicamente a los nobles o a Raquildis. Hablo de todos los ciudadanos, de toda la humanidad. Vosotros, en este momento, también debéis tomar partido. Estáis conmigo o contra mí.

—Pero, si es cierto, ¿qué deberíamos hacer?

—Me temo que el Golem nunca me ha hablado directamente sobre este descubrimiento.

Mientras Stark y el general Ed Wallace conversaban, los demás esperaban impacientes a que la situación se aclarara. Alfred tomó la carta de las temblorosas manos del líder y comenzó a leerla.

—Entonces, ¿se supone que debemos esperar a que simplemente nos llegue nuestro turno? —preguntó Stark.

—No —dijo el general—. Esa no es la solución. El Golem quiere algo de nosotros, y estoy convencido de que está relacionado con lo que pone en ese mensaje, con lo que yo mismo he visto en la Vorágine. Debemos averiguar cómo acercarnos a él.

—Pero ¿cómo lo encontraremos?

Alfred acababa de terminar la lectura. Parecía aún más asustado que Stark.

—Tengo una idea —continuó Ed—, pero va a resultar muy arriesgado ponerla en marcha. Solo una persona, que yo sepa, puede aclarar nuestras dudas, pues solo hay alguien que puede tener más información sobre qué quiere el Golem, aparte de Wilhelm Raquildis.

Stark suspiro. No terminaba de quedar convencido con toda aquella historia, la cual se volvía más inquietante por momentos. Debía asegurarse bien de lo que decía aquella carta antes de obedecer a Ed Wallace, y el caso era que hacía mucho tiempo que ningún cuervo había sido herido de la suficiente gravedad como para necesitar una dosis de praemortis. De haber sido así, de seguro habrían vuelto con una historia parecida a la relatada por el general. Aquello les habría facilitado mucho las cosas.

Al fin, mordiéndose el labio inferior, miró a los rebeldes que lo acompañaban y dijo:

—Necesito que alguien vaya a la Vorágine y compruebe si es cierto lo que dice el mensaje.

—Iré yo —se ofreció Alfred.

—No —dijo Stark—. Ya has rebasado la zona de peligro para tu edad. Necesitamos a alguien más joven. Avisad a Eklard.

El joven miembro de los Cuervos fue convocado en la habitación. Al llegar, Stark le explicó su misión. Pese al miedo que Eklard demostró tener al principio, pronto quedó convencido cuando Stark le indicó que antes le inyectaría una dosis de Néctar, para que de paso comprobara a qué torbellino iría.

—Es la última dosis de Néctar y la última inyección de praemortis que nos queda —le dijo Stark—, así que abre bien los ojos cuando llegues allí.

Eklard simplemente asintió. Se inyectó el Néctar en el cuello y luego se tumbó en la cama en la que habían colocado al general, listo para que le pincharan el praemortis.

Las dos horas que pasó en el reino de la Vorágine transcurrieron muy lentamente para quienes esperaban en el mundo de los vivos, quienes, además, tuvieron tiempo de leer el comunicado que les había dado Ed Wallace. Las noticias allí expresadas los sobrecogieron por completo, e hicieron que su impaciencia por el regreso de Eklard se acrecentara. Por esa razón, cuando el joven resucitó, apenas le dieron tiempo para que reconociera que había vuelto. Se arremolinaron en torno suyo y lo avasallaron con una salva de preguntas.

Eklard narró lo mismo que ponía en la carta de Ed Wallace, la misma versión que el general les había dado sobre su propio viaje. Además, había caído en el Bríaro.

El Néctar era absolutamente ineficaz.

—¡Maldición! —gritó Reynald, dando un puñetazo a la pared—. ¿Es el Néctar una mentira? ¿Qué se supone que debemos hacer ahora?

—¿Cómo nadie se había dado cuenta antes? —preguntó Stark al general—. ¿Es que nadie se ha inyectado una dosis de praemortis después de administrarse el Néctar?

—¿Quién? —intervino Alfred—. ¿Los ciudadanos? Ellos no tienen acceso al praemortis y mucho menos al Néctar. ¿Nosotros? Sí, teníamos dosis de praemortis y de Néctar, pero está claro que hemos creído tan ciegamente en nuestra misión, en nuestras ansias por salvarnos, que nunca nos hemos detenido a comprobar la efectividad de aquello que perseguíamos. Solo quedan los nobles, y ya hemos comprobado que los más importantes saben que el Néctar no funciona. Simplemente, se preocupan de proteger la maquinaria de la Corporación y el secreto de la Orden, sin revelar a nadie la falsedad de su líquido salvador.

—Exacto —declaró Ed—. Yo mismo he podido hacer el viaje en muchas ocasiones, desde que me procuraron mi Néctar. Pero la seguridad que te transmite la Corporación es tal, que nadie se preocupa en comprobar que lo que le promete sea cierto. Además, a nadie le agrada volver a la Vorágine, ni siquiera para comprobar si realmente se ha salvado. Es más cómodo creer.

—Sí, es cómodo creer en el Néctar —aclaró Alfred—. Al fin y al cabo, el praemortis sí funcionaba. Si el viaje al otro mundo era real, ¿por qué no lo iba a ser el medio para cambiar el trayecto?

Stark se masajeaba las sienes. Le costaba asimilar que su lucha durante años había tenido un propósito vacío. Tantas muertes, tantos riesgos, tanto sufrimiento en vano. El Néctar no proporcionaba la salvación. Todo era mentira. Los confesores, con su armadura impenetrable y su apariencia aterradora, protegían una enorme y despiadada mentira, construida para dominar las voluntades de hombres y mujeres, para someterlos a la corporación Praemortis, con el único objeto de transformarlos en fieles herramientas de trabajo, productivas hasta el agotamiento, temerosas, desprovistas de libertad. Praemortis era una maldición de la que ellos, los Cuervos, también formaban parte. Ahora odiaba el sistema más que nunca.

Le costó dominar la frustración, la pena, el miedo. El mundo estaba a punto de cambiar vertiginosamente. Se aproximaba un acontecimiento aterrador, del que no parecía existir salida. La carta, y los viajes de Eklard y Ed Wallace así lo atestiguaban. ¿Cuál era el medio para salvarse? O, mejor dicho: ¿Habría algún modo de alcanzar verdaderamente el destino al que conducía el otro torbellino? Su garganta se cerró en un nudo opresivo. Respiró profundamente, apretó los labios y se obligó a tomar partido en aquel nuevo y cruel giro de los acontecimientos.

—Cuéntenos qué debemos hacer, general.

—Me encuentro tan desorientado como vosotros —respondió Ed—. Las verdades que aparecen ante mí me descolocan de la misma manera, pero debemos actuar con velocidad. Como ya os he dicho, solo hay alguien que puede ayudarnos, que puede proporcionarnos respuestas.

—¿Quién? —preguntó Alfred, mientras atendía al joven Eklard.

—Leandra Veldecker.

Se produjo un murmullo entre los presentes que abarrotaban la pequeña habitación.

—Únicamente la hermana de Robert, la mujer que escuchó y creyó la historia de Iván, puede ayudarnos... al menos, eso creo.

—Estoy con el general —apuntó Hiro.

—Si alguien puede saber algo que no sepamos —añadió Ed— es ella.

—Entonces, lo que se dice por ahí es cierto —intervino Reynald—. Leandra creyó la historia de Iván.

—Completamente —continuó Ed—. Estaba tan convencida de lo que el soldado le había contado, que no dudó en intentar una huida del Pináculo. Por desgracia, sus esperanzas fueron interceptadas por Raquildis. Iván fue abatido por la Guardia y ella encarcelada en Wael.

—¡Wael! —susurró Stark, apretando el puño.

El tatuaje de la serpiente marina en su brazo pareció adquirir cierta sensibilidad. Su estancia en aquella prisión le había convertido en el hombre que era. Allí fue donde desarrolló su odio hacia Praemortis. El odio, precisamente, fue lo que le ayudó a no sucumbir a la enfermedad o la locura. Por lo que parecía, había llegado la hora de volver a visitar aquellos fríos corredores, las húmedas cuevas y las celdas llenas de presos a quienes la humedad carcomía huesos y juicio a partes iguales.

—De acuerdo —dijo con un suspiro—. Es una misión desesperada, pero ahora mismo estoy dispuesto a aceptar cualquier plan. Buscaremos a Leandra en Wael. Necesitaremos un medio de transporte.

—Creo que puedo conseguirlo —dijo el general.

—Excelente. Hablaremos más tarde. Ahora debe descansar, Ed. No queremos que vuelva a la Vorágine de forma definitiva, y está claro que el praemortis le ha dejado muy débil. Volveremos en ocho horas y lo dejaremos todo preparado.

La reunión se dio por concluida. Stark ordenó a Reynald y a Alfred que tomaran cuatro hombres y que vigilaran al general, además de proporcionarle todos los cuidados médicos que necesitara, con objeto de restaurar el daño que el praemortis hubiera podido provocar a su corazón.

Tras ocho horas, todos regresaron a la habitación de la enfermería. Allí, Ed les explicó que tenía una idea para hacerse con un pequeño submarino. No sería gran cosa, pero serviría para trasladar un pequeño equipo a Wael. No se necesitaban más que unas pocas personas para el plan que tenía en mente, dentro del cual se incluía a sí mismo, pues esperaba que la noticia de su traición a Raquildis no hubiera alcanzado todavía los muros de la prisión. Si todo funcionaba correctamente, Gregger Wallace, miembro de la familia y subalterno suyo, los recibiría y obedecería en todo cuanto le dijeran. La idea era contar que Leandra iba a ser trasladada de vuelta a Pináculo. La presencia de Ed sería suficiente para convencer a Gregger… o eso esperaba.

Cuando salió de la habitación, Stark iba agarrado por el brazo de Geri. La mujer sabía que la sola mención de la cárcel había producido en el líder una sensación de inquietud. Le frotó el hombro, allí donde estaba impreso el tatuaje.

—Quiero volver —dijo Stark—. Si dispongo de una oportunidad para sacar a alguien de Wael, aunque se trate de la hermana del fundador de Praemortis, pienso aprovecharla. Odio esa cárcel con todas mis fuerzas.

Geri apoyó la cabeza en el hombro de Stark. Él acarició su pelo. Sabía que por delante le quedaba una misión que entrañaba gran riesgo, pero para él significaba algo más. Era el regreso a su pasado, a los dos años que pasó confinado en la cabeza de la serpiente marina. Siempre había esperado volver, pisar de nuevo la roca de Wael como hombre libre y burlarse de su seguridad, atacando sus húmedas entrañas.

En su bolsillo notó la carta que Ed Wallace le había dado. Necesitaba leerla de nuevo, las veces que fuera necesario, para convencerse de que lo que decía era verdad. Aquello quizás le ayudara a asimilar lo que se les venía encima.

Pero si era cierto… si era cierto lo que aquella carta decía, estarían en serios problemas.

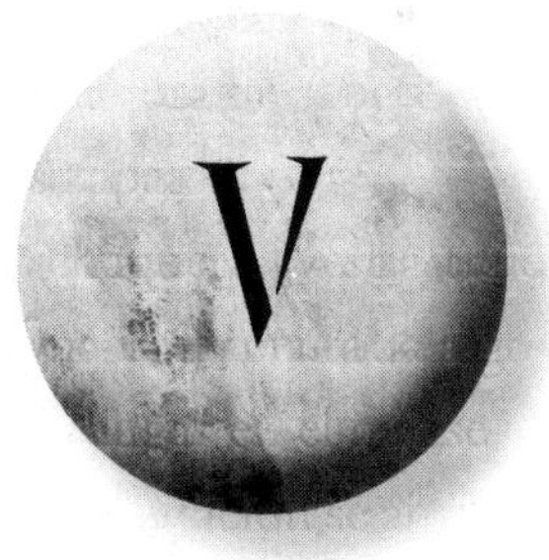

Avanzábamos rumbo a Vaïssac a una velocidad de treinta nudos. Durante los ocho primeros días el viaje no registró incidente alguno. Al noveno, las coordenadas indicaron que la ciudad debía encontrarse a tres millas náuticas a nuestra proa. Sin embargo, el primer registro que realizamos con el sonar ofreció unos resultados de lo más desconcertantes. Las lecturas indicaban que Vaïssac no solo no estaba donde debía, sino que parecía no haber estado nunca en aquel lugar.

Los cálculos de nuestro trayecto fueron revisados hasta en ocho ocasiones por cuatro oficiales distintos. Todos llegaron a la misma inquietante conclusión: nos hallábamos en el lugar indicado, pero la ciudad había desaparecido por completo.

Comenzamos a barajar posibilidades. En seguida surgió la teoría de que el Haiyim hubiera atacado la plataforma y la hubiera hundido. Sin embargo, de suceder tal cosa, habríamos encontrado algún resto: una pata o ruinas en las profundidades.

Concluimos, finalmente, que por alguna razón Vaïssac se había trasladado de su ubicación. Como bien es sabido, las patas de una ciudad–plataforma se adhieren al fondo marino mediante succión, eliminando el aire que hay entre ellas y el suelo. Si se elimina esta adherencia, cualquier ciudad–plataforma es capaz de flotar a la deriva. Supusimos que una emergencia podría haber obligado a un traslado, pero ¿cuál emergencia?

Inspeccionamos los alrededores, buscando alguna causa. Los primeros análisis ofrecieron una anomalía en las aguas del Apsus: detectamos una corriente de pequeñas proporciones que nos empujaba en una dirección concreta, sur suroeste. No recordábamos ninguna corriente marina documentada cerca de Vaïssac, pero esta era tan insignificante que podría haber sido desechada o pasada por alto perfectamente. Solo un análisis minucioso como el que estábamos llevando a cabo la había descubierto.

Al principio no llamó mi atención más de lo necesario, pero cuando el rastreo no ofreció ninguna otra prueba, volqué mi atención en ella. ¿Podía haber motivado aquella corriente un traslado? Y, de ser así, ¿por qué?

A falta de mejores opciones, consideré que, de haberse deshecho de su adherencia, Vaïssac podría haber sido arrastrada por aquella corriente, de modo que me dispuse a seguirla. Para mi sorpresa, avanzadas quince millas notamos que su fuerza iba en aumento. Creció exponencialmente, hasta que tuvimos que hacer uso de la contramarcha.

No podía imaginar cuál era la razón de aquel poder, pues, en efecto, daba la impresión de que algo delante de nosotros estaba absorbiendo las aguas del Apsus. La velocidad de nuestro submarino comenzó a mostrarse insuficiente contra la fuerza con la que nos arrastraba la corriente. Ordené dar media vuelta y alejarnos de allí todo lo rápido que nos fuera posible, pero la fuerza había crecido inexplicablemente de forma que incluso a máxima potencia, nuestros motores apenas eran capaces de mantenernos en el sitio.

El pánico no tardó en extenderse entre los tripulantes. Desconcertado, no sabía si continuar luchando o dejarme llevar, pues desconocía a dónde seríamos conducidos, o si menguaría su fuerza. De continuar aumentando, temía incluso por la estabilidad de nuestra estructura.

Se me ocurrió ascender a altura de periscopio y observar el exterior. No sabía muy bien por qué, pero presentía que en la superficie hallaría algo capaz de ofrecerme una respuesta. En efecto, así fue.

Frente a nosotros, a una distancia que debido al pánico no fui capaz de calcular, una intensa nubosidad se arremolinaba formando una espiral entre el cielo y las aguas, de forma que su ojo miraba directamente hacia nosotros, tragándose el mismo Apsus. Sus dimensiones solo puedo describirlas como incalculables, pues a través del periscopio no alcancé a ver ninguno de sus límites; no obstante, despedía una especie de luz propia, cuya fuente no pude adivinar, pero que la hacía visible en mitad de la oscuridad. Poco a poco nos acercábamos a ella, de modo que pronto nosotros también seríamos tragados. Comuniqué la noticia al primer oficial, quien debió detectar una palidez anormal en mi rostro. Se apresuró a mirar, y con extrema frialdad declaró a la tripulación que era capaz de ver gente nadando en aquella espiral, junto a los restos de una, o tal vez varias ciudades–plataforma.

Esta es, posiblemente, mi última entrada en el diario de navegación. Ya no hay duda de que hemos topado con la mismísima Vorágine. Nos arrastra lentamente hacia su ojo central. El submarino avanza en dirección contraria a toda máquina desde hace dos días, pero somos incapaces de luchar contra su empuje. Calculo que mañana nos habrá tragado.

Durante esta agonía he intentado meditar sobre las causas que han unido los dos mundos. Por qué la Vorágine ha invadido la vida mortal. La única conclusión clara que soy capaz de resolver es que Vaïssac, y posiblemente otras muchas ciudades, han sido devoradas. Tarde o temprano, la corriente llegará hasta las aguas de Pináculo. La succión que aferra las patas al fondo marino no puede contra la fuerza sobrenatural de la Vorágine. Esto me lleva a pensar que nuestro mundo se encuentra cerca del fin. La Vorágine lo tragará junto a toda vida.

Ante una demostración tan descomunal de poder, no puedo sino contemplar el Néctar como un ínfimo anhelo de escapar a lo inevitable. Una vaga ilusión del hombre, un embeleco misericordioso que hemos deseado creer, para vivir, quizás, de una manera más feliz.

Comunicado del Capitán James J. Lawler, al mando del Narval,
submarino encargado de encontrar Vaïssac y
restablecer las comunicaciones

1

Espera y confía, había dicho el Golem. Sin embargo, sus palabras, claras y poderosas al principio, ya no eran para Leandra sino un lánguido recuerdo.

La cefalea no había regresado para atormentarla, pero ¿qué importaba? La humedad, la soledad y la debilidad la atacaban con igual fuerza. ¿Cuánto tiempo llevaba encadenada? Días... semanas, probablemente. Cada articulación de su cuerpo se quejaba. Sus pulmones a duras penas recogían el aire necesario para respirar; y cuando lo hacían, Leandra los llenaba con un gorgoteo. El frío de Wael se había introducido en sus huesos y en su sangre; había arrebatado la calidez de sus miembros. Ahora tiritaba constantemente, a todas horas. Tampoco era capaz de mantenerse consciente durante largos periodos de tiempo. Las alucinaciones la visitaban, confundiéndola. Regresaba solo cuando notaba la presencia de Gregger. El alguacil era especialmente amable con ella. Tal y como había prometido, había eliminado los vasodilatadores de su dieta, lo que había alejado la cefalea. Ahora planeaba subirla a las celdas de arriba, pero Leandra sabía que no podría trasladarla a tiempo.

Se estaba muriendo.

Espera y confía.

Leandra jadeaba. En la soledad de su celda, en un momento indeterminado de sus prisiones, dejó escapar un gemido, débil, con las escasas fuerzas que le quedaban.

—¡Ven!

Nadie respondió.

—¡Voy a morir!

La vida escapaba de su cuerpo. No a dentelladas, como a causa del praemortis, sino lentamente. Parecía derramarse a través de su piel, por los orificios de su nariz y por su boca, colársele por entre los dientes. Tragó saliva, como si quisiera retener una porción de vida. Fracasó.

—¡No!

Era incapaz de resistirse. Estaba absolutamente desfallecida. Wael había podido con su voluntad, y al otro lado de sus muros, el Haiyim esperaba para hacerse con su conciencia.

—¡No!

Apenas logró escuchar su propia voz. Tosió. Le faltaba el aire. Ya no tenía fuerzas para respirar. Su cuerpo se agitó, convulsionándose, intentando desasirse del abrazo de la muerte.

—¡No!

Espera y confía. Las palabras del Golem regresaban a ella. Se concentró.

—¡No!

Tomó a duras penas otra bocanada de aire. Abrió los ojos. Oscuridad.

Espera y confía.

—¡No... puedo... esperar más!

Nadie respondió. Pero de repente:

—¡Es la hora! —resonó una voz en su cabeza, tan fuerte que la hizo vibrar.

Abrió los ojos. Frente a ella ya no estaba la oscuridad de su celda. Se encontraba en la habitación de Robert, en la casa en la que vivieron antes de que su hermano mayor pusiera en marcha la corporación Praemortis. El primogénito de los Veldecker yacía muerto sobre la cama. Era joven, muy joven. Leandra también vio a su segundo hermano, Aadil, sentado en un rincón, abrazado a sus rodillas, impaciente y temeroso a la vez. Parecía aguardar algo.

Sorprendentemente, también se reconoció a sí misma. Era una niña pequeña, sentada sobre las rodillas de Raquildis, quien aguardaba al pie de la cama.

Robert despertó con un grito.

—¡No es el mismo lugar! ¡No es el mismo! —clamó, mirando a todas partes.

Aadil se acurrucó más en su rincón, aterrorizado. La niña comenzó a llorar. Robert intentó levantarse de la cama, pero se encontraba demasiado débil.

—No he caído en el mismo lugar. ¿Por qué? ¿Qué ha sucedido para que haya cambiado de torbellino? Es la tercera vez que caigo en el Bríaro.

—No importa —dijo Raquildis—. Recuerda lo que te conté, Robert. Poseo la forma de librarnos del tormento. Tengo la verdadera salvación. El Bríaro no es un destino malo, si te conviertes en el amo del mar de almas.

—No hay forma de cambiar de torbellino.

—¡Pero qué importa! Quizás nuestro destino no sea cambiar. Debo insistir en lo que ya te he pedido muchas veces: acompáñame a los muelles. Así verás por ti mismo la forma de librarnos del tormento. En los muelles se encuentra nuestra única salvación.

—Pero... ¡pero yo caí en el otro torbellino! ¿Por qué ahora no puedo escapar del Bríaro?

—Ninguno podemos escapar, Robert.

Hubo un silencio, pero de repente, Raquildis se volvió bruscamente hacia Leandra; no a la niña, sino a la mujer que observaba la escena, y con un brillo rojizo en la mirada, gritó:

—¡No puedes escapar, Leandra!

Ella chilló de terror. Raquildis se había levantado. Ya no tenía a Leandra niña entre sus brazos, sino que la buscaba a ella, a la Leandra adulta. Consiguió arrinconarla contra una esquina. En la opuesta, Aadil observaba la escena cada vez más asustado.

—Eres mía, mi querida niña. Siempre has sido mía —susurró el anciano.

La tomó de los brazos. Leandra luchó por zafarse, pero no pudo.

Estaba encadenada.

—Nos encontraremos al otro lado. Sabes que será así. El Haiyim no te dejará escapar.

—¡¡No!! —respondió ella, alargando la última vocal en un eco cavernoso.

—¡Es la hora! —volvió a repetir aquella voz ignota, resonando con fuerza por encima de la suya.

Leandra había cerrado los ojos. Una gota de agua congelada cayó sobre su frente. Luego tres más, y finalmente muchas otras. No únicamente en su rostro, sino por todo su cuerpo. Llovía.

Levantó la mirada. Estaba encadenada a la aguja de Pináculo. Sobre la terraza y en toda la ciudad, la Tormenta dejaba caer una violenta tromba de agua. Frente a ella había una figura: una armadura de placas negras embozada en una capa gris.

Néstor.

Leandra conocía a ese confesor. Era el hijo de Erik Gallagher. La estaba esperando.

Se miró a sí misma. Su cuerpo también se cubría de placas negras. A su espalda ya se desplegaba la capa blanca de Marcus Haggar. Se puso en pie y rompió con facilidad las cadenas que la aprisionaban. Las placas de su armadura de confesor la cubrieron por completo. Quedó frente a Néstor, ambos bajo la lluvia torrencial, hasta que el otro saltó hacia ella.

Leandra saltó también, con las cuchillas de su brazo por delante. Ambos entrechocaron sus armaduras en el aire y comenzaron a luchar. Los golpes del metal, más la fuerza que las armaduras imprimían a sus músculos reproducían un poderoso estruendo metálico. Leandra dirigió una y otra vez las cuchillas de su brazo contra Néstor, pero este conseguía parar todos sus embates. Él también atacaba; consiguió acertar un golpe contra el rostro de la mujer; ella perdió el equilibrio. Entonces, Néstor aprovechó para tomarla de una pierna, la alzó en el aire y con un fuerte impulso la estrelló contra la base de hormigón sobre la que se asentaba la aguja del rascacielos. El golpe resultó tan violento que varios trozos de la base salieron desperdigados, pero Leandra se recompuso. La ira, poco a poco, iba apoderándose de ella. Era la voluntad de Haggar, que ya iba eliminando los defectos de su mente y su cuerpo. Se dejó poseer; solo así ganaría.

Se incorporó de un salto, lanzó una patada directa al pecho de Néstor y logró que este retrocediera unos pasos. Entonces atacó con las cuchillas por delante, hundiéndolas en la armadura, a la altura del costado izquierdo. Su enemigo soltó un grito de dolor, amortiguado por las placas que le cubrían el rostro, pero contraatacó. Sujetó a Leandra por los hombros y asestó un rodillazo contra el pecho, tan fuerte que consiguió hundir la pechera de la armadura. Leandra notó que sus costillas crujían. Dejó escapar un grito de rabia y hundió todavía más las cuchillas en el cuerpo de su enemigo. Este perdió fuerza. Flexionó las rodillas, Leandra aprovechó para lanzar un rodillazo directo a su casco. El golpe reprodujo un fuerte sonido metálico por toda la terraza. Néstor cayó boca arriba en el suelo.

Leandra saltó encima de él, pisoteó dos veces su pecho, levantó el brazo de las cuchillas y apuntó directamente a su rostro, pero su enemigo reaccionó. Asestó un golpe contra la pierna izquierda que logró desequilibrar a Leandra. Mientras ella se recuperaba, Néstor se puso en pie de un salto. La atacó por la espalda, sujetándole el brazo de las cuchillas y dirigiéndolo contra su pecho.

Leandra quiso resistirse dejando que Haggar la poseyera, que la armadura eliminara el temor que ahora la invadía, a medida que sus propias cuchillas se aproximaban a su torso. Pero cuanto más tomaba el control Haggar, más parecía ganar terreno Néstor.

—¡No! —gritó, como tantas veces había hecho desde que, entre las húmedas paredes de Wael, supiera que iba a morir.

Con un estremecedor crujido, las cuchillas se clavaron en su pecho, hundiéndose hasta el puño. Leandra dejó escapar un grito ahogado. Entonces, la realidad cambió a su alrededor de manera fulminante. Ya no estaba en la terraza del Pináculo, sino en el interior del edificio. Reconoció la habitación de Robert, aquella que había mandado construir cerca de su despacho, en la planta ciento treinta y seis. Leandra miraba de frente, justo en dirección a la cama. Raquildis yacía sobre ella, muerto.

Néstor, que todavía dirigía a placer sus cuchillas, movió bruscamente el brazo hacia el centro del pecho. Leandra notó cómo se abría su corazón. La sangre inundó todo su cuerpo, por dentro y por fuera. Frente a ella, Raquildis expulsaba sangre a borbotones desde un grotesco agujero en el cuello.

El suelo de la habitación estaba cubierto de sangre. Leandra notó que se derrumbaba. Néstor la había derrotado.

Pero no llegó a tocar el suelo. Su conciencia ya había caído en la Vorágine. Los torbellinos no tardaron en formarse. Fue conducida por el Bríaro hasta el mar de almas. Allí la esperaban todos. Cayó, todavía vistiendo la armadura de Haggar, y quedó cubierta por un sinfín de cuerpos, brazos, uñas y rostros desesperados. Luchó por quitárselos de encima, pero eran demasiados; una auténtica legión de condenados, que parecía inmersa en algún tipo de celebración repulsiva: el día tan esperado, en el que Haggar, al fin, formaba parte de ellos. Leandra no podía pelear contra todos. Pero de repente, un círculo se abrió a su alrededor, formando una burbuja de vacío cuyos límites no eran sino cuerpos humanos entrelazados. Más de esos cuerpos formaron una pasarela, sobre la que Leandra consiguió ponerse en pie. Frente a ella, un muro de carne y miembros se abrió como si se rasgara una tela. Al otro lado, caminando con absoluta tranquilidad, vio cómo se aproximaba Raquildis.

—Mi querida niña, ya estás en casa.

—¡¡Noooo!!

Leandra chilló con todas sus fuerzas. Corrió hacia Raquildis, enfurecida, aterrorizada, desesperada. Quería terminar con su vida, deshacerse de la pesadilla rasgando el cuerpo del consejero de arriba abajo, y lanzando su corazón muy lejos, pero los cuerpos se lo impidieron. Deshicieron la pasarela y la burbuja a su alrededor para volver a convertirse en el mar, y Leandra volvió a luchar contra ellos. Eran cada vez más numerosos, y todos mordían, arañaban, babeaban, golpeaban y aullaban a su alrededor. Le sujetaron los brazos, las piernas y la cabeza, y comenzaron a tirar y arrancar las placas de su armadura. Después le llegó el turno a la carne, Leandra notó cómo rasgaban su piel por decenas de lugares distintos, cómo introducían sus dedos en el interior de su cuerpo, hurgando en sus entrañas, y como partían y descoyuntaban sus huesos, empujándola, al mismo tiempo, cada vez más y más hondo en aquel mar; en aquel Apsus de cuerpos.

Pero entonces, Leandra vio un brazo que, de alguna forma, le resultó distinto a los demás. Se abría paso entre el caos, extendido hacia ella, ofreciendo su mano. La mujer no quiso aferrarse a él, pero entonces comprobó que, al otro lado del brazo asomaba el rostro de Iván.

—No pienso soltarte, Leandra —dijo él.

Las mismas palabras que le había dirigido en la Vorágine.

Ella le tomó de la mano, y al momento fue transportada fuera del mar de almas, muy, muy lejos de allí, a tal velocidad que ni siquiera fue capaz de percibir nada a su alrededor.

Hasta que al fin se detuvo.

2

—Wael a doscientos metros —indicó Reynald desde la cabina de pilotaje del mini submarino.

—Ya queda poco —anunció Ed Wallace.

El general de la guardia se frotaba las manos. Los uniformes militares que fabricaba la Corporación no estaban acondicionados para soportar unas temperaturas tan bajas como las que venían experimentándose en los últimos días. Frente a él, Alfred Jabari parecía estar pasándolo aún peor. El castañeo de sus dientes podía escucharse por toda la pequeña nave.

—Lo lamento —se disculpó cuando el profesor cruzó con él la mirada—. Me habría gustado proporcionaros un sumergible de mejor calidad, provisto de calefacción, pero esto es lo único que podíamos robar sin que saltaran las alarmas.

—No hay problema, Ed —intervino Stark, desde una pequeña sala con dos literas de tres camas—. El submarino servirá para llevarnos a Wael. Es todo lo que necesitamos.

El líder de los rebeldes buscaba un par de uniformes en las taquillas metálicas que había junto a las literas. Tras revolver el contenido de las mismas durante un buen rato, se dio por vencido.

—Rey —dijo—. No hay uniformes de nuestra talla. Nosotros dos tendremos que quedarnos aquí.

—Eso complica las cosas —respondió Ed Wallace.

Stark torció el gesto. Desde que el plan de rescate se puso en marcha, había esperado impaciente el momento de pisar Wael. Quería resarcirse por todo el tiempo que había permanecido preso; ahora, por desgracia, le tocaba quedarse en el submarino. Alguien tendría que vengarse en su nombre.

Suspiró; al fin y al cabo, la misión era lo único que importaba.

—General, usted y Alfred irán sin nosotros.

—A partir de ahora creo que ya puedes tutearme, Stark.

El líder sonrió. Alfred, por su parte, dejó salir un resoplido. Miró al techo, entrelazó los dedos y afirmó nerviosamente con la cabeza.

—No te preocupes —dijo Ed Wallace—. Nadie en Wael debería saber que estoy de vuestro lado. Gregger nos dejará visitar a Leandra sin hacer preguntas.

Alfred volvió a afirmar. Se mordía los labios.

—Tengo que comenzar a concienciarme de que ya no soy un simple profesor. Formo parte de un movimiento rebelde, o quizás más que eso, ¿verdad? —dijo, con una sonrisa nerviosa.

—Sinceramente —intervino Stark —, a estas alturas ya no sé si continuamos siendo rebeldes.

—Bueno, yo diría que sí —afirmó el general—, aunque con ciertas diferencias en los objetivos. Las cosas ya no son lo que eran.

Los viajeros quedaron en silencio; el motor del pequeño submarino era lo único que se escuchaba.

—¡Ciento ochenta metros! —dijo Reynald, tan sorpresivamente que todos dieron un respingo.

—¿Y si fracasamos? —dijo Stark, y al momento pareció sorprendido por sus palabras, como si, de algún modo, solo hubiera deseado decírselas a sí mismo.

Alfred, que ya se abrochaba los zapatos de su uniforme, respondió:

—Sinceramente, estamos llevando a cabo la última alternativa que nos queda, la más desesperada para encontrar no una posible respuesta a lo que sucede sino una forma de salvación.

—Sí —dijo Reynald desde la cabina—. Lo que sucede ya lo sabemos todos. Lo decía esa dichosa carta, y los viajes de Eklard y el general.

—El fin del mundo —dijo Ed Wallace.

—El fin del mundo —repitió Stark.

Silencio de nuevo. Todos meditaban sobre su situación actual, hacia dónde se dirigían, lo que pretendían y si conseguirían algo con ello.

—Por la Tormenta —añadió el líder—. Todavía me cuesta asimilarlo. Para quedar convencido, he tenido que leer varias veces el comunicado que nos pasó Ed. Incluso he interrogado personalmente a Eklard. Pero es cierto, todo es completamente real. Hay ciudades–plataforma flotando en la Vorágine.

—Ese condenado remolino quiere tragarnos a todos —maldijo Reynald.

—Ya lo sabíamos —declaro Alfred—. De algún modo, ya sabíamos que la Vorágine se nos acercaba. Lo dijo Frederick Veldecker en su diario. A todos nos lo han enseñado de pequeños. ¿No lo recordáis? El descubridor del praemortis escribió que la Vorágine venía a nosotros.

—Literalmente —terció Stark.

—Sí —continuó el profesor—, pero me resisto a creer que la Vorágine haya invadido nuestro mundo únicamente para absorber todo lo que existe.

—¿Qué quieres decir? —inquirió Ed Wallace.

—Quiero decir que debe haber una razón por la que esto sucede. Nuestro mundo está a punto de desaparecer… ¿porque sí? ¿Sin más?

Nuevamente, los presentes guardaron silencio.

—Desaparecer… —dijo Stark al cabo de unos segundos—. El mundo va a desaparecer, el Néctar no sirve de nada, la Orden todavía existe y el Golem es real. ¡Vaya locura! Demasiados golpes de una realidad que ignorábamos.

Alfred se ajustó las gafas.

—Esperemos que Leandra nos ofrezca un poco de luz.

Su última frase produjo un incómodo estremecimiento que recorrió la piel de Stark. La mención de la luz trajo a su recuerdo la permanente y repentina oscuridad. Por un instante, se le ocurrió que el mundo estaba siendo desalojado como quien abandona un edificio. Sencillamente, era como si alguien hubiera apagado las luces.

Todo llegaba a su fin… ellos eran los últimos. Cuando salieran del edificio, cuando la Vorágine devorara Pináculo, ya no quedaría nadie.

—¡Wael a cien metros! —anunció Reynald desde los mandos.

—Asciende —ordenó Stark, saliendo de su ensimismamiento—. Que nos vean llegar, pero navega con prudencia.

—Con este oleaje no puedo hacer otra cosa, jefe.

Stark subió la escalera que conducía a la escotilla superior y la abrió cuando el submarino alcanzó la superficie. Una furiosa y helada ráfaga de viento se coló por la abertura y recorrió el interior, estremeciendo a los ocupantes. Fuera, la Tormenta descargaba una lluvia torrencial sobre el espumoso Apsus. A lo lejos, el faro de Wael rasgaba la noche con su franja de luz blanca, lanzada contra una oscuridad que parecía interminable. La cárcel sobre la montaña de roca quedaba vagamente iluminada por varios focos que, dispuestos estratégicamente en vertical, establecían su diámetro. También había focos en los otros dos picachos. El más grande de ellos se encontraba apenas a veinte metros del submarino. Al otro lado, justo a la espalda de Stark, podían distinguirse las luces de la ciudad. El borde occidental de Pináculo era vagamente visible a través de una tímida niebla.

—¡Rey —gritó Stark desde la escotilla—, cuidado con la serpiente!

El ballenero sabía que su jefe se estaba refiriendo a las rocas. Gracias a la bajamar, los picachos sobresalían aún más. En sus bases se hacía visible una franja de flora marina que les daba la apariencia de muelas cubiertas de sarro. Así, el primero asomaba casi diez metros más de lo normal, mientras que el segundo se erigía desafiante con sus más de cuarenta metros de altura, y al fondo, las majestuosas paredes de Wael. Las negras olas se estrellaban contra los muros de la torre como si una iracunda voluntad las lanzara con ánimo de despedazarlos.

Stark cerró la escotilla y volvió al interior.

—Estamos llegando. Ed, colócate delante. Alfred, tú detrás. Ante todo, que no se te note nervioso.

El submarino alcanzó la gruta que se abría en los muros y se adentró muy despacio hasta alcanzar el muelle. Allí, el sargento Ranulf esperaba a los inesperados visitantes con otros tres soldados de la Guardia. Cuando la escotilla se abrió y vieron aparecer a Ed Wallace, todos se cuadraron.

—Descanse, sargento —dijo el general, haciendo un ademán despreocupado.

—¡General! Disculpe, pero nadie nos comunicó que pretendía hacernos una visita.

—En realidad vengo a ver a Gregger.

—¿Gregger? Ordenaré que le avisen.

—Bien.

El sargento Ranulf ofreció su mano a Ed Wallace cuando este alcanzó el extremo del muelle. Tras él apareció Alfred. Miraba al suelo, y ni siquiera cayó en la cuenta de saludar al sargento Ranulf, pero los soldados se encontraban tan pendientes de lo que pudiera ordenar el general de la Guardia que apenas le prestaron atención.

—Escóltenos, sargento —dijo Ed, una vez que se hubo incorporado.

Ranulf señaló a uno de los soldados para que lo acompañara. Los otros dos permanecieron montando guardia en el muelle.

—¿Se marchan? —quiso saber Stark, susurrando.

Se encontraba justo bajo la escalera que conducía a la escotilla superior. Sobre él, Reynald se había atrevido a asomar la cabeza un momento, aprovechando que los dos soldados que se habían quedado en el muelle no miraban en su dirección.

—Sí. Ya se han marchado —metió la cabeza en el interior—. Hay dos hombres fuera.

—¿Solo hay dos?

Reynald se asomó de nuevo, miró a su alrededor con velocidad y se escondió.

—Solo dos.

Stark esbozó una sonrisa.

—¿Crees que nos valdrán sus uniformes?

—A mí no me valdrían ni aunque los uniéramos. Son dos pobres muchachos.

—Está bien, Rey. Con que alguno sea de mi talla es suficiente. Así podré darles cobertura a Ed y Alfred si sucede algún contratiempo. Intenta atraerlos al interior.

—¿Qué les digo?

—No sé... di que necesitamos que nos ayuden con una carga que hay que sacar.

—Bien.

Hizo el amago de asomarse, pero volvió abajo.

—¿Cómo se tratan los soldados de la Guardia entre ellos?

—¿Cómo quieres que lo sepa? Muéstrate cordial.

—Cordial —repitió el ballenero.

Los dos soldados acababan de encenderse un cigarrillo cuando Reynald asomó la cabeza por la escotilla.

—¡Eh... colegas!

Stark puso los ojos en blanco.

Los dos soldados miraron al submarino, sorprendidos de que aún quedara alguien en el interior.

—Mi compañero y yo nos preguntábamos si podríais ayudarnos con una carga que tenemos aquí abajo. Hay que subirla antes de que el general regrese.

—¿Qué carga? —preguntó uno de ellos.

Reynald vaciló.

—Se trata del equipaje del general. Parece que va a quedarse unos días.

—¿Su equipaje? ¿Y no podéis vosotros dos con él?

Reynald arrugó el entrecejo.

—No, no podemos, mocoso. Bajad aquí de una vez y echadnos una mano.

—¡Por el Apsus, ni que llevara el ropero de Angélica Veldecker!

Entre risas, los dos soldados bajaron hasta alcanzar la escotilla. Reynald y Stark los esperaban en el habitáculo.

—Estoy deseando ponerles la mano encima —susurró el ballenero, haciéndose crujir los nudillos.

3

Ed Wallace ascendía por unas escaleras de caracol, seguido de Alfred y de la escolta de la Guardia.

—¿Qué tal va su trabajo por aquí, sargento? —quiso saber el general.

—Tranquilo, demasiado tranquilo. Mis hombres se aburren, de modo que he permitido que Gregger los utilice para el traslado de presos y otras labores de la cárcel. Así dejan de estar ociosos y desentumecen sus músculos; con esta humedad ya he tenido que mandar a dos de vuelta a Pináculo, enfermos. Sin embargo, parece que Raquildis no entiende que aquí no hacemos nada. Envió más soldados la semana pasada.

—¿Más soldados? ¿Por qué?

—Sinceramente, general, pensé que su visita respondería a esa pregunta.

—Las decisiones que tome el líder de la Corporación no tienen que pasar necesariamente por mí —dijo Ed en tono firme.

Ranulf carraspeó.

—Claro… en fin, lo cierto es que nosotros tampoco nos explicamos por qué ha enviado refuerzos. Leandra Veldecker apenas se mueve en su celda.

—¿Cuántos soldados hay actualmente en Wael?

—Veintiocho, contándome a mí, más un confesor.

Ed Wallace miró a Alfred de reojo.

—Sí —dijo en voz baja— hay demasiados.

El grupo ascendió hasta los pisos superiores de la torre. Allí, el sargento Ranulf los condujo a una pequeña y acogedora habitación que tenía un par de sillones de felpa, una mesita de forja con una lámpara de plástico y varias estanterías repletas de libros polvorientos. Había también una pequeña ventana, pero estaba cerrada con gruesas contraventanas de madera que daban contra los cristales con cada nuevo golpe de viento.

—General, tenga la amabilidad de esperar aquí. Avisaré a Gregger.

Ed afirmó con la cabeza. Una vez los soldados los hubieron dejado solos, Alfred dijo:

—¿Esperaremos aquí?

—Sí.

El profesor estudió a su compañero con detenimiento. Luego caminó hasta la ventana e intentó atisbar el exterior a través de la estrecha ranura que dejaban las contraventanas. Vio todo oscuro, pero de repente la luz del faro, cuyo foco debía encontrarse no demasiados metros por encima, iluminó varios kilómetros de olas.

—¿Sabes por qué me empeñé en venir, general?

—No pareces un rebelde —Ed Wallace se dejó caer en uno de los sillones—, y desde luego eres de todo menos un soldado. No acierto a adivinar qué inquietud ha podido impulsarte a estar en esta misión, porque te presentaste voluntario, ¿no es cierto?

—Hay algo que no nos has contado, ¿verdad, Wallace?

Alfred se volvió.

—A pesar de la sustanciosa confesión que nos regalaste en el cuartel de los rebeldes, te callaste algo.

Ed Wallace enarcó una ceja.

—¿Por qué dices eso?

—Nos has revelado muchas cosas; algunas ya las sospechaba, como la implicación de importantes miembros corporativos en la Orden; otras las desconocía, como la naturaleza del Golem. Pero creo adivinar que hay algo más que ni siquiera te has atrevido a contarnos, quizás por miedo a que te tomáramos por loco; algo relacionado con esta misión.

—Leandra Veldecker es Marcus Haggar.

Alfred no dijo nada. Abrió la boca y quedó paralizado, como si necesitara de más tiempo para concebir lo que el general había declarado. Ed continuó:

—Estoy seguro de ello. Raquildis me lo confesó cuando la vigilábamos en el edificio de Praemortis. Por eso está en Wael. Incluso sin su armadura, Leandra es muy peligrosa. Supongo que a eso se deben los refuerzos que últimamente ha recibido el sargento Ranulf. Mi esperanza es ponerla a nuestro favor una vez la rescatemos.

—O en nuestra contra —Alfred caminó junto a las estanterías. Su índice rozó los volúmenes como si pudiera reconocer su título mediante el tacto—. ¿Por qué no nos has advertido antes?

—Temía que os echarais atrás.

—No sin razón. Temo que el confesor más sanguinario de todos los tiempos es capaz de volverse contra sus libertadores si lo cree oportuno.

Ed Wallace calló. Alfred mantuvo unos instantes la vista fija en aquel personaje que, de repente, mostraba una lealtad absoluta a su enemigo. Luego, sus ojos descubrieron un ejemplar del diario de Frederick Veldecker en la estantería. Se trataba de una edición antigua, posiblemente de las primeras. Las páginas habían envejecido con los años y amarilleaban en las esquinas. Lo abrió al azar e identificó la entrada en la que el doctor había descubierto al joven Robert con las muñecas cortadas, en su desesperada búsqueda por terminar con su cefalea mediante la muerte. Paradójicamente, la muerte había terminado por ser el único remedio para su mal.

—Más nos vale que no nos ataque a nosotros. Espero que Leandra comprenda que la rescatamos porque estamos de su parte —dijo Ed.

—Yo también lo espero.

—¡Menuda sorpresa! —saludó Gregger Wallace desde la puerta, extendiendo los brazos.

Ed no se movió. Alzó las cejas, observando a Alfred Jabari, gesto que el profesor interpretó como una señal de que el episodio clave de su misión comenzaba justo en ese momento.

—¿A qué debo esta visita? —preguntó Gregger.

Caminó hasta el centro de la habitación. Fue entonces cuando Ed, esforzándose por parecer tranquilo, se levantó de su asiento. Dio un par de pasos y se dejó abrazar por su pariente lejano sin decir una sola palabra. Alfred comprobó que ambos no se parecían en nada, ni siquiera debían ser primos lejanos. Gregger era más enjuto y sus facciones más afiladas. Su piel lucía una palidez enfermiza que en las manos dejaba ver el tono azulado de las venas. El rostro apenas tenía vello facial, lo cual hacía parecer a Gregger más joven de lo que era. Se peinaba con la raya a un lado un pelo lacio y escaso, cuyo flequillo caía sobre su ojo izquierdo. Su mirada inquieta recorrió en un segundo la habitación y aun tuvo tiempo de estudiar a Alfred antes de separarse del abrazo. Reconoció que sujetaba el diario de Frederick y pareció sentirse molesto porque no estuviera en su sitio, pero su atención regresó velozmente a Ed Wallace cuando este dijo:

—He venido por orden de Raquildis. Desea que traslade a Leandra de vuelta a Pináculo.

—Para eso no hacía falta una visita. Yo mismo podría haberla llevado si me hubieras llamado. ¿Es que ya no recuerdas que aquí, en Wael, tenemos línea de radio?

—Sí lo recuerdo. Pero debía venir en persona.

—Te habrá resultado una tarea muy incómoda —dijo Gregger, caminando hacia Alfred.

Sin pedir permiso, aunque con delicadeza, tomó el diario de Frederick que sujetaba el doctor y volvió a colocarlo en su sitio. Luego dijo a Alfred:

—A los Wallace no suele gustarles Wael. Es demasiado… húmeda para ellos.

Extendió la mano al profesor.

—¿Y usted es…?

—Es el médico —intervino Ed—. Un médico de la Guardia.

Alfred estrechó la mano de Gregger. Recibió de su parte un saludo débil y desinteresado, aunque transmisor de cierta corriente malsana que lo hizo estremecer. Soltó la mano con velocidad, por miedo a que lograra intuir lo nervioso que se encontraba. En ese momento, percibió que el alguacil le había clavado la mirada. No obstante, no sucedió nada.

—Bueno —dijo, volviéndose a su pariente—. Imagino que tendréis una orden firmada por Raquildis.

Ed apretó los labios. Gregger caminó hacia él, con las palmas hacia arriba, como si esperara que el general pusiera algún tipo de documento sobre ellas. Este, sin embargo, lanzó una rápida mirada hacia las palmas vacías, y luego, con una sonrisa, declaró:

—Pues no, no traemos nada. Creí que no sería necesario. Raquildis me dio la orden directamente y no quise molestarle con formalismos. Además, incluso en Wael, soy el mando más alto. Mis órdenes deben cumplirse, sean de la naturaleza que sean, incluso por el alguacil.

Gregger soltó un bufido.

—Claro. La visita del general de la Guardia lo convierte inmediatamente en el jefe de Wael. Sin embargo…

Ed también caminaba hacia su interlocutor. De repente, Alfred comprendió lo que estaba a punto de suceder. El general iba a amenazar a su pariente para que los condujera hasta la celda de Leandra. En aquella sala, sin guardias vigilándoles, podían hacer lo que quisieran con Gregger y nadie se daría cuenta. Inmediatamente comenzó a moverse muy despacio hacia la izquierda. Gregger miraba ahora en dirección a Ed, de forma que no parecía prestarle atención. Consiguió colocarse a su espalda y vio cómo el general se aproximaba de frente. Era un plan que no habían hablado, pero fácil de deducir. Ed se echaría sobre Gregger y Alfred lo sujetaría desde atrás. Tendría que taparle la boca con una mano. Era posible que Ed también intentara lo mismo, pero no podía arriesgarse, debía actuar por instinto.

Los dos miembros de la familia Wallace estaban ya a menos de tres pasos de distancia. Ed alargó la mano y tomó a su pariente del brazo.

—Te recomiendo que me obedezcas, Gregger.

Lanzó a Alfred una mirada de complicidad. Era el momento. Quería que lo sorprendiera por la espalda y lo sujetara de los brazos. El profesor se aproximó, absolutamente decidido. Pero de repente la puerta se abrió de golpe. Al otro lado, el sargento Ranulf jadeaba.

—¡Gregger! —llamó—. ¡Venga inmediatamente!

—¿Qué sucede? —dijo visiblemente molesto.

—¡Se trata de Leandra Veldecker! ¡Ha sufrido un paro cardíaco!

4

—¿Dónde estoy? ¿Qué lugar es este?

—Estás en mi casa, Leandra.

Miró a su alrededor. Se encontraba en un tupido bosque, como no existían ya en el mundo. Los árboles a su alrededor estaban dispuestos de forma aleatoria, pero cercanos unos de otros. Eran muy frondosos; tanto, que la luz del sol llegaba atenuada. Bajo sus copas existía una atmósfera fresca y agradable. El suelo era frío, pero no demasiado, pues quedaba amortiguado por una capa de hojas secas. Había un silencio tranquilizador, aunque ocasionalmente, el viento hacía crujir suavemente las ramas.

Frente a ella, el Golem la observaba. Estaba sentado, con las piernas cruzadas. Leandra también se encontraba en la misma posición. Vestía la armadura de Haggar, pero tenía las placas del casco retiradas, de modo que podía hablar sin dificultad.

—Te encuentras en el destino al que conduce el otro torbellino —continuó el Golem—. Pisas una tierra que no se ha descrito a los hombres. Obsérvala bien, siéntela, pues tú serás la primera en hacerlo.

—¿Quieres decir que debo regresar?

—Sí, Leandra. Debes volver.

—¿Por qué? No me obligues, te lo ruego. Mi vida allí carece de sentido.

—Te equivocas. Es ahora cuando adquiere su razón de ser. Eres el heraldo de la última esperanza para aquellos que aún pueden apartarse de las penumbras que fabricó tu hermano, y no solo para ellos, también para todos los demás, incluso aquellos que sufren en el mar de almas. Regresa a Pináculo, cuenta al mundo que la Vorágine se dejó ver cuando la humanidad deseó que no existiera vida tras la muerte. Vuelve y diles que si solo lo buscan, si creen con todas sus fuerzas, el torbellino los conducirá a este lugar.

—No me creerán. La Corporación tiene demasiado poder. El miedo a perder el Néctar podrá con ellos.

—Te creerán. Llevan en su interior la necesidad de creerte. Este lugar fue construido como su destino. Es su patria, su hogar, y como si fueran extranjeros en una tierra lejana, la echan de menos, aunque nunca la hayan visto. Te creerán a ti si te eriges como su guía, sin pensar en los obstáculos que puedas encontrar, ni en los problemas, ni en los peligros. Háblales de cuanto ves y oyes, de todo aquello que sientes. Tráelos aquí, de vuelta a casa. Posees la valentía y la fuerza suficientes para lograrlo.

Leandra miró las placas de su armadura.

—Hablas de Marcus Haggar, no de mí. Somos dos personalidades distintas, y no puedo volver a ser él. Me... me posee, me obliga a realizar acciones crueles. No quiero volver a sentirlo dominando mi cuerpo.

—Te equivocas. Tú eres ambas personalidades. Marcus Haggar es fuerza en estado puro. La que necesitas para la dura misión que te aguarda cuando regreses, pero forma parte de ti, latente en la tensión de tus músculos, preso en el ímpetu de tu carácter.

—Pero cuando soy él, cuando visto la armadura de la Zarpa, desaparece la compasión. Me convierto en una bestia sanguinaria. No puedes pedirme que lo deje salir otra vez.

—¡Te lo pido porque eres capaz de dominar a la bestia! Porque antes, tras la furia de Haggar no existía sino el temor de Leandra. Un miedo que se alimentaba con la doctrina que la Orden te inculcó. Pero ahora sabes que no es verdad lo que ellos defienden. Por eso he querido traerte aquí, para que tengas la seguridad de que el Haiyim no te esperará cuando mueras, sino yo.

Leandra comenzó a sollozar. Había deseado escuchar aquella promesa desde que era una niña, desde que comenzó su adoctrinamiento como confesor. Contra las palabras de Raquildis, que solo prometían un espantoso reino de terror, hallaba al fin la profunda voz del Golem, calmada, apaciguadora.

—¿Qué sucederá si Haggar me domina a mí? —preguntó, con los ojos empapados en lágrimas.

—No puedes permitirlo. No lo permitas, Leandra. Si dejas que Haggar triunfe sobre ti, no solo tú quedarás perdida, sino toda la humanidad. Eres la última esperanza que os queda.

—¿Por qué no puedes salvarlos tú?

—Porque vosotros lo decidisteis así. Pero ahora se te ofrece la última oportunidad para cambiar vuestro destino. Si tú no lo haces, nadie lo hará.

—¿Cómo? ¿Cómo puedo hacerlo?

—Regresa a Wael, y a Pináculo. Necesitas recuperar el pasado, buscar la fórmula para vuestra salvación. Solo así encontrarás la clave, el sentido de todo lo que está a punto de sucederle a tu universo. En Pináculo existe todavía un recuerdo que no habéis olvidado. Ve a él, pero recuerda que solo tienes una oportunidad de salvarlos a todos. Si fallas, la humanidad será lanzada a la condenación.

—¿Hablas de mis sueños? ¿De lo que me ha sucedido antes de llegar aquí?

—Sí. Has visto el futuro. El confesor de capa gris te busca. Tarde o temprano tendrás que enfrentarte a él.

Por un momento, Leandra notó un dolor en el pecho, allí donde Néstor le había hundido sus propias cuchillas.

—Si te dejas llevar por Haggar, perderás. Debes ser ambas personalidades: la fuerza del confesor, dominada por Leandra Veldecker. Solo así conseguirás vencer a Néstor.

El dolor en el pecho de Leandra crecía.

—Has dicho que hay un lugar en Pináculo que conserva los recuerdos. ¿Cuál es?

—Ya lo conoces. Has vivido en él muchos años.

—¡La construcción! —adivinó Leandra—. La antigua construcción sobre la que se edificó el moderno edificio de la Corporación.

El Golem afirmó con la cabeza.

—Es lo único que os queda. El edificio de Pináculo se construyó sobre ella, mucho antes de que tu hermano descubriera el praemortis. Ahora, el cristal y el metal del moderno rascacielos pertenecen a la Corporación, pero no lo que hay bajo él. En sus piedras centenarias aguarda la clave. La salvación.

Leandra se estremeció. Su cuerpo se había agitado con una punzada.

Es el momento de despertar —continuó el Golem—. Ve, lucha, ábrete camino. Domina a la Zarpa y utilízala para triunfar.

—Me duele el pecho.

—Estás a punto de regresar al mundo de los hombres. Los médicos intentan devolverte a la vida con un desfribilador.

Una tímida niebla fue apoderándose del bosque. Surgió del suelo y fue creciendo hasta quedar colgada de las ramas. Leandra miró a su alrededor. Al fondo, a su izquierda, pudo reconocer la figura de Iván. El soldado la observaba de brazos cruzados, apoyado en un tronco, con una sonrisa perfilada en la comisura de sus labios.

Leandra devolvió rápidamente la vista al Golem.

—No me dejes volver. Quiero quedarme aquí, con vosotros. Ahora me siento más viva de lo que jamás he estado.

—Pero aún no puedes quedarte. Mírate, las marcas en tu cuello han desaparecido. Has logrado escapar de la cárcel en la que Raquildis te mantenía recluida. Ahora debes escapar de Wael.

—¡Espera! ¡Déjame permanecer unos segundos más!

—Volverás, pero ahora es imposible demorar tu estancia por más tiempo. A tu padre le fue dado el praemortis; a ti te es dado el verdadero Néctar, Leandra Veldecker. ¡Huye! ¡Huye con todas tus fuerzas!

—¡Espera, dime al menos cómo te llamas, tu verdadero nombre!

—Me llamo Pantauro.

—¿Pantauro? ¿Qué significa?

—Despierta. Debes huir

—¡Espera, por favor!

—¡Despierta! ¡Ahora!

5

Y despertó de golpe. Los enfermeros de Wael que en ese momento se esforzaban en su reanimación retrocedieron asustados.

—¡Leandra! —llamó Gregger, que acababa entrar en la enfermería.

La mujer le lanzó una mirada furibunda, saltó de la mesa de operaciones y se abrió paso propinando un puñetazo al primer enfermero que intentó contenerla.

—¡Detenedla! —ordenó el sargento Ranulf.

Su orden sacó a los presentes del shock. Tres enfermeros y el propio sargento se lanzaron a una para sujetarla; sin embargo, Leandra se escabulló rodando por debajo de la mesa de operaciones. Volvió a levantarse, y de un veloz salto alcanzó la salida de la enfermería, donde Gregger observaba boquiabierto la escena. Se detuvo unos instantes frente a él, de forma que el alguacil de Wael fue capaz de percibir un fulgor iracundo en todo su rostro: la frente despejada por la tensión de todos los músculos, las orejas pegadas al cráneo, los dientes apretados y la fijeza acerada en sus ojos; Leandra parecía una fiera que estuviera a punto de lanzar contra él sus fauces.

—Yo… te… te he cuidado… —balbuceó el alguacil.

Sin embargo, ella no parecía escucharle. Lo sujetó del cuello y lo lanzó a un lado sin que Gregger consiguiera reunir fuerzas para defenderse.

—¡Gregger, que no escape! —gritó Ranulf, pero el aludido fue incapaz de reaccionar.

Leandra, ya con la salida libre de obstáculos, echó a correr por el pasillo sin dirección fija. Ranulf, por su parte, llegó hasta la entrada, tomó a Gregger Wallace de los hombros y lo zarandeó, olvidando que era su superior.

—¡Se va a escapar! ¡Gregger, dé la alarma!

El alguacil despertó. Sus miembros se agitaron como si los hubiera recorrido una descarga eléctrica.

—¡¿Se escapa?!

—¡Avise al confesor. Leandra no puede salir de aquí!

Gregger asintió.

—Vientos del Bríaro... —juró, al imaginarse qué consecuencias le acarrearían dejar que Leandra abandonara Wael.

Luego, ya completamente despejado de la sorpresa inicial, comenzó a elaborar un plan.

—¿Cuántos hombres tiene en esta planta?

—Once.

—Pues que vengan los demás. Todos los soldados que tenga en Wael. ¡Movilícelos!

Ranulf asintió, apretó el pequeño intercomunicador en su oreja y comenzó a dictar órdenes a medida que corría por el pasillo.

6

Entretanto, en la sala de espera, Alfred y Ed Wallace se sobresaltaban al escuchar, no demasiado lejos, el primer disparo dirigido contra la hija de los Veldecker.

—¿Qué habrá sucedido? —preguntó el general de la Guardia a su compañero.

Este se encogió de hombros.

Al instante, tres soldados irrumpieron en la habitación. Dejaron la puerta abierta, y mientras uno corría hasta los sorprendidos visitantes, los otros dos se colocaban rodilla en tierra, vigilando el exterior tras el alza de sus fusiles.

—¿Qué está pasando? —preguntó Ed al tercer soldado.

Este hizo un gesto a su superior para que esperara. Levantó uno de los sillones y lo colocó de forma que le sirviera como cobertura.

—Hemos llegado, sargento —dijo a través de su intercomunicador—. Sí... esperamos refuerzos... afirmativo. El general está a salvo.

Al fin prestó toda su atención a Ed.

—Disculpe, señor. Al parecer Leandra Veldecker ha escapado. El sargento Ranulf ha ordenado que se la impida por todos los medios acceder a esta habitación.

—¿Por todos los medios? —inquirió Alfred.

El soldado abrió la boca para contestar, pero en ese momento se escuchó otro disparo, más cerca que el anterior. Los hombres se concentraron en el único pasillo que daba acceso a la sala de espera. A lo largo del mismo se abrían dos puertas a la izquierda y un corredor a la derecha, además de la intersección final: un cruce en T.

Era imposible adivinar por dónde aparecería la fugitiva. Los soldados encañonaban con gestos rápidos y nerviosos cada una de las posibles salidas, atentos a cada intersección o puerta.

—Tenemos que ayudarla a llegar hasta nosotros —susurró Alfred al oído de Ed Wallace.

Más disparos. De la última intersección en T apareció un soldado. Corría desesperadamente hacia sus compañeros.

—¡Cubridme! ¡Va armada! —gritó.

De inmediato se escuchó una ráfaga corta. De la misma intersección asomó medio cuerpo de otro miembro de la Guardia; acababa de caer al suelo, alcanzado por las balas. Un segundo después, el cañón de un fusil asomó por la esquina. Leandra Veldecker lo empuñaba. Ni siquiera le fue necesario apuntar a su objetivo. Abrió fuego contra el soldado que corría, y antes de que este alcanzara la cobertura de la habitación, le acertó en mitad de la columna cayendo al suelo al tiempo que lanzaba un grito ahogado. Al otro lado, sus tres compañeros descargaron sus armas al unísono una décima de segundo después de que Leandra se ocultara tras la esquina. El pasillo se llenó de humo. Los disparos se detuvieron al comprobar que el objetivo estaba bien cubierto. Un instante después, en el lado izquierdo del pasillo se abrió la puerta más lejana a la sala en la que esperaban Ed y Alfred. El sargento Ranulf asomó la cabeza para otear el exterior, a izquierda y derecha, y la volvió a meter con celeridad.

—Está en la intersección —se le oyó decir.

Daba órdenes a través del comunicador, aunque desde la habitación, Ed y Alfred podían escuchar su voz perfectamente.

—Rodeadla. Nosotros la contendremos desde aquí.

Más disparos. Los soldados habían conseguido arrinconar a Leandra. La atacaban desde la retaguardia.

—¡La tenemos! —informó uno de ellos a Ranulf—. Desde nuestra posición no tiene ninguna cobertura. Forzaremos su salida al pasillo.

—De acuerdo —respondió este—. Disparad a herir. Hay que dejarla fuera de combate. Gregger la quiere con vida.

Acto seguido, asomó la cabeza, miró a los tres soldados apostados en la sala de espera y les hizo una señal con el pulgar para que se prepararan. Ed Wallace adivinó lo que estaba a punto de ocurrir. Era el momento de decidirse, de dar el último empujón a la mujer a la que habían venido a liberar.

—¡Entreguen sus armas, es una orden! —gritó a los tres soldados que apuntaban frente a él.

Desconcertados, estos se volvieron hacia su general. El que se encontraba arrodillado tras el sillón fue el primero en recibir la sorpresa del contraataque. Ed Wallace le propinó una fuerte patada en la boca que lo dejó inconsciente.

Aprovechando la sorpresa, Leandra se asomó desde su escondite. Enfiló al pasillo que daba a la habitación cargando contra sus enemigos y gastando las últimas balas de su fusil. Estos, que se habían vuelto para reaccionar ante el ataque de Ed, no tuvieron tiempo de defenderse contra los de la mujer. Cinco impactos dieron contra el pecho del primer soldado apostado en la entrada a la habitación; tres alcanzaron al segundo antes de que Leandra se quedara sin munición. Ranulf asomó entonces, dispuesto para abrir fuego, pero la mujer ya se encontraba demasiado cerca. El sargento vio venir la culata del fusil contra su cara antes de escuchar el crujido de su tabique nasal. Cayó al suelo, desorientado, y sus disparos solo alcanzaron el techo. Leandra soltó el arma y continuó a la carrera. Alcanzó la zona en la que se abría la intersección de la derecha. Alguien venía por allí.

—¡Leandra! —la llamaron.

Se volvió. Un hombre de mediana edad corría en su dirección. Lucía pelo largo y barba bien recortada, en la que destacaba la cicatriz de una quemadura. Sus ojos, uno verde, otro miel, enfocaron en un segundo a la mujer y luego se volvieron hacia el petate que cargaba. Introdujo la mano y extrajo un bulto negro, metálico.

—¡Aadil! —llamó Leandra, reconociendo a su hermano.

El Cormorán tomó impulso y lanzó el bulto hacia ella; pero mientras él recorría el espacio que separaba a los dos hermanos Veldecker, los soldados de retaguardia asomaron desde el cruce en T y dispararon. Varios proyectiles zumbaron alrededor de la mujer, hasta que uno de ellos la alcanzó en el hombro izquierdo. Leandra dejó escapar un grito de cólera, pero la poseía una energía tal que apenas perdió fuerza. Alargó el brazo y apenas hubo rozado aquel objeto, una serie de placas negras comenzó a extenderse velozmente por todo su cuerpo; primero el brazo, desde los dedos hasta el hombro; luego el pecho, la cintura, las piernas, la espalda... una capa blanca ondeó levemente al extenderse...

—¡Fuego! ¡Abrid fuego! —bramó Ranulf, con la boca teñida de sangre—. ¡Que no quede totalmente cubierta por la armadura!

Los soldados salieron de sus escondites y obedecieron. El pasillo se llenó con el estruendo de los disparos, procedentes desde todas direcciones: de la habitación donde observaban Ed y Alfred, desde la puerta donde se hallaba Ranulf y desde el final del pasillo. Todos dirigidos hacia Leandra, que ya tenía más de medio cuerpo cubierto por la armadura. Las balas dejaron salir una miríada de chispas cuando chocaron contra el metal, pero dos proyectiles la alcanzaron antes de quedar totalmente protegida. Leandra, sin embargo, no los sintió. Notaba la fuerza y resistencia que ya le estaba proporcionando la armadura de Haggar; cómo se potenciaban todos sus sentidos y tensaban todos sus músculos. Notaba el poder sobrehumano del confesor en cada uno de sus nervios, y en la forma en la que se renovaba su ánimo azorado. Las placas terminaron de cubrir todo su cuerpo. Dio media vuelta, mientras los disparos causaban inofensivas chispas en su armadura, y encaró a sus enemigos.

—Haggar… —musitó Alfred, obnubilado, desde la habitación.

La Zarpa había quedado allí donde antes estuviera el delgado cuerpo de Leandra Veldecker. Los soldados, atenazados por el terror, detuvieron el ataque al reconocer la imponente figura del confesor y una mano que se alzó con el puño cerrado, mostrando amenazante tres afiladas cuchillas.

El sargento Ranulf notó que el estómago se le encogía. Él y sus hombres se encontraban a unos seis metros de Marcus.

—¡Retirada! —ordenó, dejando caer el fusil—. ¡Corred!

Dieron media vuelta y se lanzaron en estampida por el pasillo, empujándose unos a otros. Entonces, el silbido del arpón detuvo el tiempo. Se escuchó un escalofriante crujido, y al punto el sargento Ranulf observó sus propias costillas desgarrar la piel de su pecho. El proyectil del confesor lo había alcanzado justo en el centro de la espalda. Le hizo añicos la columna, salió por su pecho, abriéndole la caja torácica como un libro y continuó imparable, atravesando a otros dos soldados, hasta clavarse en la pared.

Marcus introdujo otro proyectil en el lanza–arpones y se giró. Alfred y el general Ed Wallace no se habían movido de su sitio. Este, a pesar de no ver más que la armadura de la Zarpa, se sintió observado por la mujer. Por aquella a quien había estado vigilando sobre la terraza del edificio de Pináculo, encadenada a la base de la aguja, antes de que la trasladaran a Wael.

—Ella no sabe a qué he venido —musitó, sin dejar de mirar hacia el confesor, como si presenciara la misma muerte.

Las piernas le temblaban, a punto de ceder ante el miedo. El confesor extendió el brazo y le apuntó con el fusil.

—¡Nunca quise hacerte daño! —clamó en voz alta—. Solo obedecí órdenes de Raquildis, él quiso encadenarte.

El peto de la armadura subía y bajaba con la respiración agitada de Leandra. Esta, sin mediar palabra, corrigió el ángulo para que el arpón impactara directamente sobre la frente del general y apretó el gatillo.

El arpón habría dado en el blanco de no ser porque, justo en aquel momento, un segundo confesor consiguió lanzarse por la espalda y sujetarla por la cintura. Era el que había llegado con el sargento Ranulf cuando escoltaron a Leandra hasta Wael. Él también había sido avisado; ahora era el único que podía detener a Haggar.

Ambos cayeron al suelo y comenzaron a forcejear, pero Leandra logró zafarse, dio un puntapié en el casco de su adversario y se alejó. Luego, mirando a su alrededor en busca de una salida, se acuclilló para tomar impulso, y de un poderoso salto desapareció atravesando el techo. El otro confesor, apenas se hubo recompuesto, la siguió por el mismo camino.

El pasillo quedó en silencio. Alfred y Ed Wallace permanecían en la misma postura, aunque ahora tosían a causa del polvo que Leandra había dejado tras sus destrozos. A su derecha, a través de una nube blanquecina, observaron el rostro de Aadil, que se asomaba prudentemente por la esquina.

—Quizás no haya sido tan buena idea despertar a Haggar —dijo Ed, rompiendo el silencio, y mirando al profesor Jabari.

Este aún se hallaba sobrecogido.

—Aprovechemos la confusión para escapar —intervino Aadil, caminando hacia ellos—. Luego nos preocuparemos de adivinar el bando al que pertenece la Zarpa.

—¿Quién es usted? —preguntó Alfred.

—El Cormorán… —dedujo el general Wallace.

Había reconocido al cazarrecompensas. El mismo que había intentado acabar con la vida de Erik Gallagher en su último acto público. Aquella tarde, Ed se había encargado de proteger al noble personalmente.

—¿Qué haces aquí? —preguntó al Cormorán, sin saber en cuál de los dos ojos debía concentrarse.

—Necesitamos salir, rápido. Aún quedan muchos guardias en Wael. Luego tendremos tiempo para las explicaciones.

Ed asintió. Los tres hombres avanzaron rápidamente hacia el pasillo y tomaron la primera intersección que se abría a la derecha y donde se encontraban las escaleras de caracol por las que habían subido. El descenso fue mucho menos accidentado de lo que esperaban. La Guardia se ocupaba en buscar a Haggar. Sabían que se hallaba en los pisos superiores, de forma que no había soldados en las primeras plantas. De este modo, Alfred, Ed y Aadil llegaron hasta el muelle sin problemas. Allí se encontraron con que Reynald y Stark esperaban en el exterior. Llevaban sendos uniformes de la Guardia, aunque el del ballenero quedaba tan ajustado que le asomaba una franja de su barriga por debajo.

—¿Qué ha pasado? —preguntó Stark cuando los vio llegar—. Hemos escuchado mucho jaleo.

—Leandra ha escapado sin nuestra ayuda —aclaró Ed—. Lo siento, no esperábamos que fuera a hacerse con la armadura de Haggar.

Stark esbozó una mueca. Luego dirigió su atención al nuevo invitado.

—¿Quién es?

—Es el corm... —comenzó Ed, pero fue cortado por el aludido.

—Mi verdadero nombre es Aadil Veldecker. Soy el hermano de Leandra.

Todos quedaron atónitos.

—Tengo mi propio submarino —añadió Aadil—. Salid. Yo iré por mi cuenta.

—¿Qué hay de Leandra? —reaccionó Stark.

—Sabrá desenvolverse.

—¡Pero no dispone de ningún medio para escapar! —dijo Ed Wallace.

—Sí que tiene medios —corrigió el Cormorán—; lleva puesta una armadura de confesor. Intentará alcanzar al borde occidental de la ciudad.

—Es el lado que tiene más cerca —intervino Alfred.

—Perfecto —dijo Stark—. Nosotros hemos salido del muelle occidental. Tenemos Cuervos allí. Rey, avisa a los demás. Diles que Leandra... que Marcus Haggar va hacia ellos.

—Esperemos que conserve fuerzas suficientes para llegar —dijo Aadil—. La armadura le proporciona mucha resistencia, pero ha recibido tres disparos.

—Las suficientes para alcanzar la plataforma, pero no tantas como para enfrentarse a mis hombres —corrigió Stark.

—Salgamos de aquí, jefe —dijo Reynald—. Debemos darnos prisa si queremos perseguir a Leandra.

—Bien —afirmó el líder; y luego, dirigiéndose al general, agregó—. Ed, hemos tomado un par de rehenes, espero que no te moleste. Los liberaremos en la ciudad.

—Sin problemas —respondió el otro, encogiéndose de hombros.

Acto seguido, Stark hizo un enérgico movimiento de cabeza, indicándoles que bajaran al submarino; él lo hizo en último lugar. Se permitió echar un último vistazo a Wael, a los muros que habían sido su hogar durante años. Había ayudado a que Leandra escapara, creando el caos, pero aún no sentía que había devuelto todo lo que la prisión le había arrancando. Su estómago le punzaba con la necesidad de ejecutar una venganza mayor y mucho más destructiva de la llevada a cabo, la necesidad de quedarse y echar abajo aquel lugar, aunque fuera a golpes.

Pero quizás no era solo una presión para acabar con Wael, sino para quedarse en ella durante más tiempo, por poco que fuera. Tal vez no se tratara de un ánimo destructivo lo que lo había conminado a echar un último vistazo, antes de desaparecer, sino una peregrina chispa de nostalgia.

Suspiró, asintió con la cabeza, como si mediante aquel gesto confirmara que su misión en Wael había terminado, y cerró la escotilla.

Instantes después, el sumergible se alejaba de las húmedas paredes de Wael, seguido de cerca por otro; el del Cormorán.

7

Arriba, por encima del haz del faro, donde las negras almenas de Wael se alargaban hacia el exterior como si quisieran arrojarse al Apsus, se escuchó un estruendo. El suelo de mampostería saltó en todas direcciones, dejando ver, tras una humareda que se disipó rápidamente con la lluvia, la negra armadura de Haggar. Leandra observó a su alrededor: tras su espalda, varias filas de luces delimitaban el segundo picacho, el cuerpo de la serpiente de Wael.

Respiró profundamente. Notaba el calor de la sangre resbalando por su piel, allí donde los disparos la habían alcanzado antes de que las placas la cubrieran: el primero, en el hombro izquierdo; otro, que probablemente le había atravesado el antebrazo derecho limpiamente; y un tercero que había rozado su mejilla. Eran demasiados impactos. Las fuerzas, incluso aquellas proporcionadas por la armadura, comenzaban a abandonarla. Sus músculos temblaban a causa de la tensión. Tosió.

De repente, los adoquines del suelo temblaron con otro golpe. Un segundo impacto los agrietó, y tras el tercero asomó el guantelete del otro confesor, que no tardó en abrir un agujero lo suficientemente grande como para que le asomara el casco y parte del torso. Leandra dejó escapar un gruñido. Corrió hacia el lado opuesto de la torre para tomar impulso, respiró varias veces y notó cómo su corazón bombeaba un torrente de sangre por todo su cuerpo. Tomó impulso apoyándose en las almenas, se lanzó a la carrera hacia el otro extremo de la torre y saltó.

El confesor, que se había incorporado demasiado tarde como para perseguir a su objetivo, lo vio cruzar el espacio vacío que separaba a Wael del primer picacho. Leandra cayó con una voltereta, y sin perder un instante se incorporó y continuó corriendo, lista para lanzarse hacia el segundo picacho. A lo lejos, las luces de Pináculo se hicieron visibles entre una densa cortina de lluvia y niebla; entonces, allí donde el Apsus parecía contagiado por la misma furia desbordante de la mujer, emergieron cinco tentáculos albinos, descomunales en tamaño, que se abrazaron al pedazo de roca sobre el que Leandra corría.

—¡Cuidado! —gritó Stark, cuando vio que el submarino se tambaleaba.

Reynald realizó un rápido viraje hacia la derecha, y la nave consiguió alejarse de la corriente de agua que había formado el monstruo.

—¡Es el Haiyim! —corroboró Alfred, mirando a través del periscopio. Era la primera vez que tenía a la criatura ante sus ojos.

Ed Wallace, para quien era fresca la visión de aquellos tentáculos tras su reunión con los miembros de la Orden, se estremeció de miedo.

Por su parte, el monstruoso cefalópodo los ignoró. Mientras Leandra corría por la base del picacho, comenzó a constreñirlo con tanta fuerza que se escuchó un enorme crujido, y, justo cuando esta alcanzaba el borde, la montaña de roca estalló en pedazos. Leandra saltó en el último momento, cruzó el cielo, iluminada durante un segundo por el haz del faro, y aterrizó en el segundo picacho, en la cola de la serpiente. Más tentáculos emergieron del agua y la persiguieron.

—¡¡Noooo!! —gritó ella.

Las fuerzas la abandonaban. Ya no veía luces delante, sino una tremenda oscuridad, y un millar de diminutas agujas de plata que cruzaban el cielo a gran velocidad. Había perdido demasiada sangre. Gritó una última vez, llorando por el dolor y la desesperación, pero con los dientes apretados de rabia, y se arrojó al vacío desde el último picacho, imprimiendo a sus músculos toda la fuerza que le quedaba. Cruzó aquella bóveda celeste ennegrecida, empujándose con brazos y piernas, sin dejar que el último rugido se apagara en su garganta. Los tentáculos del Haiyim avanzaron tras ella, extendiéndose para alcanzarla.

En ese momento apareció una pared de hormigón. Mientras se aproximaba a gran velocidad, Leandra lanzó su brazo contra ella, donde dejó clavadas las cuchillas de la zarpa. Era una de las patas que sostenían Pináculo. Arriba, apenas la separaban quince metros de la plataforma de la ciudad.

El rugido del Haiyim se dejó escuchar a kilómetros a la redonda. Leandra estaba siendo reclamada.

—¡No soy tuya! ¡Ya no soy tuya! —gritó la mujer.

Echó mano a su espalda, donde había guardado su fusil, lo extrajo, apuntó a los tentáculos, que estaban cada vez más cerca de ella, y disparó. El arpón debía ser del grosor de un pelo comparado con la piel del Haiyim, pero Leandra conocía la fuerza del arma. Su proyectil voló, cruzando el cielo, alcanzó el tentáculo del cefalópodo y lo perforó. Se escuchó un nuevo rugido y el tentáculo retrocedió.

Leandra se aferró al hormigón con ambas manos. Intentó escalar, pero había agotado todas sus fuerzas. Allí, colgando de un brazo, casi sin poder abrir los ojos, medio desangrada, vio cómo los tentáculos del Haiyim regresaban para llevársela.

—¡Fuego! —escuchó por encima de su cabeza.

Al momento la alcanzó el sonido de varias descargas. Los rebeldes, apostados en el muelle, habían vencido el miedo que al principio les había provocado la visión del Haiyim y ahora obedecían las órdenes de Hiro. Disparaban contra los tentáculos todo su armamento: fusiles, pistolas y, por encima de todo, la ametralladora de tres cañones acoplados que había sobre el portatropas, que escupía fuego sin parar.

Jadeando, Leandra comenzó a escalar la pared. El monstruo era muy grande, demasiado quizás para que los proyectiles hicieran mella en su piel. Sin embargo, estos lograron entretenerle. Los tentáculos retrocedieron, dando tiempo para que la mujer lograra ascender unos metros. Ya podía ver la cara inferior de la plataforma. Aquello le dio ánimos. Continuó, clavando las cuchillas en el duro hormigón, hasta que descubrió una pasarela de servicio que discurría a lo largo de la cara inferior, junto a unas vías de monorraíl. Sobre la pasarela esperaba Geri. La lugarteniente extendió el brazo, a pesar de que a Leandra aún le quedaran unos metros para alcanzarla, y la llamó haciendo un gesto con la mano. Las cuchillas volvieron a horadar el hormigón. No obstante, los tentáculos del Haiyim, recuperados del primer pinchazo que le habían provocado los disparos, volvieron para buscar a su presa.

Leandra ascendió otro poco; Geri estiró aún más el brazo. Ya quedaba poco. Leandra también alargó el suyo, sus dedos se rozaron unos segundos. Geri hizo un último esfuerzo. Estirándose todavía más, tomó a Leandra de la muñeca y tiró de ella hacia arriba. Otras manos también la alcanzaron. Más rebeldes esperaban junto a Geri, listos para ayudar al confesor. Entre todos consiguieron subirla a la pasarela; la alzaron entre todos y corrieron hacia las escaleras que ascendían al muelle.

—¡Ya está! —dijo uno de los rebeldes.

—¡Se marcha! —gritó otro, señalando en dirección al cefalópodo.

Geri miró hacia el Apsus. Desde que Leandra había pisado la ciudad–plataforma, aunque hubiera sido por su cara interior, el Haiyim parecía haber perdido su rastro.

Los tentáculos de aquel monstruo caracolearon, se estremecieron y cambiaron a un color negro brillante. Luego, lentamente, volvieron a ocultarse bajo el Apsus.

—¡¿Quién… quién eres?!

—Robert Veldecker, escúchame…

—¿Cómo sabes mi nombre? ¿Con quién hablo? Deja de esconderte en la oscuridad y muéstrate.

—Has utilizado el descubrimiento de tu padre para un beneficio particular.

—¡Por… la… Tormenta! ¡¿Qué…?! ¿Qué eres?

—He venido para advertirte, para transmitirte un mensaje. Me llamarás Golem.

—¡No… no me hagas daño!

—No huyas, Robert. Puedo encontrarte allá donde te ocultes. Has reproducido el praemortis, pero sin prestar atención a su verdadero fin.

—¿Verdadero fin? El praemortis cura mi cefalea y me transporta a un lugar increíble.

—Pero tu corazón ansía más. No intentes ocultármelo. No te mientas a ti mismo. Estás reproduciendo demasiadas dosis. Vas a permitir que los nobles hagan el viaje.

—Sí… quiero que vean…

—¿Con qué fin?

—Para que puedan viajar al otro mundo.

—¿Y por qué deseas enseñárselo?

—Para que contemplen el lugar tan maravilloso al que fui a parar. Para que observen lo que yo observé, para que…

—¡No! ¿Y si caen en el otro torbellino? ¿Qué les dirás entonces, Robert Veldecker? No reproduces el praemortis para satisfacer su curiosidad, sino para alimentar tu poder. Quieres controlarlos.

—¡No! Ellos caerán en el torbellino bueno. No es mi intención…

—No puedes apropiarte del praemortis. No debes. El destino de los hombres no depende de tus caprichos. Muestra a la humanidad lo que hay al otro lado; sí, recuérdales lo que han olvidado, pero no busques apropiarte de sus voluntades.

—Yo… yo solo quería… El praemortis es muy caro de reproducir, y lo necesito para curar mi cefalea. Raquildis ha quedado muy débil tras su viaje al otro mundo. Temo que muera, igual que murió mi padre. Cuando él falte, ¿cómo saldré adelante? Tendré que alimentar a mis dos hermanos… este descubrimiento es lo único que me queda.

—Te queda mucho más, Robert. Has viajado al destino que te reserva la eternidad. Sabes lo que te aguarda. Ahora lo puedes contar, dejarles ver que su conciencia no desaparece tras este mundo. Reproduce el praemortis, pero no en tu beneficio, sino en el de todos. Obedéceme.

—¿Menguarán mis ataques?

—Cuando hayas muerto definitivamente. Allí, al otro lado, jamás volverás a recordar tu cefalea.

—¿Y ahora? ¿No puedo volver a inyectarme otra dosis? Lo necesito.

—No, no puedes.

—¿Por qué? Mi padre lo descubrió. Es el remedio perfecto a mi enfermedad.

—Frederick no descubrió nada. Él sabía que el praemortis no era de su propiedad. Tampoco es tuyo, Robert para que dispongas de él a tu antojo.

—Pero me cura. Necesito utilizarlo. ¿No podría dárselo a los demás mientras lo uso yo? O… tal vez… tal vez tú permitas que desaparezca mi enfermedad. Contesta… contesta, Golem. ¿No puedes ayudarme? Te lo ruego, permite que cesen mis ataques. Les daré el praemortis a los demás, se lo enseñaré a todo el mundo sin beneficiarme por ello. Lo administraré gratis, aunque viva el resto de mi vida en la pobreza, pero te pido que me concedas ese favor. La cefalea no me permite descanso… No, ¿por qué te marchas? ¡Golem! ¡Golem, te lo ruego, vuelve! ¡Ayúdame!

Recuerdos

1

—Escapado… —musitó Raquildis—. Ha escapado.

Llamaron a su despacho por tercera vez, y por tercera vez ignoró la llamada. Se encontraba sentado a la mesa, observando los nudos de la madera, con la luz de la lamparita incidiendo directamente sobre ellos. A su derecha, la lluvia caía a ráfagas sobre los ventanales, empujada por un viento hostil. La Tormenta llevaba horas descargando agua sobre Pináculo.

—Sabía que la vigilancia no sería suficiente —se reprochó a sí mismo—. Debí llevar más soldados, más confesores.

La puerta del despacho se abrió.

—Señor…

Era Rowan Ike.

El secretario personal de Raquildis cerró la puerta a su espalda y caminó hasta la mesa. Se paró frente al líder, consciente de que su presencia aún no había sido detectada, y se permitió observarle detenidamente: Raquildis, ignorando todas las normas sobre etiqueta que regían el vestuario del líder de Praemortis, llevaba puesta una cómoda bata acolchada color granate y babuchas.

—Gregger Wallace espera, señor.

Nada.

—Señor, Gregger…

De repente, Raquildis se levantó de un salto, rodeó la mesa, se colocó frente a Rowan y le propinó un fuerte guantazo de revés. El joven Ike cayó de bruces contra el suelo.

—¡Inútiles! ¡Leandra ha escapado de Wael! ¿Dónde está? ¿Quién la ha ayudado? ¿Cómo ha logrado sortear la vigilancia? ¡Nadie me aporta información! ¡Nadie!

Rowan, todavía en el suelo, se palpaba la mejilla. Intentó excusarse:

—¡Por eso ha venido Gregger! Es el alguacil de Wael. Él le proporcionará toda la información que…

Pero Raquildis, no contento con haber humillado a su secretario lo suficiente, le pateó las costillas. Rowan se dobló de dolor.

—¡No me obedecéis! ¡La Corporación es un caos por vuestra incompetencia!

Ike consiguió ponerse en pie y se alejó del líder, pero este lo persiguió por el despacho. Consiguió darle caza, aunque esta vez, en lugar de golpearlo, lo sujetó por la camisa.

—¡La estabilidad de Praemortis se desmorona ante mis ojos! ¡Deuz Gallagher aparece destripado y nadie puede encontrar a un culpable!

—El confesor de la capa gris…

—¡El confesor de la capa gris! —zarandeó al joven—. ¡Todos decís lo mismo! ¿Dónde está? ¿Con qué objeto ha asesinado al primer hombre de la familia Gallagher? ¡Contesta a mis preguntas!

—¡No… no lo sé!

Rowan se hallaba claramente aterrorizado.

—¡Estamos investigándolo!

Raquildis lo empujó. El secretario tropezó y volvió a caer.

—Deuz muere y nadie sabe por qué, Leandra escapa de Wael… estoy rodeado por una caterva de pusilánimes. Nadie hace su trabajo en la Corporación, más que yo.

Se masajeó el puente de la nariz y respiró hondo hasta que logró tranquilizarse. Luego miró a Rowan de reojo.

—Está bien. No todo serán malas noticias, ¿no es así? Dime, Rowan, ¿cómo se encuentran mis aliados?

Rowan adivinó a qué se refería el líder. Quería saber si todavía conservaba la lealtad de aquellos que se habían arrodillado frente al Haiyim, los nuevos miembros de la Orden.

—Laesan Ike y Caeley Dagman me han confirmado que obedecerán todo lo que ordene. En cuanto a Zerapa…todavía se encuentra afectada por la fiebre. Presenciar la muerte de su marido y la presencia del Hai…

Le tembló la voz con el recuerdo, pero se contuvo:

—Haiyim… el suceso, como digo, ha resultado más grave para ella que para los demás.

Raquildis enarcó una ceja y respondió:

—No creo que le tuviera tanto cariño a su esposo como aparenta, sino, más o menos, el mismo que ambos profesaban hacia su hijo, Peter. Los Durriken son una familia maleable, demasiado propensos a cambiar sus afiliaciones. No me extraña que corran un destino desagradable. De seguir así, toda la familia terminará ofrecida en sacrificio.

Soltó una risita, pero Rowan permaneció en silencio, desconcertado. Raquildis comprendió que el joven Ike desconocía que tanto Peter como su padre habían fallecido de la misma manera.

—En fin —continuó—. Me alegra que todos sigan fieles a lo que han jurado. Confío en Laesan; por otro lado, creo que Zerapa, sin más miembros de su familia entre los nobles, me ofrecerá una lealtad ciega. En cuanto a Caeley... está claro que el acontecimiento la marcó, pero sé que obedecerá a su padre antes que a mí. Afortunadamente, no parece que Baldomer pretenda apuñalarme por la espalda.

Detuvo sus cavilaciones durante un instante. Su interlocutor ya se había puesto en pie. Raquildis se volvió hacia él y lo observó detenidamente.

—¿Y tú? Recuerdas la noche en el muelle, supongo.

Rowan se estremeció. Su memoria trajo a la vida el gigantesco tentáculo del Haiyim como si aún pendiera sobre su cabeza.

—Jamás... podré olvidarlo —suspiró.

Raquildis esbozó una sonrisa.

—Bien. Necesito saber quiénes de entre los nobles me profesan una absoluta fidelidad, y en ocasiones, aunque no lo creas, no basta con enseñarles que soy el profeta del dios de los dos mundos. Sin embargo, estoy muy contento con los Ike.

Hizo una pausa

—¿A qué venías?

—Gregger Wallace ha llegado desde la prisión para informarle sobre la huida de Leandra.

—¡Ah, sí! El alguacil, ¿no es cierto? Hazle pasar.

Rowan asintió con una reverencia, corrió a la puerta y la abrió, pero Raquildis volvió a llamar su atención antes de que desapareciera.

—Rowan.

—¿Señor?

—Lamento haberte golpeado, muchacho. Me he dejado llevar por la ira.

—No tiene importancia.

—Sé que te esfuerzas mucho por hacer bien tu trabajo. Laesan es una buena matriarca. Pronto dejarás este puesto para sentarte a mi lado en las fiestas, como mi consejero. ¿Qué te parece? Voy a pedir tu ayuda, y si me la ofreces, liquidaré la deuda de los Ike.

—¿Lo haría?

A Rowan le brillaron los ojos.

—Desde luego. Necesito aliados, y sé que Laesan es muy astuta, sabe que no debe darme la espalda. Los Ike, en general, sois una familia leal. Continúa de mi parte cuando lo necesite, y os elevaré por encima de los Dagman. No os lleváis demasiado bien con ellos, ¿verdad?

—No... —contestó Rowan.

Su pensamiento voló lejos, hasta la sonrisa de Caeley. Tragó saliva, y su protuberante nuez se movió a lo largo de todo su cuello.

—Siempre ha existido cierta rivalidad entre vosotros —añadió Raquildis—. Yo la solucionaré. No me fío de Baldomer, pero sí de ti. ¿Me ayudarás?

—Lo haré, si hace lo que ha prometido.

—Descuida. Comenzaré dándote un nuevo empleo. Aparte de mi secretario, también serás mi chófer. ¿Qué te parece? El último... —se detuvo recordando el momento; su último chófer había salido volando por el parabrisas, lanzado por el Golem, el día del encuentro—. En fin, mi último chófer desapareció, como ya debes saber. ¿Te gustaría conducir mi limusina?

—Me encantaría.

—Que así sea entonces. Ahora, haz pasar a Gregger.

Rowan obedeció.

Raquildis regresó a su puesto, sentado frente a su mesa. Al poco, Gregger llamó a su despacho.

El alguacil de Wael se presentó de uniforme militar. Había sido desterrado de la ciudad por culpa de varios altercados relacionados con la bebida, de modo que ya no conservaba su antiguo rango de oficial. Ahora, una banda amarilla lo identificaba como cabo.

—Gregger Wallace —llamó Raquildis.

—Así es, señor.

Gregger se había cuadrado.

—Tengo entendido que fuiste capitán hace unos años.

—Fui… degradado.

—Y bastante, por lo que veo. De cabo a capitán hay un camino muy largo. Debiste hacer algo muy grave.

—Así fue.

Gregger parpadeó nerviosamente.

—Dirigí una misión en estado de embriaguez y algunos de mis hombres murieron.

—Por esa falta deberías haber sido encarcelado en Wael y expulsado de la Guardia.

—En cierto modo fui encarcelado, señor.

—Supongo… como también imagino que gracias a tu apellido tuviste el privilegio de conservar cierto rango militar. Sin embargo, ahora podrías volver a ser degradado.

Raquildis hizo una pausa; quería que sus palabras calaran en su interlocutor.

—Dime, ¿hay algún Wallace que ostente el rango de soldado raso?

—Nin… ninguno, señor.

—Claro que no. Nadie en tu familia comienza desde abajo. Sois nombrados oficiales en cuanto os alistáis a la Guardia. Pero has fallado en tu misión. Tenías un objetivo sencillo: vigilar a Leandra Veldecker.

—Y así lo hice, pero…

—¡Pero escapó! —cortó Raquildis, dando un golpe sobre la mesa—. Luego, has fracasado.

—Contó con varios apoyos inesperados.

—¿Apoyos? ¿Qué apoyos?

—Ed… Wallace.

A Gregger se le atragantó el apellido de su familia.

La mirada de Raquildis se ensombreció. El general no había tenido suficiente con haber escapado de la reunión celebrada por la Orden, sino que había organizado un plan de evasión para Leandra Veldecker. Estaba totalmente descontrolado.

Al momento, cayó en lo evidente.

—Los Cuervos… —susurró con desprecio—. Esos malditos rebeldes.

—En efecto —aclaró el alguacil—. Dos guardias quedaron noqueados por Stark, el líder de los Cuervos. Lo declararon ante mí personalmente, después que los halláramos, maniatados, en el muelle occidental de Pináculo.

—De modo que los Cuervos están de parte del general... Interesante. Creí que lo intercambiarían por Néctar, pero nunca que lo aceptarían como uno de los suyos.

—¿Ya sabía que Ed tenía relación con los rebeldes?

No es que el líder de Praemortis lo supiera, pero tenía muchas razones para sospecharlo. Cuando Ed Wallace escapó de la reunión de la Orden, los confesores que fueron tras él habían presenciado cómo era rescatado por los Cuervos. También informaron a Raquildis que habían visto una luz a lo lejos, procedente de algún tipo de faro. Era de suponer que procedía de algún emplazamiento rebelde, detalle al que Raquildis no prestó atención. El asesinato de Deuz Gallagher se había producido casi al mismo tiempo, y la noticia lo entretuvo; además, esperaba el lógico intercambio. Recuperar a Ed Wallace por un puñado de dosis de Néctar iba a resultar para el líder de Praemortis un trato muy satisfactorio, teniendo en cuenta que los Cuervos ignoraban la inutilidad de su líquido salvador, y que él dispondría del general para proporcionarle un castigo ejemplarizante por su traición.

Ahora se recriminaba no haber organizado un comando de asalto que se hiciera con Ed Wallace. No había sido prudente olvidarse sin más del general de la Guardia, pero temía que si mandaba un rescate y Ed tenía tiempo de hablar con sus propios rescatadores, estos vacilaran en su lealtad. Era necesaria una razón convincente para que nadie viera mal el ajusticiamiento público que pretendía llevar a cabo. Ahora, aquel problema había desaparecido.

—Los soldados y tú lo visteis colaborando con los Cuervos, ¿cierto?

—Cierto.

—En ese caso, tu general ha escupido sobre el juramento que realizó la familia Wallace. Ya no actúa como un protector del líder de la Corporación.

—Había alguien más con ellos. Un hombre. No sabemos quién es, pero los soldados aseguraron que tenía un ojo de cada color.

Aadil, dedujo Raquildis. El cazarrecompensas también se había unido a la causa de los Cuervos. ¿Por qué razón? Posiblemente, amaba a su hermana más de lo que cabía esperar. Leandra, objetivo común al Cormorán y los Cuervos, era el nexo de unión que ahora compartían todos sus enemigos.

—¿Cómo consiguieron que Leandra escapara?

—El hombre con un ojo de cada color llevó a la prisionera su armadura de confesor…

—¡¿Qué?!

Raquildis saltó del sillón como empujado por un resorte.

—Leandra se vistió con la armadura de Haggar. No pudimos hacer nada.

El líder dejó su puesto y comenzó a pasearse de un lado a otro. La noticia le había revuelto el estómago. No pudo decir nada. El hijo de los Wallace intentó continuar con su excusa.

—Consiguió llegar hasta la ciudad saltando por los picachos. Nos resultó imposible seguirla.

Pero Raquildis no prestaba atención. En mitad de su furia lo había asaltado un escalofrío, como si una docena de dedos congelados lo hubieran sorprendido por la espalda. Una revelación avanzó escurriéndose desde su columna hasta el cerebro. Allí, una imagen cobró forma: el Apsus, chocando contra los picachos de piedra; Leandra saltando de uno a otro, y varios tentáculos avanzando tras ella, buscando alcanzarla antes de que llegara hasta la ciudad. El Haiyim también había fracasado en su empeño por atrapar a la hija menor de los Veldecker.

—Los encontraremos —dijo tras unos instantes—. Daremos con todos, y con Leandra también.

Había quedado de espaldas a su interlocutor. Se volvió parcialmente, mirando de soslayo.

—Fue ayudada por los rebeldes, pero sé adónde la han llevado.

Sí, lo sabía. Aquella luz, detectada por los confesores cuando perseguían a Ed, era la clave, la forma de hallar el cuartel de los Cuervos. Al parecer, y después de todo, la oscuridad permanente que había sobre Pináculo aportaba ciertos beneficios.

Los rebeldes habían vivido muchos años de paz al otro lado de la Marca, disfrutando de incursiones a los confesores, robando el Néctar para entregárselo a los necesitados, desafiando al sistema bajo el mandato despreocupado de Robert Veldecker.

Demasiados años.

—Gregger…

—¿Señor?

—Hace mucho que no pisas Pináculo, ¿verdad?

—Desde que me degradaron no he vuelto… hasta hoy.

—¿Deseas quedarte?

El cabo dio un respingo. Raquildis quiso otorgar más fuerza a su comentario.

—Hablo de recuperar tu puesto en la Guardia, tu honor y tu rango.

Raquildis, aún de espaldas a Gregger Wallace, pero observándolo con la cabeza levemente girada, estiró el brazo y posó la yema de su dedo índice sobre el ventanal, que no le quedaba lejos. Lo movió de arriba abajo, produciendo un suave chirrido.

—Aunque, claro, el rango de capitán te quedará corto para lo que pretendo de ti.

—¿Cómo dice?

—Serás ascendido a coronel con efecto inmediato; ahora mismo… pero si logras la misión que voy a encomendarte y compruebo que me eres leal, te daré el puesto de Ed Wallace: general de la Guardia.

Gregger perdió el aliento. Tardó unos segundos en asimilar lo que Raquildis estaba ofreciéndole.

—Haré lo que me pida. Todo lo que me pida —prometió, haciendo un movimiento afirmativo con la cabeza.

—Lo que te pido es sencillo. Quiero que mantengas el juramento de los Wallace, necesito comprobar que tengo aliados en la Corporación. Tu familia debe proteger al líder. ¿Lo harás?

—Hasta las últimas consecuencias.

Al fin, Raquildis se volvió. En la yema de su dedo había quedado un pequeño rastro de humedad, que hizo desaparecer frotando su índice contra el pulgar.

—Robert era muy débil. Mira la ciudad que me ha dejado en herencia. Los rebeldes campan a sus anchas, robando nuestro Néctar, apropiándose de los hombres que en el pasado nos eran fieles para unirlos a su causa. Observa la Marca. El muro se deshace por la falta de cuidado. Sus numerosas grietas invitan a pasar a los opositores del sistema. La ciudad abandonada del otro lado cobija un sinnúmero de desechos sociales. Nada se ha hecho por limpiar esta ciudad de la corrupción, hasta ahora. Yo me encargaré de que todo ciudadano se gane su derecho a vivir sobre esta plataforma. Los desobedientes, los rebeldes y los ociosos serán destruidos.

—En ese caso, no debería olvidarse de los refugiados.

Gregger se había animado con las promesas del líder.

Los refugiados, pensó Raquildis. El poblado en el centro del barrio sur nunca había despertado su interés. No eran más que unos pobres desesperados que se habían inventado una excusa sin argumentos para vivir más felices lo que les quedaba de existencia carnal. Pero Gregger tenía razón, ellos también debían ser aleccionados; más ahora que la presencia de Aadil se había confirmado en el plan de fuga de Leandra Veldecker. El Cormorán era muy amigo de esos inadaptados, Raquildis estaba al tanto de ello. Someter a los refugiados y reducir su campamento a escombros calcinados demostraría a ese cazarrecompensas que no era prudente desafiar la autoridad de Wilhelm Raquildis.

—Sí —afirmó con una media sonrisa—. Veo que entiendes mi causa. Esos refugiados... sus casuchas en el barrio sur crecen como una infección. Hay que deshacerse de todos de un plumazo, de Cuervos y refugiados. Limpiar Pináculo en un solo ataque.

—Yo podría hacerlo.

—¿Estás seguro? No será fácil. Habrá que organizar una misión secreta. Me consta que la basura de la que hablamos posee informadores dentro de la Corporación; tanto unos como otros.

—Lo mantendremos bajo el más estricto secreto. Daremos la noticia a quienes creamos necesario informar, nada más.

—¿Y las tropas? ¿Estarán preparadas incluso si se las moviliza en el último momento?

Gregger llevaba mucho tiempo sin pisar Pináculo, sin estar al tanto del procedimiento militar, pero quiso arriesgarse.

—Sí. Las pondremos en marcha activando el protocolo de emergencia. Es el mismo que se utiliza ante una catástrofe, como cuando el Haiyim atacó Pináculo

—Cierto. Recuerdo que la Guardia fue muy efectiva aquel día.

—Con el protocolo de emergencia, podría tenerlas listas en unos minutos. Los soldados de permiso tardarán más en movilizarse, pero los utilizaré como tropas de refuerzo.

El líder sonrió, dejando ver una fila de dientes pequeños y bien ordenados.

—Que así sea —dijo con un hilo de voz tenebrosa—. Prepararemos la misión junto a un acto público, para mostrar a la ciudad cómo me encargo de la corrupción y la escoria que la dañan. Todo ocurrirá en el mismo día, mientras me dirijo a los ciudadanos. Pondré en marcha el acto, sin decir sobre qué voy a hablar. Resultará una sorpresa muy agradable. Así, cuando vean que me he ocupado de los Cuervos y los refugiados, comprenderán que el nuevo líder de Praemortis conduce Pináculo hacia una nueva era, un momento de renacimiento en el que ya no existirán los problemas; sin terrorismos ni ideas torcidas. Y tú, mi coronel, serás la mano ejecutora de todo el proceso.

Gregger Wallace apretó los labios, emocionado. Se irguió y con un taconazo que retumbó en el cuarto, saludó enérgicamente.

2

Leandra fue conducida a la segunda planta de la base rebelde, no demasiado lejos de las habitaciones de Stark y de Geri. Su evasión de Wael había resultado agotadora; por fortuna, los rebeldes habían llegado a tiempo. Geri y los demás consiguieron hacerse con ella momentos antes de que perdiera el conocimiento. Después y antes que la Guardia comenzara a buscarla, se la habían llevado en el portatropas tras los muros de la Marca. Ya en la base, Aadil se encargó de conducirla hasta la cama.

El Cormorán comenzó a retirarle las placas de su armadura de confesor. Desde la puerta, Reynald curioseaba asomando la cabeza. Tras él, en una pequeña sala y entre otros veinte rebeldes, esperaban Stark, Ed Wallace, Alfred, Hiro y Geri. Nadie quería perderse la llegada de Marcus Haggar. Era todo un acontecimiento que el enemigo más temido de los ladrones de Néctar estuviera descansando a pocos metros de ellos. Pero además, se sentían inquietos por otra razón. Con la llegada de Ed Wallace y las noticias que trajo consigo, habían quedado desubicados en lo concerniente a su misión. La noticia del viaje de Eklard y su caída en el Bríaro tras administrársele el Néctar, así como la carta del general, circularon velozmente entre cada uno de los Cuervos. El desconcierto era evidente. Habían perdido su razón de ser pero, además, el anuncio de la Vorágine abriéndose paso en el mundo de los mortales, engullendo el Apsus y todas las ciudades–plataforma constituía un presagio aterrador. La inquietud dominaba a los presentes y Leandra Veldecker parecía el único medio para obtener respuestas.

Aadil terminó de plegar la armadura de confesor. La dejó a un lado de la cama.

—¿Has visto como lo ha hecho? —susurró Reynald a Geri, que observaba la escena justo a su espalda.

La mujer negó con la cabeza y se encogió de hombros.

—Ha retirado las placas de la armadura como si nada —continuó el otro—, sin ningún esfuerzo. Deberíamos pedirle que nos cuente ese truco. Eso nos ahorraría muchos problemas con los confesores.

—¿Todavía crees que vamos a continuar robando a los confesores? —respondió Hiro, que tampoco se hallaba lejos.

Reynald le devolvió una mirada encendida.

—Supongo que no —refunfuñó.

El ballenero vestía pantalones oscuros, botas, camisa gris, tirantes y un gorro de pescador, que se quitó para estrujarlo entre sus manos. Debía contenerse; no era momento de ponerse a discutir con el hijo de los Dagman, a quien todavía no aceptaba entre los Cuervos.

Bajo la armadura de confesor, Leandra lucía un aspecto lamentable. Estaba muy delgada y pálida. Vestía uno de los uniformes de Wael: un mono que se adivinaba blanco, ya que se encontraba muy sucio a causa de la mugre y la sangre.

—¡Alfred! —llamó el ballenero—. Trae a los enfermeros. Leandra tiene varias heridas de bala.

Al momento, el profesor Jabari entró junto a dos hombres que portaban varios utensilios médicos. Leandra tenía las ropas ensangrentadas. En su antebrazo derecho era claramente perceptible un feo y negro orificio de entrada y salida; otro más la había alcanzado en el hombro izquierdo; un tercero había rozado su pómulo, marcándolo con una línea roja. Aún sangraba por las tres heridas.

Alfred y sus hombres se pusieron a trabajar de inmediato. Aadil dejó la habitación para que tuvieran más espacio. Pasó junto a Reynald y llegó hasta donde esperaban los demás.

—Está muy mal —anunció—. Espero que tengáis buenos médicos aquí.

—Alfred no es médico —aclaró Stark—. Pero sabe hacer lo que hace. Es lo mejor que podemos ofrecer.

Aadil asintió y buscó un sitio cómodo donde esperar. Halló una sección de pared libre, apoyó la espalda sobre ella y se dejó caer.

—Bueno, general —dijo Stark, dirigiendo su atención hacia Ed Wallace—. Ya tenemos a Leandra, y de regalo a su hermano. La mitad de la familia Veldecker está en esta base. ¿Cuál es el siguiente paso?

El aludido, que tenía el privilegio de ocupar una silla, puso las manos sobre las rodillas.

—Esperemos que ella pueda decírnoslo, cuando se encuentre mejor.

—¿Y tú? —preguntó Stark, volviéndose hacia el Cormorán—. ¿Qué hacías en Wael?

—Buscaba a mi hermana. Yo también tengo preguntas que hacerle.

—¿Es cierto? —intervino Reynald, desviando su atención hacia Aadil—. ¿Es verdad todo lo que dicen de ti?

—Algunas cosas.

—Eres el Cormorán, el famoso cazarrecompensas —dijo Stark—. Viajas por el Apsus, visitando varias ciudades en busca de misiones. Se dice que fuiste tú quien atentó contra Erik Gallagher, en la Plaza de los Descubridores, ¿verdad?

—Sí.

—¿Sabes algo de Vaïssac?

—Lo siento, llevo mucho tiempo sin moverme de Pináculo. Hace meses que resulta imposible navegar por el Apsus. Ni siquiera por debajo de él.

—Jefe —cortó Reynald, colocándose al lado de Aadil—. No sé si es buena idea que le tengamos entre nosotros.

Stark enarcó una ceja.

—Mira a tu alrededor, Rey.

El ballenero volvió la cabeza: Aadil, Ed Wallace, Hiro y Leandra. Buena parte de los presentes no eran considerados oficialmente como rebeldes. Torció los labios y se atusó el bigote.

—Amigo, están cambiando muchas cosas —añadió Stark.

—No me gustan los cambios.

La conversación se detuvo. Alfred acababa de salir de la habitación. Se limpiaba la sangre de las manos con un trapo.

—Vivirá —dijo, mirando a Aadil y luego al líder—. La armadura ha permitido que conserve casi todas sus energías. De todos modos, necesitará mucho descanso.

Aadil asintió.

—¿Está despierta? —quiso saber Stark.

—Sí —contestó el profesor—. Acaba de despertar, pero está débil.

—Iré a hablar con ella —intervino Ed Wallace.

—Que entre primero Aadil —indicó Stark—. Quiero que Leandra contemple una cara conocida.

El Cormorán esperó a que los enfermeros salieran y pasó. Sobre la cama, Leandra descansaba con los ojos cerrados.

—Leandra...

Ella abrió los ojos. Cuando reconoció a su hermano, su mirada brilló de emoción.

—¡Aadil!

—¡Qué alegría verte, hermanita!

Ella sonrió y dijo:

—No tuvimos tiempo de saludarnos en Wael.

—Estabas muy ocupada.

La tomó de la mano, y con la otra apartó uno de sus cabellos, que le tapaban el rostro. Su peinado a lo garçon estaba desecho, pero Leandra aún tenía el pelo corto.

—Menuda herida —dijo, señalando el tajo sobre el pómulo causado por la bala que había pasado rozándole el rostro.

—Tuve mucha suerte.

—Bienvenida al club.

Aadil se señaló la cicatriz en su rostro. Se trataba de un tajo muy parecido al de su hermana. Era el que le había hecho la bala de un francotirador, el día que intentó acabar con la vida de Erik Gallagher.

Leandra dejó asomar una sonrisa. Aadil le correspondió; pero luego, acercándose a ella, y en voz baja, dijo:

—Sé lo que has hecho. No solo huías de Wael, ¿verdad?

Echó una rápida mirada hacia la armadura de Haggar. Leandra asintió.

—Me alegro —continuó Aadil—. Lo has conseguido. Se terminó para nosotros. Yo mismo me ocuparé de lanzar la armadura al Apsus. Después nos marcharemos los dos, lejos de la ciudad.

—No puedo marcharme. Tampoco puedo dejar a Haggar.

—Sí, sí puedes. Yo lo conseguí, tú también puedes hacerlo. Nos perseguirán, pero conozco muchos escondites, incluso aquí, en Pináculo. Si no quieres, no será necesario que huyamos, viviremos escondidos. Ni siquiera Raquildis podrá dar con nosotros.

—No lo entiendes. Él me ha dicho que debo controlar al confesor. Utilizarlo.

—El… ¿quién?

—El Golem —intervino Ed Wallace desde el dintel de la puerta.

El general se había aproximado sin ser escuchado. Durante la conversación entre Aadil y Leandra había guardado un respetuoso silencio, hasta ese instante.

—¿El Golem? —dijo Aadil, volviéndose hacia Ed—. Esto es absurdo. El Golem es uno de los vuestros.

—No lo es —contestó Leandra—. He hablado con él.

—No puede ser —insistió Aadil.

—¡Así que le hablaste! —declaró Ed, abriendo los ojos desmesuradamente—. ¡Lo sabía! ¡Sabía que se comunicaría contigo! ¿Qué te dijo?

—Me dijo que hay un recuerdo oculto en la antigua edificación sobre la que se construyó el Pináculo —contó Leandra—. En ella se encuentran las respuestas, la salvación. Es necesario ir allí.

—¿La salvación? —preguntó Aadil.

—Eso dijo el Golem.

—¡La salvación! —musitó Ed Wallace.

El general se volvió hacia la habitación donde esperaban los demás. Allí, dirigiéndose al líder de los Cuervos, dijo:

—Ya tenemos el siguiente paso. Hay que ir a la antigua edificación sobre la que se asienta el Pináculo.

—¿Existe una antigua edificación bajo el Pináculo? —inquirió Reynald.

—Sí. Es de piedra, muy antigua. La Guardia y los nobles saben que existen varias entradas, pero solo los confesores tienen permitido el acceso.

—Es cierto —declaró Hiro—. A la Guardia se nos enseñan las entradas, pero no estamos autorizados a poner un pie dentro, tampoco es que lo deseemos; los confesores se mueven por los corredores del otro lado. Pero, ¿cómo entrar sin ser descubiertos? Es muy peligroso.

—Quizás, si alguno de nosotros vistiera la armadura de Haggar… —comentó Ed Wallace.

—¡No! —cortó Aadil, que acababa de salir de la habitación—. Nadie debe vestir la armadura de Haggar, excepto Leandra.

—¿Por qué no? —dijo Stark.

—Sería… malo.

Otro murmullo de opiniones cubrió la habitación. Los presentes, en general, cuestionaban la veracidad de lo que aseguraba el misterioso hermano de Leandra Veldecker.

—Dejad la armadura para su propietaria, es mejor así —continuó Aadil—. Yo os guiaré a la antigua edificación. Entraremos por detrás del edificio. Allí hay poca vigilancia. ¿No es así, general?

Ed asintió.

—Conozco bien la antigua estructura —añadió el Cormorán—. Iremos por los corredores menos transitados.

Con sus últimas palabras, ya no resultaba extraño para los presentes identificar al cazarrecompensas como un antiguo confesor, tal y como aseguraban algunas de las leyendas más conocidas sobre su persona. Reynald se peinaba el bigote, cada vez más nervioso. Dos confesores en la base rebelde resultaba antinatural.

—¿Qué buscamos, exactamente? —preguntó Stark.

—Leandra tampoco lo sabe —respondió Aadil—. Solo que tenemos que hallar un recuerdo del pasado.

—Entonces, ¿tenemos que buscar a ciegas?

El cazarrecompensas hizo memoria. No hacía demasiado tiempo que había pasado por la antigua estructura. Sabía que se trataba de algún tipo de templo religioso, pero poco más. ¿Dónde podrían hallarse las respuestas? Había transcurrido demasiado tiempo para que fueran conservadas en papel; y si así fuera, él sabría de la existencia de alguna antigua biblioteca. No, debía ser otra cosa, algo capaz de perdurar en el tiempo. Algún tipo de grabado o…

—¡La campana! —gritó.

—¿Qué? —respondieron todos al unísono.

—Hay una campana en el interior de la estructura. Posee grabados antiguos que explican una clase de historia o algo parecido. Nunca lo he sabido con exactitud. Está escrito en un idioma que desconozco.

—Probablemente se trate de nuestro mismo idioma —dedujo Alfred Jabari—, pero una versión antigua. Nuestra lengua ha experimentado cambios con el paso de los siglos.

—De acuerdo, profesor —intervino Stark—. Ya tiene su misión. Nos acompañará a la antigua edificación.

—Esto me pasa por abrir la boca —resopló Alfred, y se ajustó las gafas.

—Iremos con Aadil —añadió el líder de los Cuervos—. ¿Alguien se ofrece voluntario para acompañarnos?

—Tengo curiosidad —declaró Hiro.

Stark asintió, dando su aprobación.

—¡Eh! —saltó Reynald—.¡Se me ha adelantado!

—Ya somos suficientes, Rey. Te necesito aquí, vigilando la base.

—Está claro. Siempre me toca perderme los momentos de acción —dijo el ballenero, cruzándose de brazos.

—Geri —continuó Stark—. En ausencia de Alfred, te dejo a cargo de Leandra. Cuídala.

La mujer levantó el pulgar en señal de aprobación. Stark se puso en pie.

—Compañeros, presenciamos un giro inesperado de los acontecimientos. Los Cuervos ya no somos un grupo rebelde que roba el Néctar. Tal vez penséis que hemos dejado de existir. Por mi parte, tengo claro que nuestro objetivo continúa intacto: conseguir el cambio de torbellino. Es por eso por lo que siempre hemos combatido; ahora, a pesar de que ya no perseguimos el Néctar, mantenemos el mismo espíritu. Es el momento de continuar, de no echarse atrás. Todos conocéis la historia de Ed Wallace y el viaje de Eklard al Bríaro. Debemos asumir que posiblemente nuestro mundo toca a su fin; es por eso que ahora, más que nunca, debemos apresurarnos en hallar un medio para cambiar nuestro destino.

Los presentes escuchaban a Stark en silencio. El líder prosiguió.

—No obstante, si alguno de entre vosotros cree que hemos perdido el rumbo, que ya no luchamos tras la misma causa, es libre de dejar el grupo. No se lo reprocharé. Por mi parte, confío en que, de una forma u otra, hallaré la manera de evitar el Bríaro. Lucharé… moriré si es necesario, porque sé que me impulsan los mismos instintos, unidos a una sed por conocer la verdad.

Terminó. Los rebeldes que lo rodeaban asintieron, convencidos de lo que decía. Alfred se aproximó y posó una mano sobre su hombro.

—Tenemos muy claro por qué luchamos, jefe.

Se escucharon voces de afirmación.

—Bien —respondió Stark—. En ese caso, preparemos nuestra incursión al Pináculo.

3

La limusina corporativa se paró frente a la dirección indicada. Era la fachada gris y blanca de un edificio de cuatro plantas. Llovía con cierta fuerza, de modo que el chófer abrió su paraguas cuando dejó su puesto de conductor y corrió a abrir la puerta del pasajero.

—Hemos llegado, señor —dijo, ofreciendo su brazo.

Del habitáculo surgió una mano arrugada que tomó el antebrazo del chófer. Las venas eran claramente visibles a través de una piel seca. Luego surgió un pie, calzado con un elegante zapato en color negro. Desde la oscuridad del habitáculo emergió en último lugar un rostro envejecido pero de ojos vivos, bigote y pelo blanco y escaso, peinado con la raya a un lado.

Luther Gallagher, la Orca Azul, se incorporó ayudado por el conductor de su limusina. Alzó la mirada y observó su alrededor. La calle se encontraba inusualmente salpicada de vagabundos. De un rápido vistazo contó más de treinta; apoyados en las esquinas, cubiertos bajo pilas de cartones o arremolinados alrededor de una hoguera cubierta por un toldo. En el interior del portal del edificio que tenía delante pudo contar hasta ocho de ellos, acostados junto a las paredes. Habían dejado libre un estrecho pasillo hasta las escaleras.

—Espera aquí —dijo al chófer, mientras este lo acompañaba, paraguas en mano—. No apagues el motor de la limusina.

El otro asintió. Luther se adentró en el portal, sorteó a los vagabundos y alcanzó las escaleras. Ayudado por su bastón, ascendió con lentitud hasta la tercera planta. Allí esperaban otros cinco vagabundos. Estos parecían más lúcidos que los que aguardaban en la calle y en el portal. Luther no les dijo nada, pero ellos lo debieron reconocer porque abrieron una puerta que tenía una chapa pintada de negro y le invitaron a pasar. El anciano obedeció.

El interior estaba atestado de indigentes. En la sala principal —lo que Luther supuso que debía ser un comedor—, se apretaban al menos veinte personas. Estaban tumbadas en el suelo, acurrucadas o de rodillas, mezclándose con botellas vacías de licor e inyectores gastados de Nitrodín. Pero había algo más entre aquella basura que llamó la atención de la Orca Azul: una dosis gastada de Néctar. Estaba en el suelo, junto a un vagabundo que ahora dormía.

Como habían hecho en la entrada, otro de aquellos hombres abrió una puerta y le ofreció pasar al interior. Al otro lado, Luther descubrió una habitación no demasiado grande. Estaba llena de diversos aparatos y cables, que circulaban por el suelo y cerca del techo, suspendidos por hilos de pescar. Sobre una cama halló el cuerpo deformado y prácticamente inútil de Erik Gallagher. Su sobrino lo saludó con una sonrisa, arqueando sus cejas circunflejas.

—Bienvenido, tío. Te estábamos esperando.

Sin decir nada, y sin inmutarse por el aspecto de su sobrino, Luther miró a su alrededor. A los pies de la cama, sentadas en sillas, encontró a Caeley Dagman y a Zerapa Durriken. La hija de Baldomer lo saludó con una risa nerviosa. Parecía claro que estaba aterrorizada; Zerapa, sin embargo, se hallaba mucho más tranquila. Al fondo, pegado al cabecero, Luther reconoció un confesor. Al detectar una capa gris a su espalda sintió un escalofrío. Era la armadura que en el pasado vistiera Tom Gallagher, el hijo de Erik.

—¡Néstor! —musitó.

Sus primeras palabras hicieron que Erik sonriera.

—Por favor, tío. Toma asiento.

—¿Cómo has conseguido esa armadura? Y, ¿por qué nos has citado aquí, en un lugar como este, lleno de gente de la peor condición. Ni siquiera son capaces de mantenerse en pie. ¿Qué es lo que planeas, Erik?

—Descuida, habrá tiempo para las explicaciones. Me alegra que hayas atendido a mi llamada.

—¿Tu llamada?

Luther aún no se había sentado; dio un golpe en el suelo con la punta de su bastón.

—Has destripado a mi hijo… ¡a tu primo Deuz! Encontré su cuerpo desgarrado sobre el quirófano, agitándose todavía con los estertores de la muerte, sujetando la pantalla de vídeo con tu mensaje. Sí, has llamado mi atención.

Las dos mujeres dejaron salir un suspiro de terror. Era la primera noticia clara que recibían sobre las misteriosas circunstancias que habían rodeado la muerte de Deuz Gallagher.

—¿Esta es tu forma de demostrarme que continúas vivo? —continuó la Orca.

—¡Sí! —gritó Erik—. Pero no entiendes mis razones: Deuz Gallagher vino a visitarme, pero no tuvo valor para escuchar lo que le propuse. Siempre fue un pobre borracho, exento del carisma necesario para liderar a la familia, ¡a la Corporación! Compréndelo, no podía dejar que viviera. Cuando le expliqué mi plan se echó a llorar, ¡no tenía ambición! Solo deseaba continuar disfrutando de los placeres de la nobleza, sin preocupaciones ni aspiraciones, permitiendo que Raquildis liderara por encima de él. Por eso, su muerte era necesaria, era parte de mi mensaje. Si no estáis de mi parte, estáis en mi contra. Sí, tío, continúo vivo, dispuesto a recuperar aquello que me ha sido arrebatado: el liderazgo.

—¿Y esta es la ayuda con la que cuentas? —replicó Luther, y señaló con su bastón a las dos mujeres—. Caeley Dagman, a quien solo le preocupa contonearse delante de los hombres, y Zerapa Durriken, que ha ascendido a la nobleza por los méritos de su hijo. ¡Ah! Y desde luego, no podemos olvidarnos de la chusma que espera ahí afuera. Vagabundos y drogadictos, ¿con ellos es con quienes esperas ganar la Corporación?

Erik Gallagher apretó los labios. Luther adivinó que lo había ofendido con sus palabras, pero de repente, el otro suavizó sus facciones, y sus labios pasaron a curvarse en una sonrisa. Acto seguido, soltó una carcajada suave, respiró hondo, y dijo:

—Sí, es con ellos con quienes voy a triunfar, lo creas o no. Has mirado a tu alrededor, tío, pero no has visto la realidad. Esa gente de ahí fuera es capaz de morir por mí. Me reconocen, saben que soy el carismático Erik Gallagher. Les he prometido el Néctar si me ayudan, algunos ya lo han conseguido. He demostrado que puedo hacerles cambiar de torbellino, a ellos, a los olvidados por el sistema, a los improductivos y a quienes vivían con el terror de una condena segura. La esperanza con la que han soñado, y que creían perdida, se hace al fin realidad, está al alcance de sus manos. Es el mejor ejército con el que puedes contar. ¿Y estas dos mujeres? ¿Piensas que forman parte de lo más bajo de la nobleza? Así es, en efecto. ¿Por qué recurrir a Baldomer Dagman? Su hija es tan ambiciosa como él, o más. ¿Y Zerapa? Ahora no tiene a nadie. Su marido y su hijo han muerto. ¿Sabes cómo? Yo sí. Ambos han caído a manos de Raquildis, arrojados al Haiyim en sacrificio. Ella misma vio a Omar ser lanzado al Apsus para que lo devorara el dios de ambos mundos; yo le he revelado que Peter corrió la misma suerte. Ahora ha prometido ayudarme. No tiene nada, salvo una fidelidad que ofrecer. ¿Crees que he actuado de forma inconsciente? No, no lo he hecho. Fíjate en Deuz. Confié en un noble de mayor rango y encontré el fracaso. Los nobles que ya lo tienen todo, o bien se han vuelto vagos, acomodados en su estabilidad; o son unos perros sin honor, dispuestos a traicionar la lealtad que prometen a sus aliados. No se les puede confiar un plan sin dudar de que se vuelvan contra uno mismo. Su ambición no es pura, como la de estas personas.

—¿Y yo? ¿Me consideras un noble de bajo nivel o un vagabundo?

—Ninguna de esas cosas, tío. Lo que ocurre es que siempre he confiado en la familia. Deuz no consiguió dar la talla, pero sé que tú si la darás, porque eres mucho más decidido que tu hijo.

Luther entrecerró los ojos, midiendo las palabras de su sobrino. Sus manos se crisparon alrededor de la empuñadura de su bastón. Observó luego a las dos mujeres que lo acompañaban y finalmente al confesor de capa gris. ¿Qué era lo que Erik planeaba? Clavó su mirada de ojos azules en el noble. Había enloquecido por completo, de eso no había duda, pero en mitad de aquella demencia existía una lucidez calculadora, la que ahora estaba utilizando para convencerle de sus acciones.

Erik tenía un plan.

—Vamos, Luther, escucha lo que tengo que decir —continuó su sobrino—. No te lamentes más porque quitara a Deuz de en medio. Era necesario. Él nunca tuvo la fuerza necesaria para liderar a los Gallagher, menos aún para participar en lo que pretendo. Os he hecho un favor, y me lo he hecho a mí mismo. Cuando los Gallagher dominen Praemortis, no quiero tener que pelearme por el liderazgo con nadie. Deuz ya lo había saboreado, era muy peligroso.

—¿Y no temes que yo pueda arrebatártelo?

—Ya me lo diste en el pasado. Tú me nombraste líder de los Gallagher, ¿recuerdas? Sabes que siempre he estado más capacitado que nadie para manejar el poder.

Las palabras de Erik eran ciertas. Cuando Luther comenzó a sufrir los achaques de la vejez, se planteó la sucesión. Bajo circunstancias normales, Deuz habría sido nombrado líder, pero la Orca Azul sabía que si su hijo conducía la familia, los Gallagher perderían toda la fama que habían conseguido alcanzar y jamás podrían hacerse con el control de la Corporación. Erik, en cambio, resultaba mucho más astuto y frío, por eso decidió nombrarlo a él y retirarse al edificio familiar. Erik siempre fue la opción idónea, un líder nato.

—A veces, conseguir un resultado satisfactorio exige tomar decisiones complicadas —dijo, mientras concentraba su atención en la orca tallada en su bastón.

—Así es, tío.

—Cuéntame, ¿qué pretendes?

—Voy a arrancar el liderazgo de Praemortis de los dedos muertos de Raquildis.

—¿Y cómo vas a hacerlo?

—Con un atentado.

Caeley Dagman, que todo este tiempo había permanecido alisándose la falda, intervino.

—Raquildis va a organizar una aparición pública dentro de dos días.

—¡¿En dos días?! —reaccionó Luther.

Miró de arriba abajo a la hija de Baldomer. Lucía un vestido–túnica de cretona, en color amarillo y con estampado de flores. No favorecía su ya de por sí escaso atractivo.

Caeley tenía un gusto horrible para la moda, pero Zerapa tampoco iba mucho mejor vestida, con un gastado traje de dos piezas en color caqui y zapatos negros de tacón bajo. Parecía haber recuperado la ropa que usara antes de ascender a la nobleza, una ropa de ciudadano de clase media, muy alejado del gusto y la etiqueta de los nobles.

—¿Estáis seguros de eso?

—En dos días —corroboró Erik—. Sé que es muy pronto para organizarlo, pero debemos hacerlo. Es el momento ideal.

—¿Y para qué es el acto? —preguntó Luther—. Es la primera noticia que tengo al respecto. Me extraña no haberme enterado. Ahora que Deuz no está, soy yo quien vuelve a encargarse de los Gallagher; al menos, provisionalmente.

—Es una sorpresa —intervino Zerapa.

—Raquildis solo ha informado a unos pocos —dijo Caeley—, pero incluso nosotros desconocemos qué es lo que está organizando.

—Ya sabes que Raquildis no aprecia a los Gallagher —intervino Erik—. Mucho menos a ti. Confío, no obstante, que en el último momento lo hará saber a la familia por los medios oficiales.

—Supongo. De todos modos, seguimos sin saber en qué consiste ese acto.

—No importa —respondió Erik—. Lo dará en la Plaza de los Descubridores, justo bajo el Pináculo. Mis hombres atacarán abiertamente, antes de que pasen ningún control, desde fuera.

—¿Cuál es nuestro papel?

—Tendrás que convencer a los Gallagher.

—¿A todos?

—A todos los que puedas. Caeley se encargará de hablar con los Dagman que deseen involucrarse. Así atacaremos por varios flancos; con mis hombres, desde la plaza; y con los nobles, en el estrado. Un golpe en toda regla.

Luther miró de reojo a la muchacha de los Dagman. Sabía que si lo proponía, los miembros de los Gallagher lucharían a su lado, pero no estaba convencido de que la hija de Baldomer tuviera el mismo poder de convicción.

—Creo que no todos los Dagman responderán.

—Será mejor que hablarlo con mi padre —se defendió Caeley.

—Es cierto —intervino Erik—. No quiero que Baldomer se entere de este plan. Ya intenté contar con su ayuda para hacerme con la Corporación. Ambos lideramos el ataque rebelde a la estación de Monorraíl, algo que pretendía ser el inicio de un levantamiento que terminaría por darnos el control. Sin embargo, tras mi desaparición, Baldomer se echó atrás y juró fidelidad a Raquildis. Si contamos con él, es probable que en el último momento desee mantener dicha fidelidad, especialmente si ve que las cosas se tuercen en lo más mínimo.

—Está bien —admitió Luther—. ¿Y Zerapa? ¿Cuál es su papel en este plan?

—Zerapa lleva tiempo bajo mis órdenes. Pedí a Néstor que se pusiera en contacto con los Durriken, porque conocía sus aspiraciones. Zerapa es quien me ha traído a Caeley. También me ha advertido sobre la cercanía hacia Raquildis que crece entre los miembros de la familia Ike. No podemos contar con ellos, aunque perdonaremos a Rowan cuando estemos en el poder.

Miró a Caeley, afirmó en un gesto condescendiente, y continuó:

—El secretario de Raquildis permanecerá ajeno a nuestros planes. Caeley ya ha prometido que mantendrá el secreto cuando converse con él. Luego, cuando ascendamos al poder, ella se encargará de ponerlo a salvo, mientras el resto de la familia Ike recibe un justo castigo.

La joven aludida sonrió.

—Zerapa también me ha informado sobre las últimas noticias acerca de la familia Wallace —añadió Erik—. Ed ha desaparecido, y se rumorea que se ha unido a los rebeldes. El liderazgo lo lleva ahora Gregger Wallace, el antiguo alguacil de Wael.

—Así es, por lo que yo tengo entendido —dijo Luther.

—Hay tantas noticias que me pierdo, aquí, postrado en mi cama. Estos monitores me comunican con Néstor. Él se ha convertido en mis ojos, pero no puede enterarse de todo cuanto ocurre, especialmente tras los cristales del Pináculo. Zerapa se ha encargado de informarme de aquellos detalles que se le han escapado a mi confesor. En cuanto a los Wallace, como decía, a pesar de haber cambiado de líder, estoy seguro de que continúan siendo igual de leales a Raquildis. Mantendrán, como siempre han hecho, su juramento de protección al dirigente, lo que significa que tendremos que enfrentarnos a ellos dentro de dos días. Tal vez habrá que matarlos a casi todos, aunque seremos benevolentes con quienes se vuelvan a nosotros. No obstante, tanto derramamiento de sangre merecerá la pena. Praemortis será nuestra… al fin nuestra.

—Cuando consigamos el liderazgo, ¿qué harás con Leandra Veldecker? —quiso saber Luther—. Se rumorean muchas cosas sobre ella. Sabemos que Raquildis la encarceló en Wael, pero dicen que ha conseguido escapar. Aunque yo no lo creo. A decir verdad, corren muchas historias sobre la hija de Frederick que creo falsas. Historias sobre sus creencias… y su identidad oculta. Supongo que ya adivinas a qué puedo estar refiriéndome.

Erik notó un picor en la nuca. Con su mano sana hizo un gesto a Luther para que se detuviera. Luego se dirigió a Zarrio, quien, enfundado en su armadura, permanecía al lado del cabecero, rígido.

—Néstor, abandona la habitación hasta que te llame.

El confesor obedeció sin rechistar.

4

—Néstor, abandona la habitación hasta que te llame —me dijo Erik Gallagher, y obedecí.

Obedecí, porque me llamo Néstor.

Llevo días con la piel metálica del confesor sobre mi carne. Ya apenas recuerdo cuándo fue la última vez que me deshice de las placas. La armadura paraliza mis necesidades. No tengo que comer, ni dormir, ni acudir al baño. Ni siquiera transpiro. Soy como el huésped de la voluntad que anida en su interior. Mi cerebro y mis músculos son necesarios para moverla, para actuar, pero todo lo demás sigue los dictámenes de Néstor.

He sido poseído.

Después de abandonar la habitación de Erik, la reunión con los nobles no se demoró mucho más. La primera en salir fue Caeley Dagman. Lo hizo con decisión, pero dio un paso atrás en cuanto vio la cantidad de vagabundos que han hecho de mi salón su hogar. Sin duda, ya no recordaba haberlos visto cuando entró. Se llevó las manos al pecho y, totalmente asqueada, caminó sorteando los cuerpos de quienes dormían bajo el influjo de los vapores etílicos.

Zerapa salió después. Debía estar mucho más acostumbrada a los desposeídos, porque pasó por encima de ellos sin ningún miramiento, adelantó a Caeley y desapareció.

El último fue Luther Gallagher. Se paró en el dintel de la puerta, justo antes de atravesar el salón, y me clavó sus ojos de un intenso azul. En ese momento me sorprendió una extraña opresión en el pecho. De algún modo, comprendí que el venerable anciano no miraba a Ipser Zarrio, sino al hijo de Erik, muerto en un ataque de los Cuervos. Noté que la armadura se agitaba con su mirada de hielo, a pesar de que no eran sino mis ojos los que contemplaban a la Orca. Después, Luther caminó lento pero seguro hacia las escaleras, y sin volver a mirarme, abandonó el lugar.

Acto seguido, Erik me llamó.

—Nos ayudarán en lo que les pidamos —comenzó, una vez me vio aparecer—. Zerapa está desesperada por sobrevivir. Cree que, en algún momento, alguien terminará con su vida arrojándola al Haiyim. Es como un nadador de la Vorágine que se aferra al cuerpo más cercano para no ser tragado. Nos obedecerá en todo lo que la ordenemos. En cuanto a Caeley, dudé de su ambición, pero ahora que he hablado con ella directamente he comprobado que desea con todas sus fuerzas el puesto de su padre. Luther es quien más me preocupa, pero sé que me obedecerá. Detesta ver a Raquildis dominando la Corporación; tanto, que hará lo necesario para acabar con su vida.

Pese a que no lo deseaba, retiré las placas de mi rostro para hablar:

—No les has contado todo el plan. Todo lo que pretendes hacer.

—¡Por supuesto que no! La muerte de mi primo me ha servido para aprender. Nadie, ni siquiera los indigentes que vigilan mi casa, me seguiría si supieran que pretendo acabar con Pináculo. Ellos no han contemplado la verdad, como yo; ninguno ha visto la Vorágine, arrastrando a seres humanos vivos y muertos. Yo lo he visto, Néstor. El gigantesco vórtice ha llegado hasta las aguas del Apsus. Viene hacia aquí, pero solo tú me eres fiel, solo tú posees la auténtica fuerza de voluntad para asimilar el fin de nuestra existencia. La has anhelado desde que nos conocemos, ¿no es verdad? Has estado perdido desde que murieron tu mujer y tu hijo, aguardando a reunirte con ellos en el mar de almas. Por eso me sigues, por eso me obedeces; y por eso, mientras ellos cumplen una parte de la misión, tú te encargarás del objetivo principal. Ya sabes a lo que me refiero, ¿verdad? Te lo declaré la primera vez que regresé de la Vorágine.

—Vaïssac.

—Vaïssac, Néstor. La ciudad al completo había sido engullida. Sé que es una visión que no me ha sido revelada exclusivamente, aunque no todos caen en la misma zona de la Vorágine. Muchos de los que han cumplido veintiún años ni siquiera se habrán dado cuenta, porque están cegados por el terror, por eso mi plan es todavía un secreto. Debemos ponerlo en marcha, porque si algún nadador de la Vorágine se fija con atención en lo que flota a su alrededor, será capaz de ver la inmensa ciudad–plataforma, navegando a la deriva entre una corriente llena de conciencias desdichadas. Debemos apresurarnos antes de que se corra la voz, antes de que el rumor se extienda. Nos adelantaremos a la noticia.

—Entonces, ha llegado el momento.

—Sí. Mientras los nobles intentan terminar con la vida de Raquildis, tú viajarás a Pináculo. El edificio protege los controles que anclan la ciudad al fondo del Apsus. Encuéntralos y destrúyelos.

—Será complicado.

—No lo será. La atención de la Guardia y los confesores estará centrada en Raquildis. Todos estarán reunidos en torno a la Plaza de los Descubridores, frente al edificio de la Corporación. Tú entrarás por detrás. Tus habilidades han mejorado muchísimo. No tendrás problemas para sortear la vigilancia.

—¿Y luego, qué?

—Deja que los nobles terminen con la vida de Raquildis. Vuelve aquí, conmigo. Esperaremos el momento adecuado para mostrarnos a los ciudadanos, para que el mandato de Praemortis quede bajo mis manos. Conduciré esta ciudad, en sus últimos días, mientras, ya libres de los anclajes, navegamos rumbo al ojo de la Vorágine.

—¿El Apsus nos llevará a la Vorágine? ¿Estás seguro?

—Completamente, ¿cómo ha llegado Vaïssac si no? Ambos mundos están íntimamente conectados. Siempre lo han estado; siempre, condenados a la destrucción. Al fin terminarán nuestras vidas aquí, pero antes, te daré lo que te prometí, lo que has estado buscando.

Un fuego malsano ardió en mis músculos. La furia, atizada por la conciencia de Néstor, estuvo a punto de hacer que mi pecho estallara.

—Marcus Haggar —dije con los dientes fuertemente apretados.

—Has esperado pacientemente a que revelara su identidad. El momento ha llegado. Te dije que Haggar no era sino el nombre del confesor, y debo confesarte que ni siquiera yo sabía quien vestía la armadura de la Zarpa. Esperaba averiguar los lugares que frecuentaba, saber cuál era su celda dentro de la antigua estructura de Pináculo, o planear un modo para que lograras sorprenderlo en uno de sus paseos rutinarios, pero ahora se me ha presentado una oportunidad mayor; la forma para encontrar a la persona sin la protección de sus placas. Sé quien viste la armadura de la Zarpa. Me lo ha dicho Luther. Es un rumor que corre por la ciudad. Parece ser que Marcus Haggar es la mismísima Leandra Veldecker.

Apenas pude contenerme. A mi cabeza vinieron, como dolorosos fogonazos, imágenes de un pasado que había quedado enterrado bajo mi nueva personalidad. Vi a mi esposa, Helen, bajando a mi hijo Leam por las escaleras el día que lo llevamos a que le inyectaran el praemortis. La vi, delirando en la cama, muy afectada por el sufrimiento, mientras mi hijo agonizaba por culpa de su débil corazón. Contemplé de nuevo las últimas palabras de Leam, solicitando con lágrimas en los ojos la visita de un confesor, y la capa blanca de Haggar ondeando bajo la lluvia, mientras se acercaba a mi residencia.

Marcus Haggar. Recordé claramente cómo colocó la palma de su mano en las pupilas de mi hijo y cómo se volvió con frialdad cuando comprobó que no había pagado un Néctar. También vi cómo me lancé a él, olvidando mi temor, suplicándole para que le administrara la salvación. Mi rostro, empapado en lágrimas, se reflejó en las placas de su armadura, pero la Zarpa ni siquiera se inmutó. La conciencia del confesor no se lo permitió. Estaba diseñada para eliminar todo remordimiento de la persona que la vestía, y ahora, al fin, sabía quién era esa persona.

Leandra Veldecker era Marcus Haggar, el confesor más despiadado de todos, la Zarpa inmisericorde no era sino la hermana pequeña de quien había edificado la corporación Praemortis.

Apreté los puños con fuerza. Me concentré en mantenerme en mi puesto, aunque necesitaba salir corriendo, saltar por la ventana al tejado más próximo y lanzarme en busca de Leandra. Deseaba arrancar su rostro con mis propias manos, ver su sangre resbalando por el metal de mi armadura. Necesitaba acabar con ella, pero me contuve.

—Te la daré —aseguró Erik—. Leandra será tuya. Cumple este último cometido y la buscaremos juntos. Será lo último que hagamos antes de ver cómo la Vorágine devora Pináculo.

—Así sea —afirmé.

De pie, asomado al balcón, espero mi momento. Recuerdo las noches que pasé, justo aquí, contemplando el edificio de Pináculo mientras apuraba un cigarrillo, preguntándome acerca del diseño del mundo en el que me ha tocado vivir. Es cruel y sin sentido. No hay nada por lo que luchar, a menos que uno mismo lo busque, porque el destino de todos es una condena sin salvación. Yo, sin embargo, tengo un sentido para mi vida: acabar con Leandra Veldecker. Después, nada me impedirá lanzarme al Bríaro, reunirme con mi familia en el mar de almas atormentadas y volver a abrazarles en mitad de un sufrimiento eterno. Si las enseñanzas de la Orden son ciertas, seré uno de los torturadores, uno de quienes dé sufrimiento a los demás, por orden del poderoso Haiyim, a quien ofrecí mi vida en el pasado, y a quien siento cada segundo que llevo puesta la armadura de Néstor. Si me convierto en un torturador, liberaré a Leam y a Helen de su dolor, los sentaré a mi lado, liberándolos de su agonía, e invertiré una vida infinita en castigar a Leandra Veldecker.

Art. 1. El confesor es un centinela directamente relacionado con la corporación Praemortis. Su función principal será la de acudir con la mayor celeridad posible ante la llamada del ciudadano que requiera, previo pago, una dosis de Néctar.

Art. 2. Además, el confesor está autorizado para preservar el orden. Es juez y ejecutor de la ley, pudiendo aplicar la sentencia que considere oportuna en el mismo momento de encontrar al culpable de un delito.

Art. 3. Ningún confesor podrá ir equipado con más de ocho dosis de Néctar. En circunstancias extraordinarias, y previa justificación, podrá llevar algunas adicionales.

Art. 4. El cuidado de la armadura, arma y equipamiento del confesor dependen exclusivamente de su propietario. Dos veces a la semana informará sobre las dosis de Néctar que ha administrado y sobre cualquier incidente acaecido en el desempeño de sus funciones.

Art. 5. El confesor vestirá la capa con capucha de color azul. Bajo circunstancias excepcionales derivadas de la jerarquía interna (no expuesta en este manual), un confesor podrá vestir capas de colores distintos al azul.

Art. 6. Si fuere necesario, el confesor se protegerá con su arma reglamentaria. El fusil lanza-arpones es la única arma que un confesor está autorizado a llevar. La vinculación del confesor y su arma es personal, de modo que se prohíbe su traspaso o préstamo.

Art. 7. Los organismos oficiales permitirán libertad de reunión y jerarquización en lo que respecta a la organización de los confesores. Dicha organización es independiente del sistema corporativo.

Art. 8. Está terminantemente prohibido que un confesor administre una dosis de Néctar a un solicitante que no lo haya pagado.

Extracto del reglamento oficial sobre los confesores

1

Iba en contra del protocolo y las normas de seguridad asomarse por la ventanilla de una limusina corporativa; exponía al sujeto sin la protección del cristal blindado, pero Raquildis no pudo contenerse por más tiempo: mientras su vehículo rodaba lentamente hacia el estrado, ubicado a pocos metros delante de la estatua de Frederick Veldecker, bajó el cristal de su lado y asomó la mano para saludar a los ciudadanos. Aplausos y vítores llenaban la Plaza de los Descubridores. El viaje desde el rascacielos corporativo era muy corto: apenas unos trescientos metros. La limusina partía directamente desde un lateral, y era necesario que así se hiciera ya que resultaba más seguro para el líder. Además, ayudaba a elevar su imagen, a que los ciudadanos lo vieran como alguien que realmente se encontraba por encima de ellos. Desde hacía años, los encargados de la estética corporativa habían decidido que no quedaba bien que el líder de Praemortis saliera caminando desde las puertas del edificio, igual que una persona corriente. Por eso, aunque tan solo lo distanciaran trescientos metros de su destino, el viaje se hacía en un vehículo oficial.

Tras rodar lentamente hasta la Plaza de los Descubridores, y escoltado por otras dos limusinas cargadas de soldados, el vehículo de Raquildis se detuvo a unos metros de su destino. La Plaza había sido especialmente acondicionada para el evento: dado que el sol no había salido aún, los organizadores habían dispuesto una colección de focos de gran potencia alrededor de la zona. Hasta cinco de ellos iluminaban el estrado, mientras que otros veinte se hallaban dispersos estratégicamente para que en un área de cuatrocientos metros no hubiera espacios oscuros. Una gruesa carpa blanca sobre el estrado protegía de la lluvia a los nobles y al líder. Por desgracia, nada se había podido hacer para evitar el frío. Las temperaturas habían descendido aún más en los últimos días, de modo que el aliento de los ciudadanos se hacía claramente perceptible.

Los primeros en salir de las limusinas fueron los soldados de la escolta, quienes corrieron hasta rodear el estrado.

—Mis hombres están en posición —indicó Gregger Wallace, llevándose una mano al oído.

Viajaba junto a Raquildis como su escolta personal, luciendo orgulloso su nuevo uniforme de coronel de la Guardia.

—Puede salir cuando quiera.

Raquildis subió la ventanilla por la que había estado saludando al público, puso las manos sobre las rodillas y respiró hondo.

—No aún. Creemos algo de expectativa.

Aguardó pacientemente unos segundos; luego hizo una señal a Rowan Ike, su nuevo chófer. El muchacho abrió velozmente la puerta del conductor y corrió rodeando la limusina hasta el lado por el que saldría Raquildis. Sin embargo, fue Gregger el primero en emerger. Se llevó la mano al intercomunicador de su oído y dio algunas órdenes a los soldados que vigilaban los alrededores. Finalmente, Raquildis, ayudándose en el brazo de Rowan, se dejó ver.

La muchedumbre se volvió loca.

No es difícil adivinar la razón, pensó Raquildis. Hacía años que no se presentaba ante ellos el líder de Praemortis. Debido a la enfermedad de Robert, los ciudadanos habían tenido que conformarse con los actos públicos de la familia Gallagher y de los otros nobles, quienes, a pesar de lo muy queridos que pudieran ser, no representaban la cabeza de la Corporación, no eran quienes dominaban el cambio de torbellinos. El líder, en cambio, representaba para su pueblo no solo el último escalón de Praemortis, sino que, con los años, su presencia había quedado recubierta por cierta aureola salvífica. De alguna forma, cada hombre, mujer y niño que tuviera la fortuna de estar a unos pocos metros de quien tenía pleno control sobre el Néctar, se sentía algo más cerca de su cambio de torbellino.

Ver a tantas y tantas personas aplaudiendo, silbando y chillando produjo al antiguo consejero de Robert Veldecker un placentero escalofrío que recorrió su espalda hasta erizarle el vello de la nuca. Había soñado con aquel momento durante muchos, muchos años. Al fin se hacía realidad. Él, Wilhelm Raquildis, era al fin reconocido, alabado por todos.

Alzó las manos como muestra de saludo. Los ciudadanos respondieron con un grito enfervorizado. Lo adoraban. Raquildis era muy conocido por todos: era bien sabido que había cuidado a los jóvenes hermanos Veldecker desde que Frederick murió, de modo que muchos lo veían casi como un padre, un genuino miembro de la familia. Por esa razón, ningún ciudadano se opuso a que ocupara el cargo que perteneció a Robert, nadie protestó. A falta de un Veldecker, Raquildis era la opción más sensata.

El líder dibujó una amplia sonrisa en su rostro. Gregger le hizo una señal para que avanzara hacia el estrado. Allí le esperaban los nobles: Baldomer y Caeley Dagman, Laesan Ike, Zerapa Durriken… no había ni rastro de Luther, aunque sí estaban presentes varios miembros de la familia Gallagher. Todas las familias importantes hacían acto de presencia, tal y como él había indicado. Deseaba que ciudadanos y nobles recibieran al mismo tiempo lo que planeaba comunicar, los cambios que iban a desarrollarse en la ciudad durante las próximas horas, y que la renovarían por completo.

Ascendió los escalones, estrechando la mano a los nobles. Laesan y Baldomer respondieron con un saludo protocolario. Sin embargo, cuando le llegó el turno a Zerapa, Raquildis comprobó que la mujer le tendía una mano sudorosa y débil. Parecía desganada, o quizás asustada... decidió que era prudente tomarse unos instantes en saludarla a ella, y se aproximó para decir a su oído:

—El primer acto público siempre da miedo. Tranquila.

—Gracias… así es.

Ella asintió con una sonrisa. Pero Raquildis percibió que, de reojo, había mirado a Caeley Dagman, de quien la separaban unos pocos nobles. La otra, sin embargo, no le prestó la más mínima atención. El líder arrugó el entrecejo y miró velozmente a ambas mujeres. Ninguna realizó otro gesto sospechoso, pero aquello había resultado suficiente para él. ¿Qué sucedía? ¿A qué se había debido esa mirada? ¿Buscaba Zerapa un apoyo en Caeley? ¿Había algo entre ellas?

—Señor, debemos continuar —apremió Rowan, que ascendía tras él—. No podemos detenernos aquí.

Pero Raquildis continuó manteniendo su atención en el rostro de Zerapa. La mujer ni siquiera se atrevía a mirarle directamente a los ojos. Quiso soltar la mano que estrechaba al líder, pero él no se lo permitió. De nuevo, volvió a aproximarse a su oído.

—¿Qué pasa?

—Estoy nerviosa. Nunca he estado en un acto así, formando parte de la nobleza, y tengo mied…

—¿Seguro?

Zerapa asintió. Raquildis estudió todavía con más cuidado a su interlocutora. Luego, sus ojos recorrieron en décimas de segundo las facciones de todos los nobles que lo acompañaban. Ninguno parecía nervioso… tal vez él se estaba propasando. Tal vez Zerapa era sincera, y solo se encontraba nerviosa por su primera aparición ante los ciudadanos; o, más probablemente, aún continuaba aterrada por su visita a los muelles. La mujer había visto cómo Omar había sido lanzado al Apsus, como ofrenda. Era normal que todavía se encontrara temerosa. No obstante, la forma de mirar a Caeley…

—Regresa a la limusina —ordenó a Rowan, en un tono tan bajo que solo el joven pudo escucharle.

—¿Señor?

—Ya me has oído. Espera allí con el motor encendido.

Rowan dio media vuelta y desanduvo sus pasos hasta el vehículo. Raquildis continuó con los saludos. Quería asegurarse de que no se estaba volviendo un paranoico, igual que le había sucedido a Robert. Aunque, bien mirado, Robert estaba en lo cierto respecto a sus sospechas: todos confabulaban contra él. Quizás ahora, los nobles también estaban conspirando para arrebatarle el liderazgo. Debía asegurarse, pero no deseaba cancelar el acto. Allí, frente a él, Gregger parecía tener la situación bien controlada. Los galones de coronel pesaban no solamente sobre sus hombros, sino también sobre su voluntad. Era imposible que lo traicionara, lo protegería con su vida si fuera necesario.

Llegó el turno en los saludos para Caeley. Raquildis estrechó con fuerza la mano de la joven, esperando sentir algún indicio que la delatara, alguna pista que le descubriera si estaba a punto de suceder algo que pusiera en peligro su seguridad.

La hija de Baldomer sonrió con dulzura. Raquildis se aproximó a su oído.

—¿Todo bien?

—Un poco inquieta —dijo ella, aparentemente entusiasmada—. Tengo curiosidad por saber qué va a anunciarnos.

Nada sospechoso. Raquildis pasó de largo. Sin duda, la respuesta de Caeley parecía muy sincera. Todos los presentes, a decir verdad, se encontraban algo intrigados por conocer lo que estaba a punto de anunciar. Tal vez por eso a Zerapa le sudaban las manos; por eso y por su falta de costumbre. No debía obsesionarse con la idea de una conjura, de un plan o de una traición de cualquier tipo. Además, de ocurrir, estaba preparado. Gregger continuaba allí, atento a cualquier indicio, con sus hombres en sus puestos, armados y listos para defender al líder. Nada malo podía suceder. Era el momento de perder el miedo; el público esperaba.

Ocupó su puesto frente a una tribuna cargada de micrófonos y aguardó a que se hiciera el silencio.

—Gracias, gracias a todos por venir —comenzó—. Gracias, de verdad, por asistir a este evento a pesar del tiempo tan poco propicio. Todos estamos ya muy acostumbrados a la Tormenta, pero este frío, tan poco corriente en Pináculo, nos ha sorprendido a todos. Comprendo y asumo que, por un momento, algunos hayan pensado quedarse en casa. Créanme, yo también he vacilado.

Risas.

—Pero me alegra que, finalmente, todos hayan preferido asistir y escuchar lo que tengo que comunicarles.

Pausa dramática. Raquildis se permitió volver la vista a su espalda. Los nobles aguardaban, ya en sus asientos, aquello que estaba a punto de comunicar. Zerapa parecía más inquieta que antes. ¿Más inquieta? ¿Seguro? No... estaba igual de nerviosa que cuando la saludó. Nada extraño sucedía. Todo iba bien. Debía continuar con su discurso.

—De un tiempo a esta parte, la ciudad de Pináculo, capital del mundo civilizado, ha experimentado un descenso en su calidad de vida. Como bien saben, hace meses que no nos llegan suministros desde la ciudad de Vaïssac, pero el comercio exterior no ha sido el único problema que ha ido en aumento. Aquí, sobre nuestra amada ciudad–plataforma, se ha descuidado el bienestar y la seguridad de los ciudadanos comprometidos, de aquellos quienes, día a día, se esfuerzan por trabajar por y para la Corporación.

»El gobierno de Robert Veldecker cometió muchos errores en los últimos episodios de su mandato. Por favor, no me malentiendan. No es mi deseo criticar la mano con la que el creador de Praemortis ha dirigido a la humanidad, pero he de admitir que Robert, a causa de su enfermedad, debió ser suplantado cuando comenzaron a verse los primeros signos de descontrol».

Otra pausa, ideal para que el público asimilara lo que acababa de decir.

—Sin embargo, no es tarde para reparar los errores. Todavía pueden solucionarse los problemas que crecen en Pináculo. Es por eso que he convocado en esta tarde a nobles y ciudadanos, a todos vosotros. Nadie, ni siquiera los miembros de familias importantes, conoce lo que estoy a punto de comunicar. Ha sido mi deseo colocar a todos a la misma altura, al nivel del ciudadano, para que así compartamos los mismos problemas.

La multitud aplaudió. Punto a favor. Un acierto que nobles y ciudadanos quedaran a la misma altura. La gente corriente veía a las familias corporativas como déspotas que disfrutaban cómodamente de la vida, sabiendo que ya les habían inyectado el Néctar.

—Ciudadanos, ha llegado la hora de limpiar Pináculo, de restaurar esta ciudad, abandonada por un líder que, por desgracia, vivió sus últimos momentos consumido por los ataques de cefalea. Allá —señaló a su izquierda—, en la Marca Oriental, los Rebeldes se acomodan en los edificios abandonados sin que nadie haga nada por evitarlo.

Se escucharon algunos gritos de aprobación, aunque no muchos; los asistentes habían sido tomados por sorpresa, y, por otra parte, los rebeldes eran enemigos del sistema, pero no del pueblo. Raquildis necesitaba darles más para convencerles.

—Día tras día, aumentan las filas de quienes se oponen a nuestro gobierno. Los Cuervos deambulan a sus anchas, destrozando nuestra ciudad, robando alegremente el Néctar que vosotros ganáis honradamente.

Gritos de aprobación; había logrado convencer al público: los rebeldes eran malos.

—¡Ha llegado la hora de que paguen! Es el momento de demostrarles que no pensamos concederles su libertinaje sin un precio, que no pueden hacer lo que se les antoje, mientras los demás lucháis por vuestra salvación. La cárcel de Wael será su nuevo destino, antes de que sean abrazados por los vientos del Bríaro.

Los asistentes se animaban cada vez más. Raquildis sonrió. Era el momento de desvelar la auténtica sorpresa.

—Promesas… diréis. Todos los líderes hacen promesas que no cumplen. Pero yo soy diferente. Yo cumplo lo que prometo. Si os digo que los rebeldes serán exterminados es porque voy a cumplirlo… ¡En este momento!

Murmullos y gestos de sorpresa e incertidumbre.

—¡Así es! En este mismo instante, varios destacamentos de la Guardia, fuertemente armados, acompañados por los mismísimos confesores, se dirigen al cuartel general de los Cuervos. Yo mismo he dado la orden hace unos minutos. Mientras os hablo, los rebeldes están siendo atacados, arrestados, aleccionados por su oposición a este gobierno.

La sorpresa dio paso a los vítores. Los ciudadanos aplaudían encantados; los nobles continuaban estupefactos.

—¡Hoy presenciamos el final de los Cuervos, el final de esos terroristas!

Una tormenta de aplausos llenó la Plaza de los Descubridores. Raquildis miró de reojo a Gregger Wallace. Este le devolvió la mirada con una sonrisa de medio lado.

—¡Pero esta ciudad merece una limpieza total y definitiva! Por eso, la Guardia no solo se dirige a la Marca… no. Otro grupo de soldados, igual de armado, va en camino al barrio sur. Este barrio, hogar de los ciudadanos más humildes de Pináculo, ha sufrido demasiado tiempo. Desde Praemortis se han ignorado descaradamente sus demandas para expulsar a un grupo de indeseables que ha usurpado un pedazo de territorio. Los refugiados, como así se llaman, se han aprovechado de nuestra buena voluntad robándonos, no solo nuestro espacio, sino también la energía eléctrica con la que abastecemos a los humildes trabajadores de la zona sur. Los refugiados no pertenecen a esta ciudad, pero han vivido dentro de las comodidades que ella les ofrece… ¡hasta hoy!

Más vítores, ahora mucho más fuertes. Los ciudadanos de Pináculo no tenían demasiados problemas con los Cuervos, quienes prácticamente se limitaban a pelear contra los confesores; en cambio, los refugiados eran una molestia, porque robaban para sobrevivir, ocupaban casas que pertenecían a otras personas y tomaban parte de la energía eléctrica que pagaban otros para abastecerse.

—¡Se terminó la comodidad también para ellos! ¡Se terminó la comodidad para quienes intentan engañar a Praemortis! ¡Hoy, esta ciudad despierta! ¡Los echaremos a todos!

Raquildis, alimentado con sus propias palabras, alzó el puño. Los presentes lo ovacionaban. Al fin lo había conseguido.

—¡Pináculo ha despertado! —coreó.

Todos le siguieron.

2

En el Refugio costaba entrar en calor, ahora que los días eran más fríos. La mayoría de sus habitantes, que en casa no disponían de una chimenea, estufa, o algo similar que los calentara, solo podían aproximar las palmas de sus manos a las fogatas que salpicaban la zona aquí y allá. De este modo, cuando el calor les entraba en el cuerpo, resultaba menos complicado irse a dormir. Luego, las mantas se encargarían de mantenerles calientes el resto de la noche.

Pero claro, a medida que iban bajando las temperaturas, el número de fogatas había ido en aumento. De este modo, en su paseo, Eugene contó hasta el doble de ellas. Aunque, bien mirado, o bien las fogatas crecían a causa de las bajas temperaturas, o bien porque lo límites del Refugio que el mismo marcara en el pasado se habían sobrepasado, y por tanto había más casas, más refugiados y más fogatas por cada refugiado. De hecho, no resultaba extraño plantearse la segunda posibilidad, ya que, tal y como le había advertido aquella misteriosa muchacha llamada Vienna, habían llegado más como ella.

Cierto era que, con el paso del tiempo desde la fundación del Refugio, más gente había sido recibida entre quienes pensaban que el praemortis no era real; sin embargo, el número de las nuevas adquisiciones nunca sobrepasaba más de cinco personas al mes. Pero desde que Vienna llegó, las cosas habían cambiado radicalmente. Eugene no estaba preparado para semejante marea de gente. Esperaba que no fueran más de diez, tal vez quince los ciudadanos que, una vez presenciada la alucinación de su viaje al otro torbellino, decidieran unirse a los refugiados. Pero en aquel momento, mientras paseaba, recordó con cierto desasosiego que el cómputo de «visionarios», como él los llamaba, había ascendido a más de ochenta. Todos seguían las órdenes de Vienna. No es que ella fuera su líder, pero había sido la primera en llegar, de modo que desde el principio había comenzado a ocuparse de quienes venían contando un relato similar al suyo. Si Eugene se preocupaba porque tuvieran cama y comida caliente, Vienna les consolaba con el relato de su propio viaje. Gracias a ello, se había transformado en su portavoz.

Unos hombres que conversaban en torno a una de las fogatas lo saludaron al pasar:

—¿Cuándo volverá Garuda?

—Pronto —dijo él, aunque desconocía el momento en que su amigo regresaría al Refugio.

Ya le había pedido que se quedara, pero el Cormorán tenía cosas de las que ocuparse, inquietudes que solucionar. Eugene le había dejado ir. Era mejor así, y de paso, quizás Garuda volviera con la respuesta a sus propios desvelos: Vienna lo había turbado con la historia de su viaje, pero creer en ella significaba deshacerse de todo lo que tanto tiempo se había esforzado en creer, en probar. El praemortis era mentira... tenía que serlo.

Más personas lo saludaban a medida que iba ascendiendo por la calle principal. La noche continuaba extendiéndose sobre Pináculo, pero Eugene sabía que, de haber luz, estaría disfrutando de un hermoso atardecer. Los demás refugiados tampoco habían perdido la noción del tiempo, sabían qué hora era, aunque pareciera medianoche, así que hacían lo mismo que cualquier tarde, hubiera o no luz: salir a la puerta de su casa y conversar entre ellos bajo el fuego de alguna hoguera, justo antes de cenar y de meterse en la cama.

Sus pasos lo condujeron más hacia el norte, lejos de la calle principal y del núcleo del Refugio. Allí, las casuchas estaban más separadas. Algunas quedaban encajadas entre edificios abandonados del barrio sur, que los refugiados también ocupaban. A lo lejos, divisó la línea de raíles del tranvía; la última parada de aquella línea no quedaba demasiado lejos, y con ella, la frontera con el barrio sur, con la ciudad que todavía se encontraba bajo el sistema corporativo.

Miró a ambos lados. Era extraño. No había nadie en las calles... no, no era extraño. Hacía demasiado frío para pasear. Llovía, y el viento helado quitaba a cualquiera las ganas de quedarse en la calle. No a él, claro. Su paseo diario se había convertido casi en un ritual. A su edad, lo consideraba necesario. Sabía, por experiencia, que si alguien con sus años dejaba de hacer ejercicio, de entretenerse en diversas ocupaciones, de ocuparse en alguna tarea, perdía el ánimo. Entonces lo poseía la apatía, como si su cuerpo comprendiera que era hora de prepararse para la muerte. Se volvía débil y frágil, enfermaba y finalmente abandonaba este mundo. Eugene no quería que eso le ocurriera a él, de modo que siempre se dejaba algo por hacer, para que la muerte no lo sorprendiera.

Caminó un poco más, justo hasta donde supuso que debía hallarse la frontera imaginaria con el Refugio y el barrio sur, y entrecerró los ojos para otear la distancia. Ahora era más sencillo ver lo que tenía alrededor, porque en el barrio sur las farolas sí funcionaban.

Nadie.

Aquello sí era raro. Ni siquiera circulaban los tranvías. Era como si la ciudad se hubiera congelado. ¿Se celebraba algo de lo que no hubiera sido informado? Se encogió de hombros y dio media vuelta, dispuesto a regresar al calor de su hogar, pero algo lo paralizó.

Arriba, en el cielo, que ahora podía verse gracias a las farolas del barrio sur, descubrió al menos medio centenar de gaviotas. Volaban el círculos, justo sobre el Refugio.

Eugene se tapó la boca, aterrorizado, y comenzó a correr tanto como sus envejecidas piernas se lo permitieron. Llegó hasta la calle principal y comenzó a gritar a pleno pulmón.

—¡Salid! ¡Salid todos! ¡Vienen por nosotros!

Sus vecinos lo observaron desconcertados. Un hombre de mediana edad se le aproximó.

—Eugene, ¿qué dices? ¿Sucede algo malo?

El anciano no tenía aliento. Alzó el brazo y apuntó con su índice al cielo. En el Refugio había menos luz que en el barrio sur, pero, tras unos instantes concentrándose en un punto fijo, el hombre pudo ver lo que le indicaban. Las gaviotas volaban justo sobre sus cabezas.

—¡Tiene razón! —gritó—. ¡Fuera todos!

—Tomad lo esencial —recomendó el anciano—. No tenemos mucho tiempo.

La gente comenzó a inquietarse. Abandonaron las hogueras y corrieron a sus casas. Eugene también puso rumbo a la suya, gritando a cuantos encontraba a su paso para que huyeran lo más lejos de allí. Justo antes de llegar, fue interceptado por Vienna. La joven venía acompañada por veinte personas.

—Eugene, la gente está recogiendo sus cosas, ¿qué sucede?

—Vienen a buscarnos —dijo el anciano, alternando sus palabras con largas bocanadas de aire.

—¿Quiénes?

—No lo sé. La Guardia, imagino.

—¿Cómo lo sabes? ¿Los has visto?

—Todavía no, pero vendrán.

Señaló al cielo. Vienna también tuvo problemas para ver a las gaviotas, pero las vio. Eugene continuó:

—Las gaviotas no mienten.

—¿Qué significa que vuelen en círculos sobre nosotros?

—Que saben dónde va a haber algo que comer.

Justo en ese momento, la conversación fue interrumpida por varios disparos. Viajaron con el eco, rebotando entre las casuchas, desde el norte. También llegaron algunos gritos de pánico.

—¡Ya vienen! —gritó Eugene.

—¿Qué hacemos?

El anciano le devolvió una mirada preocupada. Observó todo lo que sucedía a su alrededor. La gente, azuzada por los disparos, corría en dirección a sus casas. Los hombres salían con un montón de bártulos a la espalda, mientras las mujeres buscaban a sus hijos, llamándolos a gritos. Eugene quería pensar en una salida, una opción para que todos escaparan antes de que la Guardia los alcanzara.

Si al menos Garuda estuviera con ellos…

—¡Corred! —gritó, dirigiéndose a todos los que pudieran escucharle—. ¡Mezclaos en la ciudad! No descartéis ninguna dirección. Al norte, si podéis escabulliros, y también al sur, hacia la zona industrial. Allí no os buscarán. Es un entramado de fábricas.

En mitad del caos, supo que la gente le obedecería. Vienna volvió a llamar su atención:

—Pero lo que propones es una huida provisional. ¿Dónde nos reuniremos otra vez?

—Tras la Marca.

—¿La Marca? Es peligroso. Los Cuervos dominan la zona, además de los indeseables que cruzan el muro.

—Praemortis nunca se ha adentrado allí. Es territorio de nadie. Hacedme caso, nos encontraremos al otro lado, hasta que decidamos dónde vamos a asentarnos.

—¿Qué sucederá con este lugar, con nuestra casa? —preguntó una mujer.

—Tal vez no volvamos a ver el Refugio —declaró Eugene, abatido—. Pero no es momento de lamentarse. ¡Huid, rápido!

Más disparos. Sonaban cercanos, demasiado cercanos. En la calle principal, Eugene adivinó la silueta de los soldados de la Guardia. Debía haber decenas de ellos, pero no iban solos. Varios portatropas se acercaron produciendo un estruendo justo a su espalda y soltaron a más hombres, que abrieron fuego inmediatamente sobre los indefensos refugiados, sin miramientos. Los gritos de alarma y pánico se extendieron por todas partes.

—¡Corred! —gritó Eugene—. ¡Ahora!

Vienna y los que la seguían obedecieron. Se desperdigaron, mezclándose con la gente que escapaba en todas direcciones. Se escucharon más disparos, y luego dos explosiones. A pocos metros, una de las casuchas que daban a la calle principal fue arrasada por un portatropas antes de que sus habitantes tuvieran tiempo de salir. Al otro lado, otro portatropas embestía directamente a los refugiados, pasándoles por encima.

Eugene tuvo el primer impulso de echar a correr, pero se volvió para entrar a su casa. Por alguna razón, sentía la necesidad imperiosa de recuperar sus dibujos. Corrió hasta la puerta y giró el pomo, pero algo lo detuvo. A su izquierda, doblando la esquina entre dos casuchas, descubrió con terror la imponente figura de un confesor. Los guardianes del Néctar actuaban conjuntamente con la Guardia. Aquello iba a convertirse en una masacre.

El confesor marchaba directamente hacia él, con la capa azul ondeando a su espalda, pero algo lo distrajo. Una mujer, con un niño en brazos, se cruzó delante de su rostro transformándose de inmediato en su nuevo objetivo.

—¡¡No!! —gritó Eugene, procurando desesperadamente volver a llamar su atención.

Pero el confesor lo ignoró. Más sonidos invadieron el espacio a su alrededor: gritos de pánico, voces que pedían auxilio, disparos, ruidos de motor, casas despedazadas... sus ojos quedaron nublados por las lágrimas. Frente a él, bajando por la calle, un grupo de cuatro soldados lo apuntaron con sus fusiles.

Ni siquiera le dirigieron la palabra.

Pero Eugene reaccionó abriendo la puerta de su casa y cubriéndose tras ella antes de que abrieran fuego. Las balas rompieron los cristales de las ventanas de la fachada. Algunas también atravesaron la puerta, pero Eugene ya corría lejos de allí. Pasó por delante del salón y tomó el primer cuadro que pudo alcanzar, justo el que había encima de la chimenea. Luego continuó su carrera. Más disparos silbaron a su alrededor, destrozando el mobiliario.

Rodeó los sillones en los que tantas tardes se había sentado con una taza de té, llegó hasta la ventana del otro lado, la abrió y saltó al exterior. La parte trasera de su casa era el límite sur del refugio. Más allá, solo quedaba la zona industrial de Pináculo. Tendría que ocultarse entre las fábricas hasta que la Guardia y los confesores dejaran de buscar.

Después, a él y a todos los refugiados solo les quedaba la Marca Oriental.

3

La alarma sonaba por todas partes. Reynald salió apresuradamente de su habitación, ajustándose la cinta de su fusil para que el arma no le bailara a la espalda. Corrió hasta la escalera y subió a toda prisa los ocho pisos de la torre.

—¡Rey! —llamó Eklard, cuando vio aparecer al ballenero—. Se acercan por el oeste.

Rey miró en la dirección indicada. En mitad de la oscuridad, logró distinguir una estremecedora fila de luces. De lejos le llegó un estruendo lejano que rebotaba en los edificios deshabitados.

—¡Que el Bríaro me lleve…!

—¿Cuántos son? —quiso saber Eklard.

—Más que nunca.

El pánico que crecía en el estómago de Eklard le impidió responder.

—Al final, resulta que sí vieron las luces —comentó el ballenero, refiriéndose al miedo de Stark porque les hubieran descubierto cuando encontraron a Ed Wallace.

Luego, mirando directamente hacia el joven que montaba guardia en la torre, ordenó:

—Toma tu fusil y a diez hombres. Llévatelos al lado occidental de la base. Cubriréis ese flanco hasta que yo os diga lo contrario, ¿de acuerdo?

—Sí.

—No olvides tu comunicador.

—No, no.

—Eklard.

—¿Sí?

—Concéntrate. No es la primera vez que te ves en un combate. Saldremos de esta, ¿de acuerdo?

—Sí, Reynald —sonrió nerviosamente—. Oye, por una vez vas a estar en el lugar donde ocurre la acción, ¿eh?

Reynald sonrió, dio un golpecito en el hombro a quien había sido su compañero en las últimas guardias, y dijo:

—¡Vamos!

De regreso al edificio del parque de bomberos, ambos descendieron las ocho plantas de la torre. Allí todo el mundo se movía de un lado para otro a gran velocidad. Reynald se despidió de Eklard y bajó a la planta baja. Por el camino se cruzó con Ed Wallace.

—Son demasiados —le advirtió el general.

—¿Cómo cuántos?

—A juzgar por las luces que se nos aproximan, yo diría que alrededor de dos compañías

Reynald alzó una ceja.

—¿Y eso cuánto es, general?

—Unos doscientos cincuenta soldados.

El ballenero se detuvo en seco.

—¡Doscientos cincuen..!

—Puede que más. Dependiendo de los refuerzos con los que cuenten.

Reynald se atusó el bigote. Tocaban a más de dos soldados por rebelde, sin contar el apoyo de los vehículos blindados.

—No podéis ganar —advirtió Wallace.

—Ya lo veremos.

Durante la conversación habían llegado a la planta baja. Allí, los rebeldes montaban barricadas con lo primero que tuvieran a mano. El portatropas apuntaba su ametralladora en dirección a la salida.

—¡Bien, escuchadme! —gritó el ballenero a los Cuervos que estaban allí—. Este va a ser nuestro frente principal. Quiero que blindéis la zona. Utilizad todo el mobiliario de la base si hace falta. Quiero barricadas dentro y fuera. Cerrad el portón, pero haced un agujero para la ametralladora del portatropas. Les atacaremos desde las ventanas de la fachada, por los flancos y por las ventanas de la segunda planta. Quiero ahora mismo a cinco hombres dispuestos a municionar. Harán viajes de ida y vuelta desde el polvorín hasta los puntos débiles, donde se les necesite.

Todos los Cuervos atendían mientras continuaban sus tareas. Reynald se acercó a uno de ellos.

—¡Tráeme el lanzacohetes! Estaré en la segunda planta.

El rebelde asintió y Rey corrió a ocupar su puesto. El lanzacohetes era uno de los regalos que habían recibido cuando Stark pactó con Praemortis el asesinato del confesor de capa gris. El mismo Raquildis se lo había proporcionado junto al portatropas. Todo para conseguir derrotar a aquel misterioso confesor quien, según se rumoreaba, era el mismísimo hijo del ahora desaparecido Erik Gallagher. Que él supiera, al lanzacohetes le quedaban todavía dos proyectiles. El día del atentado al banco, a Stark solo le había hecho falta uno para tumbar al confesor.

Alcanzó el segundo piso y miró por las ventanas. El convoy militar se encontraba cerca, pero ninguno de sus hombres abriría fuego hasta que él no lo ordenara. El Cuervo llegó con el lanzacohetes y con Geri. La mujer se asomó por la ventana para comprobar lo que se les venía encima.

—Doscientos cincuenta soldados, según el general.

Ella respondió con un gesto que evidenciaba preocupación.

—Vieron la luz del foco —dijo Reynald, como si se disculpara—. Debimos tomar más precauciones.

Alguien pasó un fusil a Geri. La mujer metió un cargador y lo aseguró con un golpe seco.

—¿Leandra está bien?

Geri asintió.

—¿Puede correr?

La mujer meditó la respuesta, pero finalmente negó con la cabeza.

—Es mejor que te quedes con ella.

La lugarteniente asintió, se despidió de Reynald alzando el pulgar y echó a correr en dirección a las habitaciones.

Más rebeldes rodearon al ballenero, cada uno con su propio fusil, apuntando hacia la fachada. Él habló a toda la base a través del comunicador.

—Esperad y no disparéis hasta que lo haga yo. ¿De acuerdo? Los forzaré a salir de los vehículos.

Escuchó algunas voces que respondían afirmativamente. Se colocó el lanzacohetes al hombro y esperó a que uno de los Cuervos lo cargara con un proyectil. A través de la mirilla pudo ver el primero de los portatropas. El vehículo se movía lentamente, sorteando los escombros de los edificios. Tras él, resguardados por la cobertura que proporcionaba, corrían al menos veinte soldados en columna de a dos. Reynald se tomó su tiempo para apuntar. Esperó hasta que el blindado enfilara la calle que conducía directamente a la base, y cuando se encontraba por la mitad, abrió fuego. El cohete salió disparado desde la segunda planta y voló atravesando la noche hasta chocar de frente contra su objetivo. El portatropas se cubrió por una bola de fuego; los soldados que lo seguían saltaron por los aires. Se escucharon gritos: de terror por parte de los soldados; de júbilo desde el lado rebelde. Reynald esperó a que volvieran a cargar su arma; luego puso toda su atención en la cola del convoy, que acababa de enfilar la calle. Allí había otro portatropas cerrando la marcha, con otra decena de soldados cubriéndose tras su estructura. Abrió fuego y el proyectil cruzó el espacio. La explosión produjo los mismos resultados. Reynald dejó el arma. Esperaba haber logrado su objetivo: la Guardia, que no esperaba encontrarse con tal potencia de fuego, acababa de verse acorralada en una calle. Los portatropas incendiados hacían de cuello de botella, un obstáculo que ayudaría a que un centenar de soldados no se les echara encima al mismo tiempo. Ahora tendrían que rodear la calle por detrás, o atravesar los edificios colindantes. Irían más retrasados, y sería más fácil contenerlos… o al menos, eso esperaba.

—¡Fuego! —gritó por el intercomunicador.

Sus hombres obedecieron, al tiempo que lo hacían los soldados de la Guardia. El espacio entre ambos bandos se llenó con el estruendo de los disparos. Reynald tomó su fusil y, agachado, corrió hacia la planta baja. Allí los hombres abrían fuego desde las ventanas y la ametralladora del portatropas, la cual vomitaba una lengua de fuego por sus tres cañones acoplados. Los disparos enemigos se colaban por entre los cristales y hacían saltar pedazos del mobiliario que formaba las barricadas. Algún disparo logró atravesar el muro de la fachada, dejando un feo agujero en su lugar. Ed Wallace andaba por la zona.

—No sabía que contaseis con armamento pesado —tuvo que gritar a causa del ruido.

—Eran nuestros dos últimos proyectiles —aclaró Reynald—. Pero ahora se lo pensarán dos veces antes de acercarse con los portatropas.

—Cierto. Están desembarcando.

El general atisbaba a través de un reciente agujero hecho en la pared. Los portatropas de la Guardia también disparaban, pero debido al incendio y al primer vehículo destrozado les resultaba muy difícil apuntar a la primera planta, donde se encontraba el grueso del ataque rebelde. Estos contenían a los soldados que intentaban avanzar, ya fuera por delante, por el cuello de botella, o por detrás, rodeando la calle. El enemigo, en su mayor parte, continuaba atrapado. Ed se dio cuenta de lo efectiva que había resultado la estrategia de Reynald. Miró a su compañero y, asintiendo, levantó el pulgar.

Pero en ese momento, alguien gritó algo. Un nombre que Reynald habría preferido no escuchar:

—¡Confesores! ¡Se acercan varios confesores!

Se escuchó un clamor entre los presentes. Reynald miró a través de una ventana. En efecto, tal y como habían advertido sus hombres, hasta cuatro confesores corrían hacia la base sin temor a las balas. El ballenero comenzó a respirar agitadamente y se atusó el bigote varias veces. ¿Qué podía hacer? Ya no le quedaban más cohetes. Los confesores eran invulnerables al ataque de sus fusiles, incluso al de la ametralladora del portatropas. No les podían herir con nada... ¡con nada!

—¡Confesores por el flanco! —escuchó por el intercomunicador.

Era Eklard.

—¿Cuántos?

—Cuatro... no, ¡cinco! Cinco confesores. Por la Vorágine, Rey. Han aparecido de la nada. ¿Qué hacemos?

Reynald lo comprendió todo. El contingente de la Guardia no constituía sino una tropa auxiliar, algo con lo que entretenerles mientras los confesores se aproximaban desde la oscuridad. Ahora eran los rebeldes quienes estaban acorralados.

Miró fijamente a los ojos de Ed Wallace. El general estaba tan asustado como cualquier otro miembro de los Cuervos. No había nada que hacer. Nueve confesores eran demasiados. Los rebeldes, con todas sus estrategias, apenas podrían hacerse cargo de uno.

—¡Van a entrar! —gritó alguien a su lado.

Demasiado tarde, justo a su izquierda, un confesor atravesó una de las ventanas y parte de la pared de la fachada. Sujetó por el cuello al primer rebelde que se cruzó en su camino y lo lanzó por los aires. La víctima voló sin control, hasta estrellarse contra la pared más cercana.

—¡Todo el mundo fuera! ¡Vamos, vamos! —gritó Reynald, ajustándose el fusil a la espalda—. ¡Ametralladora! ¡Contened a los confesores como sea!

Sabía que la ametralladora del portatropas no dañaría las armaduras de placas, pero las balas llevaban la fuerza suficiente para hacer que el confesor perdiera el equilibrio y cayera; ya había pasado otras veces. Eso les daría algo más de tiempo.

Tal y como había ordenado, el artillero giró la ametralladora hasta encarar al confesor y abrió fuego. Las balas silbaron por encima de la cabeza del ballenero en un millar de haces luminosos, mientras este corría en dirección al segundo piso. Afortunadamente, lograron desequilibrar al confesor. Los Cuervos aprovecharon para huir en todas direcciones. Fuera, la Guardia, viendo que ya nadie los atacaba, corrió al asalto de la base.

—¡Eklard! —gritó Reynald por el comunicador, mientras ascendía las escaleras a la segunda planta —. Sal de aquí como puedas. Evacuamos la base. Ve a un piso franco de la Marca. Cuando dejen de buscarnos volveremos a reunirnos. ¡Eklard!, ¿me recibes?

Del otro lado le llegaron palabras entrecortadas; a su espalda, disparos y gritos ahogados de los rebeldes. La Guardia y los confesores habían invadido la base. Alcanzó la segunda planta. Aquí, sus hombres aún abrían fuego contra el enemigo.

—¡Fuera! ¡Vamos! ¡Todos fuera de aquí!

Corrió rumbo a las habitaciones. Abrió la puerta de una de ellas. Al otro lado, Geri le apuntó con el fusil. Sobre una cama descansaba Leandra. La mujer estaba despierta, aunque se la veía débil.

—Han invadido la base —dijo Reynald—. Espero que Leandra sí pueda correr, porque nos la llevamos.

—Puedo —contestó la aludida, e intentó incorporarse, pero las fuerzas le fallaron.

—Te llevaremos entre Geri y yo —dijo el ballenero.

Pasaron los brazos de Leandra por encima de sus hombros y la arrastraron fuera de la habitación. Allí se encontraron con Ed.

—¿Cómo saldremos? —preguntó el general.

Jadeaba, y tenía una mano en el pecho.

—Por abajo —dijo Reynald—. Stark ordenó fabricar varios túneles que condujeran directamente al sistema de alcantarillado, a modo de salida secreta.

—Las alcantarillas son muy peligrosas cuando llueve. Podemos acabar ahogados, o arrastrados al Apsus por una corriente.

—Lo sé, pero ya no podemos quedarnos aquí. Hemos perdido la base.

—Raquildis, ¿estás despierto?

—Adelante, pasa. Acabo de despertar.

—¡Raquildis, por la Tormenta! No creí encontrarte tan bien de salud. ¡Has mejorado del todo!

—Así es, Robert. Creí que el praemortis me mataría, pero me he recuperado. Pronto estaré listo para ayudarte en su reproducción.

—Lo reproduciremos, sí, pero no podemos apropiarnos de la fórmula.

—¿Qué estás diciendo?

—No puedo contarte mis razones, pero necesito que me obedezcas. El praemortis, en realidad, no es de nuestra propiedad. Mi padre no lo descubrió, ¿entiendes? La verdad de la Vorágine se mostró ante él, tal y como él mismo escribió en su diario.

—Te noto muy asustado.

—Si vieras lo que yo he visto, me comprenderías. Pero, ¿por qué te ríes?

—Porque tú también desconoces lo que he visto yo.

—¿De qué hablas?

—Robert, escucha. ¿Piensas que mi sorprendente recuperación es fortuita? ¿Crees que, dado mi avanzado estado de salud, mi corazón ha logrado sobreponerse al praemortis por sí solo? He recibido ayuda externa.

—¿Qué tipo de ayuda?

—Te lo mostraré. Vístete. Iremos a los muelles del lado oriental de la plataforma.

—¿Qué encontraremos allí?

—Mi querido Robert, no sabes el poder que se ha descubierto ante nosotros. Reproduciremos el praemortis inmediatamente. Se lo daremos a los nobles para que hagan el viaje. Sí, primero a ellos; pero luego a todos los demás, a todos los ciudadanos del mundo.

—Me asustas. Lo que dices es exactamente lo mismo que había pensado yo hace días. ¿Cómo has logrado adivinar mis intenciones?

—Ya lo averiguarás. Debemos reproducir el praemortis y dárselo a todos.

—Pero, ¿y si caen en el otro torbellino?

—Si caen en el otro torbellino, les propondremos una forma para cambiar.

—Pero no poseemos nada para hacerles cambiar.

—¿Y cómo van a saberlo? Es imposible que lo averigüen. Cuando hagan el viaje con el praemortis, volverán tan asustados que creerán lo que les digamos. Si les damos una falsa posibilidad de alterar su destino, ¿quién más lo sabrá? Es imposible que nadie se entere, porque solo el propio individuo es testigo de su viaje a la Vorágine. Robert, atiende. Les proporcionaremos una forma de cambiar de torbellino, a condición de que trabajen para nosotros.

—Pero, ¿nos creerán?

—Necesitarán creernos cuando vean dónde han caído. Cuando el Bríaro los lance a un destino de caos y sufrimiento, se aferrarán a cualquier esperanza salvadora, la que sea. Nosotros estaremos ahí, a su lado, dispuestos a dársela.

—Este plan, ¿cuándo lo has fraguado?

—No ha sido mío. Ha venido a mí, como el praemortis vino a tu padre. A esta salvación, la llamaremos Néctar. Debemos obedecer.

—¿A quién?

—Cuando lleguemos a los muelles, lo verás.

Recuerdos

1

—¿Qué puede estar sucediendo? —dijo Stark—. Las calles están inusualmente vacías. Apenas hay vehículos circulando.

A su lado, Aadil Veldecker, el doctor Alfred Jabari y el ex sargento de la Guardia, Hiro Natayama Dagman, asintieron. Los cuatro vigilaban la ciudad desde el interior de uno de los coches robados para la causa de los Cuervos. La lluvia había aumentado en intensidad desde que salieran de la Marca, de modo que el limpiaparabrisas iba a marchas forzadas, pasando una y otra vez por el cristal para limpiar los regueros de agua.

Habían aparcado a la entrada del barrio norte, en una calle estrecha que daba paso a la avenida Frederick Veldecker. Por encima de sus cabezas se elevaban los rascacielos de las diferentes familias nobles y, como arropado por ellos, ubicado en el extremo norte, el edificio de Praemortis.

—La lluvia es más fuerte. ¿Será que la gente está cansada de mojarse? —dijo Hiro.

—¿Cuándo ha sucedido eso? —preguntó Alfred—. Los ciudadanos están demasiado acostumbrados a la Tormenta como para prestarle atención.

—A partir de aquí, quizás deberíamos continuar a pie —recomendó Aadil—. Creo que es mejor que…

—¡Callad! —chistó Stark.

Acababa de bajar la ventanilla del asiento del conductor y se esforzaba por escuchar cualquier sonido que le concediera alguna pista de lo que sucedía.

—Creo que escuché algo.

—Yo no he escuchado nada —respondió Aadil, quien, mirando a través de la ventanilla de su lado, había descubierto a su cormorán en lo alto de una cornisa.

—¡Sí, espera! —intervino Hiro—. Es cierto, se escucha algo a lo lejos, aplausos, creo.

—Es un acto público —dedujo Alfred.

—Imposible —declaró Stark—, nuestros contactos habrían filtrado la noticia.

—Es la única explicación para la ausencia de transeúntes.

El profesor se colocó las gafas.

Stark volvió a concentrarse. La lluvia golpeaba demasiado fuerte contra el pavimento para que un sonido lejano llegara con claridad, pero de repente volvió a escucharse algo parecido a una ovación multitudinaria.

—Acabo de oírlo yo también —dijo Aadil—. Es un acto público, no hay duda.

—¿Cómo se nos ha podido pasar? —se preguntó Alfred.

—Sea como sea —añadió el Cormorán—, el momento nos beneficia. La Guardia estará concentrada en proteger a los nobles. Debemos aprovecharnos de la situación.

—De acuerdo —concluyó Stark—. No perdamos más tiempo. A partir de aquí continuaremos a pie.

Abrió la guantera y extrajo cuatro pistolas, que repartió entre ellos; luego, abandonaron el vehículo. Resguardándose bajo balcones y cornisas, avanzaron hasta la Avenida Frederick Veldecker. Allí quedó confirmado lo que presentían: se celebraba un acto público organizado por la Corporación.

Decidieron no caminar por la avenida, que se encontraba cortada al tráfico y salpicada de soldados, y continuaron en dirección al edificio de Pináculo por calles paralelas, mucho más estrechas y con menor vigilancia. Así, tras un breve rodeo, alcanzaron la Plaza de los Descubridores por el lado oriental. Allí pudieron comprobar que la Corporación había montado un estrado sobre el que había varias sillas, dispuestas para los nobles. Desde su posición, Stark pudo ver sentados a miembros de los Gallagher y Dagman. Justo ahora, Laesan Ike descendía de su limusina corporativa, flanqueada por dos miembros de su propia familia. La Guardia estaba por todas partes.

—Hay mucha seguridad, ¿no crees? —le dijo Alfred, acercándose a su oído.

—Tal vez se espera la presencia de Raquildis. Casi todas las familias nobles están presentes, y parece que las que faltan están por llegar.

—¡Venga, no perdamos más tiempo! —apremió el Cormorán—. No hay mejor momento que este para infiltrarse en el edificio.

Stark tenía ganas de conocer la razón de aquel acto que había pasado desapercibido a su servicio de espionaje, pero Aadil tenía razón. Debían utilizar la situación mientras durara.

Rodearon el edificio de Praemortis desde cierta distancia, porque comprobaron que desde un lateral continuaban saliendo limusinas corporativas cargadas de nobles y soldados. La zona estaba demasiado asegurada como para aproximarse, de modo que, guiados por Aadil, alcanzaron la parte trasera del gigantesco rascacielos desviándose por calles paralelas.

Cuando llegaron a su destino, tal y como cabía esperar, apenas encontraron señales de vida. La zona lindaba con los muelles, abandonados tras el fallo en las comunicaciones con Vaïssac. Pegado al edificio había un helipuerto que llevaba una eternidad sin utilizarse. El suelo se había resquebrajado, y crecía vegetación a través de las grietas. Todo el recinto se encontraba protegido por una verja metálica con una puerta en el lado oriental, que permanecía abierta; junto a esta había una garita, y debajo del techo se apretujaban dos soldados. Se suponía que uno de ellos debía estar haciendo una ronda, pero la intensa lluvia parecía haberle quitado las ganas de cumplir con sus obligaciones.

Observando el lugar desde cierta distancia, Stark y los demás se aseguraron de que no hubiera nadie más por la zona. Luego, con Aadil a la cabeza, caminaron hasta la garita. Los soldados apenas tuvieron tiempo de reaccionar antes de que los rebeldes los encañonaran. Stark y Aadil tomaron sus fusiles; luego los dejaron inconscientes.

—Quizás deberíamos vestirnos con sus ropas —propuso Alfred.

—No nos servirá de nada —dijo el Cormorán, y señaló una puerta metálica, a unos treinta metros—. Por ahí accederemos a la antigua edificación. Una vez dentro, habremos accedido al hogar de los confesores. A ellos les dará igual cómo vistamos. Si alguno nos encuentra, acabará con nosotros.

Sus palabras encontraron un frío silencio a modo de respuesta, pero Stark se encargó de animar a sus hombres.

—¡Venga! Tenemos una misión que cumplir. ¡Adelante!

Los cuatro avanzaron rápida pero cautelosamente hasta la entrada. Una vez allí, Aadil se encargó de abrirla y de echar un primer vistazo al interior.

—¡Despejado! —anunció, y se metió dentro.

Los otros lo siguieron. El interior estaba muy oscuro, a excepción de varios cirios que iluminaban puntos concretos del lugar. Curiosamente, hacía más frío que en el exterior. El Cormorán caminó hasta unas escaleras de caracol ascendentes. Tres velas en el interior de un nicho iluminaban los primeros peldaños, pero el resto se perdía en la oscuridad. Al lado, más velas en un segundo nicho mostraban otro tramo de escaleras, descendente, en este caso. El Cormorán echó una ojeada por el primer camino y dijo:

—¡Por aquí!

Los otros obedecieron. Reinaba un silencio extraño en la zona. El golpeteo de la lluvia sobre el pavimento, que tan fuerte sonaba en el exterior, no traspasaba aquellos muros. Era como si el mundo se hubiera desvanecido. Stark únicamente escuchaba sus pasos y los de sus compañeros, amortiguados por el esfuerzo de caminar sigilosamente. Le llegó también la respiración agitada de Alfred, quien nunca parecía acostumbrarse a la acción; la más pausada, de Hiro, que mantenía la calma gracias a su entrenamiento; y la casi imperceptible de Aadil. El famoso cazarrecompensas no solo estaba en calma, sino que daba la sensación de hallarse cómodo entre aquellas paredes.

Tras un cuidadoso ascenso, el grupo alcanzó una sala más amplia. Aquí parecía filtrarse algo de la luz artificial de la calle, o tal vez del interior del Pináculo, puesto que, en teoría, no era sino la estructura del rascacielos lo que había al otro lado. El hecho era que a través de unas vidrieras en la parte alta de las paredes se colaba una tenue luz ambarina que, ayudada por las velas de varios candelabros de pie, permitía que se disfrutara de una visibilidad aceptable.

Se encontraban en una nave de techo alto y abovedado que avanzaba casi treinta metros hasta finalizar en una pared alta y despejada donde había unas puertas de gran tamaño; lo que hacía muchos años debió ser la entrada principal de aquel edificio. La nave quedaba dividida en tres galerías, distinguidas por una serie de columnas y arcos apuntados. Bajo estos descansaban solemnemente varias armaduras de confesor.

—¡Aguas de la Vorágine! —juró para sí el líder de los Cuervos, aunque su susurro, reproducido por el eco, se escuchó más alto de lo que pretendía.

—Jamás creí que encontraríamos algo así —declaró Alfred, limpiándose las gafas apresuradamente, como si no dispusiera de tiempo para observar.

—¿Cuántos años tiene este lugar? —preguntó Stark.

—No sé —respondió Aadil—. Muchos, supongo. Hay gente enterrada aquí.

—¿Enterrada? —dijeron Alfred y Stark al mismo tiempo.

El Cormorán señaló al suelo. Los demás pudieron comprobar que pisaban grandes losas rectangulares, de un metro de ancho y casi metro sesenta de largo. Estaban ordenadas de tal forma que ocupaban cada rincón del suelo. Sobre ellas podían distinguirse letras grabadas.

—Los nombres de los fallecidos —dijo Alfred, tras echar un rápido vistazo a las losas—. Pero resulta complicado averiguar qué dicen exactamente. El desgaste ha borrado las letras y la escritura es antigua, una versión mucho más arcaica de nuestra lengua, en realidad, pues el idioma que hablamos ha sufrido cambios a lo largo de décadas, de cientos de años, mejor dicho. Eso podría darnos una idea aproximada de la edad que acumulan estas piedras.

—Pero el Pináculo no es tan antiguo —intervino Stark—. Su constructor puso en marcha la obra hace casi doscientos años.

—Así es. Pináculo se levantó hace doscientos años, con el único objetivo de convertirse en el edificio más alto de la ciudad–plataforma. Eso, claro está, sucedió mucho antes de que Frederick Veldecker reprodujera el praemortis y lo transformara en la sede corporativa. Sin embargo, cuando Pináculo solo existía en los sueños de su constructor, era este edificio lo que había en su lugar.

—¿Y por qué no hemos sabido nada de él? —preguntó Hiro—. ¿No quedan registros de este edificio? ¿A qué estaba destinado?

—Hasta que Aadil nos habló de él, yo no sabía de su existencia —reconoció Alfred, encogiéndose de hombros.

—Más incógnitas… —murmuró Stark.

—Continuemos —intervino Aadil—, aquí nos hallamos muy expuestos. No nos demoremos más.

—Los confesores dejan sus armaduras en este lugar —declaró Alfred.

—Están reservadas a los iniciados —dijo Aadil—. Algunas pertenecen a confesores que murieron. Son armaduras sin dueño.

Y luego, entrecerrando los ojos, añadió:

—Y deben continuar sin dueño.

—¿Pensabas ponerte una, profesor? —dijo Stark con una sonrisa.

—Yo no, pero… no sé, quizá alguno de vosotros.

Aadil hizo una mueca que el líder de los Cuervos detectó.

—Creo que no debe resultar una buena experiencia —dedujo Stark—. ¿Verdad, Cormorán?

El aludido guardó silencio, dio la espalda al grupo y caminó rumbo a una puerta que había en uno de los lados del crucero. Cuando la atravesaron, el grupo se encontró en una pequeña habitación, cuyas paredes estaban decoradas con tapices. Alfred se interesó inmediatamente por ellos, pero sus dibujos estaban demasiado gastados para saber qué representaban. Entretanto, Aadil caminó hacia otro tramo de escaleras ascendente. Al pie de las mismas, echó un rápido vistazo a la parte superior, tal y como había hecho la vez anterior.

—Qué raro… —dijo, al cabo de unos instantes.

—¿Qué sucede? —preguntó Stark.

—No hay ni rastro de los confesores. Ni siquiera percibo el sonido de sus pisadas. Creí que tendríamos más problemas para abrirnos paso hasta la sala de la campana.

—Puede que estén todos fuera, en el acto —intervino Hiro.

—Sería la primera vez que se moviliza a todos los confesores para una labor de protección.

Aadil subió un par de peldaños.

—El lugar parece vacío.

—Mejor para nosotros —dijo Stark.

El grupo se puso en marcha de nuevo. Ascendieron aquel segundo tramo de escaleras con el mismo sigilo con que habían venido avanzando hasta el momento. En esta ocasión, sin embargo, la subida resultó ser mucho más larga y pesada. Cada peldaño parecía idéntico al anterior y al siguiente, en un constante giro a la izquierda que parecía no acabar nunca.

Cuando al fin llegaron arriba, se mostró ante ellos una habitación pequeña. A su izquierda había unas puertas dobles en madera de palisandro. Parecían nuevas comparadas con el resto de lo que podían ver. Al frente había varias ventanas, estrechas, cubiertas por unas vidrieras medio rotas a través de las cuales solo podía verse una pared gris de adoquines, pero cuyo alfeizar servía para colocar las velas que iluminaban la estancia. En el centro, sobre un pedestal, había una enorme campana dorada. Era tan grande como un hombre y debía pesar varias toneladas.

—Hemos llegado —declaró Aadil—.

—¿Qué hay tras las puertas? —quiso saber Stark.

—La planta treinta y uno de Pináculo.

—Pues sí que hemos ascendido —dijo el profesor.

El líder de los Cuervos se apresuró a organizar la situación:

—Hiro, tú conmigo. Cubriremos las puertas. Profesor, ha llegado tu turno.

—Necesitaré más luz —respondió Alfred.

—Aadil, ya tienes algo en lo que ocuparte —ordenó Stark.

El Cormorán tomó uno de los cirios que había en las ventanas y permaneció junto a Alfred. La campana estaba bañada en oro, aunque parecía forjada en otro material, difícil de adivinar en la penumbra. El profesor Jabari comenzó a estudiar los grabados que había sobre ella. Eran una mezcla de dibujos y letras dispuestos en varias líneas paralelas; parecían contar una historia. Dio un par de vueltas rápidas al enorme objeto, hasta que finalmente se detuvo en un punto, donde adivinó que debía encontrarse el principio de aquella narración. Quitó el polvo de un soplido y luego, guiando su lectura con el índice, dijo:

—La lengua es semejante a la de las lápidas. Tiene cientos de años, no sabría decir cuántos, pero se puede leer con claridad, supongo que gracias a que la campana no ha recibido el deterioro de miles de pisadas a lo largo del tiempo.

—¿Qué dice? —preguntó, impaciente, el sargento Hiro.

—Necesito un poco de tiempo, veamos…

Sacó una libreta de uno de los bolsillos de su chaqueta y tomó algunas notas. Luego, mirando de nuevo la escritura, comenzó a leer y a escribir al mismo tiempo:

—«Ninguna de las religiones pudo consolar al hombre después del Cataclismo, cuando se esperaba, quizás hasta con cierto anhelo, que el mundo llegara a ser renovado. Antes del desastre, la creencia en dioses, inteligencias superiores y filosofías se encontraba suspendida bajo una estabilidad que nunca había cesado, pues desde que nuestra raza adquiriera conciencia de su propia racionalidad, siempre se había depositado la esperanza en un ente superior, que si bien había mutado con el paso del tiempo, a veces, tratándose de un dios antropomórfico; otras, de un animal; y otras de una fuerza intangible, siempre había estado presente. Muchas de estas tradiciones contenían, además, el anuncio de un ocaso de los tiempos, en el que nuestro planeta, al fin, debía expirar.

»Con el transcurso de los siglos y los milenios, los hombres habían aguardado pacientemente a que el momento del fin del mundo aconteciera, y así, antes del Cataclismo, continuaban esperando, tal y como habían hecho desde siempre.

»El Cataclismo apareció avisando con antelación. Nuestra luna comenzó a girar de forma errática, a cambiar su órbita, por razones que ninguna ciencia fue capaz de explicar. Al instante, las religiones respondieron: era el anuncio profetizado, el anhelado fin de los días que tanto se había aguardado y que tantas veces se había anunciado falsamente. Los habitantes del mundo esta vez creyeron. Al fin parecía que todo iba a terminar, que todo iba a ser regenerado.

»Se prepararon para el gran momento, yendo, más fuerte que nunca, en pos de sus dioses y sus filosofías. Regresaron a los templos y a los rezos para liberar sus conciencias, mientras que con la fuerza de sus cuerpos y la inteligencia construían las ciudades–plataforma… pues siempre queda algo de espacio para el escepticismo.

»Al fin ocurrió. La Luna cambió su faz; su trayectoria quedó radicalmente modificada. En ese momento, los mares y océanos de nuestro planeta escaparon del lugar en el que habían estado contenidos desde el principio del mundo y se fusionaron. El Apsus arrasó países enteros, matando a los millones de personas que no tuvieron el privilegio de habitar una de las ciudades–plataforma; cubrió nuestra antigua civilización con sus olas tempestuosas, mientras el cielo se plagaba de nubes y lluvia. Parecía que, de un momento a otro, nuestro planeta colapsaría, se partiría en dos o estallaría en un fulgor divino… pero el fin que todos habían vaticinado no llegó. El universo, para sorpresa de los profetas, seguía su curso.

»Entonces, los afortunados hombres de la nueva civilización concluyeron que sus religiones no constituían sino la excusa para consolarse por el miedo a la muerte. Asumieron que el hombre moría un poco más con cada amanecer, pero que era un acontecimiento imposible de evitar e imposible de explicar, parte de la vida. Y al ver la muerte como parte de la vida, decidieron vivir, vivir cada día sin preocuparse por el futuro».

—Así es como vivíamos antes del praemortis —intervino Stark, que escuchaba atentamente desde su puesto.

—Exacto —respondió Aadil—. Nos hallamos sobre el último vestigio de religión que sobrevivió. Pináculo se erigió sobre él.

—Alfred —indicó Stark—, continúa, por favor.

—Las religiones se habían equivocado demasiadas veces. En muchas ocasiones, a lo largo del tiempo, habían querido vaticinar el fin del mundo. Creyeron que llegaría en fechas concretas, en días señalados en sus libros sagrados. Los fieles creyeron oírlas en sus sueños, pronunciadas por criaturas venidas del más allá; dibujadas en los astros, o en palabras de hombres sabios. Pero todos se equivocaron. Una y otra vez habían errado; por eso, tras el Cataclismo, los hombres de fe dejaron de tener voz.

»La civilización de las ciudades–plataforma inició un nuevo rumbo para sus vidas, lejos de las diferencias por las nacionalidades, las ideas políticas y religiosas. Habían esperado el paraíso demasiado tiempo. Ahora que sabían que jamás llegaría, decidieron edificarlo con sus propias manos».

De repente, Aadil pidió silencio, llevándose un dedo a los labios. Los cuatro hombres no movieron ni un músculo.

—He oído pasos.

—Ve a las escaleras y cuida que no suba nadie —dijo Stark—. Alfred, tendrás que iluminarte tú, ¿cuánto te queda?

—No mucho.

—Sigue con la lectura, pero baja la voz.

—La nueva civilización era buena en todo, salvo en una cosa: los hombres habían olvidado su destino por voluntad propia. Habían dejado de buscar la respuesta a la pregunta más importante de todas, la muerte, a causa de las numerosas veces que habían errado en sus respuestas. No obstante, la muerte continuó visitándoles en la vejez y en la enfermedad, acabando con su existencia en este mundo, mientras ellos la observaban con una impasibilidad voluntaria. La muerte continuaba allí, invisible a sus inquietudes, esperando que volvieran a prestarle atención.

»Así es la sociedad en la que se escribieron estas palabras. Los hombres han dejado de buscar su razón de ser, pero esta sigue presente, aunque ellos hayan decidido ignorarla. Hay un sentido para su vida, y hay un sentido para su muerte. Nosotros, últimos en intentar hallar respuestas, ya no nos aferramos a religiones, sino a la misma esencia de lo que ellas buscaban: por qué.

»¿Por qué estamos aquí? ¿A qué lugar se dirigen nuestras conciencias? ¿Qué sentido tiene el mundo que habitamos? ¿Qué nos depara la muerte? Nos resistimos a pensar que todo lo que somos se desvanece tras habitar en esta existencia, y podemos asegurar, que si el hombre no busca respuestas a su eternidad, esta terminará hallándolo a él.

»¿Terminará en algún momento nuestro mundo? Creemos que sí, pero no para desaparecer, sino para transformarse, para evolucionar o para volver a empezar. Pues si creemos que somos eternos, ¿cómo pensaremos de forma distinta respecto al planeta que habitamos?

»Pero ya no nos atrevemos a presagiar un final. Todo lo que hemos vivido ha sido necesario, como una senda de lo que está por venir. Así, era necesario que nadie se preocupara por el fin de nuestros días, para que, de este modo, dicho fin aparezca por sorpresa, cuando nadie lo aguarde. El día que nosotros desaparezcamos, es posible que den comienzo los últimos días de la existencia.

»Sin embargo, no sabemos si será como auguramos. Kaula, el último profeta al que seguimos, ha muerto, y a sus espaldas deja su mensaje, por si pudiera ser leído en el futuro: una enorme columna, que destruirá aquello que aferra nuestro mundo, impidiéndole escapar; y un salto, un gigantesco salto hacia la nada, hacia el horror. Estas han sido sus últimas e incomprensibles palabras, y han muerto con él. En su honor forjamos esta campana, cuyo sonido nunca podremos escuchar. Lo tenemos prohibido».

Alfred retiró sus gafas y se masajeó los glóbulos oculares.

—El fin del mundo —dijo Stark—. Esta campana habla del fin del mundo.

—Es lo que nos aguarda —declaró Hiro—. Ya lo sabemos. La Vorágine viene a nosotros para tragarse todo lo que existe.

—Bueno —añadió el líder de los Cuervos—. Entonces resulta que el fin del mundo sí es posible. Tal y como dice la campana, ha llegado cuando nadie lo esperaba. Pero, ¿para qué sirve el praemortis?

—Si el praemortis es una ventana —añadió Alfred—, y el Néctar no funciona, está claro que tiene un uso diferente al que se le está dando.

—La corporación lo ha utilizado siempre en su propio beneficio —afirmó Hiro.

—El praemortis sirve para recordarnos nuestra eternidad —aclaró Alfred—, para indicarnos que la vida no termina cuando expiramos. Es la solución para una humanidad que había decidido olvidar su destino.

Aadil, que continuaba mirando en dirección a las escaleras, no pudo continuar callado:

—¿Y de qué sirve? Todos caemos en el Bríaro. ¿Nos ha sido revelado el praemortis para mostrarnos una eternidad de tormento? Gracias, de verdad, muchas gracias a quienquiera: fuerza, dios o inteligencia superior que nos haya enseñado semejante crueldad. Habría preferido vivir en la ignorancia. Ahora resulta que nos aproximamos al fin del mundo. ¿Qué significa eso? ¿Ni siquiera vamos a poder disfrutar de esta existencia antes de que caigamos en la otra? Sinceramente, lo que hemos encontrado no nos ayuda.

—Tal vez sirva para abrirnos los ojos —comentó Alfred.

—Profesor —preguntó Stark—, ¿de qué habla?

—Recordad lo que se nos ha dicho en esa historia: pese a los esfuerzos por las religiones y las filosofías por establecer una fecha para el fin, este no llegó en ninguno de los días señalados. Solo cuando ya no lo esperaba nadie, cuando nadie se preocupaba por su eternidad, apareció la Vorágine. Tal vez haya hecho falta que el mundo sea como es, que el hombre se haya desecho de…

—¿De qué? —inquirió Hiro.

—De su humanidad, supongo.

—¿Acaso no somos tan humanos como en el pasado? —dijo Stark.

—Eso es.

Todos quedaron en silencio durante unos instantes. El profesor creyó conveniente explicarse.

—Fijaos en las personas que os rodean, en la sociedad en la que vivimos. Quienes están al mando disfrutan practicando una corrupción que no conoce límites. Mienten, defraudan, traicionan e incluso asesinan por conseguir ascender un escalón. Incluso nosotros, quienes nos oponemos al sistema, estamos muy alejados de describir nuestras personalidades como bondadosas. No hay nadie que haga el bien en nuestros días. Quizás son nuestros actos los que nos conducen al Bríaro.

—Qué importa —dijo Aadil—, igualmente, estamos condenados. Tu discurso ha sido interesante, no lo niego, pero no soluciona el problema en cuestión: cómo evitar la Vorágine.

—Profesor —Stark se impacientaba—, ¿no hay nada más escrito en esa campana?

Alfred negó con la cabeza.

—Nada, aparte de lo que ya he leído. Quizás, si supiéramos qué significan las últimas palabras de este profeta, Kaula…

—No significan nada para evitar la Vorágine. Hemos venido aquí para nada —objetó Aadil.

—Hay algo que falla —dijo Stark, casi en un murmullo—. El olvido voluntario de la humanidad acerca de su eternidad provoca la aparición del praemortis. El praemortis nos descubre que continuamos existiendo tras la muerte, ¿con qué objeto?

—Dolor perpetuo —respondió Aadil.

—Os olvidáis de algo —terció Hiro—. Estamos aquí gracias a Leandra. Ella habló con el Golem. Esa criatura está buscando un destino diferente para los hombres.

—Un destino diferente antes de que el mundo termine —añadió Alfred.

—¿Cuál? —preguntó Stark—. Lo que has leído en la campana nos ha aclarado muchas dudas sobre nuestro pasado, pero no nos ofrece posibilidades para el futuro. Al menos, por lo que parece.

—Quizás no es aquí donde debíamos buscar —dijo Alfred, acariciando la superficie metálica de la campana—. Las respuestas están en este edificio, pero no en esta escritura.

—Debemos contar a Leandra lo que hemos descubierto —recomendó Hiro—. Tal vez ella…

—¡Un momento! —cortó Stark, y pegó la oreja a la puerta—. ¡Viene alguien!

Hiro le imitó.

—Varias personas —dijo, tras unos instantes—. Posiblemente soldados de la Guardia. No entrarán aquí.

—Tal vez signifique que ya regresan a sus puestos en el edificio —dedujo Stark—, y a los alrededores del mismo. No podemos arriesgarnos a que descubran a los dos que hemos dejado inconscientes en la garita. Debemos salir. Alfred, ¿tienes por escrito todo lo que has leído?

El profesor asintió mientras levantaba su libreta.

—Bien. Nos vamos. Aadil, tú delante.

El grupo volvió a descender el largo tramo de escaleras que llevaba a la nave principal. Una vez allí, atravesaron corriendo la distancia que los separaba del siguiente tramo, que descendía hasta la habitación oscura donde se encontraba la salida.

Pero, de repente, Aadil se detuvo. Los demás lo imitaron.

—¿Qué pasa? —quiso saber Stark.

Aadil no dijo nada. Permaneció quieto, completamente rígido, hasta que, muy lentamente, volvió su cabeza hacia la izquierda, en dirección a la nave central. Bajo los arcos, las negras armaduras de confesor relucían con la escasa luz procedente de las velas y las ventanas, pero solo una de ellas vestía una capa; una capa gris.

—Tú… —musitó el Cormorán.

El confesor, que casi pasaba desapercibido bajo los arcos, como si fuera otra armadura carente de dueño, caminó lenta y pausadamente hasta colocarse en mitad de la galería central.

—¡Por la Tormenta! —juró Alfred, completamente aterrorizado.

—Estamos perdidos —dijo Hiro.

—Es cosa mía —contestó Aadil—. Ya nos conocemos.

Sus músculos se tensaron con el recuerdo de su primer encuentro con aquel confesor, el día que intentó acabar con la vida de Erik Gallagher. Recordaba también cómo había conseguido arrojarlo por el ventanal, desde el despacho de Robert Veldecker. Le daba por muerto.

Se había equivocado.

—No puedes vencer tú solo a un confesor —le advirtió Stark.

—Si os quedáis, os matará.

—Entonces moriremos todos. No nos marcharemos sin ti.

—No cometas una estupidez. Llevad el mensaje a mi hermana. Es más importante que yo.

—¡Aadil, no…!

Pero Stark no pudo finalizar su frase. El confesor de capa gris ya corría hacia ellos.

Ante la ausencia total de luz, nuestros estudios no han resultado concluyentes para determinar una causa climática que lo justifique. Al principio barajamos la posibilidad de una extrema densidad de las nubes, unido a uno de los prolongados eclipses que sufrimos desde el Cataclismo. Hasta ahora, ambos efectos limitaban la luz solar. Es por ello que nuestra primera conclusión fue la de estar presenciando un nuevo y violento desajuste climático.

El departamento se puso a trabajar de inmediato, realizando estudios sobre los nimbostratos. Para nuestra sorpresa, los resultados mostraron que estos no habían variado en absoluto. Arrojaban mediciones dentro de las estadísticas acostumbradas.

A continuación, preparamos un globo sonda equipado con una cámara fotográfica. Nuestro objetivo era elevarlo por encima de la capa nubosa, tan alto como nos fuera posible y registrar datos sobre la intensidad de los rayos solares que alcanzaban la estratosfera.

Lanzamos el globo y esperamos hasta que alcanzó los treinta mil metros de altura para comenzar a fotografiar. Tomamos unas sesenta fotos, estallamos el globo y buscamos la cesta con el mini submarino, que cayó, tal y como habíamos calculado, cerca de la prisión de Wael.

Para nuestra sorpresa, debo adelantar que los resultados de nuestro estudio con el globo sonda son inconcluyentes, pues no se registraron imágenes en ninguna de las sesenta fotografías que realizamos, aunque sí mediciones de calor. No obstante, dichas mediciones dejan ver el evidente descenso de las temperaturas que venimos experimentando en las últimas semanas.

Ante tal resultado, el departamento está preparando otro globo sonda con una cámara nueva para volver a lanzarlo a la estratosfera. No descartamos la posibilidad de un fallo en la cámara, afectada por la humedad al pasar por la densa capa nubosa. Sin embargo, tampoco descartamos una segunda posibilidad, que me atrevo a mencionar en este informe, pese a lo peregrina que pueda resultar a mis superiores: si bien logramos recibir calor del Sol, su luz no nos llega por causas que escapan a los estudios del departamento de meteorología. Por ello aconsejo trasladar la anomalía al departamento de astronomía.

En cualquier caso, recibirá los resultados del segundo globo sonda en cuanto los tengamos disponibles.

Informe confidencial 234G56KL/6
Departamento de Meteorología de Praemortis

1

—¡Pináculo ha despertado! —continuaba gritando la gente.

La Plaza de los Descubridores vibraba con el coro. Raquildis, entusiasmado, alzó ambos brazos con las manos extendidas hacia el público.

A su lado, Gregger Wallace sonreía entusiasmado. Era un honor para él permanecer al lado del líder. Se sintió orgulloso de pertenecer a su familia, algo que no había experimentado desde que lo destinaron a Wael. Había pagado muy caro sus errores, pero no volvería a suceder. La traición de Ed le había conseguido aquel puesto; no estaba dispuesto a desaprovechar tal oportunidad. Alcanzaría el ansiado rango de general a cualquier costo, se alzaría desde lo más bajo a lo más alto en la Corporación y en su familia, para que, en el futuro, todos recordaran el nombre de Gregger Wallace como símbolo de lealtad y afán de superación.

Los aplausos crecieron. Gregger se relajó, él también deseaba disfrutar del momento, recoger algo del mérito de aquel encuentro. Era el más cercano a Raquildis, su protector, su guardia personal y de confianza. Un puesto privilegiado que todo Wallace deseaba alcanzar. Respiró hondo, cerró los ojos y se concentró en los aplausos, silbidos y ovaciones.

Sin embargo, al abrirlos percibió que algo había cambiado. Se trataba de un detalle nimio, casi imperceptible. Por alguna razón, el público se apretujaba más contra el estrado; los soldados que lo rodeaban se estaban viendo obligados a quitárselos de encima a empujones.

Miró más a lo lejos, hacia el extremo de la plaza, donde ya daba comienzo la avenida Frederick Veldecker. Al principio no descubrió nada raro… hasta que de repente comprobó que, entre la multitud, varias personas avanzaban a empujones en dirección al estrado. Vio primero a dos, pero luego detectó más: cuatro, cinco, diez, veinte… más, cada vez más, aproximándose desde diferentes puntos, apartando a la gente con desprecio. Entonces uno alzó el rostro y lo miró directamente. Era un hombre de no más de cuarenta años, muy sucio y con una barba hirsuta, larga y desarreglada. Aquel hombre miró a Gregger Wallace y sonrió, dejando ver que le faltaban varios dientes. Era un vagabundo.

Luego alzó una pistola y apuntó a Raquildis.

Se escuchó una detonación, e inmediatamente un grito multitudinario de pánico se extendió por toda la plaza. La gente se agachó instintivamente, sin saber desde dónde habían disparado. Gregger, sin embargo, había logrado ser más rápido que el atacante: saltó hacia el líder y consiguió que ambos quedaran cubiertos tras la tribuna antes de que el atacante apretara el gatillo. El disparo dio de lleno en el ramo de micrófonos. Se escuchó un ruido muy fuerte y agudo a través de los altavoces, pero luego la Plaza volvió a estremecerse con el eco de otros dos disparos. De la tribuna saltaron esquirlas. La gente volvió a chillar.

Gregger se puso en acción. Desenfundó su pistola y contraatacó. Del primer disparo consiguió neutralizar al vagabundo, pero más descargas le llegaron procedentes de diferentes lugares. Miró a su alrededor, intentando descubrir su procedencia. La plaza era un caos de gritos y carreras. El público corría despavorido en todas direcciones; se pisaban, empujaban y pasaban por encima. Resultaba imposible identificar a los otros atacantes.

—¡Proteged al líder! —gritó a sus hombres.

Los soldados que rodeaban el estrado corrieron a colocarse en torno a Raquildis, cubriéndole con un escudo humano que comenzó a caminar muy despacio hacia las limusinas. Habían logrado recorrer la mitad del camino cuando, de repente, los asaltó una nueva sorpresa: más disparos, esta vez desde la misma tribuna.

Los nobles abrían fuego contra ellos.

Miembros de la familia Gallagher y Dagman, que habían permanecido todo el tiempo sentados en la parte de atrás del estrado, se pusieron en pie, desenfundaron sendas pistolas y comenzaron a disparar contra los hombres que protegían a Raquildis. Sorprendidos, hasta cuatro soldados cayeron antes de reaccionar. Gregger no supo dónde cubrirse; frente a él, entre el público, lo atacaba un número indeterminado de agentes hostiles; a su espalda, los nobles también abrían fuego contra sus hombres. Estudió los alrededores. Laesan y todos los Ike que la acompañaban parecían tan sorprendidos como lo estaba él.

¿Y Baldomer Dagman? Lo descubrió huyendo de la escena, pero también daba la impresión de hallarse contrariado por el acontecimiento. Corría a su limusina, acompañado por su hija, Caeley. La joven se permitió una última mirada a su espalda para observar la escena, entonces Gregger descubrió que sonreía de medio lado, contenta… no, aquella no era la palabra, la palabra era conforme. Sonreía conforme con la situación.

¡Había sido idea suya! Suya y de los Gallagher, que se lanzaban contra la Guardia y contra los miembros de los Ike que habían reunido el valor suficiente para luchar en favor de Raquildis. Él también debía actuar, la seguridad y salvaguarda del líder de Praemortis dependían de lo que decidiera en aquel momento. Si Raquildis caía, sería el fin de su carrera.

Decidido se puso en pie y abatió a dos miembros insurgentes de los Gallagher. Los que todavía quedaban en pie respondieron, pero él consiguió cubrirse en la tribuna. Ahora tocaba el turno de concentrarse en el público. Detectó a varios individuos abriendo fuego contra el estrado. Disparó, tres más cayeron.

—¡Refuerzos! —gritó por el intercomunicador.

A su izquierda, el escudo humano ya se encontraba en la plaza, pero de repente fue asaltado por un grupo de vagabundos, que se les echaron encima como bestias rabiosas. Iban armados con barras de hierro, cristales, cuchillos, navajas de afeitar… todo lo que sirviera para hacer daño. Los soldados que protegían a Raquildis abrieron fuego contra ellos, pero eran demasiados. En un segundo llegaron hasta el escudo y comenzaron a cortar, golpear y morder. Gregger bajó a la plaza de un salto y corrió mientras disparaba en dirección a la maraña de atacantes.

—¡Rowan! —gritó por su intercomunicador—. ¡Rowan! ¡¿Dónde estás?! Ven inmediatamente con la limusina. ¡Pasa por encima de quien sea! Nos vamos con el líder.

No le llegó respuesta.

Alcanzó la pelea que se estaba llevando a cabo entre los vagabundos y los soldados, tomó a uno de aquellos atacantes del cuello y le disparó en el cráneo a bocajarro. A su izquierda vio de reojo que otro pretendía cortarlo con un cuchillo. Se volvió rápidamente y le golpeó con la empuñadura de la pistola. El vagabundo perdió el equilibrio, momento que aprovechó Gregger para dispararle al pecho, una, dos, tres veces. A la cuarta no salió ningún proyectil.

Se había quedado sin balas.

Otro más le atacó por su derecha, demasiado pronto para darle tiempo a recargar. Instintivamente, el coronel le lanzó la pistola al rostro. El vagabundo retrocedió y cayó al suelo, desequilibrado, pero un nuevo oponente sujetó al coronel por detrás. Gregger se lo quitó con un cabezazo, se volvió y le asestó una patada. Notó un pinchazo en el costado derecho. Alguien lo había cortado. Unas manos intentaron sujetarlo, logró zafarse, pero muchas otras la imitaron. Eran cada vez más y más.

Miró a su alrededor. Raquildis también luchaba por zafarse de cuatro vagabundos que intentaban llevárselo. Tenía el rostro ensangrentado.

—¡Rowan, por la Vorágine!, ¡¿Dónde estás?! —gritó Ed por el intercomunicador.

Ya casi no quedaban soldados de la Guardia para proteger al líder, y cada vez venían más atacantes. Buscó a su alrededor, necesitaba recuperar su pistola, evitar que se llevaran al líder.

La encontró tirada en el suelo, no demasiado lejos. Estiró la mano y logró recuperarla. Se echó mano a la cintura, donde guardaba sus cargadores de repuesto, y extrajo uno; pero lo soltó de golpe, un intenso dolor en su costado izquierdo lo había dejado sin aliento ni fuerzas. Le acababan de patear las costillas. Cayó de rodillas, quiso volver a levantarse, pero volvió a recibir otra patada en el estómago. Se dobló por el dolor, y entonces, como un rayo, vio cómo se le aproximaba la punta de una bota directamente al rostro.

El golpe impactó directamente su mandíbula. Gregger lanzó la cabeza hacia atrás y cayó de espaldas. Ni siquiera tuvo tiempo de recuperar el aire. Dos, quizás tres personas le pisoteaban el pecho. Tosió sangre.

—¡Row…! —intentó gritar.

Más patadas, por todas partes, zarandearon su cuerpo a uno y otro lado. Alguien, no supo quién, tomó su mano y le arrebató la pistola. Pronto encontrarían el cargador, que debía hallarse muy cerca de su cuerpo.

Lo encontraron pronto, porque, entre la sangre que le cubría la cara, logró percibir cómo lo apuntaban con su propia arma. Giró la cabeza, no quería ver cómo apretaban el gatillo.

A su izquierda, una limusina corporativa se acercaba a toda velocidad.

2

—¡Escapad! —gritó Aadil.

Se lanzó hacia Néstor antes de que Stark, Alfred y Hiro tuvieran tiempo de reaccionar.

—¡No! —gritó Stark.

Demasiado tarde. Néstor y Aadil se encontraron. El primero lanzó un fuerte golpe en arco a la altura del rostro del segundo, pero el Cormorán fue más veloz; se agachó, rodó con una voltereta y pasó de largo. Ahora corría en dirección a las armaduras que descansaban colgadas bajo los arcos. Néstor adivinó lo que pretendía.

—Dijo que no debíamos ponérnoslas —recordó Alfred, que también había deducido las intenciones del cazarrecompensas.

—Jefe, ¿qué hacemos? —preguntó Hiro.

Stark no respondió, estaba demasiado atento al combate como para contestar; acababa de darse cuenta de un detalle: Aadil había pasado de largo ya dos armaduras. ¿Por qué no se las había puesto?

El Cormorán estaba llegando a las enormes puertas del fondo. Néstor salió tras él. La agilidad aumentada que la armadura confería a sus músculos le permitió alcanzar su objetivo en unas pocas zancadas. Tomó a su enemigo del cuello y con la otra mano lo lanzó por los aires mediante un golpe de revés. Aadil voló hasta estrellarse contra una columna y cayó al suelo como un peso.

Stark actuó. Echó a correr, desenfundó su pistola y disparó al casco del confesor. Sabía que no le haría nada, pero deseaba llamar su atención.

Lo consiguió.

Néstor encaró al líder de los Cuervos y fue en su busca.

Hiro también reaccionó. Quiso hacer lo mismo que había hecho Stark. Disparó su pistola, pero esta vez Néstor no cayó dos veces en la misma treta.

Con un salto alcanzó a Stark, le quitó la pistola de un manotazo, lo aferró del cuello y lo levantó varios palmos del suelo. El líder de los Cuervos notó cómo el aire dejaba de entrar a sus pulmones, pero Néstor no deseaba conformase con la asfixia. Tomó su brazo derecho y comenzó a tirar con la intención de arrancárselo del cuerpo. Stark gastó el poco aire que le quedaba en proferir un grito desgarrador.

Entonces se escuchó un breve silbido. Néstor se estremeció, dejó caer a Stark y se miró el muslo derecho. Allí incrustado, atravesando las placas de la armadura, le habían clavado un arpón. A lo lejos, arrodillado, Aadil todavía apuntaba.

Se incorporó y arrojó el lanza–arpones a un lado. Ya no lo necesitaría más. Era la segunda vez que disparaba a Néstor con su propia arma, pero ya no le quedaba más munición. Aquel arpón que había logrado clavar en el muslo de su enemigo era el mismo que había utilizado para salvar a Raquildis de una caída. En esta ocasión, el disparo se le había ido demasiado bajo; seguía sin sopesar bien el arma cuando no vestía las placas de confesor.

Néstor corrió hacia él; Aadil le dio la espalda y continuó su carrera en dirección a la puerta. Alfred y Hiro aprovecharon para socorrer a Stark.

—¡Tenemos que salir de aquí! —apremió el profesor.

—De acuerdo —asintió el sargento—. Cargaremos con Stark.

Aadil corría con todas sus fuerzas. Le dolía la espalda por el golpe contra la columna, pero renovó su ánimo cuando al fin vio lo que andaba buscando. Néstor estaba ya muy cerca de él. Extendió el brazo para alcanzarlo, pero Aadil saltó a su izquierda. El confesor también saltó. En el aire, como si el tiempo transcurriera a mayor lentitud, observó que el Cormorán extendía su brazo izquierdo hacia uno de los arcos, bajo el que descansaba una armadura completamente extendida. En cuanto tocó las placas, estas comenzaron a extenderse por su brazo, su pecho, su estómago… Aadil cayó al suelo y rodó, con la armadura de confesor cubriendo todo su cuerpo, hasta que se detuvo con una rodilla en tierra, encarando directamente a Néstor. Las placas del casco cubrieron un rostro que sonreía a su oponente. Una capa negra ondeó levemente al desplegarse.

Marmánidas.

Se puso en pie. Néstor lo observó durante unos instantes. A unos metros a su espalda, Stark, Alfred y Hiro también presenciaban la escena, completamente absortos.

—¿Tenía su armadura aquí? —dijo Hiro—. ¿Por qué no se la puso antes?

—Vale —intervino Stark, tosiendo—. Ahora sí que nos marchamos. Aadil sabe cuidarse solo.

Los tres hombres pusieron rumbo a las escaleras de caracol descendentes. Frente a ellos, Néstor y Marmánidas corrieron uno en busca del otro.

Se abrazaron en mitad de un salto y rodaron por el suelo, pero Aadil consiguió colocar ambas piernas sobre el estómago de su oponente y, reuniendo toda su fuerza, lo impulsó hacia arriba. Néstor salió volando, se estrelló contra el enorme rosetón que había encima de las puertas y cayó al otro lado. Aadil se incorporó. Necesitaba cubrir la retirada de sus amigos, pero tampoco quería quedarse para combatir.

No... a decir verdad, sí lo deseaba. Lo deseaba con todas sus fuerzas. Quería agarrar al otro confesor, arrancar las placas de su armadura y desgarrar su cuerpo. La quemadura en su cuello pareció ponerse en carne viva. Volvía a arderle, provocándole placer y dolor al mismo tiempo. Miró a su alrededor. El lugar parecía más oscuro que unos segundos atrás. ¿Se habían apagado algunas velas? No, no era eso. Lucían con menor intensidad.

«Ya me has encontrado», pensó.

Marmánidas despertaba, algo que no le gustaba ni un ápice a Aadil Veldecker. Odiaba vestir aquellas placas. Le provocaban una perturbadora sensación de agrado. Miró las escaleras de caracol que ascendían a la sala de la campana.

Por allí.

Pero Néstor lo sorprendió por la espalda, haciendo estallar las grandes puertas. Saltó hacia él, lo sujetó por la cintura con ambos brazos y lo lanzó contra una de las columnas. Esta vez, no fue el cuerpo de Aadil el que salió perdiendo con el golpe; la columna se partió en pedazos. Entre los cascotes, el Cormorán se levantó. Néstor ya iba hacia él. Lo sujetó del cuello con una mano, y con la otra hizo fuerza desde su barbilla para intentar alzar las placas que le cubrían el rostro. Aadil intentó impedírselo. Lanzó un puñetazo directo al casco de su enemigo; y luego otro, y otro, cada vez con más fuerza, cada vez con más rabia. Al quinto golpe, Néstor cayó. Aadil saltó por encima de él y se detuvo en mitad de la nave. Necesitaba una salida. Observó lo que había encima de su cabeza. En las paredes laterales, las ventanas todavía conservaban sus vidrieras. Una luz ambarina se filtraba a través de ellas. ¿De dónde procedía?

Aquella era la salida.

Néstor ya se ponía en pie, dispuesto a proseguir con el combate. Aadil se concentró en una de las ventanas, corrió al lado opuesto, colocó un pie en una de las columnas y se impulsó para dar un gran salto. Voló hacia la ventana y atravesó la vidriera. Frente a ella había otra ventana de cristales opacos y una persiana que permanecía totalmente bajada. Atravesó ambas.

Apareció volando en el enorme vestíbulo del edificio de Pináculo, a quince metros de altura, justo sobre el recibidor. Los cristales de la vidriera y de la ventana que acababa de atravesar cayeron sobre visitantes, recepcionistas y ejecutivos; sobre más personas de lo acostumbrado, pues muchas habían decidido refugiarse en el edificio de Pináculo para protegerse del tiroteo que se desarrollaba en el exterior.

En su trayectoria, Aadil se estrelló contra la escultura del Bríaro, que se erigía justo frente a él, y cayó al suelo como un bloque de piedra. La gente a su alrededor huyó aterrada.

No tardó en reaccionar; se puso en pie velozmente, miró a todos lados y luego a la ventana que acababa de atravesar. El confesor de capa gris no lo seguía aún, pero no tardaría en hacerlo. Contempló las puertas de salida. En el exterior, la Plaza de los Descubridores bullía con una marea caótica de gente. Podía confundirse con ellos. Era perfecto.

Corrió hacia allí. Por el camino, las placas de su armadura comenzaron a retrotraerse. Cuando lo hicieron por completo, Aadil dejó que cayera al suelo. No estaba dispuesto a permitir que Marmánidas se hiciera de nuevo con el control. No deseaba que lo poseyera; no podía permitirlo.

¿O sí?

Cuando Néstor atravesó la ventana y cayó al vestíbulo, vio que la gente chillaba y corría en todas direcciones. Buscó por los alrededores, pero no halló rastro del Cormorán.

La armadura de Marmánidas tampoco estaba.

3

Erik Gallagher no perdía detalle de cuanto le llegaba a través de los monitores que rodeaban su cama. Había ordenado que cuatro hombres de su pequeño ejército de sublevados llevaran una pequeña cámara portátil, para así presenciar el desarrollo de su plan. Ahora disfrutaba viendo cómo extendían el caos por la Plaza de los Descubridores, disparando indiscriminadamente al público y a los miembros de la familia Wallace que protegían a Raquildis. También pudo comprobar cómo los Dagman y los Gallagher se revelaban.

El plan estaba saliendo tal y como había previsto.

Un quinto monitor le enseñaba el avance de su centinela, el fiel Ipser Zarrio. Ahora entraba en Pináculo, saltando desde el edificio de los Gallagher. Su misión era clara: encontrar los controles de las válvulas de succión que anclaban la ciudad al fondo del Apsus, destruirlos y regresar de vuelta a casa. Dichos controles eran muy anteriores a la construcción del gigantesco rascacielos. Se crearon al tiempo que la ciudad–plataforma, y quedaron a buen resguardo en el antiguo edificio de piedra que hoy día quedaba oculto por la gigantesca estructura de metal y cristal.

Algo lo sorprendió. Néstor había encontrado la antigua edificación, pero se había detenido. La cámara enfocaba una enorme sala. Al fondo, el noble de los Gallagher observó que su confesor había detectado la presencia de cuatro personas. Dos de ellas le resultaron familiares: Hiro, el familiar lejano de la familia Dagman que había sobrevivido al primer encuentro contra el Golem; y Aadil Veldecker. La visión de este último le provocó un escalofrío incómodo. Por culpa del hermano de Leandra y Robert se encontraba en su situación actual. Néstor se lanzó contra el cazarrecompensas, y Erik dejó de prestar atención a los disturbios de la calle para concentrarse en el combate particular. No quería perderse los últimos momentos en la vida del famoso Cormorán.

Néstor se lanzó directo a su objetivo, pero Aadil consiguió esquivarlo con una rápida finta. Pretendía algo, era como si estuviera buscando...

Su atención quedó repentinamente desviada de los monitores. Le había llegado un ruido inusual procedente del exterior; quizás desde las escaleras del edificio. Había sido un estruendo sordo, amortiguado por las paredes que lo rodeaban. Se concentró unos instantes en la puerta de su habitación. A través de la misma oyó cómo los dos hombres que tenía montando guardia intercambiaban algunas palabras, aunque demasiado bajo para que lograra entender lo que decían. Entonces escuchó aquel ruido de nuevo, ahora mucho más fuerte. Procedía del salón, sin duda. Sus guardias gritaron algo ininteligible. Pasos. Y por tercera vez, aquel ruido volvió a sonar.

Disparos.

Erik escuchó dos más, mezclados con las voces aterrorizadas de sus hombres. Luego se hizo el silencio.

Entonces, la puerta de su habitación comenzó a abrirse poco a poco, acompañada por un leve chirrido. Cuando al fin lo hizo del todo, allí, de pie en el umbral, el noble de los Gallagher descubrió la figura encorvada de su tío. Luther lo saludó clavándole su intensa mirada de ojos azules. Su mano izquierda sujetaba el bastón que utilizaba para apoyarse, pero en la derecha todavía humeaba el revólver con el que acababa de neutralizar a los guardias.

—Hola, Erik —saludó la Orca Azul, avanzando cuidadosamente.

—¡Tío! ¿Qué haces aquí? ¿Y mis hombres?

—He acabado con ellos. Son un estorbo para lo que he venido a decirte.

Erik no pudo evitar que su mirada se desviara al arma.

—¡¿Vienes... a... a matarme?!

Luther le apuntó con el revólver y dijo:

—No puedo dejarte vivir.

—¡Pero mi plan está dando resultado! ¿Acaso no te has enterado de lo que sucede en la Plaza de los Descubridores? Mis hombres están a punto de tomarla. Hemos tenido suerte, casi no hay soldados de la Guardia vigilando; han sido enviados a dos misiones. Están lanzando un ataque simultáneo contra los Cuervos y los miembros del Refugio. ¿No lo comprendes, tío? No hemos podido elegir un mejor momento. Acabaré con Raquildis. La victoria está asegurada.

Luther mostró una sonrisa.

—Me das pena, Erik. ¿Crees que he perdido toda mi humanidad? En este momento, no me importa si tu plan surte efecto o fracasa. He venido para arrebatar la vida al asesino de mi hijo.

—¡Deuz!

—Lo mataste por causa de tu demente ambición, y desde entonces no hay día que no haya deseado vengarme.

Erik notó que su cuerpo se agitaba por el terror. De no haber estado prácticamente incapacitado, habría salido corriendo de allí. De reojo observó el monitor que le mostraba la actividad de Néstor. Su confesor luchaba ahora con otro, uno de capa negra.

—Era peligroso dejarle vivo —intentó excusarse ante su tío, que todavía lo encañonaba—. Si el atentando contra Raquildis surtía efecto, Deuz no me habría devuelto el puesto de líder de los Gallagher, y menos sabiendo que podía convertirse en el dueño de la Corporación. Me habría visto en la obligación de luchar contra él tarde o temprano; pero tu hijo jamás habría conducido Praemortis como yo. Lo sabes, Luther.

—¡Comoquiera que sea, era mi hijo!

Su labio inferior tembló por la rabia.

—Y tú permitiste que tu confesor lo destripara como a un animal. ¡Vi sus entrañas desperdigadas por la pared! He tenido que aguantar mi rabia durante todo este tiempo, fingiendo ante ti mientras me consumían las ganas de acabar con tu vida.

—Lamento la actuación de Néstor, fue incorrecta. Debió dar una muerte más digna a mi primo. Pero te suplico que reconsideres lo que has venido a hacer. Ven, mira a través de los monitores. Estamos a un paso del triunfo. Cuando Raquildis caiga, los ciudadanos recordarán todo lo que la familia Gallagher ha hecho por ellos. Nadie se opondrá a nuestro liderazgo. Praemortis está a punto de caer bajo nuestro control. No lo estropees, tío. Concédeme una última oportunidad.

—Una oportunidad… ¿para qué?

—Para la redención. Deseo compensarte por tu pérdida. Anhelas tanto como yo que Raquildis caiga. Siempre has querido ver a los Gallagher conduciendo la Corporación, y sabes que tales privilegios, en ocasiones, conllevan un enorme sacrificio.

Luther se mordió el labio inferior.

—Tío —continuó Erik—. No lo eches todo a perder. No arruines a tu propia familia.

Luther bajó el revólver.

—Gracias. Muchas gracias, tío. Todo este tiempo he luchado por encumbrar nuestro apellido. Sé lo mucho que te duele entenderlo, pero cualquier obstáculo que no nos beneficie debe ser eliminado. ¿Estás de acuerdo?

Luther no contestó.

—Tío. ¿Estás de acuerdo con lo que digo?

—Sí —contestó la Orca.

Y velozmente, sin dubitaciones, alzó de nuevo su revólver y disparó contra su sobrino.

4

Gritos, disparos, carreras, explosiones... la base de los Cuervos era un escenario de batalla. Los rebeldes luchaban por escapar de la Guardia y de los confesores mientras estos los arrinconaban cada vez más.

Descendiendo a la planta baja, Reynald y Geri ayudaban a Leandra, cubiertos por Ed Wallace, que cargaba en su espalda la armadura plegada de Haggar. A su alrededor no había más que humo, fuego y compañeros que se cruzaban con ellos, intentando cubrir la retirada de los demás.

Arrastrando a Leandra, los rebeldes alcanzaron de nuevo el garaje. El humo apenas les dejaba ver, pero en el lugar había un silencio perturbador. Aquella zona había sido completamente tomada por el enemigo, aunque no se le veía por ninguna parte.

—Silencio ahora —ordenó Reynald entre toses—. Aprovecharemos el humo para ocultarnos y descender al sótano. Si nos detectan, estamos perdidos.

Los demás asintieron. Se taparon la boca para proteger sus pulmones y comenzaron a caminar más despacio. De vez en cuando los sorprendía algún sonido: pisadas, un objeto que caía, algún disparo aislado... resultaba imposible adivinar la procedencia de los ruidos, pero estaba claro que, de provocarlo el enemigo, debía encontrarse a pocos metros de ellos.

De pronto los sorprendió un grito pidiendo socorro. A Reynald se le erizó el vello de la nuca.

—¡Es Eklard! —susurró a quienes lo acompañaban.

La voz del muchacho sonaba muy cerca; a cinco metros, tal vez seis.

—Habrá pensado huir por las alcantarillas, como nosotros —dijo Ed Wallace.

—Va a llamar la atención de toda la Guardia —refunfuñó el ballenero, ahogando un nuevo acceso de tos.

Miró a Leandra. La mujer realizaba un enorme esfuerzo por mantenerse en pie, pero no podría caminar sin ayuda.

Eklard continuaba gritando.

—¡General! —dijo al fin —. Ven, ponte en mi lugar. Continuad hasta el sótano. Geri conoce la entrada a las alcantarillas.

El general obedeció y pasó un brazo alrededor de la cintura de Leandra.

—No permanezcas aquí demasiado tiempo —recomendó a Reynald— o te asfixiarás.

El ballenero asintió, se descolgó el fusil y desapareció entre el humo.

Corrió en dirección a los gritos, hasta que de repente logró ver lo que tenía delante. Eklard luchaba cuerpo a cuerpo con dos soldados que intentaban capturarlo. El ballenero se deshizo del primero mediante un fuerte culatazo, y del segundo con una rápida pero certera ráfaga. Luego ayudó a Eklard. El muchacho se encontraba mareado por el humo, pero podía caminar.

—¿Es que nunca aprenderás? —le reprochó Reynald, mientras los dos avanzaban en dirección al sótano—. Tú siempre gritando para llamar la atención. La última vez que lo hiciste fui capturado por un confesor.

—Lo siento, Rey —contestó el otro entre toses—. Tienes razón. Lo siento mucho.

Al fin, las escaleras al sótano se hicieron visibles. Los dos hombres corrieron a ellas, pero de repente, Reynald se detuvo. Con un movimiento reflejo consiguió agacharse a tiempo, para ver cómo un arpón le pasaba por encima.

—¡Un confesor! —gritó Eklard.

—A las escaleras, ¡rápido!

Ambos descendieron. Afortunadamente, el humo no había ocupado el sótano. Podían respirar con normalidad, pero ahora un confesor los perseguía. Mientras corrían por los pasillos, Reynald miró a su espalda. Las piernas del confesor ya eran visibles en las escaleras. Dobló una esquina y se detuvo.

—¡Vamos! —susurró Eklard.

—Ve tú.

—¡No puedes quedarte! Morirás.

—Chico —dijo Reynald con una sonrisa de medio lado—. ¿Crees que yo solo no puedo con un confesor?

Se asomó con cuidado. El confesor caminaba lentamente hacia él, buscándolo. Volvió su mirada a Eklard y dijo:

—Ha llegado la hora de que tomes responsabilidades. Corre a las alcantarillas y alcanza a Geri y al general. Están cuidando de Leandra y de la armadura de Haggar. Cubre su retirada.

—¿Y qué harás tú?

—¡Cubrirte la retirada a ti, imberbe!

Guiñó un ojo y empujó a Eklard para que se marchara. El otro dudó un par de segundos, pero finalmente obedeció. Reynald volvió a mirar de reojo por la esquina. El confesor se encontraba cada vez más cerca. Respiró hondo y salió, colocándose a la vista de su oponente.

—¡Eh! —gritó, moviendo los brazos arriba y abajo—. Aquí me tienes.

Aparentó que echaba a correr, pero en realidad volvió a quedarse tras la esquina, esperando. Escuchó cómo el confesor se aproximaba a grandes zancadas.

—Espero no partirme la pierna —musitó, justo antes de que el enemigo asomara.

Se arrodilló y lanzó un barrido. Su pierna chocó contra las placas de la armadura, pero Reynald no pretendía dañar, sino desequilibrar.

Lo consiguió. El confesor, desprevenido, perdió el equilibrio y cayó al suelo bocabajo. Reynald se levantó con velocidad. Sabía que el confesor era más ágil que él, de modo que debía actuar sin dudar ni un segundo. Retiró la capa con una mano, tomó el fusil lanza–arpones de la espalda, apuntó a la cabeza y disparó. El proyectil atravesó las duras placas del casco y se clavó en el cráneo. El confesor se agitó violentamente durante unos segundos, pero finalmente dejó de moverse.

Reynald lanzó un resoplido de tranquilidad.

—Me lo cuentan y no me lo creo —dijo, asimilando que acababa de vencer a un confesor él solo.

Lo sorprendió una descarga de dolor desde la pierna. Se la palpó. Se había hecho mucho daño, pero no estaba rota. Se arrodilló y buscó más arpones. Encontró un carcaj con doce. Tomó uno, cargó el fusil y se echó el carcaj al hombro.

—Ahora, a buscar a los demás.

Dio media vuelta para correr hacia las alcantarillas, pero de repente escuchó un sonido terriblemente familiar. Un silbido.

El arpón le atravesó el estómago y continuó volando hasta clavarse en la pared de enfrente. Reynald se volvió. Frente a él había otro confesor. Acababa de descender por las escaleras.

Error. No lo había visto.

Las fuerzas lo abandonaban con rapidez; cayó de rodillas. El confesor caminó hacia él con total tranquilidad, como si se recreara con la situación. Reynald distinguió el contorno de su figura reflejado en las placas. Un hilo de sangre resbaló desde sus labios hasta la barbilla y comenzó a gotear, creando un pequeño charco en el suelo.

Apretó los dientes. ¡Todavía no estaba muerto! Reunió fuerzas y dejó escapar un gruñido. El confesor comprendió lo que estaba a punto de suceder y quiso adelantarse. Echó a correr para rematar a su enemigo, pero Reynald fue más rápido. Alzó el fusil lanza–arpones que todavía empuñaba y disparó el proyectil que hacía unos instantes había cargado. Impactó justo en el cuello, de forma que el arpón sobresalió hasta la mitad por el otro lado. El confesor dobló las piernas, cayó y fue derrapando hasta quedar a poco más de un metro del moribundo.

Reynald sonrió.

—Si de arpones se trata —se dijo— no hay quien tenga mejor puntería… que… un ballenero.

Cayó al suelo bocarriba, con una sonrisa titilando en sus labios ensangrentados. Estaba contento.

—Dos confesores… yo solo… No hay… —tosió sangre— no hay quien me gane.

Cerró los ojos y comenzó a cantar una canción marinera, al tiempo que un charco de sangre se formaba bajo su espalda.

La vida desaparecía de su cuerpo, pero Reynald descubrió que no tenía miedo ninguno.

—¡Hay que ver! —dijo, sonriendo.

Tenía los dientes teñidos de rojo.

—Tantos años… buscando una… salvación… y resulta que está aquí… aquí mismo.

Sus ojos miraban hacia un punto indeterminado de la pared. Poco a poco, comenzó a notar que sus oídos se llenaban con un estruendo lejano. La Vorágine se aproximaba. Extendió el brazo, como si quisiera alcanzarla.

—¡Ahora lo veo… ahora… ahora lo veo con claridad! Gracias… muchas gracias por enseñármelo… Hasta que volvamos a vernos… amigos. Hasta que volvamos a vernos… adiós.

5

En la Plaza de los Descubridores, bajo el amparo de la enorme estructura que era el edificio de Pináculo, la gente chillaba y corría despavorida, cubriéndose la cabeza de los disparos, tropezándose, empujando a quien encontrara en su camino y llamando a los amigos o familiares con los que habían decidido acudir al acto, y a los que ahora habían perdido.

En el extremo más cercano al rascacielos corporativo, justo frente al enorme estrado, Gregger Wallace estaba a punto de morir a manos de su propia pistola, cuando una limusina corporativa arrolló a su atacante.

Rowan Ike había escuchado al fin la petición de auxilio.

La limusina se detuvo junto a Gregger y Raquildis. El coronel vio sus fuerzas renovadas por el ánimo, al comprobar que al fin se mostraba una salida ante ellos. Logró ponerse en pie.

—¡Cubrid al líder! —gritó, por si alguno de sus hombres continuaba cerca.

No recibió respuesta, pero tampoco se detuvo a esperarla. Era imprescindible que cumpliera con su deber, no solo para conservar su rango, sino para preservar la vida, pues aquella masa enloquecida acabaría con él si no reaccionaba.

Se puso en pie y comenzó a dar patadas y puñetazos al aire, indiscriminadamente, hasta que encontró a Raquildis, un metro por delante de él, corriendo agachado, cubierto aún por un par de soldados que se defendían disparando a todo el que se acercara. Tomó fuerza, caminó hasta colocarse justo detrás del líder y lo acompañó en dirección la limusina. Abrió la puerta y ambos entraron en el ancho habitáculo reservado a los pasajeros.

Rowan aceleró al máximo. Las ruedas chirriaron sobre el suelo de la plaza y la limusina se puso en marcha. Se escucharon algunos disparos; los atacantes habrían fuego contra el vehículo, pero el blindaje no dejó pasar ni un solo proyectil.

—Aquí estaremos a salvo —dijo Gregger, procurando que los ánimos se calmaran.

—¡Perros! ¡Malditos perros! —gritó Raquildis, tan enfurecido que su voz emergió ahogada por la tensión de los músculos de su cuello—. Quiero saber quién ha sido el responsable de este ataque, ¿has comprendido, Gregger? Quiero su nombre. No me importa quién sea, ni el apellido que tenga.

—Lo averiguaré en cuanto estemos a salvo.

—¡Los Gallagher! Disparaban contra nosotros. ¿Pudiste verlo?

—Sí.

—Está claro que forman parte de este ataque terrorista. Ellos y los Dagman. Están aliados. ¿Viste a Baldomer?

—Huyó en cuanto tuvo la posibilidad de hacerlo.

—¡Un pañuelo! —pidió el líder, cambiando repentinamente de tema, pues tenía el rostro completamente ensangrentado.

Gregger buscó a su alrededor hasta que cerca del mueble–bar encontró una servilleta. Se la acercó a Raquildis y este comenzó a limpiarse la cara con rapidez. Tenía varios cortes en el rostro y una brecha justo sobre la frente, de la que manaba casi toda la sangre.

La limusina abandonó la Plaza de los Descubridores y tomó la avenida Frederick Veldecker. Había mucha gente allí, pero Rowan era un hábil conductor.

—Baldomer pagará por esto —juró el líder.

—Señor, creo que el responsable de este ataque no ha sido Baldomer —advirtió Gregger.

—¿Qué dices?

—Con todos mis respetos, creo que él estaba tan sorprendido como nosotros. Sin embargo, tal vez su hija sí tenga algo que ver.

—No importa. Interrógalo.

Raquildis alargó la mano hasta un pequeño cubo lleno de hielo, envolvió algunos cubitos en la servilleta y se la llevó a la brecha sobre su frente.

—Rowan —llamó—, los Ike han demostrado su fidelidad defendiéndome. He visto cómo los miembros de tu familia se enfrentaban a mis atacantes. Seréis recompensados, todos vosotros.

—Sí, gracias por ayudar a la Guardia —intervino Gregger—, aunque, por un momento, creí que tú no nos ayudarías. Si te hubieras retrasado un poco más…

Gregger se permitió un suspiro de alivio. La limusina avanzaba por la avenida a gran velocidad, pues ya apenas había gente a la que esquivar.

—Ahora no importa el retraso, Gregger —opinó Raquildis—. Al final nos hemos salvado. Eso es lo verdaderamente importante. Gracias, Rowan. Muchas gracias. Te lo agradeceré como se merece. Yo siempre cuido de quienes me son fieles.

De repente, la limusina paró en seco, produciendo un nuevo chirrido de sus ruedas. Rowan Ike soltó las manos del volante, se volvió hacia los dos pasajeros y dejó ver que empuñaba una pistola.

—¡Pero qué...! —fue todo lo que Raquildis tuvo tiempo de decir, antes de que el joven miembro de los Ike le disparara dos veces.

El cuerpo del líder de Praemortis se agitó con cada impacto. El primero dio en el estómago; el segundo perforó su pecho. Luego, Rowan apuntó rápidamente a Gregger, quien aún no había reaccionado.

—¡Fuera! —ordenó, haciendo un leve movimiento con la pistola.

—¡¿Qué has hecho, necio?!

—¡Fuera he dicho!

Gregger miró al líder, se convulsionaba con violentos espasmos, mientras la sangre teñía su asiento de rojo.

—Todavía podemos salvarlo —declaró—. Rowan, deja esa pistola y...

Rowan abrió fuego por tercera vez. La bala impactó en la garganta de Raquildis. Pequeñas gotas de sangre mancharon la ventanilla más cercana. El líder dejó escapar un espantoso gorgoteo y se desplomó sobre el asiento.

—Ya no tienes líder al que defender. Si no sales ahora, te dispararé a ti también.

—Pero, ¿por qué?

—Lo detestaba, profundamente. Me alegra haber sido su asesino. No hay más. Ahora, sal del coche, ¡vamos!

Su arma apuntaba a Gregger sin que el coronel detectara ni un atisbo de duda. Observó por última vez a Raquildis. No se movía. Abrió la puerta y huyó.

Rowan dejó la pistola en el asiento del copiloto y volvió a concentrarse en el volante. Debía conducir al oeste, perderse en las calles, y luego al norte, al Cómburus, para incinerar el cadáver de Raquildis. Era lo que Caeley le había ordenado hacer.

Pero entonces, cuando ya estaba a punto de pisar el acelerador, la puerta del conductor se abrió. Dos manos lo sujetaron por las solapas de su chaqueta y lo lanzaron fuera del vehículo.

¡Era Gregger Wallace!

Rowan se estrelló contra el suelo. Estaba tan concentrado en el siguiente paso a tomar que no se había asegurado de ver por el espejo retrovisor si el coronel se alejaba. Era evidente que no lo había hecho, sino que había aprovechado para rodear la limusina y sorprenderlo.

—¡Lo siento! —gritó el joven miembro de los Ike desde el suelo—. ¡Me vi obligado a ello!

Pero no le sirvió de nada.

Ya lo sabía; su falta de atención estaba a punto de costarle muy cara. Le esperaba Wael, posiblemente la celda más húmeda y profunda. Pasaría el resto de sus días en la oscuridad, contando los golpes de ola que el Apsus hacía contra los muros que le rodeaban.

Quiso incorporarse, pero lo sorprendió una bota contra su espalda. El coronel volvió a empujarlo para que quedara tumbado boca abajo. Rowan se estremeció de terror, pero no por causa de aquel repentino pisotón, sino porque, apenas hubo vuelto a colocar su rostro contra el pavimento, vio de reojo el cañón de una pistola a pocos centímetros de su sien.

—¡No, espera! —gritó—. ¡Ha sido Caeley! ¡Ella…!

Gregger apretó el gatillo.

6

—¡Vamos, no os detengáis! —ordenó Stark.

El líder de los Cuervos iba seguido de cerca por Alfred Jabari y el sargento Hiro. Los tres habían salido por la parte trasera del Pináculo. Tras atravesar el helipuerto comprobaron que los dos soldados de la garita ya no estaban en sus puestos, pero tampoco los hallaron en los alrededores. De lejos les llegaron sonido de gritos y disparos. Sin duda, algo grave estaba sucediendo al otro lado, frente a la fachada del rascacielos. No obstante, no se detuvieron a averiguarlo. Debían escapar de allí lo antes posible.

Corriendo a toda prisa, se adentraron en las calles aledañas al edificio corporativo y lograron llegar hasta el coche. Cuando al fin estuvieron dentro, se permitieron respirar.

—¿Esperamos al Cormorán? —preguntó Hiro, que había ocupado el asiento del conductor.

—Solo un poco —dijo Stark—. Tal vez haya escapado por otra vía.

—¿Crees que habrá conseguido librarse de ese confesor? —intervino Alfred.

—No lo sé —admitió el líder de los Cuervos—. Visteis esa capa gris. Era la misma armadura que abatimos el día del asalto al banco.

—Tus hombres mataron a quien la vestía —dijo Hiro, recordando el día que condujo el grupo de rescate hasta el cuerpo sin vida del confesor.

—Cierto. La persona que utiliza esa armadura es un confesor diferente.

—Aunque, sin duda, él y Aadil se conocen —dedujo Alfred.

—Se lo preguntaremos cuando aparezca —respondió Stark, mirando por la ventanilla.

La Tormenta no había dejado de descargar agua sobre la ciudad. Aún llovía, aunque con menor intensidad. Hiro puso en marcha el limpiaparabrisas.

—No va a venir —dijo, al cabo de un rato.

—Creo que no —opinó Stark—. Profesor, ¿qué opinas? ¿Le seguimos esperando?

—Aadil sabrá encontrarnos. Es muy astuto. Regresemos a la base.

Hiro introdujo la llave en el contacto y la giró, pero apenas lo hubo hecho cuando los tres hombres fueron sorprendidos por un fuerte estruendo; todo comenzó a temblar.

—¡¿Qué pasa?! —dijo Hiro, contrariado.

—¡Salid! —ordenó Stark.

Una vez fuera, comprobaron con estupor que los edificios se bamboleaban como si estuvieran a punto de derrumbarse. El pavimento bajo sus pies se resquebrajó, dejando ver enormes grietas que avanzaban velozmente en todas direcciones. Los coches aparcados junto a la acera se agitaban de arriba abajo. Cerca de ellos, la cornisa de uno de los rascacielos se desmoronó, lanzando una cascada de piedras que se estrellaron contra la calzada.

—¡¿Qué está sucediendo?! —gritó Stark, luchando por mantener el equilibrio.

—¡Nos movemos! —dijo Alfred de repente—. ¡La plataforma ha perdido el anclaje de las patas! ¡Estamos a merced del Apsus!

—¡Imposible! —negó Hiro.

Sin embargo, Stark comprobó que lo que defendía el profesor era cierto. Todo se tambaleaba bajo una extraña sensación de movimiento. La ciudad de Pináculo navegaba a la deriva.

—¿Qué hacemos ahora? —preguntó Hiro, sujetándose a una farola para no caer.

Tuvo que repetir la pregunta. El estruendo era ensordecedor.

—¡Volvemos a la Marca! —dijo Stark—. Hay que hablar con Leandra cuanto antes y transmitirle lo que hemos encontrado. Esperemos que ella tenga las respuestas.

A los pocos segundos, el terremoto comenzó a perder intensidad. El estruendo también cesó. No obstante, la sensación de movimiento perduró. Los tres hombres decidieron que era mejor montar en el coche, ahora que era posible conducir. Debían regresar a la base lo antes posible y hablar con Leandra. Había en ellos una sensación de prisa, de que todo a su alrededor finalizaba, y no solo eso, sino que lo hacía a gran velocidad. Era, a todas luces, una carrera contrarreloj contra el fin del mundo.

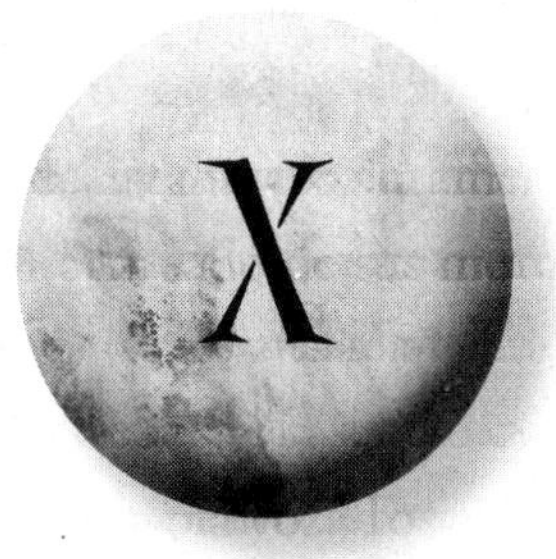

El Néctar es un bien personal e intransferible. Todo ciudadano miembro de la corporación Praemortis tiene derecho a él.

Un ciudadano miembro de la Corporación Praemortis tendrá que destinar, como mínimo, el diez por ciento de sus ingresos mensuales a la cotización del Néctar. El porcentaje de esta cuota puede ampliarse rellenando el formulario 6–E12. Bajo el sueldo estándar, un ciudadano corriente tardará una media de cuarenta y cinco años en pagarlo. Esta media está sujeta a cambios como incentivos a la eficiencia laboral, despidos, primas, etc.

La edad mínima de jubilación se establece a los sesenta y siete años. Dicha edad puede reducirse en casos de altos ejecutivos de la Corporación, banqueros, miembros productivos con apellido noble y otros casos. La edad de jubilación puede ampliarse en los casos en los que así se estime oportuno, o si el contribuyente decide integrarse dentro del Servicio de Renovación de Trabajadores, o SRT.

Una vez cubierta su cotización, un ciudadano corporativo recibirá el Néctar solicitándolo a un confesor, previo registro de sus pupilas. No es necesario que se halle moribundo para disfrutar de este privilegio.

Un ciudadano no podrá ingresar como miembro corporativo antes de los veintiún años. Excepcionalmente, podrá admitirse el ingreso laboral antes de dicha edad, pero bajo ningún concepto será un miembro corporativo de pleno derecho; es decir: podrá ocupar un puesto de trabajo para la Corporación, pero no tendrá derecho al praemortis ni, por ende, a su respectiva cotización de Néctar.

Se prohíbe terminantemente que cualquier ciudadano haga el viaje con el praemortis antes de cumplir los veintiuno. La pena por transgredir esta norma es la muerte sin derecho a Néctar.

Asimismo, se prohíbe el suicidio voluntario o la muerte asistida (eutanasia) de un ciudadano al que ya se le haya administrado el Néctar, salvo en los siguientes casos: enfermedad de sufrimiento prolongado, demencia y depresión crónica. En otro casos, como el llamado caso de vida inútil (ver más abajo), el ciudadano estará obligado a remitir su petición por escrito, rellenando el formulario 6–A21.

La pena por suicidarse o ayudar al suicidio de un ciudadano que no cumpla ninguno de los requisitos anteriores es la retirada del derecho a Néctar de sus tres familiares más cercanos, en el siguiente orden: madre/padre, hermanos, abuelos, primos, tíos, amigos, el resto.

Caso de vida inútil. Un ciudadano con el Néctar pagado y administrado puede solicitar la muerte tras declarar que su vida en el mundo presente carece de total sentido. Esta reclamación deberá sujetarse a las siguientes normas:

1. *No disponer de ningún familiar en la ciudad en la que se reside, ni en las dos ciudades más cercanas.*
2. *Haber rellenado previamente el formulario 6–D44, por el que todos los bienes del futuro difunto quedan cedidos a la Corporación.*
3. *Demostrar de modo fehaciente que no se poseen deudas o encargos por cumplir.*

El suicidio, en todos los casos en los que se apruebe, será mediante ahorcamiento o por ingestión de productos mortales. Se prohíbe, en todos los casos, suicidarse en la vía pública.

Documento oficial corporativo
Cotización de Néctar

1

Un día después del atentado contra Raquildis, la Plaza de los Descubridores volvió a llenarse de gente, aunque, en este caso, el ambiente era muy distinto. Nadie decía nada, ni silbaba, ni aplaudía, ni vitoreaba. La gente estaba apretada en la plaza y los alrededores guardando un respetuoso silencio. Frente a ellos, en el mismo estrado sobre el que el líder de Praemortis anunciara las nuevas reformas que se iban a acometer, esperaban, igual que la otra vez, sentados juntos y en un extremo, los líderes de las familias nobles más destacadas: Baldomer Dagman y Laesan Ike; mientras que en el otro se encontraban Zerapa Durriken y el anciano Luther Gallagher.

Frente a ellos, en la misma tribuna que utilizara Raquildis para dirigirse al público, hablaba ahora Gregger Wallace. Solo se había introducido un pequeño cambio, un pedestal de medio metro que alzaba la tribuna un poco más, de modo que le permitiera asomar la cabeza y parte del pecho por encima del círculo de confesores que lo protegían.

La Guardia había quintuplicado su presencia en el evento. Tras cumplir su misión con los Cuervos y los refugiados, estaba ahora emplazada en los alrededores de la plaza, en las calles cercanas, sobre los edificios y alrededor del estrado. Los vehículos portatropas cortaban cualquier acceso a un kilómetro de distancia, y soldados vestidos de civil se paseaban entre el público.

A diez metros a la izquierda del estrado, no demasiado lejos del lugar en el que Robert Veldecker aterrizó con su hijo tras lanzarse desde la última planta del Pináculo, se había construido otro estrado algo más pequeño. Sobre él, atada con sendas cadenas a muñecas y tobillos, yacía arrodillada Caeley Dagman.

Era noche cerrada, sin visos de que el Sol fuera a asomar, igual que en las últimas semanas. Hacía un frío glacial y llovía suavemente. El agua penetraba a través de los abrigos y punzaba contra la piel como agujas congeladas. La gente tosía y tiritaba, pero nadie se atrevía a moverse de su sitio.

—¡No toleraremos la insubordinación! —gritó el coronel Gregger Wallace—. Ni siquiera para los miembros destacados de la nobleza. Caeley Dagman, hija de Baldomer Dagman, ha confesado que perpetró un atentado para terminar con la vida de nuestro líder. Es por eso que hoy, a la vista de todos los ciudadanos y bajo el mando de este gobierno militar provisional, la sentenciamos… ¡a muerte!

El público no emitió ni un sonido, pero Caeley comenzó a chillar desesperadamente, tirando de las cadenas que la anclaban al suelo. Vestía un camisón blanco de encaje, empapado por la lluvia y raído. No llevaba las gafas puestas, de modo que en su rostro eran claramente visibles los moratones de las torturas. A su espalda apareció un confesor, que subió tranquilamente al estrado y se paró tras ella.

Al otro lado, sentado en su puesto, Baldomer se secó una lágrima.

—Has hecho lo que debías —le susurró Laesan Ike.

—Estúpida niña imprudente —respondió el otro, con su vozarrón ligeramente afectado.

—Era un riesgo que asumimos, desde el momento en el que Caeley te reveló que Erik no solo continuaba vivo, sino que planeaba destruir a Raquildis. No te quejes, lo hemos conseguido. El líder de Praemortis está muerto.

«Lo hemos conseguido», reprodujo Baldomer en sus pensamientos. Laesan Ike era muy lista, pero quizás algo imprudente. Cierto, el plan había funcionado. Su hija, Caeley, no era tan ambiciosa como Erik quiso creer. En cuanto aquel loco le propuso un plan para matar a Raquildis, ella corrió a decírselo a su padre. Baldomer quedó sorprendido al conocer el paradero del líder de los Gallagher, pero el atentado no le terminaba de convencer. Fue por eso que habló con su nueva aliada, Laesan Ike. Desde la primera fiesta de Raquildis, ambas familias nobles habían recuperado sus lazos de amistad. Juntos habían conseguido engañar a Raquildis, a Gregger Wallace y al mismo Erik. A este último, le hicieron creer que los Ike lucharían a favor del líder; de hecho, así había sido, en cierto modo.

Todos se habían colocado de parte de Raquildis, salvo Rowan. Él era el miembro más cercano al líder. No resultó difícil convencerle, había desarrollado un odio visceral hacia Raquildis, quien lo trataba como un despojo, y además estaba completamente enamorado de Caeley, quien fue la encargada de detallarle todo el plan: En caso de que fallara un atentado directo, de que los hombres de Erik o los nobles fracasaran, Rowan debía actuar.

El joven mancebo de los Ike aceptó su papel completamente entusiasmado. De todos, era tal vez la única persona que anhelaba acabar con Raquildis solo por el placer de hacerlo, sin intereses políticos de ninguna clase.

—Nos ha costado —admitió Laesan—, pero lo hemos conseguido.

—Nos ha costado a unos más que a otros —recalcó Baldomer, mirando a su hija por el rabillo del ojo.

Gregger había reanudado su arenga, pero el noble no escuchaba lo que decía. Laesan continuó hablándole al oído.

—Este gobierno provisional de carácter militar no durará demasiado. Gregger no es más que un pobre alguacil. No sabe el poder que acaba de caer en sus manos. En cuanto los confesores dejen de obedecerle, nosotros reclamaremos el liderazgo.

—¿Y Luther?

—¿Luther Gallagher? Mírale bien. Apenas puede tenerse en pie.

—Pero ha tenido el valor de matar a su sobrino.

Como si hubiera escuchado lo que susurraban, la Orca Azul lanzó una torva mirada a Baldomer y Laesan. Desde el otro lado del estrado consiguió que el líder de los Dagman se estremeciera.

—Cierto, ha matado a su sobrino —dijo Laesan—, y por esa razón ha salvado la vida y protegido a su familia. Ahora Gregger piensa que solo unos pocos se pusieron de parte de Erik, pero que Luther, para demostrar su fidelidad a Raquildis, acabó con él.

—Es lo mismo que piensa de nosotros.

—Exacto. Todos nos hemos salvado. Tú, aludiendo que solo Caeley era la responsable de la rebelión de unos pocos Dagman; yo, acusando a Rowan como único traidor de los Ike. Pero no coloques a los Gallagher por encima de nuestro poder. Ahora carecen de líder. Luther solo ha ocupado el puesto provisionalmente. No vivirá para siempre.

—Comienzo a dudar de ello —susurró Baldomer, estudiando la fisonomía de la Orca.

Frente a ellos, Gregger Wallace alzó una mano para anunciar al confesor que se preparara. Este tomó la cabeza de Caeley entre sus manos. La joven chillaba aterrorizada. Baldomer se mordió los labios.

—Sinceramente —dijo, mientras no le quitaba ojo a Caeley—, deseo con todas mis fuerzas que Gregger entregue el poder. Después de esto, me ocuparé de que regrese a Wael como soldado raso y que dedique el resto de su vida a limpiar excrementos en las celdas más profundas. Pero me temo que no cederá el mando mientras cuente con el apoyo de los confesores.

Sus ojos se desviaron una fracción de segundo hacia la tribuna de Gregger. Los confesores que la rodeaban estaban atentos a cada movimiento del público y de los nobles.

—Lo harán, cuando nos deshagamos del cuerpo de Raquildis —dijo Laesan.

—No podremos hacerlo si Gregger continúa declarando que el líder está vivo; entretanto, los confesores mantendrán la última orden que les dictaron: obedecer a la Guardia.

—¿Cuánto crees que durará esa pantomima? Raquildis está muerto.

—No del todo.

—Sabes tan bien como yo que está muerto. Recibió tres disparos mortales. Los médicos lo encontraron agonizando en su limusina. Cierto, lo mantienen bajo una dosis constante de praemortis, si se la retiran despertará... ¿Por cuánto tiempo? ¿Dos segundos? ¿Tres? Ya han confirmado que es imposible salvar su vida. Gregger mantiene un pelele en el liderazgo para justificar un gobierno militarizado, pero su plan no puede durar. Los ciudadanos terminarán por comprenderlo, y también los confesores. Cuando eso ocurra, estaremos listos para asumir un mando conjunto de la Corporación.

—Cinco segundos.

—¿Qué?

—Los médicos han confirmado que Raquildis regresaría durante cinco segundos, antes de morir definitivamente.

—Pues nos ocuparemos de propagar la noticia. A nuestro líder le quedan cinco segundos de vida. Dejaremos que todo el mundo se entere.

Gregger Wallace bajó el brazo con energía. El confesor actuó inmediatamente. Giró bruscamente el cuello de Caeley hasta darle media vuelta. El público dejó escapar un suspiro de terror. Baldomer cerró los ojos y apretó los puños.

—Al igual que ella —dijo el coronel—. Erik Gallagher, a quien creíamos desaparecido, o secuestrado, también ha sido hallado culpable de traición. Este gobierno no hará excepciones, no tendrá misericordia de nadie, independientemente de su rango o estatus social. Continuaremos buscando a los culpables, hasta que los condenemos a todos.

Baldomer se masajeó las sienes y arrugó su poblado entrecejo. Aquel espectáculo lo estaba mareando, aunque quizás tuviera que ver aquella sensación permanente de movimiento que experimentaban desde que Pináculo perdió el anclaje al Apsus. El causante había destrozado los mandos, de forma que, por el momento, nada podía hacerse para detener la ciudad.

—Está bien —dijo, con la cabeza mirando hacia el suelo—. ¿Cuál es el siguiente paso, Laesan?

—Esperar. Esperar a que la gente se canse de tener un muerto como líder, y a un militar con una pésima hoja de servicios como primero al mando.

—Esperar… de acuerdo. Esperaremos.

2

Soy Ipser Zarrio, me digo, como luchando contra mí mismo, peleando contra los sentimientos que me envuelven, que me poseen y dominan mis músculos y mi libertad.

El balcón de mi piso no ofrece muy buenas vistas. En frente no hay más que otra negra fachada, más oscura desde que hay una noche permanente sobre Pináculo. Pero si miro a mi derecha, puedo ver sin problemas el rascacielos de Praemortis, erigiéndose sobre todos, rasgando la negrura, imponente. Es como si me estuviera retando, pidiéndome que me enfrente a él en un combate final. Por alguna razón, creo que me habla… pero no, no es él, soy yo. Me hablo a mí mismo, me confieso secretos tenebrosos, verdades que me enloquecen.

Yo mismo me grito con la furia de los condenados al mar de almas, con la violencia de los aullidos del Bríaro. Pero no, tampoco soy yo. Es Néstor quien me habla con mi misma voz. Es la armadura la que me obliga a gesticular, a golpear y a sonreír como un perturbado.

Fui, por segunda vez, vencido por el Cormorán. El cazarrecompensas se las ingenió para ponerse una armadura de confesor, con lo que nuestras fuerzas quedaron igualadas. Es muy hábil con ella. Se conocen. Entre ambos noté una relación especial, una comunión como la que yo mantengo con Néstor.

El Cormorán escapó de mí. No era más fuerte, ni más ágil que yo, pero sí más listo. Consiguió esconderse entre la gente, cometiendo la blasfemia de quitarse la armadura. No se lo perdonaré.

Pero no es él quien me inquieta, ni él ni nadie que resida en este mundo. He llegado a mi casa hace apenas diez minutos. Por la escalera encontré los cuerpos de los servidores de Erik. Sospeché al hallar entreabierta la puerta de mi piso.

Dentro, otros dos guardianes habían sido abatidos a tiros. La habitación de Erik se encontraba en completo silencio. Cuando entré, vi que mi maestro había sido asesinado. Tenía un impacto de bala en el tórax. Quien lo hizo se aseguró de hacer un buen trabajo, había apuntado directo al corazón. No me extraña, teniendo en cuenta que Erik sobrevivió a una caída desde la planta ciento treinta y seis del Pináculo.

Pero al fin estaba muerto.

Las máquinas que lo habían mantenido hasta la fecha pitaban con una señal de alarma. Las he apagado, he mirado por última vez a Erik y he salido al balcón. Por un momento, su cuerpo tendido sobre la cama me ha recordado a mi hijo, Leam, cuya vida no fue perdonada por Marcus Haggar. Ahora, mi hijo y mi esposa vuelven a mí con el ansia de la venganza.

Antes de marchar a mi misión, Erik me declaró la identidad de la Zarpa. ¿Leandra Veldecker? Jamás lo habría imaginado, pero ahora lo sé. La hija del descubridor del praemortis es el confesor más violento y respetado de todos los tiempos. Es mi objetivo.

Mi casa está vacía de nuevo, pero no deseo volver nunca más. Siento que se cierra un ciclo, que todo lo que me ata a mi anterior vida está a punto de esfumarse, incluido mi nombre, pues cada vez lo pronuncio con menos frecuencia. Pronto habré cumplido mi única y verdadera misión Por eso, antes de salir, he decidido prender fuego a los muebles. El salón arde a mis espaldas, las llamas asoman por el balcón. Han calcinado mi capa gris, y lamen mi cuerpo, pero la armadura me protege de su calor.

Néstor me impulsa, me somete, me dirige, utilizando mi cuerpo como una herramienta de destrucción. Desea tanto o más que yo eliminar a Haggar, pero su objetivo no es otro que la misma esencia del mal, pues él, la conciencia que anida en la armadura, es dominada por algo superior. Es un pedazo de la voluntad del Haiyim, y como si yo fuera una marioneta, siento sus tentáculos sobre mí. El dios de los dos mundos desea la muerte de Leandra. Escucho sus susurros en mi propia voz, en mis sueños e incluso durante la vigilia. Él me guía. Solo hace falta que Leandra vuelva a vestirse la armadura de Haggar para que el Haiyim la encuentre, y entonces, yo la hallaré también.

Pero hay algo más. Mientras escucho cómo mi casa se desmorona, y bajo mi balcón veo correr a los pocos vecinos del edificio para salvar sus vidas, me estremezco, no por el fuego que ya me cubre por completo, sino por un último recuerdo. Es muy vago, casi debo esforzarme para reproducirlo con nitidez, pues, de alguna forma, a Néstor no parece agradarle. La imagen que perdura en mi memoria procede de un instante, justo antes de que abriera las puertas del balcón para asomarme, mientras ya ardían las cortinas del salón y la cama de Erik Gallagher.

Allí, en mitad del salón, algo apareció a mi izquierda, en una esquina junto a la puerta. Lo percibí, más que verlo, y al instante pensé que se trataba de alguno de los seguidores de Erik. No obstante, deduje que aquella visita no había aparecido por la puerta, sino que, de alguna forma, había emergido desde el propio rincón, procedente de las mismas sombras.

Me volví, suspicaz, y en poco menos de un segundo aquella imagen se disipó. No había nada allí, salvo el rincón y el papel pintado de las paredes, pero estoy convencido de que vi algo: una figura de formas humanoides, muy grande, que me observaba con detenimiento.

Todavía no sé quién es, o qué quiere de mí; si fue real o imaginado. De todos modos, se marchó.

Ahora estoy concentrado y dispuesto. Salto del balcón en el preciso instante en el que el edificio se derrumba a mis espaldas, consumido por el incendio, y corro por las calles, entre la gente, entre los coches. La misma ciudad también se mueve. Pináculo, gracias a que logré destruir el sistema de anclajes, navega impulsada por una corriente muy leve. Se dirige, lentamente, al centro de la Vorágine. Pronto será devorada por ella, como fue devorada Vaïssac, como lo fueron todas las demás ciudades.

3

Casi había parado de llover, salvo por unas últimas gotas que tímidamente continuaban posándose sobre el asfalto y que solo eran perceptibles si aterrizaban sobre el rostro.

Stark se limpió una, que había caído sobre su mejilla. Estaba sentado a horcajadas sobre el alfeizar de una ventana, en la quinta planta del piso franco que servía como escondrijo a los rebeldes, tras la destrucción de su cuartel general. No estaban demasiado lejos de la Marca; de hecho, era parcialmente visible gracias a la luz artificial que llegaba desde los edificios del otro lado.

El líder de los Cuervos mirada directamente hacia allí. Geri se apoyaba en su hombro. La mujer también estaba concentrada en aquel lugar.

Hasta que no regresó al viejo parque de bomberos, Stark había ignorado la suerte que habían corrido sus compañeros. Solo al ver el incendio desde la lejanía comenzó a presagiar lo peor, pero aún tuvo el valor de aproximarse para comprobar cómo la Guardia y los confesores se llevaban a los pocos prisioneros que habían hecho. Tras comprender que los demás debían haber escapado, corrió acompañado por Hiro y Alfred hasta el piso franco; no obstante, nada pudo prepararle para la noticia que recibió allí.

—Todavía me cuesta asimilarlo —dijo, sin dejar de concentrarse en los edificios iluminados, a varios cientos de metros de distancia—. Reynald no…

Geri acarició la cabeza rapada del hombre y apoyó su rostro contra su hombro.

—No puedo creer que lo hayamos perdido.

Su voz se había quebrado. Stark buscó en uno de los bolsillos de su chaleco de pescador y extrajo un puro que corrió a encender. Dio una larga calada, como si buscando que así pudiera calmarse.

—¿Qué nos sucederá ahora, Geri? Estamos perdidos, sin rumbo. Igual que esta ciudad. Hemos perdido a muchos Cuervos, no tenemos base, ni armamento suficiente, ni comida, ni dinero.

Dio otra larga calada. La ceniza incandescente del puro iluminó parte de su rostro. Su lugarteniente lo abrazaba, intentando darle ánimos. Stark se giró, la tomó por la cintura, y quitándose el puro de los labios, la besó. Al retirarse, ella le acarició la mejilla.

—¿Por qué, Geri? ¿Por qué ha tenido que cambiar todo tan radicalmente? Si no me hubiera encontrado a Ed Wallace… tal vez habría sido mejor vivir en la ignorancia, continuar con nuestra misión, sin perturbar demasiado a Praemortis, y esperar a la última hora de nuestra vida para ver a qué torbellino nos dirige el azar. Sí, quizás no sea más que el azar lo que nos hace caer en uno u otro lado.

Geri sonrió.

—Es cierto —reaccionó Stark, como si el gesto de su interlocutora hubiera sonado a reproche—. Hay que afrontar la realidad, por muy dura que esta sea. Todavía me sorprende que el general hiciera el viaje con el praemortis para demostrar que era cierto cuanto presentía. Y a propósito, ¿cómo se encuentra?

Geri movió la muñeca a izquierda y derecha.

—Regular, ¿eh? Tiene un corazón fuerte. Cualquier otro con su edad ya habría muerto. No se debe hacer el viaje tras pasar cierto umbral de edad, y aún así decidió correr el riesgo. En realidad, debemos estar agradecidos por su valor.

—Disculpad… dijo una voz desde la entrada de la habitación.

Era Eklard, el último rebelde que vio a Reynald con vida.

—Stark —añadió el joven—. No te vas a creer lo que está sucediendo ahí abajo.

El aludido entrecerró los ojos, volvió a colocarse el puro en los labios y se asomó por la ventana. Abajo, cerca de la fogata que se había encendido en la entrada, logró distinguir un gran cúmulo de gente; al menos cien personas, quizá más. No eran rebeldes.

Rápidamente, se apartó de la ventana y descendió los cinco pisos hasta la entrada. Allí se topó con Alfred. El profesor le puso al corriente.

—Son los refugiados —le dijo—. Ellos también se han quedado sin hogar. Dicen que han visto la luz de nuestra hoguera tras pasar la Marca.

—¿Cuántos hay? —quiso saber el líder.

—Al menos ciento treinta… en el primer grupo.

—¿El primer grupo?

—Dicen que faltan miembros. Tuvieron que dispersarse para que la Guardia y los confesores no los persiguieran.

—¿Cuántos faltan?

—Al menos otras cien personas, según me han dicho.

Stark se quitó el puro de los labios para dejar que su boca se abriera a causa de la sorpresa.

—He hablado con su líder —continuó Alfred—. Se llama Eugene. Te llevaré con él.

Salieron al exterior. Allí, alrededor del fuego, aquellas ciento treinta personas se secaban las ropas y el cuerpo de una tormenta que había descargado sobre ellos una tromba de agua durante su viaje desde el barrio sur. Un anciano de aspecto amable y algo encorvado se aproximó a Stark.

—No tenemos otro sitio adonde ir —dijo en tono de súplica, aunque con firmeza—. La Guardia nos atacó por sorpresa. No tenemos nada.

—Nosotros tampoco tenemos nada —respondió Stark, mientras contaba mentalmente todas las bocas que tendría que alimentar si daba alojamiento a los refugiados.

—No pedimos caridad. Sabemos arreglárnoslas para conseguir comida. Trabajaremos junto a vosotros para sobrevivir.

—Entonces no nos necesitáis. Esta parte de la ciudad está abandonada en su mayor parte. Podéis quedaros en cualquier otro edificio.

—En estos momentos, nos necesitamos unos a otros. Estamos acostumbrados a valernos con lo poco que tenemos, pero nos faltan armas y tememos otro ataque desde la Corporación. Vosotros las tenéis.

Stark mordió su puro para evitar responder. Casi todos los rebeldes que habían logrado escapar iban armados con un fusil o una pistola, pero no todos disponían de la suficiente munición.

—Alfred —dijo, volviéndose hacia el profesor—, ¿cómo andamos de suministros?

—Escasos, jefe. El piso franco tiene reservas de comida, pero no para tanta gente. No aguantaremos más de dos semanas.

—Que se queden —declaró, de repente, una tercera voz.

Todos se volvieron hacia la oscuridad de la calle. Allí, aproximándose hacia la hoguera, fue distinguiéndose poco a poco la figura de Aadil

Veldecker. A su lado pasó el cormorán, que sobrevoló a los presentes y se posó cerca del fuego.

Cuando los refugiados reconocieron a su héroe, se lanzaron hacia él profiriendo un grito esperanzado. Aadil intentó abrazarlos a todos, pero eran demasiados. Cada uno de ellos quería tocarlo, saludarlo y besarlo como si el Cormorán fuera capaz de asegurarles cualquier cosa. Entretanto, los rebeldes permanecían observando la escena, hasta que Aadil consiguió acercarse.

—Que se queden —repitió—. Yo respondo por ellos.

—No tenemos comida suficiente para todos —refutó Stark.

—Con su ayuda la conseguiremos. Saben conseguir alimento. A cambio solo piden algo de protección. Nos instalaremos en un piso cercano y nos prestaremos apoyo mutuo.

—¿Nos? ¿Vas con ellos?

—Yo pertenezco al Refugio.

Sus palabras desataron un nuevo grito de júbilo. Los refugiados parecían haber cambiado totalmente de aspecto. Ya no parecían desvalidos, ni siquiera daban la impresión de continuar mojados. La visión de Garuda había renovado sus ánimos.

Stark, por su parte, miró al profesor Jabari en busca de algún tipo de consejo; pero él solo arqueó las cejas.

—De acuerdo —dijo al fin—. Nos uniremos todos. Tal vez sea lo más conveniente, teniendo en cuenta las circunstancias que vivimos.

Se escucharon algunos aplausos. La gente parecía contenta, incluidos algunos rebeldes, reconfortados con la nueva adquisición de gente, aunque eso significara una reducción considerable de su ración de comida.

—Aadil, podéis mudaros al edificio de al lado —continuó Stark—. Os daremos armas. Necesitamos que tus hombres comiencen a buscar comida. Especialmente si van a llegar más refugiados.

—Comenzaremos a hacerlo inmediatamente —intervino Eugene.

—¿Quién falta? —preguntó Aadil al anciano.

—Vienna y los suyos —respondió este—. Nos separamos en la huida. Todavía no ha llegado. Quizás está oculta en otro lugar, pero confío en que terminará encontrándonos.

—Quizás no haya cruzado la Marca.

—Lo desconozco. Para ser sincero, nunca he estado al tanto de sus objetivos.

Aadil permaneció unos instantes meditando las últimas palabras de Eugene; pero luego, dirigiéndose hacia Stark, cambió de tema bruscamente:

—¿Y mi hermana?

—Leandra está bien —confirmó Alfred —. Consiguió escapar. También nos llevamos su armadura. No resultó fácil, perdimos a Reynald.

—Lo lamento.

—Espero que haya merecido la pena —intervino, ahora sí, el líder de los Cuervos.

—¿Qué quieres decir? —preguntó Aadil.

—Alfred ha informado a Leandra de todo lo que tradujimos en la campana.

—¿Y...?

—Y, nada.

—¿Cómo que nada?

—Eso mismo —Stark dio una larga calada a su puro—. Leandra no ha dicho absolutamente nada, por el momento. De hecho, lleva sin decir nada desde hace horas. No ha salido de su habitación desde que Alfred le contó lo que descubrimos. Ni siquiera deja entrar a Geri.

—¿Crees que sea por lo que está escrito en la campana?

—Es posible, pero no habla con nadie.

—Tal vez si yo lo intento...

—Adelante —ofreció Stark, extendiendo el brazo hacia donde se suponía que estaba la habitación de la mujer.

De este modo, el Cormorán, acompañado por Alfred y Stark, ascendió hasta la primera planta. Allí, el líder de los Cuervos lo acompañó hasta el final de un pasillo a cuyos lados se abrían las puertas de los diferentes apartamentos del bloque. El papel pintado de las paredes se había despegado en muchos puntos, dejando ver una pared blanca donde algunos vándalos habían escrito su nombre. La bombilla en una pequeña lámpara del techo parpadeaba, anunciando que le quedaba poco tiempo de vida. En el suelo, los rebeldes habían dejado un sendero libre de basura y escombros apilados junto a los rodapiés. Al fondo, a la derecha de una ventana cubierta por una cortina medio roída, se encontraba el apartamento de Leandra. Stark se detuvo.

—Es esta.

Aadil llamó con los nudillos, pronunciando varias veces el nombre de su hermana. Pero del otro lado no llegó ni una sola palabra.

—Quizás le haya sucedido algo —presintió Alfred.

El Cormorán reaccionó ante aquellas palabras. Giró el pomo. No abría. Entonces, tomando algo de impulso, empujó la puerta con el hombro. El débil pestillo cedió.

Al otro lado no había más que una pequeña sala de estar. Dos puertas en las paredes occidental y oriental conducían a las habitaciones, la cocina y el baño. De la pared sur, donde estaba la puerta de entrada, surgían dos lámparas que ofrecían la única iluminación de la estancia. En el centro había un sofá al que le faltaban varios cojines, miraba de frente a la pared norte, donde había una ventana y; a la derecha de esta, una estrecha mesa que conservaba la sombra de un televisor, saqueado hacía mucho tiempo. Las gaviotas habían hecho un nido cerca de la esquina noroccidental, pero ahora no había ninguna ave allí.

Sentada en el sofá, mirando directamente hacia la ventana, como si pudiera ver a través del visillo de la cortina, Aadil encontró a su hermana. Leandra estaba ensimismada en algo.

—¡Leandra! —llamó.

No hubo respuesta. Caminó, rodeando el sofá, hasta asegurarse de que su hermana podía verlo.

—¡Leandra! —dijo de nuevo.

Había tapado la ventana con su cuerpo, pero Leandra continuaba mirando en la misma dirección, embelesada con algo invisible. De repente, esbozó una sonrisa. Sus arrugas cerca de la comisura de los labios se hicieron más evidentes, y sus ojos, que parecían apagados cuando escapó de Wael, brillaban de nuevo a causa de la felicidad.

—¡Leandra! —insistió Aadil, tomándola por los hombros.

—No está aquí —dedujo el profesor Jabari—. No está entre nosotros, ¿no lo ves?

—¿Y dónde entonces? —inquirió el Cormorán—. ¡Tiene la mirada perdida!

—No está perdida.

Stark dirigió al profesor una mirada de soslayo, pero Aadil, que no estaba acostumbrado a su lenguaje filosófico, continuó llamando a su hermana, ahora en susurros.

—Hermana, reacciona.

—Aadil, déjala —insistió el profesor.

—¡Está enferma! O algo peor…

—¡No! ¿No lo comprendes? Es por lo que leímos en la campana.

Aadil arrugó el entrecejo.

—Profesor —intervino Stark—, explícate.

—¿No habéis pensado en ello? ¿No recordáis el texto que traduje, y lo que os dije después? Observad cuanto os rodea. Sin saberlo, vivimos en una cárcel que hemos forjado durante centurias. Una cárcel de olvido, en la que tal vez hayamos tergiversado, o incluso anulado de nuestra conciencia el auténtico sentido de la bondad, de la caridad, del honor y de muchas otras virtudes. Quizás, sin darnos cuenta, los años nos han transformado en criaturas llenas de codicia. Hemos nacido en una sociedad tan rebosante de vileza que no nos parecen extrañas las traiciones y los asesinatos; las guerras, las matanzas y las luchas por la supervivencia. Hechos que revolverían el corazón de nuestros antecesores son corrientes en nuestro tiempo. Y solo ahora, cuando nuestro fin se aproxima, cuando todo lo que existe está a punto de ser devorado, tomamos conciencia de que nos falta algo que habíamos dejado enterrado. Aadil, no molestes más a tu hermana. Leandra no está perdida; ¿Lo ves ahora? Creo, sinceramente, que está hallando su humanidad.

—Gracias —dijo ella de repente, con mucha dulzura—. Muchas gracias por venir.

Aadil entrecerró los ojos, buscando en las pupilas de su hermana alguna pista que le indicara lo que ella veía.

Por un momento, durante un parpadeo, creyó ver algo que no existía en aquella habitación. El reflejo de otra realidad, de una visión; un recuerdo agradable. Creyó ver un instante sobre un balcón, y a dos personas mojándose bajo la lluvia.

Mojándose por el placer de hacerlo.

4

—Muchas gracias por venir —dijo Leandra, y se apoyó contra el pecho del soldado.

La lluvia la estaba empapando, pero no le importaba. Iván estaba junto a ella, abrazándola. Ambos se encontraban en el balcón, en la pequeña estancia que la Corporación había dispuesto para el soldado, dejándose mojar por la Tormenta.

—Te dije que no te soltaría —respondió él.

—¿Cuándo podremos estar juntos de verdad, al otro lado?

—Pronto. El mundo finaliza, Leandra, pero de ti depende que lo haga de una forma u otra.

—La responsabilidad me aterroriza.

—Pero sabes que solo tú puedes conseguirlo.

—¿Por qué? ¿Por qué yo?

—Eso debes comprenderlo tú sola. No puedo decírtelo.

—¿Cuál es el siguiente paso que debo tomar? Pensé que en la antigua estructura, bajo el Pináculo, encontraría las respuestas, pero las antiguas inscripciones no revelan nada.

—Sí lo hacen —dijo el soldado con una sonrisa—. Hay una clave en ellas, la clave para vencer definitivamente al mal que anida en este mundo desde hace centurias. Debes pensar sobre ello. Necesitas tiempo.

—Pero la ciudad se dirige hacia la Vorágine. Nos movemos a la deriva, como le sucedió a Vaïssac, ¿no es así?

—Así es. Pináculo es la última ciudad que queda sobre este mundo. Después, llegará el fin. La Vorágine tragará todo cuanto existe. El mundo de los vivos se perderá en el mundo de los muertos.

—¿Cuánto tiempo falta para eso?

—Muy poco, por eso has de comprender cuanto antes las palabras que escribieron nuestros antepasados y dominar a Haggar. En el momento en que tu voluntad sea más fuerte que la del confesor, estarás preparada para salvar a toda la humanidad, antes del fin.

—¿Y si no lo logro?

—Si no lo logras, Leandra, todos los que viven caerán en el mar de almas atormentadas. Y ese mar, formado por millones de seres humanos, se perderá en un olvido de dolor perpetuo.

—Un momento, ¿también seré capaz de salvar a quienes fueron transportados por el Bríaro y cayeron al mar de almas?

—Eso te dijo el Golem, ¿lo has olvidado? Te dijo que podrías salvarlos a todos. ¡A todos! Leandra.

—¿Cómo voy a ser capaz de hacer algo así?

—Porque está sucediendo justo lo que, en el pasado, percibió tu padre a las puertas de la muerte. La Vorágine se aproxima a este mundo. Ya lo hizo cuando se reveló el praemortis, pero ahora viene físicamente, como ya sabes. Cuando esté cerca de Pináculo, los dos mundos estarán más unidos que nunca. Entonces serás capaz de moverte por ambos y reclamar a todos los que sufren el destino al que les condujo el Bríaro.

—Iván, tengo mucho miedo.

El soldado la abrazó todavía con más fuerza y besó sus cabellos empapados. Leandra cerró los ojos.

—No te preocupes —dijo él—. Yo nunca, nunca voy a soltarte. No te dejaré caer, no te abandonaré jamás, y él tampoco.

Leandra abrió los ojos, y en el interior de la habitación, justo frente a la puerta, iluminado parcialmente por la luz que entraba a través del balcón, reconoció al Golem.

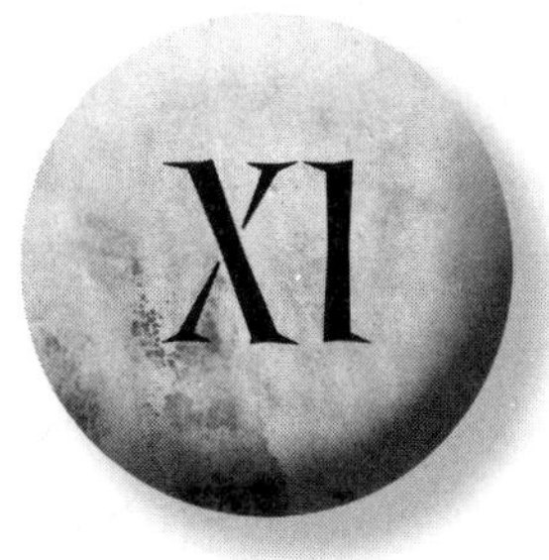

—Lo conseguimos, Robert. Ya son nuestros. ¡Lo conseguimos!

—¿Repartiste el praemortis entre los nobles, Raquildis?

—Entre todos: Gallagher, Dagman, Ike, Wallace… también entre las familias pequeñas. Todos han hecho el viaje.

—¿Qué ha sucedido a su vuelta?

—¡Tendrías que haber visto sus rostros! Los vientos del Bríaro todavía golpeaban contra su corazón. Ya te dije que no soportarían la experiencia. Ahora es el momento de proponerles el Néctar. Robert, muchacho, vamos a hacernos dueños del mundo.

—Lo haremos tal y como lo planeamos. Yo, que procedo de familia noble, fundaré y dirigiré Praemortis; tú serás mi segundo al mando, mi consejero. De este modo, los otros nobles no se sentirán ofendidos.

—¡Claro! Así se hará. Pero recuerda que somos iguales frente a él. ¿Robert? ¿No dices nada? Ya sabes lo que sucedió en los muelles. Debemos obedecer al Haiyim. Él es el único que puede liberarnos del tormento, cuando caigamos en el mar de almas.

—Sí… desde luego, Raquildis. No olvidaré mi pacto, pero no quiero asustar a la gente.

—Descuida, yo tampoco deseo publicar la existencia del Haiyim. Solo sabremos la verdad unos pocos, unos elegidos. Nadie más se enterará. Continuaremos distribuyendo el Néctar entre los ciudadanos, solo así nos ganaremos su fidelidad. Además, es la voluntad del dios de los dos mundos que así sea.

—¿Pero a quién se lo dirás?

—Solo a unos escogidos. No es prudente colocar a todos los nobles al mismo nivel de subordinación. Algunas familias son muy poderosas. Si les damos un voto de confianza, comunicándoles nuestro secreto: la falsedad del Néctar y la auténtica forma de salvación, les estaremos dando un tesoro que valorarán de por vida. Hazme caso, Robert. Solo así evitaremos un levantamiento contra los Veldecker. Hablaré con los Gallagher y los Dagman; Luther es un miembro muy carismático y querido por el pueblo, y Erik muestra trazas de convertirse en un gran líder. Conviene tenerlos de nuestro lado.

—No tengo afecto por Erik Gallagher. Es orgulloso.

—Yo tampoco, pero si le confesamos la verdad, si le presentamos el Haiyim y le hacemos partícipe de las reuniones de la Orden, evitaremos que en el futuro use su carisma para arrebatarnos el poder.

—¿Y las demás familias?

—Los Ike no son demasiado importantes. Es mejor tenerlos por debajo de otras familias más poderosas. No les diremos nada sobre el Néctar. Por otro lado, los Wallace han servido a otras familias durante toda su vida, no conviene darles un puesto de privilegio ahora. Con la visión del otro mundo los tendremos a nuestra disposición. A cambio de su Néctar, nos servirán con una fe ciega.

—Está bien, Raquildis. Agradezco que lo hayas organizado todo.

—Volveré a reunirme con los nobles mañana. Pasado daré la noticia sobre el descubrimiento de praemortis a todos los medios. Para la semana que viene, el mundo entero estará bajo nuestro control. Robert, puedes continuar descansando tranquilo. Yo me encargaré de todo.

—Gracias, muchas gracias.

—¿Han cesado tus ataques?

—No, todavía me siguen castigando. Ni siquiera el oxígeno puro es capaz de calmarlos.

—Robert, no tengas miedo de utilizar el remedio de tu padre.

—No… no sé. Ya no he vuelto a caer en el otro torbellino, como sabes; y cada vez que el Bríaro me lanza sobre ese mar siento… siento que pierdo un pedazo de mi existencia.

—Pero te cura la cefalea.

—Sí, eso sí.

—Pues pierde el miedo. El viaje solo dura dos horas, pero cuando regresas ya no padeces ningún dolor. Te necesito, todos te necesitamos bien entero para gobernar el mundo… de modo que, señor Robert Veldecker, utilice el praemortis y prepárese para conducir la mayor corporación que jamás haya existido. Es usted el futuro líder de Praemortis.

Recuerdos

1

Oscuro y silencioso, así estaba el despacho del líder de Praemortis, en la planta ciento treinta y seis de Pináculo, la última.

El lugar que en el pasado perteneció a Robert Veldecker, y que hasta hacía unos días había sido ocupado por Raquildis, no tenía dueño. Al menos, así pensaba Gregger Wallace.

Él no era el nuevo líder de Praemortis. Lo sabía. Quizás por eso no había ocupado el cómodo sillón que había tras la mesa-escritorio. En lugar de eso había preferido quedarse de pie, con los brazos cruzados, de cara al bajorrelieve. Estudiaba sus formas con detenimiento, sin prisa, concentrándose en cada curva sinuosamente trazada, en la gracilidad de las formas y, al mismo tiempo, en el sufrimiento y la tensión que expresaba toda la composición. Era maravilloso e inquietante; aterrador, pero hermoso.

Llamaron a la puerta. Se trataba de un sargento de la Guardia. Gregger lo esperaba.

—¿Han sido avisados los nobles? —se adelantó a preguntar, antes incluso de que su subalterno se cuadrara.

—Sí, coronel. Vienen de camino.

—¿Cómo marchan las cosas en la ciudad?

—Bajo control. Tras el ajusticiamiento, la gente se ha retirado a sus casas. No ha habido incidentes.

—¿Y los confesores?

—Continúan de nuestro lado, por el momento.

«Por el momento», pensó Gregger. Aún acataban la última orden de Raquildis, y gracias a ello, Gregger había conseguido establecer la ley marcial. Por eso, los nobles tendrían que escucharle. No obstante, sabía que el estado de control militar no podía durar demasiado. Cuando todos comprendieran que la crítica situación de Raquildis era insalvable, querrían hacerse con el poder, porque la cruda realidad era que el líder de Praemortis estaba mucho más muerto que vivo. No había forma de salvarlo; en cuanto se le dejara de administrar el praemortis, regresaría de entre los muertos para lanzar el último grito de agonía, y luego moriría definitivamente.

Pero Gregger tenía que mantener la idea de que aún podía salvarse. Debía hacerlo el tiempo que fuera necesario para que no cundiera el caos, para que los nobles no se lanzaran a despedazar la estabilidad de la Corporación. Él era ahora el responsable de todo Praemortis. Se aseguraría de nombrar un líder consecuente y le cedería el poder.

Pero, ¿quién debía ser? Desconfiaba de todos los nobles. ¿Los Gallagher? Luther había matado a su carismático sobrino, Erik, que se había transformado en un terrorista demente. ¿Lo había hecho para demostrar su fidelidad a Raquildis? Eso dijo él, y con ello había salvado del castigo a todo su apellido, pero Gregger no se fiaba. Había algo más detrás de aquella cuestión; un secreto que ni Luther ni los demás Gallagher le habían confiado.

¿Y los Dagman? Baldomer parecía inocente de la traición, pero Caeley, su hija, acababa de ser ejecutada en la Plaza de los Descubridores. Tampoco ofrecían ninguna seguridad.

Exactamente igual ocurría con los Ike. Laesan se había declarado inocente, y además, Gregger agradeció que los miembros de su familia lucharan para proteger a Raquildis. De no haber sido por ellos, quizás él no habría salido con vida. Eran los que más le habría agradado convertir en herederos de Praemortis, de no ser porque Rowan Ike había sido el asesino del líder. Él mismo presenció cómo había disparado hasta en tres ocasiones contra Raquildis. ¿Cómo cederles la Corporación a ellos? La opinión pública se les echaría encima. No, los Ike no podrían gobernar. Con el atentado de Rowan, ese puesto les había quedado vetado para siempre.

Llamaron de nuevo a su despacho. Los nobles habían llegado: Luther Gallagher, Baldomer Dagman y Laesan Ike.

—Damas y caballeros, gracias por venir —saludo Gregger—. Lamento no ofrecerles un asiento. He tenido mucho en lo que ocuparme últimamente y no he podido acondicionar el despacho.

—No hay problema —tranquilizó Laesan—. Nos quedaremos de pie.

Gregger vaciló. ¿Debía él sentarse tras el escritorio del líder? Miró a los nobles, que esperaban en silencio a que dijera algo; luego a la mesa. Se decidió.

La rodeó por la izquierda y se colocó al otro lado, pero no se sentó, sino que retiró el asiento y permaneció de pie, con las yemas de los dedos apoyadas sobre la madera del escritorio.

—Imagino que ya sabéis cómo se encuentra nuestro líder —comenzó.

—Está muerto —declaró Baldomer con frialdad.

—No exactamente —rebatió Gregger.

—Está muerto —insistió el líder de los Dagman—, bien muerto. Asumámoslo. Cuando regrese no tendrá tiempo ni de abrir los ojos.

—¡Más respeto! —gritó el coronel—. Estás hablando de nuestro líder.

—¿Respeto? ¿Por un muerto? No le debo respeto a quien ya no puede liderar la Corporación. Es hora de nombrar a otro.

—¡Yo seré quien lo nombre! No olvides eso, Baldomer.

El líder de los Dagman cerró la boca de forma repentina, como si estuviera aguantándose las ganas de soltar un rugido; sin embargo, Gregger se percató de que sus últimas palabras también habían causado cierta reacción sobre el noble de la familia Gallagher. Luther había enarcado una ceja, mientras se apoyaba con ambas manos en su bastón de empuñadura tallada. La Orca aguardó unos instantes, como si fuera capaz de medir el grado de tensión que se respiraba, y, de este modo, habló justo cuando el ambiente parecía más calmado.

—Todos respetábamos la posición de Raquildis. Conocemos su trayectoria y recordamos que fue él quien se ocupó de los jóvenes hermanos Veldecker cuando les faltó su padre. Admiramos que se haya hecho cargo de la Corporación hasta el desafortunado incidente que, me duele recordarlo, fue protagonizado por mi propio sobrino. No obstante, es bien sabida la situación en la que el líder se encuentra. Los ciudadanos no aceptarán un gobierno militar durante mucho tiempo, y los confesores tampoco.

La mención a los confesores había sido de lo más calculada. Gregger lo sabía. En el fondo, de ellos dependía que la ciudad continuara bajo la situación actual por tiempo indefinido, o que variara. Los ciudadanos podían alzarse contra la Guardia, pero jamás se atreverían a contradecir lo que les dijera un confesor. Para ellos, para todo el mundo, la imagen de la armadura de placas producía un temor reverencial. Cada hombre, mujer y niño de Pináculo tenía pesadillas con aquellos guardianes, a quienes algunos consideraban sobrehumanos. Nadie, en su sano juicio, se atrevería a desafiar lo que los confesores determinaran.

Sin ellos, Gregger estaba perdido.

—Los confesores continúan obedeciendo la última orden de Raquildis. Saben que el líder todavía no ha muerto.

—Está muerto —volvió a decir Baldomer.

—Pero no definitivamente —insistió Gregger.

—De todos modos —intervino Laesan, que hasta el momento había permanecido en un cauteloso silencio—. La ciudad no puede mantenerse bajo un gobierno militar. Comprendemos que te hayas hecho con el mando de forma provisional, y lo aceptamos, pero debes arreglar cuanto antes un nuevo nombramiento. Uno de nosotros debe asumir el liderazgo.

«Antes muerto que cedérselo a los Ike», pensó Gregger.

Rowan Ike había asesinado a Raquildis a sangre fría. Los Ike nunca gobernarían. Nunca.

Pero, un momento, ¿y por qué no un Wallace? Ellos eran de familia noble, aunque su tradición militar no era compatible con un liderazgo político. No obstante, si un Wallace se desligara de la Guardia…

—Los Gallagher seríamos una buena opción —dijo, de repente, Luther—. Los ciudadanos nos tienen en gran estima.

—¿De veras? —cortó Baldomer— ¿Incluso después de que Erik organizara una matanza ciudadana?

—¡Lamenté públicamente la forma en la que actuó mi sobrino! Yo mismo acabé con su vida. ¿No es prueba suficiente de mi lealtad y mi amor por la Corporación?

—Gregger —llamó Baldomer, ignorando a la Orca—. Nombra a los Dagman. Solo Caeley estaba involucrada en el incidente. Ella, y unos pocos a los que logró convencer, pero los ciudadanos saben que mi apellido les conducirá a un nuevo régimen de bienestar.

—Los Ike siempre hemos sido fieles al líder —reclamó, por su parte, Laesan—. Lo demostramos el día del atentado.

—¿Cómo? —gruñó Luther, dando un golpe en el suelo con su bastón—. ¿Acabando a tiros con la vida de Raquildis?

—Un miembro infiel no envenena lo que los demás sentíamos hacia nuestro líder.

—¡Colocasteis a Rowan cerca de Raquildis adrede!

—Los Ike jamás harían algo así —saltó Baldomer, saliendo en defensa de Laesan, para sorpresa de todos los presentes.

«Están aliados», elucubró Gregger, que escuchaba la conversación en silencio. «Todos lo están, los Gallagher, Ike y Dagman son, en el fondo, enemigos de la misma causa. ¿Por qué no nombrar a un Wallace? Uno que deje la carrera militar, una figura pública, dominada por mí. ¡Por mí!»

—Calma —dijo, para llamar la atención de los nobles.

No lo logró.

—Baldomer es un bruto inconsciente. ¿Vas a dejarle la corporación a él? —insultó Luther.

—Te la dejaremos a ti entonces —respondió el otro—, a un anciano que ha estado a punto de morir en varias ocasiones.

—Cuida tus palabras, Dagman, o nadarás en la Vorágine mucho antes que yo.

—Nombra a los Ike, no te arrepentirás —repetía Laesan, dirigiéndose al coronel.

—Calma, por favor —volvió a decir este.

—La gente nunca valorará a la familia que fabrica el praemortis. Los odian profundamente —continuó Luther, dirigiéndose a Baldomer.

—Tu sobrino contrató a una pandilla de indigentes para matar a los ciudadanos de Pináculo. ¿Cómo crees que se tomarán que su tío ascienda al poder?

—Confía en los Ike, Gregger, ¡en los Ike!

—¡Basta! ¡Callaos! ¡Callaos de una vez! —ordenó Gregger, como si acabara de gritar a una tropa de insubordinados.

Los nobles se callaron de golpe y le observaron, claramente sorprendidos.

—He escuchado vuestra defensa y las razones que habéis dado para justificar una toma de poder por parte de vuestras respectivas familias. Tengo que considerarlas todas. Os pido tiempo.

—No tienes tiempo —dijo Baldomer.

—Tendré el tiempo que necesite —amenazó Gregger—. Ahora, retiraos.

Los nobles se quedaron de pie en sus sitios. Se encontraban contrariados. No estaban acostumbrados a que alguien de grado inferior les ordenara algo.

—¡Retiraos! —dijo Gregger, con tal convicción que los otros dieron un respingo.

Pero obedecieron. Dieron media vuelta, muy despacio, claramente ofendidos por el trato que habían recibido de un coronel de la Guardia, y caminaron hacia la salida. Ninguno miró atrás. De haberlo hecho, habrían visto cómo Gregger se sentaba sobre la silla del líder de Praemortis.

2

El despacho volvió a quedar en silencio. El coronel no estaba cansado, pero se recostó sobre el sillón y cerró los ojos. La situación lo había puesto muy tenso. Por un momento, incluso se sintió tentado de gritar a los nobles todo lo que pensaba sobre ellos. Ninguno había sido fiel a Raquildis, ni siquiera a Praemortis. Todo lo que ellos deseaban era el poder que otorgaba el cargo. Les movía una nefanda ambición que Gregger detestaba.

Él no era así. Su corazón palpitaba con una fidelidad real a los principios de la Corporación. El poder era secundario. Por eso deseaba nombrar a un Wallace.

No se lo diría a los nobles todavía, pero disponía de poco tiempo. Cuando los confesores dejaran de obedecerle, sus enemigos se le echarían encima como animales hambrientos. Necesitaba encontrar un buen candidato. Un Wallace con un rango no lo demasiado bajo como para que nadie le tomara en serio, pero tampoco muy alto para que no se aproximara peligrosamente al suyo. Un capitán era, posiblemente, la elección más adecuada.

Pero su grado no era tan importante como la labor de la que tendría que convencer a dicho candidato. Este solo sería la imagen pública, mientras que Gregger se ocuparía del liderazgo verdadero. Manejaría la corporación para nobles, confesores y soldados de la Guardia, manteniendo su rango militar para evitar insubordinaciones. Entretanto, utilizaría su marioneta para las apariciones públicas. Esta dejaría su puesto dentro de la Guardia, abandonaría la carrera militar para dedicarse enteramente a la política, y, de este modo, evitar que cundiera el pánico entre los ciudadanos. Necesitaba elegir a alguien bien parecido. Sí, ese debía ser uno de los principales requisitos.

Detuvo sus pensamientos repentinamente. Algo acababa de suceder. Había creído escuchar, o tal vez sentir, algo.

Se volvió. Tras él, las formas escorzadas del bajorrelieve parecían estar a punto de caerle encima, pero no se movían. Miró a los ventanales. Nada parecía haber chocado contra ellos, y ya no llovía. Permaneció en su sitio unos instantes más, concentrado en lo que le rodeaba, hasta que se cansó, y convencido de que eran imaginaciones suyas, se recostó en el sillón de nuevo.

Era una pena que durante los últimos años no hubiera salido de Wael. No conocía a ningún soldado apto para el puesto que solicitaba. Aquello significaba que tendría que ir paso por paso. El primero era bajar a las dependencias de la Guardia en Pináculo, entre las plantas noventa y cuatro a ciento uno, y buscar al miembro más adecuado para tomar el mando. También tendría que comunicar sus intenciones a los demás miembros influyentes de los Wallace. Colocarlos a todos de su parte para que lo apoyaran en el momento de dar la noticia a los demás nobles y…

De nuevo, volvió a escuchar algo… o tal vez a sentirlo. Se levantó de un salto, completamente rígido. Había percibido una sensación parecida a una caricia y un susurro al mismo tiempo. Como si unos labios húmedos y fríos hubieran rozado su nuca, o como si unos dedos lo hubieran sorprendido en la espalda. Dio media vuelta de nuevo. El bajorrelieve continuaba igual. Pero de repente, volvió a llegarle un susurro procedente de otro lado. Gregger encaró el despacho, la voz había procedido de la oscuridad, ¿O quizás desde la puerta? Miró hacia allí. Estaba entreabierta. ¿No la habían cerrado los nobles?

—¿Quién es? —llamó.

No respondió nadie, pero de nuevo lo sorprendió un tacto sinuoso. Esta vez se movió desde su codo hasta la muñeca, como si lo llamara. Gregger dio varios pasos hasta la puerta. Se detuvo a medio camino, y entonces aquella caricia se repitió. Volvió a ponerse en marcha y alcanzó la salida del despacho.

Se asomó al exterior. A la izquierda, el pasillo avanzaba hasta el ascensor; a la derecha, daba acceso a la habitación que Robert Veldecker ordenó montar. Allí era donde descansaba el cuerpo de Raquildis, alimentado constantemente con el praemortis.

Gregger sintió un escalofrío.

Caminó en dirección a la habitación. No se escuchaba nada, ni había nadie en aquella planta, más que él mismo, y el líder de Praemortis, al otro lado, pero el coronel sentía que había algo más, cerca de él, alrededor de él, e incluso dentro de él.

Alargó la mano, accionó la manija y empujó la puerta. La habitación se encontraba en penumbra. Sobre la cama, tapado hasta la cintura, yacía el cuerpo de Raquildis. Los tres agujeros de bala eran claramente detectables en su torso desnudo, y en el cuello, donde el impacto había deformado su garganta por completo. Tenía un delgado tubo introducido en su brazo derecho. Iba hasta una máquina que cada pocos segundos administraba una nueva dosis de praemortis en su cuerpo, y que producía un ruido muy bajo, difícil de percibir, pero claramente audible ahora que no se escuchaba nada más.

Gregger cerró la puerta a su espalda. Sabía, por alguna extraña razón, que había sido atraído hacia ese lugar. Pero, ¿por qué? Su mirada quedó fija en la máquina que administraba el praemortis. Tenía cerca varios tanques de repuesto, de unos cinco litros cada uno, llenos con aquel líquido blanco, y listos para ser intercambiados cuando se agotara el que se estaba utilizando. Sobre la máquina, además, había varias jeringuillas.

Aterrado, Gregger tuvo un macabro presentimiento. Lentamente, alargó la mano hasta una de las jeringuillas y la llenó con una dosis de praemortis. Luego, tumbándose en el suelo, no demasiado lejos de la cama donde se encontraba el cuerpo de Raquildis, y remangándose la camisa, se inyectó.

Aguardó unos segundos, hasta que, poco a poco, la sangre comenzó a arderle. Pero a la vez que le sucedía esto, notó de nuevo aquella caricia invisible. Esta vez parecían varios dedos, que, arriba y abajo, rozaban toda su piel como si no estuviera vestido.

El pecho le golpeó con el primer y doloroso embate. Se aguantó las ganas de gritar, apretando los dientes, y recordó que los practicantes solían dar un mordedor a los viajeros del praemortis para que no se hicieran pedazos la lengua. Debía resistir.

Un segundo golpe le sobrevino, todavía más fuerte. Gregger se retorció de dolor, pero continuó sin gritar. No quería llamar la atención de nadie. Luego llegó un tercero. Aquellos dedos que lo rozaban ya no parecían dedos, sino unos tentáculos, pequeños y húmedos como serpientes de mar, que ahora invadían cualquier rincón de su cuerpo sin pudor alguno.

El cuarto golpe al corazón lo lanzó directo a la Vorágine. El estruendo a su alrededor lo despertó, mostrándole aquellas aguas en las que nadaban miles de vidas. Allí, para su sorpresa, vio que no solo luchaban los muertos, sino que el vórtice arrastraba los restos de varias ciudades–plataforma. A ellos se aferraban, en ocasiones, cientos de personas, gritando y aullando desesperadamente para que la Vorágine no se resquebrajara.

Pero lo hizo. Los dos torbellinos no tardaron en formarse. Gregger se vio conducido por los vientos del Bríaro, que arrastraba un número incontable de condenados, junto a pedazos de los más diversos materiales: edificios, coches, muebles, farolas, enormes pedazos de hormigón y hasta agua; porciones amorfas del Apsus que salpicaban todo lo que hallaban a su paso.

El mar de almas se hizo visible. El Bríaro llegó velozmente hasta él, se curvó y lanzó todo cuando transportaba. Gregger también fue expulsado y calló hacia aquel ingente cúmulo de manos abiertas, brazos y rostros desencajados. Apenas hubieron tocado su cuerpo, se sintió arrastrado con gran violencia hasta el fondo, confundido con todas las conciencias que allí se apretaban y confundían en un lamento multitudinario y permanente. Perdió la noción del tiempo y el espacio y se escuchó gritar, gritar de desesperación y dolor, y se sintió descender, descender hasta unas profundidades inauditas, chocando con miembros, rostros y torsos de almas que llevaban allí eones, nadando, siempre nadando para alcanzar la superficie, antes de ser empujadas de nuevo hasta el fondo.

Sin embargo, algo sucedió. Los cuerpos, tan apretados unos contra otros que no cabía nada entre ellos, se separaron como obedeciendo algún designio. Gregger pudo ver que se ordenaban ante él, formando algo parecido a un puente, una pasarela construida con cuerpos estirados y encajados unos con otros, alrededor de la cual se había formado un túnel, cuyas paredes y bóveda no eran sino más y más cuerpos.

El coronel se puso en pie sobre aquella pasarela. A su espalda había una pared; el mar de vidas, que allí continuaba con su forma tradicional. La pasarela continuó extendiéndose, hasta que, a unos diez metros, topó con otra pared de cuerpos, en la que se abrió una grieta vertical.

Del otro lado emergió Raquildis.

Ante la mirada espantada del coronel Gregger Wallace, el líder de Praemortis avanzó caminado sobre la pasarela con absoluta tranquilidad. Su rostro había rejuvenecido al menos treinta años, de forma que solo conservaba unas pocas arrugas, y hasta pelo. Se detuvo a mitad de camino, extendió las manos, señalando a cuanto lo rodeaba y sonrió.

Gregger, impulsado por la majestuosidad de cuanto lo rodeaba, por aquella que se evidenciaba en el mismo Raquildis, se arrodilló, abrazándose a sí mismo para controlar el pánico. Sabía que ya no solo se hallaba ante Wilhelm Raquildis. El hombre que lo recibía era muy distinto. Se había transformado en una criatura superior, en el torturador de cuantos sufrían en el mar de vidas, en el señor de todo dolor.

No estaba muerto, ni muchísimo menos. Raquildis estaba mucho más vivo de lo que jamás había estado, listo para regresar a su mandato, ahora como señor de ambos mundos, como el dueño de todos los hombres, de sus cuerpos y sus conciencias.

Y aquel ser regenerado, aquella nueva y monstruosa criatura que se había aparecido ante Gregger, que lo había llamado a compadecer desde el mundo de los muertos, torció levemente la cabeza, abrió la boca y dijo:

—Bienvenido a mi casa, general Wallace.

FIN DE LA SEGUNDA PARTE

ACERCA DEL AUTOR

Miguel Ángel Moreno es licenciado en Filología Hispánica por la Universidad Complutense de Madrid. Comenzó en el mundo literario a los veinticuatro años, fecha en la que fue premiado en diversos certámenes literarios y teatrales. En la actualidad imparte clases sobre técnicas literarias e introducción a la literatura creativa para seminarios, asociaciones de escritores y empresas. Vive en Madrid.